노름마치

진옥섭 의 사·무·치·다

문학동네

지평선에서
약속이 있었다.
배롱나무 붉은 꽃
김제 만경에 필 때

그 나이 그때의
걸음을 생각해보니
다시 올 수 없는 시간을
마중 가는 길이었다.

“아서라 세상사 이렇구나”

한승호 선생이 〈편시춘〉을 부르며 조선 가는 길을 물었다. 여기가 거긴데 이제 조선은 없다고 말했다. 풀이 푹 죽은 선생은 풍채가 줄더니 베잠방이를 입은 소년이 되었다. 문득 기적이 울었고, 나는 저 차가 막차라고 허름한 소년의 등을 밀었다. 차창의 소년은 다시 갓을 쓴 소리꾼 한승호가 되었다. 나는 꿈인 줄 알면서도 “기필코 해동 조선국을 찾아가 왕 앞에서 소리하는 어전광대가 되시오” 했다. 꿈속의 선생은 살아생전처럼 “네모반듯한 말씀이시오!” 씩 웃었다.

2009년, 이제는 다 죽어 ‘저승 프로’가 더 재미있다던 김수악 선생이 어화벗님네를 찾아갔다. 김유감, 심화영, 한승호, 공옥진, 문장원 선생이 연이어 뒤를 따랐다. 깜박 잊고 안부전화를 걸다 핸드폰을 닫은 게 여러 번이다. 때로 뜬금없이 꿈속에도 왔다. 꿈이 생생한 날은 종일 어찌할 바를 몰랐다.

책을 낸 날부터 부고 받을 태세로 살았다. 하여 "노름마치!" 하
면 덜컥하는데, 다행히 "노름마치 재출간!" 제안이다. 우선 초판 편
집 때 말의 박이 어긋난 부분을 바로잡았다. 속없는 구절을 수선하였
고, 덜어낸 문자 위에 그동안 이룬 혁혁한 무공^{舞功}을 덮어쓴다.

2013년 6월
진옥섭

사무치다

무»武 1974년 추석, 촌것들이 다닥다닥 붙어 들길 10리를 걸었다. 10원짜리 네 개를 얼마나 꽉 쥐었던지 극장 앞에 당도하니 손바닥에 다보탑이 박혀 있었다. 이소룡의 〈당산대형〉, 추석 특선프로였다. 직직 비 오는 화면에서 사내는 웃통을 벗었다. 배에는 부젓가락으로 누른 듯한 왕»王 자가 박혀 있었고, 그 복근을 향해 잘 갈라진 근육들이 쫙쫙 그어져 내렸으니, 몸이 아니라 빗살무늬토기였다. 포효하던 그는 마침내 분노한 신의 발차기를 쏟아놓았다.

모든 것이 시들해졌다. 점방의 흙벽에 붙어 촌것들을 유인하던 포스터, 이제는 조무래기들의 몸과 맘을 사로잡는 놀이 시설이 되었다. 학교 파하면 의식처럼 빙 둘러섰고, 닳고 닳은 내용을 혀에 근육이 박힐 정도로 종알거렸다. 어느 날, 무정한 가을비가 왔다. 화들짝 놀라 포스터로 달려가 온몸으로 막았다. 빗줄기가 달려들고 황톳물이 튀어올랐다.

잠을 이루지 못했다. 뜬금없는 비도 걱정이었고, 철 지난 선거벽
보처럼 긁어버릴지도 모른다는 불안감도 엄습했다. 마침내, 뉘 볼세
라, 한밤중에, 동생이 플래시로 비추고 나는 습자지로 베꼈다. 집에
와 달력 뒷장에 옮겨 그릴 때까지 속 모르는 개들이 컹컹 짖었다. 다
음날부터 아침마다 달력을 들춰 이소룡에게 절하고 등교했다. 4학
년, 무[»]武 자가 도래했다.

유가휘, 성룡, 양자경, 이연걸의 몸짓에 내 시간이 갈피 끼워졌
다. 불혹을 넘어선 지금, 유례없이 참신한 발길질을 해대는 〈옹박〉
의 토니 자가 유혹한다. 휘어지는 발길질의 반경이 택견과 닮았다.
무[»]武란, 죽어간 패자의 묘기가, 살아남은 승자에 의해 다듬어져 다
음 승자에게 건네진 것이다. 쇼 비즈니스의 포장재 속에서 생과 사의
변증법적 합작을 들여다본다.

무[»]舞　1983년 6월, 명무전에서 한진옥, 문장원, 장금도의 춤을 보
았다. 일절 말없이 오로지 침묵으로 거니는 것이었다. 말
로는 표현할 수 없었지만, 심금에 먹물처럼 번져가는 몸짓이었다.
무[»]舞, 획을 그냥 그려보고만 있어도 즐거웠다. 긴 처마[一]를 두고
있었고 칸칸이 난 창[卌]에는 얼 것 같은 고요가 있었다. 침묵을 권
유하는 문자, 생의 복선처럼 무[»]舞가 다가왔다.

1990년, 현대무용가 홍승엽이 일어섰다 무너지고 있었다. 오로지 몸의 윤곽만으로 김영태의 시를 전달하고 있었다. 그의 복부에 화인처럼 깊게 패인 왕”王 자가 있었다. 또 미치기 시작했다. 세례요한의 앙상한, 싯다르타의 움푹 패인, 종교성을 본 것이다. '무용' 하면 내 이름인가 싶어 뒤돌아봤고, 을지로의 '사무용가구점'이 '무용'가구점으로 읽혔다.

카메라가 클로즈업한 발레리나 강수진의 발, 솜사탕 같던 발레에서 인고의 송진 냄새가 풍겨왔다. 토슈즈, 소주잔만한 그 작은 컵에 온몸의 체중을 남김없이 담아야 하니 고통의 잔이다. 그녀의 발가락 관절 마디마디에 재가 된 고승이 남긴 사리가 박혀 있었다. 춤은 금욕에 중독될 것을 권유하고 있었다.

무”舞는 비계 낀 물질문명을 세차게 거슬러올라가는 날렵한 유선형이었다. 몸이 불면 정신이 넘쳐버릴까봐 안락함에 눌러앉아 축적한 콜레스테롤의 수치를 낮추고 있으니, 무”舞는 구도자였다. 그 일체 묵언의 종교를 보며 "춤 좀 봐라. 보기만 해도 살 빠진다!" 광야에서 외치는 '자기충족의 예언자'가 되었다.

무”巫 1994년 4월, 서울 정도 6백 주년 기념 '서울 재수굿 열두 거리'를 올리기 위해 최고의 무녀를 찾았다. 오도바이, 꼬추가루, 돼지엄마, 홰나무집 등을 만났고, 드디어 왕십리에서 '왕십리 개미'를 찾았다. 한양을 가르는 구파발본, 노들본, 각심절본의 세파를 '대감놀이'로 통폐합한 무녀였다. 걷노라면 밟히는 춤에 꼭두청의 노랫가락, 구경꾼이 던지는 지폐가 가을 낙엽처럼 휘날렸다.

1993년엔 통영, 1995년엔 전라도의 세습무들을 만났다. "무당밥은 이빨이 아파서 못 씹는다"고 했지만, 그들은 대대로 울음을 음악으로 만드는 재주를 가진 이들이었다. 굿은 신에게 바치는 잔이었으며, 한잔 걸친 신이 건네는 응원의 판이었다. 그 자리를 중재하는 무»巫는 가무악이 꽉 차 있어 어느 것 하나 버릴 게 없었다. 굿은 굿»Good이었다.

무»巫자의 갑골문은 하늘을 떠받치며 식솔을 거느린 형상이다. 무가»巫家의 식솔들은 소리꾼, 광대, 춤꾼으로 세상에 나갔다. '거미는 줄로 논다'는 말처럼, 그들은 서로를 혈연의 그물로 촘촘히 엮었다. 그렇게 대를 물려가며 유전자를 담금질한지라 예술은 인간의 한계를 벗어나고 있었다. 신은 그들의 삶을 임의로 조차하였기에 묵과할 수밖에 없었는지 모른다.

그 특별한 사람들은 스스로를 '개비'라 하였다. 그리고 서서히 이 땅을 빠져나가고 있었다. 사라져가는 그들과의 조우, 그것은 무»巫를 통해 이루어졌다. 전국을 떠돌아 가무악의 명인을 찾고 보면 다시 그들은 무»巫로 수렴되고 있었다. 점지당한 그들이 어떻게 인류로서 벅찬 일을 해냈는지는, 21세기 유전공학만이 밝힐 수 있는 일인 듯싶다.

무»無 2002년 9월, 여든일곱의 마지막 동래 한량 문장원이 지팡이를 짚고 무대에 나왔다. 필요 없는 근육마저도 퇴화시킨 빈 몸은 공기에도 들릴 것같이 가벼웠다. 춤을 좀체 꺼내지 않았고 꺼낸 춤을 좀체 바꾸지도 않았다. 그저 흘러가는 것인데, 걷노라면 자연스레 밟히는 엇박은 관객의 허리를 곧추세우고 남은 폐활량을 한데 모아, 얼씨구! 추임새를 뱉게 했다.

2004년 2월, 군산의 예기»藝妓 장금도가 춤추었다. 인력거 두 대를 보내야 춤추러 나오던 명성도 잊었고, 춤추던 기억마저 가물거렸다. 침묵한 세월 속에 풍화가 가속되어 동작마저 흩어지고 단 한줌 남았다. 그 분말이 박수의 진동으로 공기의 결 속에 스미고 있었다. 축축한 시나위 가락이 다가오자 결로되어 손끝으로 춤이 뚝뚝 떨어졌다.

그분들의 춤. 아무것도 없었지만 다시 꾸며질 수 없는 유일무이한 분량이었다. 이 기막힌 성취에 "노니소»逍! 노닐어요»遙! 놀아유»遊!" 옛적 신선들도 추임새 한마디를 건네는 것 같았다. 분명 형체에 구속당하지 않는 절대의 자유에서 소요유의 선경을 그려내고 있었다. 그것이야말로 무»無였다.

원래 '무»無'라는 글자는 '춤춘다'는 뜻이었다. 세월이 흐르면서 '없다'는 뜻으로 이용되자 구별을 위해 '천»舛' 자를 붙여 오늘날 쓰는 '무»舞'를 다시 만든 것이다. 무명의 춤꾼과 익명의 관객으로 만났던 1983년 6월 25일. 그로부터 20년, 출연자와 연출자로 만났을 때, 그분들 춤의 본령인 무»無를 완성해 보여주었다. 아! 저분들 가시면 누가 내 가슴팍 위를 보행할 것인가.

—

30년 전 고무신짝 가득 땀 흥건하게 하던 이소룡의 발차기에서 무»武 자를 만난 후, 10년 터울로 한 자씩 다가와 4무[武·舞·巫·無]가 되었다. 그간 한 글자 한 글자에 사무쳤고 마침내 내 몸의 나이테가 되어갔다.

공책 가득 '무»武'라는 글자를 그리던 촌놈이 서울로 전학을 와 제일 먼저 찾은 게 '무도장'이었다. 무림의 고수를 꿈꾸며 문을 밀었더니 포개져 빙글빙글 돌던 남녀들이 촌놈 하나를 내려다보고 있었다. 무도장»武道場이 아니라 무도장»舞蹈場이었다. 이후론 의지박약으로 보는 것에 만족했지만 극성은 여전하다. 요즘은 〈옹박〉에 나오는 토니 자의 발차기에 빠져 있다. 택견 고수 임준철 사범과 함께 무에타이와 택견의 발차기를 노변 토론하는 게 낙이다.

무»舞와 무»巫 때문에 밤을 기약할 수 없었다. 예술의 전당에서

〈백조의 호수〉를 보고 나와 갑자기 연락받고 진도에 〈씻김굿〉을 보러 가는 식이었다. 어두운 차창 밖에서 흑조 오딜이 푸에테를 도는 듯했다. 푸에테는 '채찍질하다'란 뜻으로, 한 발을 들고 채찍질하듯 감아 32회전을 한다. 자신에게 혹독한 채찍을 가해야만 완성할 수 있는 발레의 최고난도 기술이다. 진도에서 노^老당골은 '대황놀이장단'에 올라섰다. '대황[大學]놀이'란 대학 가기보다 어려운 장단이라 해서 붙은 이름인데, 배 속에서 듣고 나와 여든이 다 되도록 그 장단에 춤추는 것이다. 모두는 비교할 수 없는 경지였고 늘 보고픔에 빠지게 했다.

기별 없이 치러버리는 굿판이나 춤판 때문에 안달했다. 결국은 현장에서조차 사라진 공연을 극장으로 불러들이게 되었다. 기다렸다는 듯이 나설 수 없는 분들이었지만, 올라서면 다시없는 장면을 선보였다. 무대는 모든 치레를 버리고 몸으로만 올라선 저울이었다. 종교의 궁극이 자신을 들어내는 것처럼, 텅 비워버리는 무였다. 나는 스스로 벌인 공연의 관객이 되었고 그 무대 위에서 무^無를 본 것이다.

———

이 책은 전통예술을 기획·연출하면서 공연 홍보를 위해 쓴 보도자료를 고쳐 쓴 것이다. 책을 내겠다는 과욕이 앞서서 허접한 글을 엮어 내미는 것이 아닌가 하는 송구함이 있다. 그러나 스스로는 오랫동안 별러온 일이다.

보도자료 중 쓸 만한 대목을 골라 카피로 삼았었다. 그리고 포스터와 전단을 만들어 벽에 붙이고 인파를 향해 나눠줬다. 홍보물의 운명이 그렇듯, 이내 뜯기고 버려져 발길에 차이며 쓰레기로 뒹굴었다. 어렵게 출연한 분들의 이름이 짓밟힐 때마다 맹세했었다. 언젠가 기필코 깨끗한 책을 지어 바치겠다고. 그간 공연을 벌이는 틈틈이, 기둥에 머리를 쾅쾅 박으면서 발버둥친 결과를 엮었다. 자세한 것은 프롤로그를 따로 두어 이야기할 것이다.

책의 제목을 『노름마치』라 했다. 노름마치는 '놀다'의 놀음[노름]과 '마치다'의 마침[마치]이 결합된 말로 최고의 잽이[연주자]를 뜻하는 남사당패의 은어다. 곧 그가 나와 한판 놀면 뒤에 누가 나서는 것이 무의미해 결국 판을 맺어야 했다. 이렇게 놀음을 마치게 하는 고수 중의 고수를 노름마치라 한다. 이 책에 출연하는 분들에게 가장 합당한 말이었다.

내용은 총 6장으로 나누었고, 각 장은 개론적 이야기인 서설과 세 분의 삶과 예술로 구성했다. 각 장은 공연을 중심으로 묶기도 했고, 살아온 직업에 따라 묶기도 했다. 같은 장의 세 분은 대략 비슷한 삶을 사신 분들이기에, 한 분을 부각하여 다른 분의 형편을 유추케 했다. 한정된 지면으로 보다 깊이 들여다보고픈 의도에서다. 예인의 업적과 역량의 차이가 아니기에 부디 오해 없기 바란다.

출연자를 살펴보면 전통예술계에서 내로라하는 이름보다 낯선 이름이 더 많다. 그 때문에 의구심이 들지 모르지만 바로 이 점이 글쓴이의 공연 의도이자 집필 의도이다. 알려지지 않은 낯선 분이 보유한 몇 장면을 보기 위해 몇 달을 삼고초려하였고 그 내력이 이 글의 주추가 된 것이다. 전통을 좀 안다는 사람도 모르는 분들일 수 있지만, 전통을 전혀 모르는 사람도 곧바로 빠져들게 할 분들이다. 헤아려보니 평균 나이가 여든에 이르는 것 같다. 아쉬운 점은 그간 많은 분이 돌아가신 것이다. 망설이다 그분들의 예술을 잇는 장년의 후계자를 출연시켰다. 역시 이름나지 않았지만 멋이 꽉꽉 찬 노름마치들이다.

양해를 구할 것은 '나'란 주어와 시점이 등장하는 경우도 있다는 점이다. 맹랑한 태도지만, 근접한 각도에서 본 것을 말하고 싶었다. 액션영화는 첫날 첫 회에 봐야 하는 젊은이가, 발레리나의 어깨선에 눈부셔하는 젊은이가, 전통의 가장 맛있는 부위를 찾아 나선 여행이었다. 때로 '존재의 딸꾹질'처럼 '나'란 주어가 등장하더라도 접지 마시고, '뭘 봤으니까 저 수선을 떨겠지' 하며 끝장까지 넘기시길 앙망한다. 사무친 이야기를 떠든 젊은이가 빠져든 전통. 그것은 '케케묵은 것'이 아니라 '켜켜이 묵힌 것'이었다.

책 한 권이 얼마나 많은 이의 도움으로 만들어지는지 만들면서 알게 되었다. 게다가 이 글은 공연이란 과정을 거치면서 얻은 것이기에, 원작 공연에 영향을 미쳐주신 조력자들에 대한 고마움 또한 각별하다. 따로 에필로그를 두어 각각 세세히 밝힐 예정이다.

예서는 '노름마치사물놀이' 단원들에게 먼저 고맙다. 김주홍, 이호원, 오현주, 김태호, 김용준. 그간 필자의 공연에서 연주자와 스태프로 함께해온 식구들이다. 이들에게 '노름마치'라는 아름다운 이름을 빌렸다. 대표인 김주홍씨는 진도 출신으로 타악과 소리를 합한 〈소리굿〉을 파고 있다. 그가 〈왕의 남자〉 제작발표회에서 천만 돌파를 기원하는 〈비나리〉를 불러 그리되어버렸으니, 이 책을 두고도 〈비나리〉 한판을 부탁한다. 부디 잘되어 출연자분들의 남은 생애가 보다 주목되었으면 좋겠다.

마지막으로 이 책에 출연하신 분들께 감사드린다. 결국 외면했던 무대에 다시 서시고 골백번도 더 물은 질문에 답하시며 이 책에 나오신 것이다. 어려움을 무릅쓰고, 이 자리에 응해주심에 머리 숙여 감사드린다.

2007년 3월, 여기저기 꽃피는 날
진옥섭

이 책은 보도자료입니다

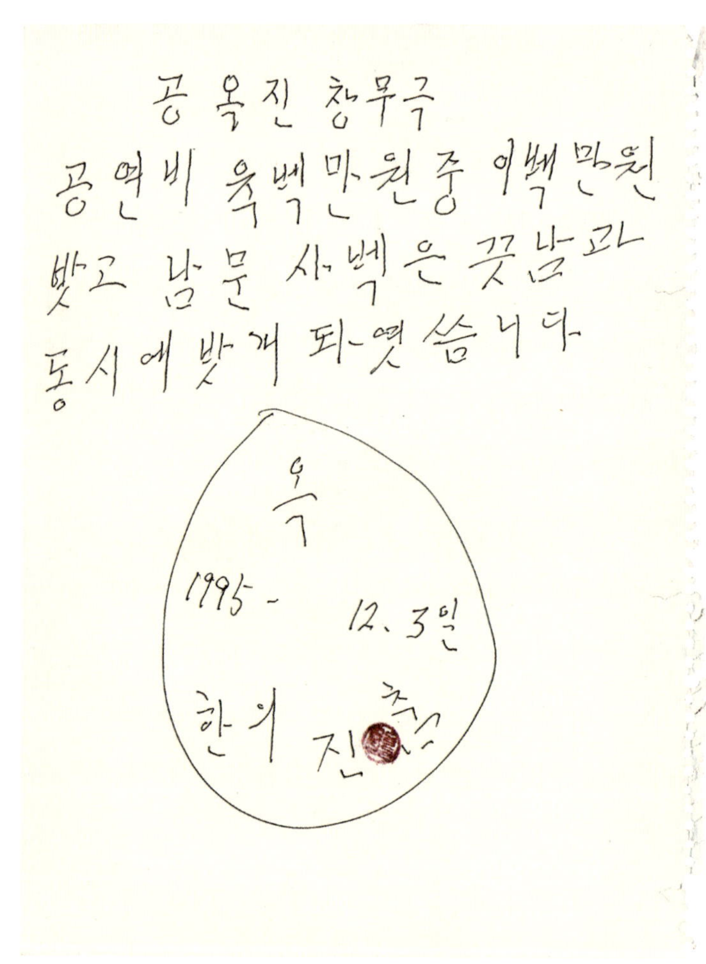

1995년 12월 3일. 날짜 적고 동그라미를 그려 공»孔을, 세로로 옥진»玉振, 가로로 '한»恨의 춤' 쓰고, 인주 없어 루주 묻혀 도장 박다. 고령의 출연자 중 단연 최고의 맞춤법이다. 그날 온종일 동그라미 위에 올라선 묵직한 액수까지 담판하였다. 내가 사랑한 분들은 한 번씩 강력한 적이었다. 이 책, 그 적과의 '담판 일기'도 된다.

보고픔도 극심한 허기의 일종이다

2004년 1월, 또 마주앉아 있었다. 일어나 춤을 추면 "외양간의 누운 소가 돌아보고" 앉아 소리하면 "헛간의 도리깨도 들썩인다"는, 짜하던 명성은 이미 옛이야기일 뿐이다. 오늘은 잊혀진 사람이 되어, 원망도 미련도 애정도 없다. 세상사에 대한 관심마저 끊어지고 말문을 걸어 잠갔다.

그나마 세상과의 소통을 주선하는 게 침이다. 주름진 손으로 날카롭게 파고들어 전날의 기억을 자극하고 이승의 욕망을 불어넣는 것이다. 욕망을 주입하고 나온 침 자국을 함봉한 반창고. 더이상 헤집을 곳 없이 찔렀기에 겹겹이 붙어 벗겨진다. 마치 먼 고해의 바다에서 간신히 돌아온 늙은 연어의 낡은 비늘 같다. 기진맥진한 몸을 이탈해가는 허연 비늘.

그 손을 부여잡고 춤 약속을 얻는 것이다. 힘주면 부서질까 살며시 잡은 손을 놓을 때, 끝이 일어난 반창고가 손끝을 긁는다. "너

후회할지도 몰라!" 추운 겨울이지만 오뉴월 보리단술 변하듯, 하니마니 분란이 있을 것이다. 팔순에 이른 춤꾼의 건강이 부실하고, 그 부실함에 얹힌 의지가 오락가락하기 때문이다.

그럼에도 아슬아슬한 도박을 감행함은, 어렵지만 일단 무대에 서면 여태 없는 것을 볼 수 있기 때문이다. 걷는 건 두렵지만 춤추는 것은 두렵지 않다. 몸속에 소리와 음악이 모두 들어 있어 선율의 흐름 따라 그때그때 춤이 달라진다. 전통이란 이름 속에서 순간순간 새것이 돋아난다. 이런 순간은 맛보는 순간 중독된다. 결국 또 들여다보고픈 과욕이 극성스런 길을 가게 한다. 정녕 보고픔도 극심한 허기의 일종인 것이다.

'시실리'時失里 박수'를 꿈꾸며

목차를 일별했으면 짐작하겠지만, 보도자료에 오른 분들은 대부분 기녀, 무당, 광대 등으로 순탄치 못한 삶을 산 분들이다. 남다른 처지를 궁금히 여겨 찾은 것이 아니다. 극치의 것을 찾다보니 그분들의 남다른 예술 앞에 다다른 것이다.

세월이 흘렀다고 하지만, 이제는 예술로서 존중한다고 하지만, 상처가 아물지 않았기에 많은 경계가 도사리고 있었다. 그 경계는 오랜 관례였다. 먼 선대로부터 예술과 경계를 함께 물려받은 듯했다. 그 증거 중 하나가 언어의 경계였다. 그분들은 '변'이라는 은어를 사용했다. 가령, 눈, 입, 여자와 같은 일상어를 각각 저울〉〉눈, 서삼집〉〉입, 해주〉〉여자와 같은 '변'으로 통용하였다. 기생, 무당, 광대의 삶을 대물림하면서, 바깥의 시선을 피하고 자신들끼리의 소통을 위해 만들어진 '변'도 대물림한 것이다.

'변'은 스스로의 속내를 방어하는 진지이고 서로의 정체를 알아내는 암호였다. 이돌〉〉돈, 어정〉〉굿, 석부〉〉거짓말…… 이런 오래된 암호를 암송하는 것도 경계를 넘어 그분들께 다가가는 방법 중 하나였다. 그리고 기생, 무당, 광대, 그분들의 남다른 예술에서 내 보고픔의 실체를 찾았다. 그것은 가무악일체〉〉歌舞樂一體였다. 소리와 춤과 악기, 세 분야를 모두 아우르는 것인데, 비록 한 분야에 매진하더라도 다른 두 분야가 거의 완벽하게 몸속에 차 있어야 예술이 나온다는 관념이다.

오늘날 전통예술도 가무악을 결합한 총체적 무대를 구성하려하고 있다. 그래서 예술가들도 가무악일체의 학습을 시도한다. 그러나 그분들은 학원이나 대학에서 따로따로 공부한 것이 아닌, 그냥 살아버린 '네이티브 스피커'였다. 애초에 가무악의 집안에 태어났거나, 쓰다달다 개념이 없는 어린 시절부터 이미 조련되어버린 것이다. 그리고 무의식적으로 조합하여 틀을 벗어난 새로운 것을 분출했다.

이를 확인할 수 있는 것이 '박수의 순도'이다. 시작과 끝, 장단이 바뀔 때 나오는 박수는 그야말로 의례적인 것이다. 만약 전통공연에서 그런 박수를 받는다면, "순서 외느라 고생 많았소" 하는 정도의 격려일 뿐이다. 전통에서 박수란 박과 박 사이에 존재한다. 열화와 같은 무엇이 아니라, 순간 튀어나오는 참을 수 없는 탄성이다. 가령 춤으로 친다면, 박을 밀려 밟으며 불안을 조성해 관객의 등을 의자 등받이에서 떼어낸다. 그리고 다시 화급히 당겨 밟아 몸을 젖히게 한다. 이렇게 무대의 박자에 관객을 개입시켜 쥐락펴락하면 서서히 소리 없는 박수가 고이고, 마침내 현란하고 아찔한 순간을 못 견뎌 "얼씨구!" 추임새를 넣고 마는 것이다.

이런 격정이 몇 차례 일어난 후, 무대인사 때의 박수는 완벽한 순도를 지닌다. 3층의 끝에서부터 눈처럼 돌돌 말려 내려온다. 1층쯤에서는 눈사태처럼 비대하게 부풀어 무대에 부딪히고 그 충격에 쪽마루 골에 박혔던 먼지들이 풀풀 일어난다. 모두가 기립박수를 보내는 순간, 이미 극장은 시간의 구속으로부터 벗어나 있다. 이때 손목시계는 박수의 순도를 체크하는 리트머스시험지다. 들여다보면 뿌옇게 훈김이 서려 시간이 보이지 않는다. 정녕 시간을 잃어버린 순간, 박수 중 최고의 순도인 '시실리時失里 박수'인 것이다.

순간이 영원으로 통하는 순간. 춤이면 춤, 소리면 소리, 악이면 악, 떡 주무르듯 능란해야 조성할 수 있는 순간이다. 하나 더하기 하나는 둘이 아닌 그 이상이 된다는 시너지 효과를 전통예술이 이미 간파했던 것이다. 가무악이 변증법적으로 정반합을 반복한다는 딱딱한 말이 입안 가득 단맛을 채우고 늘 입맛 다시게 했다. 다시금 행장을 꾸려 야간열차와 심야버스 대합실을 서성이게 하는 것이다.

길의 숙명은 먼저 간 자가 있다는 것이다. 다가가면 세월이 먼저 도착해 있었다. 결국 노쇠한 손을 잡고 조아렸고, 약속한 그날부터 혹한 같은 두려움에 떨어야 했다. '설마'가 사람 잡고 '혹시'가 귀신 부르기에 매시간이 조마조마한 것이다. 1995년 10월에는 공연을 약속한 순천의 당골^{무당} 김순태씨가 돌아가셨다. 망자를 천도하는 〈씻김굿〉을 약속했었는데 본인이 망자가 된 것이다. 나는 수화기를 든 채로 아득한 나락으로 떨어져내렸다.

1995년 12월 27일, 서울 두레극장에서 부인 박경자씨가 남편의 〈씻김굿〉을 했다. 일생을 사람들의 손가락질 끝에서 살아왔기에, "다시는 손가락질받지 않는 곳으로 가라"며 씻은 자리를 눈물로 적셨다. 김순태씨는 무대에 영정사진으로 출연하였다. 저승에 가서도 약속을 지킨 당골이었고 잊지 못할 공연을 한 출연자였다. 소지^{燒紙}가 제 몸을 사르며 치솟을 때 김순태씨의 말이 되새겨졌다. "알면 굿만한 게 없소. 근디 모룽께, 하도 몰라중께, 그 천대에 다 죽고 다 작파혀서, 볼라면 지금 급허지요."

다시 쓰는 보도자료

이 글은 먼길 끝의 노인정과 다방, 시장의 국밥집에서 마주앉아 물은 몇몇 예인들의 삶에 대한 이력서이다. 예술이란 스스로 한없이 깊어가는 과정이다. 그래서 '한 길 사람 속'으로 잠긴 시간을 꺼내는 것은 수월한 일이 아니었다.

다행히 순탄치 않은 역사가 도움이 되었다. 징용, 해방, 전쟁, 4·19혁명, 5·16군사정변, 화폐개혁…… 그때 어디서 그 일을 맞았는가를 물어 최소한의 연대를 구한 것이다. 가까스로 얻은 시간의 뼈대에 희미한 기억을 붙여나갈 때는 흘러간 노래가 제법 구실을 했다. 남인수의 〈애수의 소야곡〉이 나오던 때, 고복수의 〈타향살이〉가 나오던 때에 무엇을 하고 어떻게 살았는지를 물었다. 가수는 노래를 녹음하고 노래는 삶을 저장했기 때문이다. 그러나 역시 기억은 지나온 일생에 다 다다르지 못했다.

때로 주제넘는 짓을 하기도 했다. 〈술은 눈물일까 한숨일까^{酒は涙か溜息か}〉라는 일본 노래를 들려주었다. 채규엽이 1932년에 번안해 부른 노래도 있지만, 굳이 고르자면 1931년에 후지야마 이치로가 일본어로 부른 노래여야 했다. 그간 들을 수 없었던 일본 노래는 곧장 60년 전 기억으로 직행했기 때문이다. 아울러 노래 근처에서 존재했던 혐의점을 캐묻는 의도도 있었다. 당시 예기들은 우리의 가무악을 두루 학습했지만, 일본 춤도 추고 엔카를 부른 경우도 있었다. 요정을 출입하는 이들의 상당수가 일본인이었기 때문이다. 오늘날 그들은 전통예술을 이어온 예인으로 부각되지만 당시에는 생존에 매인 이들이었다. 아픔을 들추는 잔인한 방법이지만 가장 신선한 기억은 슬픔 근처에 있었다. 눈물에 절여져 부패하지 않았던 것이다.

못된 방법으로라도 몸부림친 이유는 보도자료를 써야 했기 때문이다. 예수가 재림하여 첫번째 묻는 말이, "그래, 기자들은 왔는가?"라고 한다. 신문에서 읽은 한 토막 우스갯소린데, 너무도 절실한 말이다. 아무리 유명한 명인이 출연해도 보도가 되지 않으면 아무런 의미가 없다. 보도가 없으면 손님이 없고 손님이 없으면 볼 게 없다. 볼 수 없는 것을 보려면 관객이 운집해야 한다. 전통공연 연출의 핵심은 추임새 좋은 관객을 찾는 일이기 때문이다. 기획도 마찬가지다. 알려지지 않은 분을 모시는 게 기획의 묘미인데, 알려지지 않은 분이라 문예지원금 수혜 대상에서 제외된다. 결국 표를 팔아 제작비를 마련해야 한다. 오지랖 넓게 연출과 기획을 겸했으니 신문사에 가 곱으로 조아려야 하는 것이다.

　신문사 문화부 데스크의 책상다리는 언제나 휘어 있다. 세상은 넓고 공연은 많아, 그 많은 보도자료가 계류중이기 때문이다. 카네기 홀, 로열 앨버트 홀 등을 누빈 예술가의 휘황찬란한 이력 위에 지극히 초라한 이력을 얹는 것이다. 화려한 옛 명성은 유랑극단에서, 굿판에서, 환갑잔칫집에서 얻은 것이라 오늘날 인정할 만한 공식 이력이 거의 없다. 결국 살아온 그대로의 모습을 전달해 예술의 전모를 깨닫게 하는 방법밖에 없었다.

　그러나 그분들의 일생은 오리무중이다. 연대만 해도 일제강점기엔 다이쇼, 쇼와를, 해방 후엔 서기, 단기, 서기로 다섯 번의 변천을 겪었다. 순탄치 못한 역사 탓에 살아온 연대가 헤아릴 수 없이 헷갈려 가닥이 잡히지 않는 것이다. 또 기억이 나더라도 피할 건 피하고 알릴 건 알리는 선전만 했다. 과거를 숨기고 예술만 이야기하니, 자고 일어났더니 판소리 다섯 바탕이 다 외워졌다고 우기는 것과 같은 것이다. 때로 엔카로라도 밀고 들어가 눈물인지 한숨인지 모르는 아픈 기억과 정면승부를 해야 했다.

보도자료를 기자들에게 전달하고 나면, 팸플릿을 만들기 위해 좀더 질문을 했다. 물으면 물을수록 그분들의 삶은 보다 주목해야 할 유용한 과거였다. 이미 국악, 무용학, 민속학, 인류학 등의 연구서에 거론되었던 분들이지만, 마주앉아 들은 뜨거운 육성은 예사롭지 않았다. 연구 목적에 맞게 규격화된 패러다임이라는 도량형, 그 조그만 됫박에 담지 못한 파란만장한 분량이 내 심장을 부여잡은 것이다.

그리고 극심한 기갈을 달랜 그 한판, 3층부터 무너져내려오는 박수에 묻히는 그 순간, 제보받은 슬픔이 떠밀고 온 그 분량 앞에 무릎을 접었다. 내 생애의 길이가 그 순간과 포개질 수 있었음을 진저리치며 감사했다. 쏟아지는 박수를 반주로 목젖이 쏟아지게 소리치고 싶었다. "보시오! 우리 예술사가 결코 이분을 비켜갈 수 없습니다!"

전통예술이 상아탑으로 들어간 후, 무대의 명인은 묻히고 교육의 명인만 남은 듯하다. 아직도 건재한 '판의 사람들'에 대하여, '초야에 묻힌'이란 수사로 통째로 묻어두고 있는 것이다. 공연을 전제로 학습되는 예술은 공연장에서 관객에게 미친 영향이 중시되어야 한다. 온몸 가득 소름을 담아 한꺼번에 끼쳐내던 분들, 이제 삶과 예술을 역사 한복판으로 이관해야 할 것이다.

이 글은 옛 보도자료를 수선한 것이다. '신명'이니 '흥'이니 하는 어수룩한 말로 쓴 예고편을 늘 후회했기에 그때 다 헤아리지 못했던 면모들을 밝혀 새로 섞어넣는 것이다. 이렇게 해서 이루고자 하는 것도 결국 보도자료이다. 기자들 대신 독자 여러분께 전하고자 한다. 보도자료의 진정한 의도는 호객행위이기에, 이렇게 쓴다. 위대한 현존을 그대 생애에 한 번이라도 스치고 싶다면, "有志君子^{유지군자}는 後日^{후일} 劇場^{극장}으로 來玩^{래완}하시옵."

촌부회담의 나날들

밤새워 쓴 보도자료를 아침에 출력하다 깜짝 놀라곤 했다. A4 용지의 흰 울타리 안에 어마어마한 소떼들이 몰려와 있는 것이다. 들은 이야기를 쓰기에 큰따옴표를 치고, '변'이나 전통 용어에 작은따옴표를 쳤다. 아침이 되니 소뿔 같은 큰따옴표와 작은따옴표가 떼를 이루어 마침내 마침표도 없이 몰려가는 '소몰이 시위'가 된 것이다.

그래서 공연 제목, 노래 제목, 춤 이름, 책 제목을 따옴표 대신 꺾쇠 「 」로 바꾸었다. 그랬더니 이제는 낫을 든 농민들이 가세한 민중봉기가 되었다. 화들짝 놀라, 공연 제목, 노래 제목, 춤 이름 등 빈도 높은 것은 〈 〉로 바꾸니 번득이는 낫이 대충 거두어졌다. 문제는 역시 어마어마한 소뿔이었다. 오전 내내 수도치기로 소뿔을 꺾어야 했다. 따옴표를 잘라 뜨거운 육성을 차가운 문장으로 만들었고, 변이나 특별한 용어도 가능한 한 보통말로 대치했다. 그러나 일대일로 치환되지 않는 변이나 용어에는 어쩔 수 없이 소뿔을 달아야 했다.

가령 '개비' 같은 말이다. 광대나 무당 집안 출신이 스스로를 '개비' 혹은 '갑甲이'라 한다. 혈통에 대한 유일한 자부심이었다. 즉 누대로 유전자 지도에 기재되어 내려오는 데이터를 다운받고 태어나야만 예술이 된다는 것이다. 그래서 '개비' 출신이 아닌 예술가를 '비非개비'라 비하했다. 물론 역사상 양반 출신 광대들도 많았다. 이들은 또 양반 출신이기에 '갑이'가 아닌 '비非갑이'라 자처했다. 그래서 같은 말이지만 '비개비'라 발음하면 '개비' 출신들이 무시하며 쓰는 말이 되고, '비갑이'라 하면 양반광대들이 자신들의 신분을 자처한 말이 된다.

발음에 따라 형편이 달라지는 것인데, '비갑이'란 말은 점차 빈도가 낮아진다. 『용비어천가』가 '뿌리 깊은 나무'와 '샘이 깊은 물'을 언급했듯, 21세기 유전공학이 게놈지도를 완성해가면서 '개비'의 우월성을 여실히 증명하기 때문이다. 게다가 이제 예술가 대접이 양반 대접 못지않아 굳이 '비갑이'를 자처할 이유가 없다. 오히려 그들로부터 '비개비' 소리를 듣지 않는 게 우선이 된 것이다.

이렇게 사용 빈도수가 높고 함유된 내용이 많은 말은 자르지 못했다. 결국 전통을 이해한다는 것은 그 낯선 말귀를 알아듣는 것이기 때문이다. 또 전통예술은 특별한 기록 없이 옛말에 현상을 압축하여 대물림했기에, 전통의 뼈대를 표현한 옛말을 더 섞어넣기도 했다. 그 예술의 미래는 그 예술을 표현하는 언어에 달려 있기 때문이다.

예를 들면, 공연이 좋으면 '쥑인다', '쓰러진다', '뿅간다' 등으로 비속하고 경망하게 표현하는 게 요즘 말이다. 좀 점잖은 '감동의 물결', '열광의 도가니', '열띤 공연' 같은 말은 너무 뻔하여 재미가 없다. 예전에는 "옥당»玉堂!"이라 하며 무릎을 쳤다. 구슬의 둥근 모습으로 예술의 완전함을 표현한 것이다. 또 운치가 있어서 "앵두를 똑똑 따는구나" 하고 표현했다. 앵두는 눈물이란 뜻이니, 눈물이 뚝뚝 떨어질 정도로 좋았던 모양이다. 아울러 눈물이 앵두 열매처럼 동글동글해 역시 옥의 둥긂처럼 예술의 완전함을 표현한 것이다. 이렇게 멋을 추어올린 멋진 말을 포기할 수 없었다. 결국 언어에 의해서 보는 눈이 깊어지면 예술의 수준도 높아지기 때문이다.

이래저래 물러서다보면 다시 소뿔이 돋아났다. 그리고 그간의 보도자료를 모아 책으로 묶는 지금도 소뿔 투성이다. 다시 물어 얻은 입김 서린 육성들을 큰따옴표로 감싸안았기 때문이다. 결국 이규보가 『백운소설』에서 지적한 '촌부회담체'가 되고 말았다. 그는 일상어를 많이 쓰는 것을, 시골 농부들의 떠드는 체라고 해서 촌부회담체라 경계했었다.

이 글은 촌부들과 회담한 결과이다. 이제는 옛 명성을 접고 초야에 묻혀 근면한 촌부로 사는 분이 대부분이었기 때문이다. 그러나 죽림에 누웠어도 이룰 수 없는 것을 이룬 분들이었다. 그래서 말할 수 없는 경지를 드러내는 한마디 한마디는 그대로 뼛속에 스몄다. 심지어 상말 한마디도 예사롭지 않았다.

한번은 경망스레 입을 놀리다 가까운 전라도 촌부에게 욕을 들었다. "확! 주댕이를 쑤셔부러. 똥구멍까지 빠져불게." 삿대질을 하며 확! 할 때는 순간 아찔하고, 손가락에 밀린 입이 목구멍 너머로 툭 떨어져 항문까지 빠지는 상상에는 웃음을 참지 못했다. 한마디에 채찍과 당근을 겸하는 경탄할 만한 입심을 사랑했다. 그리고 웃어넘길 수만은 없는 눈시울 뜨거운 말이 늘 맴돌았다. 그 더운 입김의 말이 더이상 흩어지기 전에 글로 엮는 것이다.

결국 촌부회담의 나날이었기에, '촌부회담체'로 '소몰이 시위'를 한다. 책이 글자 새긴 죽간을 엮은 데서 생겼듯이, 이 글도 촌부들의 말을 뼛골에 새긴 것이다. 촌부들이 하늘처럼 믿었던 소를 끌고 시위에 나서듯, 나 역시 사무친 그분들의 말을 엮어 책으로 끌고 나선다. 다만 늙은 총각의 글재주 없음을 한탄할 따름이다.

다시 올 수 없는 시간을 마중 가는 길

2004년 2월, '여무, 허공에 그린 세월'^{» 국립국악원 예악당, 2월 12~13일}
이라는 춤판을 올렸다. 평균 일흔다섯 살의 여류 명인이 출연하기에 주문처럼 '여무'를 골백번 되뇐 공연이었다. '여무', '여무' 하다보니 어느 순간 '무'자의 'ㅁ'이 '여'자 아래로 굴러떨어져 '염우'로 발음되었다. 염우란 바른 행실과 꼿꼿한 품성을 뜻하는 말이어서 마치 그분들을 지칭하는 듯했다. 염우가 변하여 '야무'가 되었으니 공연 역시 '야무진' 판이 되었다.

염우. 아마 이 책에 출연하신 분들의 예술과 인생을 두고 준비된 말 같다. 옛말에 싸워보면 그 사람을 안다 했고 돈거래를 해봐도 안다 했다. 두 담판을 한자리에서 했기에 그분들의 속내를 들여다보았다. 이 책에 출연하신 분들은 찻잔 건너에서 차갑게 나를 응시하던 분들이었다. 더 솔직히 말하면 몇 날 동안 출연료를 깎느라 대적했던 강력한 적들이었다.

한푼이라도 깎아보겠다고 고기 몇 근 떠서 갔었다. 숫기가 없어 하루종일 근처를 맴돌 때 고기가 녹아 피가 뚝뚝 새나왔다. "뭘 사와도 큰 놈 사온 게 좋아" 하고 물건부터 반기며 담판의 상한선을 올려놓는 고수였지만, 담판이 끝나면 곧바로 내 쪽으로 넘어온 분들이었다. 해거름에 어렵게 문을 밀었을 때, 그때는 몰랐었다. 지금 와 생각하니, 그때 그분들은 그 만남을 일생 동안 준비하고 계셨다.

책을 쓰면서 다시 길을 걸었다. 포플러 흔들리던 신작로길이 검은 포장도로로 바뀌었다. 그 길에 손 흔들어주시던 분들, 지금은 돌아가신 분이 많다. 바람결에 금세라도 다가올 듯 불시에 추억이 엄습했다. 그 나이 그때의 걸음을 생각해보니, 다시 올 수 없는 시간을 마중 가는 길이었다. ●

예기^{藝妓}, 이화우 흩뿌릴 제

이미 아흔이 넘은 충남 서산의 심화영 할머니. "이게 도대체 난가 싶어" 머나먼 청춘을 들여다
본다. 아름다움이 슬픔을 불러들인 해어화의 길, 이화우 흩뿌릴 제 그 이름과 작별하고 수레바
퀴 위에 올랐다. 세월 지나 인력거 자국 지워졌으나 그 밤의 눈물은 지워지지 않네.

—

지평선에서 약속이 있다

사람이 사는 곳에서부터 사람이 사는 곳까지 나 있는 연결망을 길이라 한다. 지금이야 폭넓은 길들이 거미줄처럼 종횡하며 사람과 화물을 실어나르지만, 예전 왕조시대의 길은 형편없어서 고을을 벗어나기도 힘들었다. 이유인즉, 대륙과 섬나라의 잦은 침공에 차라리 길이 없는 편이 안전하다고 생각했기 때문이다.

한 예로, 조선 숙종 때 평안도 관찰사가 길을 닦아야 한다고 했더니 숙종은 '치도병가지대기'治道兵家之大忌', 곧 '길 닦는 것은 병법에서 기피하는 일'이라 답하여 결국 길을 닦지 못했다 한다. 조선조가 사대교린을 목적으로 제일 중시했던 서울, 의주 간의 길도 어찌나 불편했는지 '서울 가려면 눈썹도 무겁다'는 속담이 만들어질 정도였다. 왕조 내내 7백여 회의 사신이 왕래한 제1로가 그랬다면 다른 길들의 형편은 어떠했겠는가. 구한말 러시아 대장성은 '한국 길의 불완전성은 지구상에서 예를 찾아볼 수 없을 정도'라 했다.

불편한 길이 이룬 분명한 것이 있다면 각 고을마다 옹골차게 박혀 있는 독특한 예술이다. 학술 구분으로도 '좌도'와 '우도', '동편'과 '서편'으로, 심지어 같은 지역이라도 '또랑' 하나만 건너도 가락이 다를 정도가 되는 것이다. 이런 다양한 지역성이 전통예술의 든든한 기반이었다.

그러나 지금은 전통예술마저 모든 것이 중앙에 집중된 채 다시는 꾸며낼 수 없는 엄청난 분량들을 방치하고 있다. 물론 전통예술에서 지역성만이 능사는 아닐 터이다. 그러나 풍부한 예술적 단서를 잃지 않고 충분히 확보하는 것, 그것이 전통예술 발전의 한 방법이 될수 있다. 이것이 필자가 먼 지평선에 약속을 둔 까닭이다.

시외버스 터미널을 나와 밀짚모자를 쓴 촌로에게 길을 물으며 가는 길의 끝에 춤꾼이 있다. 평생을 수공 들여 한 치도 빠져나가지 못하게 치밀한 밀도로 다진 '춤집'을 갖춘 할매와 할배 들이 있는 것이다.

(1998년 '명무초청공연' 팸플릿에서)

해어화 피는 물가, 권번

얼씨구! 얼마나 갸륵하고 이상적인가. 그러나 정작 내디뎌보면 얼마나 황량한지, 도굴당한 분묘처럼 사금파리 널린 폐허가 있을 뿐이다. 지도의 끝머리, 그 지도에 표기되지 않은 새마을 연쇄점 옆 전

봇대에 매달린 삿갓 쓴 백 촉짜리 전구 아래서 애꿎은 담배로 심장을 태워야 했다. 해변에서 전해 들은 사건의 전말은 이러했다.

할매 한 분이 손자 소풍을 따라갔다. 벚꽃이 튀밥처럼 일순간 터져 그늘마저 눈부신 날이었다. 그날따라 맥주가 달아 몇 잔 연거푸 들어갔고 하필 학부모 장기자랑이 시작되었다. 젊은 축들이 너나없이 나서서 "할머니도 한 곡 하세요" 하며 톡톡 쳤다. 누구는 사랑은 얄미운 나비라 했고 누구는 청춘을 돌려달라 했다. 마이크 놓고 들어올 때도 "그 나이 자시도록 노래 한 곡 안 배웠습니까" 하고 어김없이 톡톡거렸다.

그렇게 톡톡 건드리는 통에, 잔의 바닥에서 거품이 되려 솟아오르는 기포처럼, 혈구의 앙금 밑에 쉬던 흥이 뽀글거리며 올라섰던가 보더라. 슬슬 '배운 가락'이 스며나오기 시작해 그만 마이크를 잡고 말았다. 모두들 소란을 멈췄다. 전축이나 텔레비전을 틀어야 듣는 프로의 목소리가 나온 것이다. "기생이다!" 조용하던 장내는 다시 수군거리기 시작했다. 손자는 울면서 앞서 왔고, 며느리는 여기 와서도 이럴 거냐며 타박을 했고, 아들은 호적에서 파자 했다. "호적이 무슨 우물이냐"던 할매는 그 밤 한잔 가득 부어 음독을 하였다.

'유앵이 할매', 통영 바닥의 모든 예술을 한몸에 휘감았던 최고의 여류는, 기생이란 소리를 피해 피난한 동해 어느 소도시에서, 어느 초등학교 소풍날, 한잔 술로 이승의 소풍을 마감했다.

"춤추고 노래해 잘 가르쳐놓으니까 그런 일이 생겼다"고 "그놈의 권번 때문"이라고 일가인 통영의 세습무는 눈가에 맺힌 이슬방울로 말줄임표를 대신했다. 연안으로 밀려든 물때에 배들이 부딪혀 잠을 깼고, 우린 잔술에 취해 평상 위로 무너지고 있었다. 지도에 표기되지 않은 새마을 연쇄점에서, 세상 어느 책에도 기록되지 않은 한 여류 명인을 이야기하며.

권번^{»券番}, 그것은 아버지를 위해 심청이 뛰어든 인당수 깊은 물과 같다. 죽 한 사발을 놓고 서로 달려들어 머리 부딪히는 목멘 풍경을 뒤로하고 권번에 간다. 그리고 심청이 연꽃으로 환생하듯이, 그녀들 연향의 꽃 해어화로 피어난다. 해어화^{»解語花}는 '말을 알아듣는 꽃'이란 뜻으로 당나라 현종이 양귀비를 두고 한 말이었는데, 그후 미인, 기녀를 가리키는 말이 되었다. 이 해어화를 피워내는 물가가 권번이었다. 정확히는 권번이 아니라 '권번 부설 예기양성소'다. 권번 건물에 잇대어 있었기에 보통 권번이라 생각하는 것이다.

그곳에서 4년간 회초리 위에 올라서서 혹독한 교육을 받는다. 춤, 소리, 가야금, 시조, 가곡, 가사, 서화, 일본어…… 요샛말로 '전인 교육'을 받고 예기가 되어 권번의 부름을 기다린다. 권번은 지금으로 말하면 예기의 스케줄 일체를 관장하는 매니지먼트 사무실이다. 이곳에 연락이 오면 예기들은 인력거를 타고 요정에 나가 기예를 펼치는 것이다.

또한 권번은 예기들의 풍속을 단속하고 엄히 기강을 잡는 곳이기도 했다. 규율 없는 술상이기에 오히려 헝클어지지 않고 단정해야 했다. '저분질^{»젓가락질}에 고뿔 든다.' 즉 술상 안주를 집느라고 이리저리 젓가락질하면 안 된다는 것이다. 왜냐하면 그 소매 끝에서 이는 바람에 그만 손님이 감기 들기 때문이다. 말인즉 농인데, 그러한 행위는 엄히 경계되었고 사소한 어긋남도 기필코 응징되었다. 이것이 정례화된 게 한 달에 한 번 열리는 삭회로, 행실과 성과에 대한 포폄이 이루어졌다. 여기서 행실이 지탄받으면 삭발까지도 감행했으니, 작부나 갈보가 아닌 예기임을 철저히 확인하는 바늘방석 같은 자리였다.

가무악이 골고루 차고 예의범절이 두루 서, 세상 물정에 둔하지 않은 답을 할 정도가 되면 예기는 어느새 해어화가 된다. 매달리는 풋내기 도령 울리는 해당화가 되고, 사각모 망토 쓴 다정한 공자 앞에서 붉어지는 홍도화가 된다. 그렇게 여자가 깊어가고 예술이 농익어 옛말로 '앵도를 똑똑 따는' 것이다.

권번, 근대에 휩쓸린 우리의 전통예술이 그곳에 피난하였고, 게서 만난 예기들의 몸에 가무악이 새겨져 오늘날에 전달되었다. 물론 무턱대고 존대할 수 없으나 결코 간과해서는 안 되는 예술의 집적지가 바로 권번이었다. 그러나 정작 오늘날 그 당사자들은 무대에 없다. 모두들 세월이 데려갔고 남은 이들은 깊이 숨었다.

설핏 보았다는 풍문을 단서로 물어물어 문 앞에 당도하면 "도둑질도 손떼면 가만두는데, 왜 들추느냐"며 자신이 지나온 발자국을 지문이 닳도록 손사래를 쳐 덮는 것이다. 자꾸만 구석으로 밀어넣던 사람들의 손가락질, 그로 인한 가족 간의 불화가 원인이다. 아직도 춤은 '그짓'이며 전무후무한 레퍼토리는 속죄할 수 없는 '죄목'이다. 예술이라 말하는 데 주저함 없는 오늘도 아픔은 현재진행형이기에 그 상처에 노크를 하는 것은 '아이»I 엔지»NG'가 되는 것이다.

그 다방에 들어설 때에

김제 만경 너머, 저 지평선에서 약속이 있었다. 아니 "안 나오시면 군산시청을 통해서 찾을 겁니다" 큰소리치며 몰상식하게 밀고 들어가는 중이었다. 전화에선, 장금도씨는 '폴새' 돌아가신 언닌데, 멀리서 오셨으니까 대신 나가 인사나 드린다고, 정말 남 이야기처럼 가늘고 낮은 목소리로 말했다. 뇌리엔 '벌써'란 뜻의 사투리 '폴새'가 파닥거리며 날고 심증과 물증이 엎치락뒤치락했다. '언젯적 장금돈데, 지금도 장금돌까.' 긴가민가, 기연미연, 기연가미연가, 차창 밖의 목백일홍 가로수가 화무십일홍이라며 히죽히죽 웃는 듯했다.

군산극장 앞에서는 블라우스만 눈에 띄었다. 그 나이에 쉽게 입을 수 없는, 입어본 사람만이 입을 수 있는 튀지 않는 파격이었다. '땡땡이' 블라우스와 팔에 낀 자그만 핸드백, 서서히 심증이 가고 가슴이 뛰기 시작했다. 극장 근처 2층 다방에 들어섰을 때부터 온몸의 감각이 시신경으로 모아졌다. 자리에 앉고, 가방을 내려놓는 모습 하나하나가 단서였다. 그러다 물컵을 밀 때 손목이 살짝 굽혀지는 순간, 아! 자태는 그 사람의 속일 수 없는 속내였다. 단 한 컷의 곡선에 춤이 담뿍 차 있었으니 감출 수 없는 확실한 물증이었다.

커피가 나오자 선생은 핸드백에서 호리호리하게 긴 담배를 꺼내 물었다. 기다렸던 순간, 이제 '불량한 노하우'를 시도할 때가 온지라 대뜸 팔팔 담배를 빼어 물었다. 한 모금 들이키던 선생은 덜컥, 한다. 내색할 수 없지만, 새파란 젊은 것이, 싸가지 없이, 그러나 더 심각한 문제는 시퍼런 남들 눈이다. 낫살이나 먹은 이가 새파랗게 젊은 놈과 맞담배질을, 그것도 대낮에 다방 구석에서, 혹여 남 눈에 띨세라 가슴이 쿵쿵 뛴다. '마초아 구석일망정' 하마터면 그런 우세가 없는 것이다. 이때 더 구석으로 자리를 옮기자 하면 두말없이 더 구석으로 앞선다. 담판을 위해서 더 구석으로 가야 하고 맞담배질의 공범이 되어야 한다. 피할 수 없는 궁지에서 둘만의 비밀과 암묵적인 유대가 생겨난다.

인쇄가 아직 안 나와서 가져오지 못했지만, 교정볼 때 보니 선생님 사진이 잘 나왔더라, 출연 날짜는 손 없는 날로 택일해서 손님이 많을 것이다, 일방적으로 그저 혼자 앞서 가야 한다. 그러다 "출연자 중에는 선생님 말고도 '채 맞은 생짜'가 또 있습니다"라고 말한다. 그 순간 선생은 '채 맞은 생짜'란 뿔 달린 말에 쿵! 하고 심하게 부딪혀 유리컵처럼 쩍! 금이 간다.

풀자면, 회초리″채를 맞으며 제대로 학습한 기생″생짜이란 뜻이다. 얼굴 믿고 술상에 앉은 예술 없는 '나무기생'이 아니라 제대로 격식을 다 배웠다는 자부심에 찬 말이었다. 한량들 또한 제대로 학습한 예기란 뜻으로 이렇게 불렀으니 일종의 존대어였다. 그러나 그 시절로부터 오십여 년이 지난 지금은, 당신이 오십여 년 전 한 일을 빤히 알고 있다는 뜻이 되는 것이다. 야비하게도 전문용어를 몇

마디 더 썼고, "아따, 애기들 깨겠소" 선생이 손을 저어 얼마간 침묵이 흘렀다.

　그사이 금을 두고 갈라선 컵의 양쪽은 벌어지지 않으려 안간힘을 쓰지만 높은 수압에 이내 안의 것을 흘려내야 했다. 흘러나오는 내부, 그것은 눈물이었다. 온몸의 각 끝에서 차근차근 밀어올린 눈물, 떨구면 체중이 줄 정도로 큰 방울, 방치하면 떨어져 발등 깨질까 싶어 손수건을 갖다대자 금세 흥건히 젖는다. 그 짧은 짬에 살아온 내부의 음영이 내게 흘러들어왔다.

　예전에는 딸을 낳으면 마당에 오동나무를 심었다. 그 아이 자라 꽃처럼 피어나면 그 나무 베어 장롱을 만들어 시집보냈다. "딸아 딸아 막내딸아/ 오동나무 밀장농에/ 갖은 장석을 달아주마." 여인들이 부르는 강강술래는 이 아담한 꿈을 담고 있다. 그러나 그 오동나무로 가야금을 만들어 길 떠난 이들이 있었던 것이다. 또래들과 맞잡은 강강술래를 빠져나와 으스름 달밤 길 걸으며 다시는 돌아갈 수 없는 원무»圓舞를 뒤돌아보던, 해어화의 길이었다.

　전군가도로 군산을 빠져나오는데, 라디오에서 이미자의 〈여자의 일생〉이 흘러나왔다. "……비탈진 인생길을 허덕이면서 아아 참아야 한다기에 눈물로 보냅니다." 참 절묘한 템포였다.

아까운 사람 갔네

권번에서는 〈포구락〉〈검무〉 등의 군무와 〈승무〉와 〈살풀이춤〉 같은 독무를 배웠다. 군무는 권번이 주최하는 예기연주회 정도에서 추었고 특별히 큰손님이 왔을 때도 호화롭게 추었다. 그러나 시간이 흐를수록 식민지의 경제력이 떨어지고 있었다. 결국 예기를 여럿 불러 호사할 일이 드물어지고 점차 독무가 주가 되었다. 사실상 〈승무〉도 삼현육각*목피리, 겹피리, 대금, 해금, 장구, 좌고을 동원한 전문 반주가 필요해 요정에서는 점차 드물어졌고, 환갑잔칫집에서나 격식을 갖춰 출 수 있었다.

〈살풀이춤〉은 예기들끼리 장구, 징, 가야금, 구음 반주로 언제든 출 수 있었다. 그래서 가장 많이 추었고, 나이들어도 늦게까지 출 수 있었다. 춤의 기본인 〈승무〉나 〈검무〉를 배우고 나서 그 춤가락들을 가지고 즉흥 선율에 맞추어 추는 허튼춤이었다. 보통은 〈굿거리춤〉, 〈수건춤〉 등으로도 불리는데, 같은 이름이라도 추는 사람에 따라 춤가락도 춤맛도 다르다. 그런즉 춤 찾기는 몸으로 쓴 그 사람만의 자서전을 찾아가는 것이었다.

광주광역시 운암아파트에서 만난 안채봉*安彩鳳, 1920~1999 선생은 묵묵부답이었다. 몇 달 전 다친 허리 때문이었고 통증이 온몸으로 번지던 차였다. 그러다 김오채*金五彩, 1926~1994 선생 이야기를 들먹이자 자신의 형편은 제쳐두고 연신 "아까운 사람 갔네" 하며 아쉬워했다.

안채봉의 〈소고춤〉 다급한 휘모리장단이 들리는 모양이다. 수건을 가슴 위로 올려 〈병신춤〉을 추려 한다. 저러다 털썩 주저앉으면 억! 하고 놀랐으니, 춤으로 폭소를 만들던 유일한 꾼이었다. ⓒ 정범태 얼마나 절묘한 춤꾼이었던가. 명주 수건을 들고 〈살풀이춤〉을 추다가 수건으로 허리를 묶고 소고를 들어 신명을 돋운다. 적당히 농익으면 허리의 수건을 가슴 위로 올려 자라목을 만들어 〈병신춤〉을 시작한다. 휘모리에 엇박으로 뛰어가다 털썩 주저앉으면 관객들은 억! 하고 놀랐으니, 춤으로 박장대소하게 하던 유일무이한 춤꾼이었다. 이 기막힌 춤에는 쫘르르 쏟아지는 김오채의 장구가 있었다. 그 가락을 한 박도 빠뜨리지 않고 치마폭에 모두 담아 뛰는 듯 흔쾌하던 춤가락들. 추억을 들춰가며 뜨겁고 간절하게 애원했지만 건강 때문에 허공만 바라봤다. 선생은 이듬해 돌아가셨다. 아마도 김오채 선생과 어울리러 서둘렀던 모양이다.

20세기 말에 찾아 나선 20세기 초반 사람들이었다. 그 무렵 전주의 성운선 선생, 김해의 김계화 선생이 작고했고, 경주의 장월중선 선생이 와병중이었다. 남원의 조씨 할머니는 슬하의 열두 남매와 사위 때문에 어렵다고 누워버렸다. 진주의 김수악 선생은 "쓸 만한 꾼들 다 갔어, 인자는 '저승 프로'가 더 재밌재" 하고 탄식했다. 전통춤이란 세월이 숙성시키지만 세월 앞에서 숙명적인 한계를 가지고 있었다.

오늘날 전통춤에 대한 관심은 지대하다. 그러나 대부분 중요무형문화재로 지정된 〈승무〉〈살풀이춤〉〈태평무〉 등의 독무에 편중되어 있다. 같은 〈승무〉〈살풀이춤〉이라도 문화재 이외의 다른 유파의 춤에 대해서는 관심이 적다. 확실하고 야무진 '춤속'을 지녔으나 문화재란 '실속'이 없기 때문이다. 결국 초야에 방치되어 마지막 날을 기다리고 있었다.

흔히 말하길 연륜이 들어야 춤이 된다고 한다. 그러나 적당히 나이 든다고 춤이 되는 것이 아니다. 덤으로 얻는 개평이란 없다. 춤으로 종신한 천 명 중 한 사람, 만 명 중 한 사람이 일생을 몸부림쳐 천신만고 끝에 나오는 결과가 명무다. 그들이 일생을 수공 들여 다듬은 춤, 얼마나 위대한 시간들을 세월 속에 쏟아버리고 있는 것인가.

종횡으로 오가던 길은 서산 땅에서 끝이 나고 있었다. "진작 좀 오지." 서산 양류정에서 만난 심화영 선생은 1913년에 나신 분이었다. 양류천만사의 세월이 모두 흘러버려 춤 대신 한숨만 남아 있었다. 주차장이 된 서산문예회관 마당에 선생의 아버지 심정순의 비"碑가 서 있었다. 묻혀진 내포 최고 율객의 일대기를 읽고 건너편의 비를 향하니 시비"詩碑였다. 윤곤강이 1930년 『시문학』에 발표한 「나비」가 새겨져 있었다. "……자랑스러울손 화려한 춤 재주도/ 한 옛날의 꿈 조각처럼 흐리어/ 늙은 무녀처럼 나비는 한숨진다." 얼씨구! 내 절망에 추임새를 넣어주고 있었다.

나비효과, 소매에 바람 일러니

공연 당일 리허설은 모든 꿈이 산산이 무너지는 지옥이다. 군산에서, 대구에서, 양산에서, 진주에서, 여건대로 오느라, 정연한 리허설을 할 수 없다. 어떠한 설렘도 없이 의무감에 상경해 무대나 한번 들여다보겠다고 나온다. 전날의 짜하던 명성은 어디 갔을까. 흔들흔들 몇 걸음을 떼는 늙은 무녀의 몸이 위태로웠다. 이미 그 모습을 바라보았었다. 데자뷰 현상이라 하던가. 윤곤강은 그 참담한 풍경을 일찍이 들여다보고 「나비」를 읊어 경고하였던 것이다.

불가사의한 건, 동종을 알아보는 향기, 페로몬이 인간에게도 있다는 것이다. 리허설이 끝나고 나서 소개하지 않아도 그들은 서로 알아보고 손을 내밀었다. 손을 잡는 순간 말이 없지만 '욕봤소, 모진 목숨 여태 여기까지 밀고 올라오느라' 서로의 눈빛으로 건네며 미소 지었다.

그리고 각자의 분장실로 가서 나비의 양 날개 문양처럼 판박은 행동이 나왔다. 인사차 온 사람들이 권하는 자양강장제도 물리고 몸을 벼려 바짝 날을 세웠다. 수명의 끝머리에 도달하여 드디어 강적을 본 것이다. 슬관절이 상해 걷는 것이 두렵지만, 춤이라면 자신 있었다. 애초에 춤이란 꽃다발 받자고 춘 게 아니었다. 더이상 물러설 수 없는 곳에서 치르는 싸움이었다.

'채 맞은 생짜'의 자존을 걸고 김수악의 〈교방굿거리춤〉과 장금도의 〈민살풀이춤〉, 영호남 최고의 춤꾼은 그렇게 춤으로 격돌하였다. 두 사람이 허공을 가르던 순간, 나비의 날갯짓이 폭풍을 일으키듯, 소매에 일던 바람에 객석은 춤바람 들었다. 그후로도 몇 년을 회자되었던 용호상박이었다.

영남에서 주로 쓰는 '굿거리장단'은 첫 박이 강해 마치 내리치듯 강한 동작이 먼저 생긴다. 그러면 필시 다음에는 그것을 풀려는 약한 동작, 다음 장단에는 이보다 더 진척된 크기가 나오면서 한없이 많은 동작이 구사된다. 호남에서 주로 쓰는 '살풀이장단'은 첫박이 세지 않고 잔가락 없이 죽 흘러간다. 그러니 큰 동작으로 반응할 수도 없다. 손 하나 올리는 데 한참 걸리고 올려도 획획 저을 수 없다. 그래서 팔 하나를 들어 남은 시간 내내 버텨버리겠다는 것처럼 동작도 미동도 없다.

김수악의 춤은 동작이 크고 그 동작을 쭉쭉 추켜세웠다. 장금도의 춤은 동작을 자주 쓰지 않고 팔도 추욱 늘어진 듯했다. 그래서 춤의 시간을 긴 빨랫줄로 친다면 김수악은 중간 중간 장대로 쭉쭉 쳐 올린 풍경이요, 장금도는 가운데 하나만 받치고 추욱 늘어뜨린 풍경이었다. 혹 두 춤꾼이 직접 말로 다툰다면 김수악은 "니는 폴[팔] 하나 들고 뭣 하는 짓이고"라 할 법했고, 장금도는 "집이[당신]는 뭣땀시 땀을 뻘뻘 흘리고 계시요" 할 듯했다.

좀 억지스럽지만 극단적으로 움직임을 캐리커처한 것이다. 기실 모두 강과 약이 절묘하게 배분되었고 이동과 멈춤이 적확하게 사용되었다. 다만 캐리커처가 그 첫인상을 대번에 잡아내야 하듯 차이를 과장해본 것이다. 분명 고수끼리의 격돌에서는 지역성이 강하게 드러났다. 그리고 같은 판에서 그 다름이 서로를 더 독특하게 드러내주었다. 천편일률적인 요즘 춤과는 다른 춤, 이 존재에 대한 기별이 춤판 전체에 일어야 할 바람이었다.

굳이 승부를 가리자면 한쪽이 반집승을 하였다. 장기라면 '빅장'이었을 텐데, 결코 승부를 보아야만 하는 바둑이 '반집'의 계략을 집어넣은지라, 어쩔 수 없는 결과였다. 누가 반집승을 하였는지 굳이 예서 말할 필요 있을까. 다만 무대 뒤에서 서로의 춤을 감상하며 조용히 미소 지었다. 〈춘앵전〉의 극치에서 짓는다는 미롱^{媚弄}이라는 웃음이 그 모습일 듯했다. 이를 드러내지 않고 살짝 웃는 웃음인데, 무대판 염화미소라 하겠다. 그날 두 사람은 춤판과 무대 뒤에서 서로 미롱을 교환하고 있었다. ●

장금도의 〈민살풀이춤〉 무심한 침묵 속에서 소매의 포물선이 깊다. 살짝 돌아설 때 간결하게 비치는, 저 허공에 그린 세월. 오늘날 춤은 일자 소매로 제 몸을 스스로 들추지만 〈민살풀이춤〉은 관능의 가장 먼 쪽에서 시선을 당긴다. 춤은 '드러냄'이 아니라 '드러남'인 것이다.
ⓒ 김기

춤추는 슬픈 어미
장금도

할머니는 조심스레 외출을 했다. 한복 두 벌을 들고 그냥 나오면 며느리가 "어디 가시오" 하고 미심쩍게 물을까봐 전날 집 앞 세탁소에 미리 맡겨놓고, 당일 가방 하나 들고 집 나서며 "계원들과 온천 간다"고 둘러대고, 세탁소에서 옷 두 벌을 찾아 서울행 고속버스에 올랐다.

"같은 옷 이틀 입으면 딴 데서 자고 왔다 항게 두 벌 있어야죠" 하고 꺼내놓는 소복은 농담만큼 썰렁했다. 통이 넓은 소매가 축 처졌고 끝동도 없었다. 요즘은 일자 소매로 팔 맵시 날렵히 드러내는데, 잠적했던지라 유행을 몰랐던 것이다. 할머니도 '구가다'의 쓸쓸함을 느꼈던지 분장실에서 일찍 나와 무대 뒤 어둠 속에 우두커니 대기했었다.

장단이 나왔고 조용히 손이 올라갔다. 수건을 들지 않은 빈손이라 오로지 소매와 손끝만이 드러났다. 선율을 한 올 한 올 세며 서서히 공기의 무른 곳으로 스며들어갔다. 공기의 밀도도 벽인지라 소매 속 선이 드러났고, 몇 걸음 뗄 땐 전신의 간결한 그림자가 그려졌다. 춤은 '드러냄'이 아니라 '드러남'이었다.

키가 줄어 길어진 치맛자락을 살짝 쥐어들 때, 다가오던 시간이 외씨버선에 밟혔다. 정중히 찍힌 발자국은 하얗게 말라가고 일찍 디딘 발자국은 바람에 들려 분분했다. 어느새 자신마저 잊은 채 몸이란 통로를 통해 구애 없는 시간을 향해 가고 있었다. 동작이 크지 않아 카메라에 온전히 포착될 리 없었다. 흰 소매가 헤친 허공, 아직 봉합되지 않은 저 칠흑 속의 찰나를 탁본해두었으면 했다. 어마어마한 열광을 기록할 다른 방법이 없었기 때문이다.

이틀 후, 집 앞 세탁소에 두 벌을 다시 맡기고, 집에 가방 하나 들고 들어가며 "온천 간다더니 어떻게 얼굴이 더 꺼칠해졌소" 하는 며느리한테 "물 뜨거워서 낯바닥 딜 뻔봤다" 얼버무리며 '종기네 할머니'로 돌아갔다. 민화투 패 돌리는 게 영 답답하고 뽕짝거리는 관광버스에서 춤 한가락 못 내젓는 '종기네 할머니'. 깊이깊이 숨었던 군산의 장금도다.

먹고살라고 배웠소

장금도^{張錦桃, 1928년생}는 전북 군산시 개복동에서 태어났다. 이 땅을 굶기고 빠져나가는 미곡이 산처럼 쌓여 있었고, 그 덕에 북적대는 거리거리에 인력거로 꽃다운 기생들이 운송되고 있었다. "따르릉 따르릉 비켜나세요, 기생 아씨 나갑니다 따르르르릉." 아이는 진종일 인력거를 따라다니며 놀았다.

봄날 벚꽃이 피어나면 인력거들은 월명공원 너머로 갔다. 꽃필 때만 파시처럼 요릿집이 들어서는 곳이었다. 아이는 동생의 손을 잡고 먹음직스런 술상을 넘겨다보았고 "아가, 너희들이 올 곳이 못 된다"며 기생들이 쥐여준 생률이며 대추를 하루종일 달콤한 입맛으로 다셨다.

집 근처에 가야금병창의 명인이었던 김영주라는 예기가 살고 있었다. 가끔 집에 들러 어머니와 이야기할 때 소녀를 찬찬히 뜯어보았다. 키가 불쑥 커버려 작아진 허름한 옷 속에 잘록한 허리가 드러나 있었다. 눈에 띄었기에 슬픔을 불러들였다. 김영주씨가 수양어머니가 되었다. 앞으로의 기생 수업비 등 일체를 댈 것이요, 훗날 예기가 되어 곱으로 갚아야 할 것이었다.

"금도라는 이상한 이름, 기생으로 팔라고 지었죠." 울면서 버텼다. 그러나 누군가는 식구들을 위해 나서야 했다. 아버지가 일찍 돌아가셔서 올망졸망한 식구들은 병든 큰오빠에게 의지하고 있었던 것이다. 1939년, 열두 살 되던 해 봄, 소화권번에 입적하였다.

오전에는 시조, 판소리, 일본어를 배웠고 오후에는 자유롭게 소리 연습을 하다 소리 수업으로 마감을 했다. 늙고 엄한 선생 앞에서 무릎을 세워 배웠고 집에 가서는 홀로 늦도록 복습했다. 하루종일 그저 노래하다 노곤히 쓰러지는 생활이었다. 이기권에게 〈심청가〉의 일부를 배우고, 김준섭에게 〈심청가〉와 〈춘향가〉의 완판을 배웠다. 집에서는 민옥행을 독선생으로 모셔 〈홍부가〉〈적벽가〉〈수궁가〉를 배웠다. 그렇게 판소리 다섯 바탕을 모두 떼어야 했다.

어린 입에 백태가 끼도록 온종일 소리를 했다. 낙이라곤 오후 복습 시간에 춤 배우는 것을 내다보는 것이었다. 춤은 학채°교습비를 따로 내고 배우는 것이었다. 어깨너머로 본 춤이 밤마다 생각나 저절로 움직여졌다. 될성부르다 생각한 김영주는 장금도가 열세 살 때부터 춤도 배우게 했다. 첫날 "네 멋대로 춰봐라"란 말이 떨어지자 어깨너머 배운 승무를 거의 다 추었다. 최창윤에게 〈승무〉를, 김백용에게 〈검무〉〈화무〉〈포구락〉을 배웠다.

1942년 열다섯 살에 군산극장에서 열린 '수해구제예기연주회'에서 〈승무〉를 추었다. 수줍어 말도 잘 못하는데 춤추라고 하면 벌떡 일어섰다. 사람들은 "신내렸다"고 수군거렸지만, 춤추는 순간엔 춤추는 시간 속으로 숨어들 수 있었다. 춤은 가장 은밀한 피신처였고 유일한 쉴 짬이었다. 어느덧 춤, 하면 장금도가 들먹여지고 있었다.

어느 날, 도금선°都錦仙, 1909~1979이 불렀다. 세계를 돌던 조선의 무희 최승희와 각별한 사이로 그녀에게 〈기러기춤〉을 가르쳐준 명무요, 가야금병창의 명인이었다. 춤을 보았다며 〈살풀이춤〉을 배우라 했다. "네 흥대로 네 멋대로 춰라"가 도금선의 지침이었다. 〈승무〉나 〈검무〉의 동작들로 자연스럽게 자신만의 허튼춤을 추게 했다. 그리고 그 춤을 보면서 한두 마디 평을 보태는 것이 가르침이었다. 이후 밤이면 요릿집과 인근 잔칫집으로 향하였다. 원칙은 4년을 마치고 시험을 쳐 허가증을 받아야 하는데, 김영주와 도금선이 합작해 몰래 나서게 한 것이다. 소리목이 좋고 〈승무〉는 물론 '간이 맞는' 〈살풀이춤〉을 추는지라 가능했다.

1943년, 열여섯에 군산에서 제일 큰 요릿집인 명월관에서 일본인 경찰서장, 조선인 군수 등의 지역 유지와 권번장, 권번서기 등이 늘어선 앞에서 졸업시험을 쳤다. 사십여 명의 동기들이 순서대로 심사관에게 가면 일본어로 쓰인 방을 주었다. 거기엔 무대에서 시조를 해라, 단가를 해라, 하는 지시사항이 있었다. 그대로 따르면 일본어 시험은 합격한 것이고, 시조나 단가는 잘해야 합격이었다. 소리 시험이 모두 끝나고 〈승무〉로 따로 춤 시험을 보았다. 춤을 겸하는 동기가 적어 마흔 명 중 열 명 정도가 춤에 응시했다. 장금도는 소리와 춤 모두 수석을 하였고 1급 허가증을 받았다.

수레바퀴 위에서

집에서 화장을 하고 있으면 인력거가 왔다. 요릿집에 들어온 손님들이 책자에 있는 이름들을 보고 예기를 호명하면, 요릿집에서 권번에 연락하고, 권번에서 예기의 집으로 인력거를 보내는 것이었다. 인력거가 기다리는 동안 옷을 입었고, 요릿집에 도착해서는 같이 들어갈 예기들을 기다렸다.

대개는 한 방에 서너 명이 들어갔다. 처음에는 인사치레로 단가를 하고 나중에는 판소리 중 한 대목씩을 했다. 예기들끼리 서로 북이나 장구를 쳐줘가며 소리를 했다. 또 한량 중에는 북을 치는 이도 있는지라 그 북에 맞춘 소리도 했다. 취흥이 나면 〈육자배기〉〈흥타령〉을 부르고, 그 끝에 일어나 춤추었다. 〈살풀이춤〉 위주였고, 장단이 자진모리로 넘어가면 〈소고춤〉이 겸해지는 경우도 있었다.

거리의 모든 눈길들이 인력거 안으로 모여들었다. 수레바퀴 위에서 밤송이 가시처럼 따끔한 시선에 찔려야 했다. 어느 날 김연수 국극단에서 오라는 기별이 왔다. 목이 좋다는 소문을 듣고 사람을 보낸 것이다. 〈춘향전〉에서는 향단이 역할을 하였고 〈심청전〉에서는 곽씨 부인 출상 대목에서 한없이 울어야 했다. "생짜"기생할 때는 안 나오는 웃음 웃어라 하고 창극할 때는 안 나오는 울음 울어라 합디다." 손가락질 대신 박수 받는 예술은 달콤했지만 벌이는 쓸쓸해 식구들을 건사할 수 없었다. 결국 몇 달 만에 다시 군산으로 돌아와 수레바퀴 위에 올랐다.

1944년 가을부터 정신대 처녀 공출로 온 나라가 혈안이었다. "춤추는 긴또"장금도의 창씨명"라면 군산의 유지들은 다 알았기에 용케 두 번은 빠질 수 있었다. 그러나 더는 버틸 수가 없어, 1945년 열여덟 살 봄에 똑딱선으로 금강을 거슬러올라가 부여로 시집을 갔다. 열 살 남짓 연상인 남편 이씨는 전부인과 사별한 처지였다. 집안 가득 뛰놀던 육 남매가 '작은어머니'라고 불렀다. 시집간 그날 어미가 된 장금도는 그 아이들과 호롱불 밑에서 배 깔고 함께 언문을 배웠다. 서로 같이 커가야 할 처지였다.

남편은 나무랄 데 없는 사람이지만 나이 차가 많아 정이 들지 않았다. 그저 밤이면 마루에 걸터앉아 집에 보내달라고 울었다. 남편은 언제나 해방이 되면 보내준다고 달랬다. 언제 될지 모르는 해방을 기다리며 마루에서 어둔 밤을 맞던 어느 날이었다. 컹컹 짖는 개들이 떼지어 나타났다. 이런 촌에도 셰퍼드가 있구나 싶어 반가웠다. 다음 날 우물가에서 아낙네들이 어제 여우떼가 나타나 불길하다고 했다. 그 밤도 마루에서 밤을 새다 셰퍼드떼를 발견하고 깜짝 놀라 방 안으로 뛰어들어갔다.

기다리던 해방이 되었다. 군산 집에 다니러 와서는 부여로 돌아가지 않았다. 시집갈 때 병석에서 미안하다고 말하던 오빠가 기진한 몸을 추슬러 험하게 꾸짖었다. 남편이 집안을 돌봐주기로 식구들과 약조하고 결혼한 것이었다. 그러나 남편의 경제력도 열이나 되는 식구를 감당할 수는 없었다. 입덧을 하고 있었지만 수레바퀴 위에 올라 춤추러 나가야 했다.

장금도가 다시 나타나자 기다렸다는 듯 큰놀음들이 열렸고 요정은 호황이었다. 키가 커서 임신을 했어도 티가 안 나 태가 나는 춤을 추었다. 아홉 달까지 춤을 추었고 해산하고 한두 달 후에 곧바로 춤추었다. 이제 장금도를 부르려면 인력거 두 대를 보내야 했다. 앞에는 자신, 뒤에는 유모가 아기를 안고 탔다. 소리꾼은 흔한데 춤꾼은 드문데다 소리와 춤이 모두 좋아 단 하루라도 집에 눌러앉아 있을 시간이 없었다.

요릿집에 가서도 잠깐잠깐 이 방 저 방을 옮겨다녔다. '뽀이'들은 전화 왔다고 불러내주었다. 그러면 얼른 나와 다른 방에 가서 춤을 추고, 뒤뜰에 가서 아기 젖을 물리고, 또다른 방으로 춤추러 갔다. 방마다 장금도를 찾았기에 마루에서 뽀이들이 서로 잡아당기느라 소매가 찢어지기도 했다.

김제 만경에서 손님이 오면

열아홉에는 선배들이 불러 서울로 올라갔다. 종로3가 명월관 뒤 '금정'이라는 요정에서 전속으로 춤과 소리를 했다. 명월관에도 이틀에 한 번 꼴로 초청되어 춤을 추었다. 어느새 서울에서도 점차 이름이 나 춤을 추면 낙엽처럼 지폐가 떨어져내렸다. 1950년 스물둘에 6·25전쟁이 나서 서둘러 한강을 건너 군산으로 향하였다. 내려오는 길목에 가방 속의 루주가 총알로 오인되어 검문소를 거칠 때마다 여러 번씩 조사받았다.

전쟁 때 병석의 오빠가 죽고 학도병 나간 남동생이 전사해, 외할머니, 어머니, 큰오빠 애 둘, 사촌오빠 애 둘, 여동생, 아들, 여덟 식구가 모두 자신에게 매달렸다. 권번이 사라지고 국악원이 대신 들어섰다. 예기들은 각 요정에서 전속으로 활동하고 있었다. 명월관, 동양관, 만수장 등 이름난 요정에서 장금도를 불러들였다. 그러나 한 곳에 매여 있을 수가 없었다. 요정에 나가다가도 벌이가 더 좋은 환갑잔칫집이나 대갓집에서 부르면 나가야 했다. '외출'이라 부르는 그

나들이를 인정하는 조건으로 계약을 했다. 장금도나 내세울 수 있는 조건이었고 식구들 때문에 내세워야만 했다.

하루는 시내를 걷는데 누가 옷을 만졌다. 돌아봤더니 피부가 온통 검은 사람이라 깜짝 놀라 고함을 쳤다. 옷이 예쁘다고 만진 것인데, 실은 흑인을 처음 본 것이다. 그렇게 미군들이 거리를 활보하기 시작했다. 그들 뒤에 조무래기들이 뒤따르며 땟국 흐르는 손을 내밀었다. 사람들은 거리 가득 우유가루를 타러 몰려들어 양철통을 달그락거렸다. 멀리 남원 쪽에서 대포 소리가 밀려왔다. 빨치산 토벌중이라 지프차의 왕래도 빈번해졌다.

요정에선 이제 예기보다는 얼굴 좋은 여급을 선호했다. 취흥이 나면 일어나 부둥켜안고 댄스를 추는 것으로 풍류가 변해갔다. "양갈보 덕에 없는 칭찬받게 생겼습디다." 이제 예술 모르는 여급들이 스카프를 휘날렸고 지프차 위에서 취기에 휘청거렸다. 알 만한 사람들은 이맛살 구겼지만, 요정은 예기 한 명 돈이면 여급 셋을 쓸 수 있기에 점점 여급이 늘었다.

그러나 군산이었고 지평선의 한량들은 소리를 찾았다. "김제 만경에서 손님이 오면" 여급들은 물러나야 했다. 그들은 북을 잡고 소리기생 나오너라 했다. 김제 만경의 지주들은 보통 손님이 아니었기에 요정도 어쩔 수 없이 '채 맞은 생짜'를 두어야 했다. 금강변에서 화전놀이 벌어지면, 포구에 큰 배 들어오면, 내장산 단풍이 물들면, 연향이 벌어졌고 장금도 춤이 있어야 판이 걸다고 모두들 장금도를 불렀다.

1953년 무렵, 군산 대야에서 큰 환갑잔치가 났다. 서울에서 임방울이 불려왔고 잔치는 사흘간 계속되었다. 당시 잔치라면 명창 임방울을 불러 〈쑥대머리〉를 시켜야 큰 잔치였다. 거기에 춤추는 장금도의 명성도 섞였다. 환갑집 손님은 늘 바뀌기에 늘 상을 갈아야 했고, 그때마다 임방울은 〈쑥대머리〉와 〈추억〉을 불렀고 장금도는 〈승무〉와 〈살풀이춤〉을 춰야 했다. 얼마나 많이 추었는지 그만 코피가 나고 말았다. 임방울은 "금도야, 너도 나도 바닥나게 해서 한 1년 쉬어도 되겠다" 했다.

그날 잔치를 들여다보던 눈 퀭한 아이들이 있었다. 벌써 한두 번 얻어먹었는지 미안해 가까이 못 오고 멀찌감치 떨어져 쳐다보고 있었다. 그 아이들에게 한 움큼 쥐여주고 "아가, 여그는 올 곳이 못 된다"고 말해줬다. 그날 밤은 베개가 다 젖게 한없이 울었다. 예전 벚꽃이 번진 월명산 아래서 얻어먹던 그 아이도 어느덧 자라 올 곳이 못 된다는 곳에 와 있었다.

1955년 무렵, 하루는 열 살배기 아들이 싸우고 들어왔다. 친구 중 하나가 "니기 엄마 우리 집서 춤췄다" 놀려댄 것이다. 이제 춤을 접을 때가 온 것 같았다. 창성동에 버젓한 큰 집을 사서 한 해를 더 추었고 이듬해 1956년 스물아홉에 춤을 접었다. 김제 만경에서 장금도를 불러도 깊이 침묵하고 살았다.

얼룩과 무늬

1년쯤 지난 어느 날 시집간 여동생이 양장점으로 데려갔다. 한복을 입으면 기생 태가 난다고 양장을 맞춰주었다. "그래서 쓰봉 입고 살아요." 식구들을 먹여 살려온 지난 시간들이 죄가 되었다. 젓값으로 모은 돈은 집안 가득한 식구들이 먹고 배우는 데에 빠짐없이 쓰이고 있었다. 몇 차례 큰돈을 떼였지만 그 많은 식구가 보릿고개를 모르고 살았다.

어느덧 아들이 자라 군대에 갔고 월남 파병이 결정되었다. 외아들이니 돈을 좀 쓰면 뺄 수 있다는 말에 거금을 건네주었다. 그러나 자신에게는 외아들이지만 남편의 호적에는 넷째아들이었다. 〈대한 늬우스〉에서는 늘 월남의 승전을 보도했지만, 하루도 잠들 날 없었다. 공부해서 고생한 누나 호강시키겠다던 남동생을 전쟁으로 잃은 장금도였다. 먼 월남의 편지는 와도 걱정 안 와도 걱정이었다. 편지가 왔다면 덜컥 사망통지선가 싶어 한참을 떨었고, 소식이 없으면 목에 건 군번줄만 오는가 싶어 울었다. 1970년 검게 그은 아들이 돌아왔다.

며느리를 맞기 전에 과거를 마저 지워야 했다. 장롱 깊이 간직했던 사진첩을 꺼내 불을 지폈다. 아직 산 사람들의 푸른 젊음이 불 속으로 사라졌다. 세상에서 제일 더러운 것이 기생의 베개라 했다. 술냄새에, 분 냄새에, 남몰래 흐르는 눈물에 젖었기 때문이다. 흘러

간 그 시절, 모두들 환히 웃고 찍었지만 모두들 젖어 있었다. 그 축축한 그간의 삶은 빨래터에서 비벼대는 얼룩과도 같았다.

나이들수록 마주치는 나이든 이들이 무서웠다. "벌어먹고 산 죄가 있잖아요." 저 나이라면 알아볼지도 모른다는 두려움이 늘 주눅들게 했다. 1983년 사진 찍는 정범태씨에게 제대로 들켜 '한국명무전'에 나갔다 온 후로는 젊은이도 무서웠다. 춤 배운다고 무턱대고 "선생님!" 하고 부를까 싶어서였다. '구식춤'이라고 낮춰본 것이 그나마 다행이었다.

때로는 예전에 활동했던 이들을 보지만 서로 알은체하지 않았다. 가족들과 일행들과 거리를 스쳐가면서 서로 멀리서 관찰했다. '너도 늙어가는구나. 인생 짧다고 불러댄 단가처럼 어쩔 수 없구나.' 가끔 마주치다 아주 뜸해지면, '잘 갔구나! 담 세상에는 있는 집에 나서 글공부나 많이 해라' 덕담을 했다. 텔레비전에서도 인간문화재가 된 선후배들을 봤다. 반가워 자세히 보려고 다가가면 귀여운 손자들이 달려들어 채널을 돌렸다. 할머니도 국악을 아느냐며 싱글거리면 방에 가서 누웠다. 일요일, 모두 모여 화목한데, 국악 프로만 나오면 시끄러운 과거가 생각나고, 그 순간 가족은 다시 차가운 바깥사람들이 되었다.

1998년 '명무초청공연'과 2004년 '여무, 허공에 그린 세월'에서 장금도의 춤은 사라져버린 유적을 다시 건져올린 듯했다. 〈살풀이춤〉인데, 수건을 들지 않고 추는 춤이었다. 보통 장식 없는 것에 '민'자를 붙이듯 〈민살풀이춤〉이라 불렀다. 옛 춤꾼들에게는 일반적인 것이었으나 세월이 지나 모두 수건을 들며 점차 사라진 춤이었다. 타임캡슐을 개봉한 것처럼 옛 모습 그대로의 춤, 무늬 없는 '민'자 역시 장식이었다. 이 시대가 잃어버렸던 그 무늬가 장금도의 얼룩 속에 보관되어 있었다.

〈살풀이춤〉이 치밀하게 새겨넣은 청자라면 〈민살풀이춤〉은 무심한 맘으로 담담히 꺼낸 백자였다. 잘 짜인 〈살풀이춤〉이 조각보의 화려함이라면 장금도의 〈민살풀이춤〉은 채색하지 않은 결 고운 한 필 비단이었다. 장금도의 고립과 고독에는 송구하지만 춤에는 축복이었다. 단지 '수건을 들지 않음'이 아닌, 한없이 흐르며 구사하는 '즉흥'이 그랬다. 그것은 우리 시대가 새롭게 다시 맞는 위대한 완성이었다.

즉흥, 공기의 결로 흐르는 길

'즉흥'은 흔히 이야기하는 임기응변이 아니었다. 존재하는 모든 것을 버리고 순수하게 그 무대만의 무언가를 조성하는, 까마득히 잊혀진 기법의 이름이 '즉흥'이었다. 특별히 크고 미적인 동작은 없다. 손은 머리 위를 안 넘고 어깨 아래로 떨어지지 않았다. 그 대신 걷지 않은 길을 걷는 낯섦과 긴장감 도는 고도의 몰입이 있었다. 오로지 펼쳐지는 선율에 적응하며 끊임없이 흐르는 것이었다. 기록되지 않는 길에 대한 탐닉이었고, 크지 않은 동작에서 나오는 무한한 무늬였다.

‘추는 일’이 ‘쓰는 일’과 닮았기에 붓에 비유하자면, 요즘 춤이 해서"楷書라면 장금도의 춤은 초서"草書였다. 요즘 춤은 반듯한 정자체로 잘 조형되어 있는데, 장금도의 춤은 휘두른 흘림체로 형체가 흘러내렸다. 외형을 보면 당연지사로 반듯한 춤이 춤답겠지만 무대에선 흘림이 중요하다. 예를 들면 천자문을 뗄 때는 해서로 또박또박 쓰며 배우나, 서간을 쓸 때는 초서로 쓰는 이치와 같다. 배울 땐 해서처럼 반듯한 춤을 추지만 무대에서는 여건에 따라 초서처럼 즉흥적인 흐름을 가져야 하는 것이다.

이를 실증할 수 있는 것이 반주 음악이다. 〈살풀이춤〉의 음악은 리듬은 살풀이장단이고 가락은 시나위 선율이다. 남도 무속 선율을 피리, 대금, 아쟁 등의 숙련자들끼리 즉흥적으로 합주하는 것이다. 그래서 같은 악사들끼리라도 리허설과 본 공연의 음악이 다르다. 곧 살풀이 음악은 변화하는 실체이고 그 위에 오르는 것이 〈살풀이춤〉이다. 그런데 요즘은 동작과 순서를 짜서 ‘배운 대로’ 요지부동하게 춘다. 흥이 나면 음악은 점차 빨라지는데, 배운 동작을 크기대로 부지런히 땀나게 추는 것이다. 장금도는 눈에 띄는 동작을 잊고 춤의 폭도 줄여 선율이라는, 어디로 흐를지 모르는 급류 위에서의 찬란한 ‘래프팅’을 한다.

오늘날 발전된 〈살풀이춤〉은 수건을 통하여 곡선을 심화했고 전통적인 동작들을 잘 골라 심미적으로 완성되었다. 우리 시대 전통 춤의 아름다움을 일깨웠으며, 숱한 인구를 전통에 유입시키며 또 한 세계를 창조한 것이다. 그러나 그 대가로 언제부터인지 판에 박아

'가르치는 춤'이 되어버렸다. 극단적으로 말해 오늘날엔 춤판을 통해 추어지는 춤은 존재하지 않는다. 가르치다보니 오래 배운 제자도 무대에 세워주고 자신도 한번 선보이는 '발표회'가 있을 뿐이다. 그 무대에서 눈부신 동작을 또박또박 해내지만, 절실히 휘어잡는 흐름이 없는 것이다.

예전에 〈승무〉나 〈검무〉처럼 법도 있는 춤을 배우고 나면 저절로 즉흥춤이 추어졌고, 이를 살풀이장단에 추었기에 〈살풀이춤〉이라 하였다. 그것은 배움을 여과하는 기법이었고 배움 속에 자신을 끼워넣는 방법이었다. 장금도의 출현은 바로 이런, 예스럽지만 예사롭지 않은 기법의 현존이었다. 가르치기 위해 춤이 존재하는 오늘, 추기 위한 춤이 존재함을 알린 것이다. 동작이 없으면서 춤이 될 수 있는 춤, 존재조차 모르는 춤의 존재가 바로 '즉흥'이었다. 의식적인 노력으로 무의식에 도달해 저절로 움직이는 순간을 조성한 것이었다.

봄날은 간다

'여무, 허공에 그린 세월'의 공연이 끝난 날, 이름 모를 관객들이 보내준 화환과 꽃다발이 가득 쌓여 있었다. "저걸 어치게 집에 들고 가요?" 할머니는 꽃다발이 무서운 춤꾼이었다. 꽃을 대신 가져가기로 한 사람들이 졸졸 따라와 자연스럽게 뒤풀이판이 벌어졌다. 예전 전통판에서 호적을 불었던 가수 장사익씨가 일어나 소주병에 수저를 꽂고 〈봄날은 간다〉를 불렀다. 이구동성으로 할머니도 한 곡 하시라고 청했다.

할머니는 갑자기 무릎을 세워 장금도가 되었다. 초청받아서 춤은 췄으니 이제 소리를 할 때다 생각한 모양이었다. "꿈아 꿈아 무정한 꿈아……" 〈육자배기〉를 불렀다. 멀고 아득한 시간을 당겨오는 노래였다. "연분홍 치마가 봄바람에 휘날리드라~ 봄날은 가~안다~" 어쩌면 그렇게 두 곡이 잘 맞아떨어지는지, 돌림노래 같았다. 할머니는 다음날 배웅 간 몇 사람에게 초등학생처럼 깊이 인사하고 군산으로 내려갔다.

몇 달 후 뇌졸증 증세가 보여 입원하였다. 다행히 일찍 서둘러서 거동할 수 있지만 기억은 많이 희미해졌다. 창성동 재개발 때문에 미장동 아파트로 이사를 했다. 그래서 하루종일 한마디도 안 하는 날이 많아졌다. 전에 살던 곳에서는 가끔 화투판에서 부르기도 했다. 패 처대는 것은 답답하기 짝이 없지만 짝 안 맞으면 꼭 불렀었다. 분명 그때는 그래도 봄날이었다. 지금 아파트는 모두가 문을 걸고 서로를 모른다. 착한 며느리는 건강을 위해서 매일 아침식사 후 아파트라도 두세 바퀴 돌라 했다. "너도 그 시간에 딱딱 돌아봐라. 당장 돌았다고 소문날 거 아니냐."

여전히 '선생님' 소리가 무섭다. 그간 더러 알음알음 배우기를 간청한 이들도 있었다. 그러나 가르쳐줄 만한 것은 다 잊어버렸다. 무대에 나가서 어떻게 추었는지도 기억나지 않는다. 춤 비결인즉 "뱃속에 판소리 다섯 바탕이 있어야 된다"는 것인데, 춤만 따로 하는 요즘 세상에선 가르쳐주나 마나 한 비결이었다. 문화재라는 실속이 있는 것도 아니어서 다들 한발 물러났다. 그래도 춤 좋다고 '선생님'이라고 부른다. 빈말이라도 고마운데 남 들을까봐 걱정인 것이다.

2005년 4월 말, 전군가도의 벚꽃이 다 떨어져가도 서해를 바라보는 월명공원의 벚꽃들은 꽃망울을 맺고 있었다. 오늘내일이면 벌어질 성싶은 화사한 날에 걱정 하나를 얹었다. 춤 공연을 한판 더 하자고 한 것이다. "싱거워도 좋다면 어쩔 수 없지요." 그간의 정리를 봐서 한 번은 일을 더 봐줘야 한다고 생각한 모양이었다. 그러나 점점 무릎 통증이 심해지고 갈수록 가물가물 기억을 잃어갔다. "그때가 좀 빨리 왔으면 좋겠소."

배우려면 배울 게 없는 신기루 같은 춤, 그래서 도무지 옮겨 담을 도리가 없는 춤, 발견되자마자 부스러져 망실되어가는 유적 같다. 아니, 벌써 풍화되어 다 날려버리고 한줌밖에 없는 춤이다. 세월이 세차게 부는 벚꽃동산 위의 한줌, 그래서 순간순간 몌별^{袂別}을 준비하는 춤, 아찔하게 그리운 장금도의 〈민살풀이춤〉이다. 아! 이 봄날이 어서 빨리 가야만 한다. ●

2005년 10월, 예술의 전당 토월극장에서 열린 〈전무후무〉에 출연했다. 공연이 끝나자 아들이 꽃다발을 들고 무대에 올라와 50년 만에 화해가 이루어졌다. 이렇게 막 식구들과 '트고' 사는데, 2008년 봄 아들은 고엽제를 이기지 못하고 세상을 떠났다. 아들의

초상이기에 영안실에 갈 수 없었던 노모는 초상이 끝난 날 쓰러져 경각을 오갔다. 그리고 간신히 일어나 먼저 간 아들의 넋을 달래는 살풀이춤을 추었다. 2008년 11월 16일 국립국악원 예악당 〈해어화 장금도〉에서였다.

● ● ●

춤을 부르는 여인
유금선

고로 古老들의 증언에 의하면, 예전 동래의 어떤 명무가 당시 출입복이던 도포에 갓을 쓰고 허튼춤을 추니, 누군가가 학이 추는 것 같다 했단다. 그러고 보니 정말 학 같기도 해서 학이거니 하고 추었고, 이왕이면 좀더 학답게 하려고 학의 동태를 학습해 섞었고, 이내 학이 되어버리자 〈학춤〉이라 부르게 되었다는 것이다.

꿈같은 이야기인데, 사실인즉 호접몽이란 꿈 이야기와 같다. 얼마나 생생하고 환한 꿈이었으면 그랬을까. 나비였는지 사람이었는지 분간을 못 한 것이다. 이런 장자의 '나비꿈' 같은 춤이 바로 〈동래학춤〉이다. 학이 선비를 흉내내는지, 선비가 학을 흉내내는지, 분간이 모호한 것이다.

행여 이 말 의심커든, 매월 넷째주 일요일에 부산 동래의 금정산 금강공원에 가보시라. 브라운관에서 애국가의 서막을 장식하며 을숙도에서 솟아오른 새떼가 금정산 기슭으로 내려앉고 있는 것을

봄날엔 간다 패션은 삶의 전략. 철철이, 색색이, 꾸미고, 누볐었다. 봄날은 갔지만 새봄은 다시 와 소리하러 간다. 여든이 넘은 봄에도 티가 나야 살맛난다. 먼 훗날 수의도 원색을 택할 분.
ⓒ 김성남(월간 『신동아』 제공)

발견하리라. 하얀 도포에 갓을 쓰고 너울너울 날다 내려앉아 두렁 너머 먹이를 쪼고 다시 비상하는 몸짓. 깃털처럼 가벼운 디딤새며 매무새는 어디에도 힘들인 기색이 없다. 자연을 제 몸에 들여놓고픈 이들의 자연스런 춤을 조망하리라.

그리고 그 '천지 빽깔이'로 나는 새떼를 솟구치게 하는 아름다운 소리를 들으리라. 한도 많고 꿈도 많은 여인의 소리, 목석 같은 몸에서도 춤을 꺼내는 소리, 춤 잘 추는 저 학, 두루미를 데리고 노는 소리, 유금선의 구음이다.

물은 흐르고 구름은 흩어졌으니

고속철로 부산역에 내려 지하철로 동래 온천장역에 도달하니 여름처럼 달궈진 후끈한 겨울이다. 그저 모든 것이 뜨거운 온천이다. 슈퍼도 온천, 목욕탕도 온천, 피시방, 미장원, 약국, 심지어 성당도 교회도 온천이다. 이처럼 충실히 동 이름을 간판으로 내건 지역이 또 있을까. 아마도 먹여 살려준 뜨거운 물에 대한 보답이리라.

『삼국사기』나 『삼국유사』에 멱을 감은 기록이 있으니 애당초 뜨거운 동네였다. 학이나 사슴도 상한 몸을 뜨거운 물로 치병했으니 금수도 그걸 알았다. 계란을 넣으면 곧바로 삶아지는 뜨거운 물이 대대로 행락을 재촉케 했다. 조선조 강필이는 온천을 남탕과 여탕으로 나누어 개축했고 온정개건비를 세웠다. 온천도 물인지라 용왕이 관장하는 모양이다. 조그만 세 칸 기와집 안에 용왕이 모셔져 있다.

"딜다보면 뭐하노." 다 된 팔십에 가죽치마니 만만찮은 차림새. 불쑥 손을 내밀어 악수를 청하고는 앞장섰다. 하이힐 위의 종아리는 아직도 일자로 단정하고 허리는 잘록했다. 앞만 보지 않았으면 한창 일 성싶은 실루엣이었다. 찬바람 일게 빠른 걸음을 멈추며 "여기가 '아라이', 저는 '와끼', 저가 '유노모도'라", 좁은 길목의 건물들을 가르쳤다. 일제강점기 최고의 요정 거리였다.

뜨거운 물이 근대화를 만난 건 1898년이다. 온천이라면 어디건 간에 게다를 꿰고 뛰어드는 일본인에 의해서다. 목욕탕과 요릿집, 여관을 한데 아우른 요정산업이 일어났고, 당연지사 음주가무가 따랐다. 뒤따라 이 땅의 자본이 뛰어들어 김천관, 동운관 등의 요정을 지었고 뜨거운 물로 각축하며 사업을 벌였다. 지금이야 철 지난 업소들이 닥지닥지 머리 맞댄 한물간 거리지만 전날에는 사막에 선 라스베이거스처럼 불야성의 별천지였다.

뜨거운 물을 더욱 달군 것이 동래 기생들이었다. 동래는 국경도시였기에 사신을 접대하는 외교적 목적에서 관기》官妓를 중시했다. 이로 인해 가무를 교습하는 교방의 규율이 엄했고 당연지사 뛰어난 명기가 많았다. 그래서 "평양 기생 치마폭은 벗어나도 동래 기생 치마폭엔 묻히고 만다"는 말이 생겼다. 관기제도가 철폐된 후 1910년 '동래기생조합'이 설립됐고, 1920년에는 일본식 이름인 '권번'으로 바뀌었다. 이곳에서 조련된 예기들이 가무악으로 밤을 밝힐 때, 동래는 전국 제일의 색향이었다. 하여 "일본순사에게 대들어도 동래 기생에게는 무릎을 꿇는다"는 말도 생겼다.

온천시장 입구 쪽의 슈퍼마켓 앞, 지번으로 온천1동 188번지, 예전 권번 자리였다. 원래는 2킬로미터 떨어진 명륜동에 있었는데, 여관업자들의 강력한 요청으로 1940년에 옮겨온 것이다. 현재는 백여 미터 떨어진 온천1동 210-19번지로 다시 옮겼다. 보통 국악원이라 부르는데, 정식 명칭이 사단법인 동래국악진흥협회이다. 교방, 예기조합, 권번으로 불리다 전쟁 후 국악원으로 바뀌어 오늘에 이른 것이다. 드나드는 이들도 예전 같은 예기들이 아니다. 우리 것이 좋아진 나이 든 이들이 심심파적으로 드나들며 국악을 익히고 있다.

이까짓 걸 뭐하러 들여다보는가, 하는 심정으로 앞서던 할머니가 라이터를 당겨 담뱃불을 붙였다. 간결한 동작, 손놀림 하나에도 티가 난다. 옛 놀던 벗들은 모두 이 거리를 떠나갔고 대개는 이승도 떴다. 어느덧 나이 여든, 심연에서 끌어올린 한숨에 밀려 담배 연기가 자욱이 번진다. 수류운공" 水流雲空, 물은 흘렀고 구름은 흩어졌으니, 이제 이 거리에 홀로 남은 것이다.

팔자에 정해진 길이라

유금선" 柳錦仙, 1931년생은 동래구 명륜동에서 태어났다. 집과 담 하나를 두고 동래권번이 있었다. 아침부터 저녁까지 들려오는 노랫소리를 듣고 자라났다. 부지깽이를 두드리며 소리동냥을 했고 밥 푸는 순간도 못 참아 주걱으로 솥뚜껑을 두드렸다. 조실부모하여 나이 여덟에 명기였던 외사촌 석국향의 집에서 살았다. "팔자에 정해진 길이라" 열넷에 동래권번에 입적했다.

박기채·채장술·강창범·공기주에게 소리를 배웠다. 가야금도 배웠는데, 소리를 버린다고 만류해 소리에만 전념했다. 그간 자라온 시간들이 온통 예습이었던 터였다. 가르쳐주기도 전에 배웠고 선생이 없을 땐 동기들의 복습을 지도했다. 열일곱에 3년 과정을 다 이수하고 시험을 쳐 1등으로 졸업했고 허가증을 받았다.

요릿집에 나가자마자 인기가 치솟았다. 동기 시절부터 댕기머리로 요릿집에서 소리를 했으니, 요새로 치면 인턴으로 벌써 현장감을 쌓아두었던 거다. 이 방 저 방을 드나들며 소리를 해야 했기에 한 방에 편히 앉을 시간이 없었다. 놀음채는 첫 시간이 1원 50전이었고 이후엔 시간당 1원씩 가산되었다. 유금선이 나서면 누구라도 백 시간 2백 시간 넘치는 시간을 끊었다. 그러나 아무리 많이 끊어줘도 맘에 안 들면 곧바로 나왔다. 도도함은 유혹의 다른 이름이었고 주가 조작의 최선책이었다.

권번에는 가장 잘 불리는 기생의 이름패가 맨 앞에 걸렸다. 이를 월별로 집계해 인기 차트를 만들었고 인쇄해 요릿집에 배포했다. 손님들은 그것을 보고 다시 기생을 지목했으니, 삶은 치열한 경쟁이었다. 김강남월, 원옥화, 김계월과 함께 '날리는 4인방'이 되었다. 봄이면 불상추놀이, 가을이면 단풍놀이로 붐벼 아침부터 저녁까지 곳곳을 겹치기 출연했다. 그리고 또 밤이면 요정에 나갔으니 한시도 집에 앉아 있을 여가가 없었다. 봄 숙고사, 여름 모시, 가을 항라, 겨울 유동, 철철이, 색색이, 꾸미고, 누볐다.

전쟁이 일어났다. 전 국민이 피란 온 남쪽 부산이 급히 부풀었다. 동래는 그 부산의 변두리가 되었고 온천장의 풍류도 변했다. 손님들은 너나없이 유행가로 일관해 방마다 밴드가 따라 들어갔다. 옛적에는 〈권주가〉 〈육자배기〉 시조, 단가, 토막소리 등을 불렀으나 단가나 〈육자배기〉만 하고 곧바로 유행가 판이 벌어졌다. 그러나 문제없었다. 전쟁 전 '콩쿨대회'에 나가서 2등을 했었다. 1등은 훗날 〈꽃 중의 꽃〉으로 빅히트를 한 원방현이었으니, 못한 노래가 아니었다. 소리든 유행가든 목으로는 안 되는 게 없어 언제든 무슨 곡이든 막힘없었다.

"사랑병으로 많이 죽었지." 화려하지만 외로운 생활이었다. 그래서 사랑에 빠졌고 어처구니없이 무너졌다. 기녀에게 사랑은 절망의 묘약, 이내 죽음에 이르는 병이었다. 버림받아 음독하든, 스캔들로 인기가 떨어져 아사하든, 죽음뿐이었다. 사랑, 탐나는 독이었기에 멀찌감치 돌아가며 거리를 활보했다. 그러나 읊조리던 유행가처럼, 외면했지만 간절했던 사랑이 왔다. 열아홉에 머리를 올려주었던 송씨였다.

그는 일본에서 인테리어를 전공한 젊은 인텔리였다. 자신의 머리를 올려주었지만, 본처가 있어 패물과 살림만 장만해주었다. 목소리는 나직하고 말은 신중하던 그가 전쟁이 끝난 후 스물네 살 때 청혼을 해왔다. 첩이라 불리는 자리였지만 첫 만남부터 마음을 빼앗겼

던지라 곧바로 수락했다. 그도 그렇게 간절했는지, 그날부터 제삿날이나 되어야 본가에 가고 언제나 둘이 살았다. 광복동에서 다방을 했고 온갖 치장으로 활보하는 마나님이 되었다.

스물다섯에 원방현의 소개로 〈경상도 아가씨〉를 부른 박제홍과 아베크 송"혼성 듀엣곡을 취입하기로 했다. 그러나 남편의 반대로 무산되었다. 스물여섯에는 장영찬을 독선생으로 소리 공부를 재개했다. 역시 남편의 반대로 그만두었다. 남편의 질투마저 달콤한, 꿈같은 나날이었다. 그러나 꿈은 짧기에 꿈이라 하는 법이었다. 남편이 위암 선고를 받은 것이다. 세상의 모든 것을 밀어넣고 그이만 꺼내놓고 싶었다. 그러나 그이는 안쓰럽게 야위어갔고, 모든 것을 밀어넣었을 땐 재가 되어 휘날렸다. 남은 건 빚과 우선 걸칠 옷가지 몇뿐이었다.

립스틱 짙게 바르고

마흔한 살, 립스틱 짙게 바르고 다시 나갔다. 하필이면 그날, 그 옛날 자신을 흠모하던 그 남자가 손님으로 와 앉았다. 이름패가 걸렸기에 혹시나 해서 불렀던 것이다. "니 와 나왔노?" 질문이 쓰라려 눈길을 돌리는데, 언뜻 거울에 비친 제 모습이 보였다. 서서히 주름도 늘어 밤화장 깊이 누르고 있었다. 사랑이란 이름에 놀음을 갔던 그간이 꿈이었다. "꿈이로다, 꿈이로다, 이것저것이 꿈이로다……" 〈흥타령〉을 불렀고, 벌써 취해 축 늘어진 이들이 앙코르를 외쳐댈 때, 앙코르처럼 유흥가로 다시 온 제가 미워 이미자의 〈여자의 일생〉을 불렀다. 그리고 한없이 울었다.

봄날은 갔지만 새봄은 다시 왔다. 서서히 일본인 관광객과 재일동포 모국 방문 열풍이 불기 시작했다. 한일국교정상화 시절이라, 1970년에 눈물의 해협을 잇던 관부연락선 뱃길이 부관페리호로 재개된 것이다. 신종 유흥산업인 살롱과 나이트클럽에 밀리던 동래의 밤 문화가 다시 고개를 들고 흥청거리기 시작했다.

장구에, 구음에, 소리에, 어느 것 하나 빠짐이 없었다. 유행가나 엔카가 나오면 기타 잡고 노래했고 고고나 디스코가 나오면 드럼을 두드렸다. 떨쳐입고 거리도 주름잡았다. 패션은 모험이자 전략이기에 간 큰 젊은 애들도 주춤하는 '따오기'를 입었다. '보일 듯이 보일 듯이 보이지 않는' 화끈하게 올라간 미니스커트였다. 송창식의 〈왜 불러〉가 유행할 때, 쉼 없이 불렸다.

다시 돈이 모여 '오미장'이란 한식집을 겸했고, '금수복집'이라는 일식집으로 업종을 바꿨다. 그사이 조용필이 등장해 〈돌아와요 부산항에〉를 빅히트시켰다. 일본인 관광객을 상대한 사업이라 곧바로 대박이 되었다. 금선의 전성시대가 다시 열린 것이다. 또다시 온갖 호사를 하고 거리를 누비는 마나님이 되었다.

호사 뒤 다마가 도사렸다. 복국을 먹던 손님이 독으로 죽은 것이다. 알 만한 유지의 힘을 모두 빌려 돈으로 막았다. 또 빌려준 돈이 남의 돈 되고 그 사람 빚이 제 빚이 되었다. 공수래공수거라고, 조물주는 언제건 모은 재물을 수거해갔다. 생이 잔이었는지 그렇게 비우고 채우기를 반복하다 어느덧 일흔을 넘어 여든이 다 되었다.

마지막 남은 건 단전에서 우러나는 구음뿐이다. 원래 구음은 악기를 교습하면서 악보 대신 "나니나 나리룻……" 입소리로 악기를 흉내내다 생겨났다. 그런데 그 자체로 음악이 되었고, 춤판으로 건너가 최고의 반주음악이 되었다. 〈동래학춤〉의 학을 춤추게 만드는 소리가 바로 그 소리였다. 처음에는 친구 김계월이 부르던 것인데, 그가 죽자 동래 한량 문장원의 권유로 유금선이 맡았다.

1990년 KBS홀 개관 기념 '한국명무전'에서 춘 〈동래학춤〉은 서슬 푸른 구음이 인상적인 공연이었다. 판소리, 가곡, 가사, 시조의 성음이 얽히고 설켰고, '생짜"기생의 애간장'이 다 녹아들어 있었다. 이내 〈동래학춤〉 하면 유금선의 구음을 먼저 떠올리게 되었고, 1993년 부산광역시 무형문화재 제3호 〈동래학춤〉의 구음 보유자로 지정되었다.

구음, 오감을 감싸는 5.1채널

온천장에서 좀 가파른 '깔꾸막'을 오르면 금정산 금강공원, 놀이기구 너머 송림 속에 부산민속예술관이 있다. 중요무형문화재 제18호 〈동래야유〉, 부산시 무형문화재 제3호 〈동래학춤〉, 제4호 〈동래지신밟기〉, 제10호 〈동래고무〉 등이 사단법인 부산민속예술보존협회의 울 안에서 보존되고 있는 춤들이다.

부속 놀이마당에서 〈동래학춤〉을 추며 학들이 솟고 있었다. 원래 홀로 추던 춤이었는데, 5인무로 바뀌었다. 1981년 제22회 전국민속예술경연대회에 출전할 때부터다. 동서남북, 중앙으로 늘어선 활갯짓이 얼마나 멋들어진지, 오방사상으로까지 연결해 설명하는 이도 생겼다. 사실은 대회 규정상 최소 5인 이상 출연해야 했기에 5인무로 짠 것이다. 그런즉 오방을 운운함은 오해인데, 5인이 어우러지는 자태를 보면 가슴이 싸한 게 그 말이 그럴싸하다.

지금은 마당 가득 학들이 날아들어 군무를 이룬다. 〈동래학춤〉 보유자나 이수자로 지정된 몇 사람의 춤이 아니라 부산민속예술보존협회 회원 전체의 기본춤이 된 것이다. 제각기 멋을 부리기 좋은 춤이라, 공개 전수 때가 되면 떼로 날아든다. 그래서 넷째주 일요일이면 금정산을 오르던 등산객들이 도래지에 깃드는 철새를 대하듯 감격하여 넘겨다본다.

온천장의 옛길을 돌아보느라 늦었더니, 학들이 목을 빼고 고대하고 있었다. 사무국장 이성훈씨가 "할매 구음 없으면 체력 단련이라, 고만 학을 뗐다"며 서둘러 마이크를 안겨준다. 그간 학들이 타악에 맞추어 몸풀기로 땀을 흘린 셈이었다. 목소리를 목젖 너머에서 넘어오는 원으로 친다면 몇 장단은 원이 컸다. 그러나 목풀기가 끝나자 곧바로 원이 줄며 안이 꽉 찬 목소리가 뿜어나왔다. 수압은 높은데 입구가 좁은 듯 끝닿는 데 없이 오르는 목소리, 세파에 찌든 학의 묵직한 체중을 곧바로 탕감해줬다.

"늘 춤을 보고 곡을 만들어야지." 그날그날의 신선한 음을 장만

해 그때그때 홀홀 털고 날게 했다. 곧 춤과 손발을 맞춰가며 발전한 것이다. 이제 다른 구음으로는 비상치 못할 만큼 절묘한 합을 이뤘다. 슬프면 무겁고 기쁘면 경망하기에 어디고 치우치지 않는 낭랑한 음, 끊길 듯 이어지며 강약을 부가해 끝 음을 탁탁 챘다. 그렇게 단전과 옆구리를 동시에 신축해 음의 꼬리를 치키는 것이 학을 비상케 하는 원동력이었다.

소스라치듯 솟게 하는 소름 돋는 소리가 공기를 진동시켰고 그 서라운드의 원에서 학이 나래를 폈다. 멀찌감치 모인 구경꾼의 오감까지 자극하는, 오장육부에서 난 5.1채널 사운드, 마지막 동래 기생 유금선의 구음이었다. 🔴

—

2009년 봄. 천식으로 고생하니 꽃가루 흩어지는 봄이 고역이다. 꽃을 피해 들어간 그늘이 노래방이었다. 기침을 그치고 마이크를 잡으니 소리가 쏙 빠져나왔다. 현인의 〈인도의 향불〉을 부르며 스스로 얼쑤! 추임새도 넣었다. 앙코르를 외치며 〈여자의 일생〉을 눌렀더니, 가슴에 손을 얹고 불렀다. "참을 수가 없도록 이 가슴이 아파도……" 여자이기에 지그시 누르는데, 아직 여자이기에 봉긋이 부풀어올랐다.

2011년 12월. 한국문화의 집에서 '춤을 부르는 소리꾼, 유금선'을 공연했다. 전쟁 후 동래국악원에서 활동한 후배들과 함께 한 무대였다. 단가로 목을 풀었고, 〈동래학춤〉의 구음을 했다. 몸치도 몸 둘

바를 모르게 하는 소리, '돼놈 송장도 일어나 춤추게 할' 구음으로 학을 날게 했다. 후배들과 부른 〈육자배기〉는 육자배기가 아니라 '진짜배기'였다. 조명이 바뀌자 모두 양장으로 갈아입고 〈여자의 일생〉, 〈화류춘몽〉을 불렀고, 모두 함께 "청춘은 봄이요. 앗싸! 봄은 꿈나라……" 신명에 들떴다. 예기조합, 권번, 국악원, 국악진흥협회, 풍류 고읍 동래가 근대와 현대를 만나 살아남는 장면이었다.

진작 좀 오지 다 늦은 이제 와서 소리하고 춤추라 한다. 머리 손질하는 것도 버겁다. 비녀를 찔러주는 외손녀 뒤에서 젊은 그가 묻는다. 여태 무얼 하고 이제야 찾느냐고. ⓒ 이창수

• • •

중고제의 마지막 소리
심화영

서해대교를 건너니 내포 땅이다. 뭍은 멀리 나갔고, 바다는 깊이 들어왔다. 산곡수와 해수가 길게 만나는 갯벌, 이런 곳에 향나무를 묻었다. 깊은 뻘에서 천년을 견디면 단단한 향이 되기 때문이다. 물에 넣으면 가라앉기에 침향이라 하는데, 불을 붙이면 향이 은은하고 그을음이 나지 않아 향 중 으뜸이다. 내포 땅은 예부터 미륵불의 출현을 꿈꾸며 향을 묻고 비를 세웠다. 서산, 당진, 예산에 세워진 매향비가 그것이다.

내포가 묻은 것은 향뿐 아니다. 흥도 묻은 것이다. 매흥비는 뒤늦게 세워졌다. 서산문예회관 앞마당에 선 심정순»沈正淳, 1873~1937의 기념비이다. 소리꾼이며 율객이었고 1910년대 장안사의 간판스타였다. 우리가 아는 이해조의 신소설 『강상련»심청가』 『연의 각»흥부가』 『토의 간»수궁가』은 그의 판소리 사설을 소설로 엮은 것이다. 그의 예술은 조카 상건»沈相健, 1894~1965과 아들 재덕»沈載德, 1899~1967, 딸 매향»

沈梅香, 1907~1927에게 전해졌다. 가야금산조와 병창에 탁월한 명인들로 우리 음악의 근대를 휘어잡았다.

물론 지나간 옛일이라 오늘은 자취가 없다. 심씨 일가가 보유했던 중고제 판소리나 가야금산조와 병창은 사실상 후예가 없는 것이다. 다만 이곳 사람들이 향을 묻었듯, 이 가족은 유성기 음반에 예술을 묻었다. 우연일까, '가라앉을 침»沈'을 성»姓으로 읽으면 '심»沈'이 된다. 내포 땅 깊숙한 곳에 '침향'과 '심흥'을 묻은 것이다. 아마 형편이 이리 될 줄 알고, 혹여 훗날 길을 물어올 이들을 위해……

길이 잘 닦여서인지, 심수봉의 시디에서 흐르는 비음이 구성졌는지, 서울을 나선 지 얼마 되지 않아 어느새 서산에 들어섰다. 이 땅을 비춘 해가 서산에 떨어지는, 서산 낙조 질 무렵이었다.

우덜이 뛰었지 즈덜이 뛰었남

서산시 읍내동에 있는 양류정에 겨울이 자욱했다. 서산팔경의 하나라던 '양류쇄련»楊柳鎖煉, 양류정의 자욱한 저녁 연기'은 자취 없고, 관절이 시린 노인들이 뿜어댄 한담과 담배 연기가 자욱했다. 이 양류정에 처마를 맞댄 부속건물이 심화영 선생이 운영하는 국악교습소이다. 두세 평 정도의 비좁은 공간이지만 화려했던 청송 심씨 일가의 예술을 더듬을 종가였다.

"잘 죽어야 하는디 늙으니께 것두 걱정이유." 주름진 얼굴 뒤편

벽에 청진 시절에 찍은 사진이 걸려 있었다. 화양연화의 시절, 참으로 아리따운 얼굴이었다. 그리고 오늘 노령임에도 손놀림 하나까지 맵시가 있었다. 장구를 꺼내 부전을 죄었다. 국악교습소이니 누가 오면 소리라도 대접해야 한다는 생각이 든 모양이다.

"쑥대머리 귀신형용 적막 옥방의 찬 자리에 생각난 것은 임뿐이라……"〈춘향가〉에서 옥중의 춘향이 쑥대처럼 헝클어진 머리로 이몽룡을 그리며 부르는 '쑥대머리 대목'이다. 1928년 동양극장 무대에서, 1929년 경성에서 열린 조선박람회에 올라온 남도의 소리꾼 임방울이 불러 빅히트를 하면서 〈쑥대머리〉로 독립해버린 애창곡이었다.

여든아홉의 나이"2002년 기준라고 믿어지지 않을 만큼의 고음이 나오며, 아직도 들을 만한 소리를 했다. 좀 들춘다면, 서편제의 소리를 중고제로 돌려 듣는 것이었다. 애절했지만 심금을 후벼 파는 지경에 이르지 않고 담담하게 꺼내놓는 슬픔의 노래였다. 중고제의 마지막 목소리로 듣는 중고제식 〈쑥대머리〉였다.

중고제는 충청도와 경기도 일대에서 전승된 판소리다. 전라도를 동, 서로 나눈 동편제, 서편제와 함께 한 유파를 이루었다. 음악적으로는 동편과 서편의 중간인데, 동편에 더 근접한 소리였다. 동편은 웅장하고 통큰 소리를 내는 우조 성음을 주로 낸다면, 서편은 애절하고 구슬픈 계면조 성음을 주로 내었다. 중고제는 우조와 계면조의 중간인 화평한 평조를 썼다. 물론 어떤 유파라도 우조, 계면조, 평조를 아울러 쓰기에 단정해 말할 수는 없지만 장기를 보면 그렇다는 것이다.

　조선 말엽 판소리는 임금까지 즐기던 노래였다. 당당한 우조 소리나 밝은 평조 소리 들도 큰 인기를 누렸던 것이다. 그런데 나라가 망해 왕이 사라지자 판소리는 다시 서민의 심금을 울리는 계면조의 애원성 위주로 변해갔다. 〈쑥대머리〉의 빅히트는 식민지의 우울한 정서를 대변하는 사례였다. 이윽고 대중가요도 〈애수의 소야곡〉이니 〈목포의 눈물〉 같은 구슬픈 엘레지가 주류를 이뤘다.

　계면조와 엘레지의 시대, 동편의 거목인 송만갑은 가문의 소리를 시대에 맞추어 바꿔 불렀고 서편에서는 정정렬이 신서편제를 내놓았다. 오늘날 판소리 하면 생각나는 모든 이미지는 그 무렵 형성되었다. 그러나 중고제는 재빨리 적응하지 못했다. 결국 고상하고 담백한 중고제의 맥이 끊긴 것이다. 오늘날 중고제는 이 땅을 통틀어 심화영 할머니 단 한 사람 남았다. 그리고 그분은 찾아온 손님에게, 가문의 소리 대신, 가문의 소리를 마감하게 했던 애원성의 〈쑥대머리〉를 '접대용'으로 부른 것이다.

　장구의 부전을 풀면서 한마디한다. "우덜^{우리들}이 뛰었지 즈덜^{저희들}이 뛰었남?" 그러니까 왜병이 몰려왔을 때 우리와 같은 논개가 왜장을 안고 남강에 뛰어들었지, 저희 양반들이 뛰어든 적이 있느냔 말이었다. 반천의 구별이 사라진 시대에도 할머니는 '우덜'과 '즈덜'로 명백히 금 긋고 있었다. 오랫동안 받아온 손가락질이 가슴 깊이 박혀 있었던 것이다.

　그렇다. '충청도 양반'이란 말처럼, 반천의 구별이 유독했던 이

지역의 정서도 중고제의 쇠퇴를 가져온 또하나의 이유였다. 그저 소리란 밥을 버는 슬픈 노역으로 여겼기에 모두들 그 길을 떠난 것이다.

집안 내력을 따라

심화영﹫沈嬅英, 1913년생은 심정순이 장안사에서 인기가 한창이던 무렵 파고다공원 근처에서 태어났다. 아버지는 "밤이면 머리에 기름을 발라 잘 따고 나가는 사람"이었고 화려한 인기는 어머니 차지가 되지 못했다. 아버지는 오빠 재덕을 낳은 지 9년 만에야 얼굴을 내밀었고 막내인 자신을 낳고 4년 후에야 집에 들어왔다. 들어와도 점잖게 한 이틀 묵고 가는 손님이었다. 결국 어머니는 심화영이 네 살 되던 무렵 온양으로 이사했다.

어머니는 『삼국지』를 한글본과 한문본으로 읽을 수 있었고 강단이 있었다. 산지기를 해 논 몇 마지기를 얻어 농사지으면서도 자식 교육에 열성이었던 억척어멈이었다. 심화영은 남복을 하고 서당에 다녔고, 훈장집의 아이를 봐주는 것으로 월사금을 대신했다. 열두 살 무렵에는 두 살 아래 심태산﹫심상건의 장녀과 신창소학교에 들어갔다. 말하지 않아도 모두가 광대의 딸들이란 걸 알고 있었다. 잘 놀다가도 둘만 다가가면 약속한 듯 파해버렸다. 물위에 뜬 기름처럼 멀찌감치 아이들의 주변을 돌아야 했다.

오빠 심재덕은 늘 가야금을 메고 다녔다. 영특하여 중학교를 졸업하고 일본 유학을 꿈꾸었다. 그러나 집안 형편 때문에 꿈을 이루지 못하고 결국 예술의 길에 들어섰다. 단소도 잘 불고 해금, 양금도 능했지만 가야금에 월등했다. 오빠는 서울로 향했고 심화영도 따라서 전학했다. 영어에 능통한 오빠가 선교사들과 친한 덕분에 이화학당에 들어갔다.

선생들은 '개량된 머리'로 수업을 했고, 김활란이 피아노를 가르쳤다. 심화영은 순종황제의 인산 날 나가서 곡을 하다가 왜놈 헌병과 대치 끝에 터진 6·10만세, 그 용트림하던 흰 물결 속에서 두 손을 번쩍 들어 만세를 부르기도 했다. 일제강점기였지만, 이화학당은 다른 곳보다는 우리말글을 중시하였다. 영특하였고 편지를 잘 써, 오빠는 언제나 문장가가 될 거라고 칭찬했었다. 그러나 4학년까지의 학업이 신학문의 마지막 수업이 되고 말았다.

서울에 올라간 지 1년 만에 다시 온양으로 내려왔다. 오빠가 농사를 짓겠다고 낙향했기 때문이었다. 자연 학업은 접었고 살림을 배우고 시집갈 준비를 했다. 열일곱 무렵, 집안끼리 잘 알던 한성준^{韓成俊, 1874~1942}이 며느리 삼겠다고 찾아왔다. 오늘날 무악^{舞樂}의 대명인으로 추앙받지만, 당시엔 광대일 뿐이었다. 같은 광대 집안이라 앞일이 빤히 보여 거절했다.

"시집가면 내 눈에 차는 사람한테 갈 수 있겠슈. 나는 책도 보고 글도 있는디, 기껏 우리 측으로 갈 거 아니요. 나도 광대 딸이니께."
결국은 오빠에게 양금을 배웠다. 차라리 예기가 되어, 광대 부인으로 고생한 늙은 어머니를 호강시키는 것이 도리일 것 같았기 때문이다.

열여덟 무렵, 농사를 짓겠다던 오빠는 서산으로 이사하여 식당을 차렸다. 서산 구터미널에 있던 '낙원식당'이었다. 옛 아전 출신인 김모 노인에게 수덕사의 말사인 서광사에서 한 일주일 정도 시조를 배우며 본격적인 학습을 시작했다. 낙원식당이 자연스레 학습터가 되었다. "고춧가루 한 근이나 빻아서 채쳐야지, 심부름해야지……" 그 북새통에 하루에 세 차례 예능을 연마했다.

당시 태안에는 전라도 고창에서 원님을 살다가 퇴임해서 '이고창'이라 불리는 이가 있었다. 갑부였고 풍류의 도가 높았다. "그때는 먹을 게 없으니께 안 불러도 그냥 밀고 가유." 원근 천리의 율객들에게 태안은 낙원이었다. 낙원으로 가는 길목에 있던 낙원식당은 자연스레 율객의 집합소가 되었다. 객지를 떠돌던 아버지 또한 병으로 들어와 있었다. 이동백, 김창룡 등 최고의 명창과, 명무이자 명고수인 한성준이 드나들었다.

문턱이 닳게 집안을 드나들던 떠도는 율객들이 스승이 되었다. 방모씨에게 심청가를 배우며 판소리를 시작하였다. 가야금도 시작했는데, 판소리에 지장이 있다 하여 가야금병창은 가르쳐주지 않았다. 숱한 스승들은 모두 떠도는 사람들이어서 끝을 맺지 못해 언제나 끝은 오빠가 맺어주었다. 그 무렵 오빠와 어울리던 방영래»당시 50세쯤에게 〈승무〉를 배웠다.

내포가 묻어둔 흥

스무 살 때 오빠의 소개로 청진권번에서 소리 선생을 했다. 청진은 정어리 기름과 커다란 목재회사, 총알을 만드는 공장 등으로 흥청거리고 있었다. 더욱 살 만한 것은, 소리하고 춤춰도 누구 하나 손가락질하지 않는 것이었다. 고향에서는 조그만 애들도 반말로 부르는데, 누구나 공손히 어른 대접을 해주었다.

요릿집에 나가 가야금을 타고 판소리를 했다. 목이 맑아 본바닥 사람들이 좋아하는 〈서도소리〉도 했다. 때때로 권번에서 주최하는 '수재 구호기금 마련 공연' 등에 참가해 〈승무〉도 추고, 창극의 이 도령 역할도 하였다. 근동에 이름이 자자해졌고 방송에도 출연했다. "연애를 왜 해요. 이름만 더럽혀지게." 수려한 용모와 조신한 행실, 이화학당을 다녔던 지성으로 '유치원 선생'이란 별명도 얻었다.

1944년, 일제는 패색이 완연해지자 권번을 폐쇄하고 예기들을 접대부로 돌렸다. 가무악 대신 술상에서 술만 따르는 것이었다. 그럴 수는 없었다. 요릿집에 나가지 않았고 삯바느질을 하며 청진 생활을 계속했다. 손가락질받는 서산으로는 돌아가고 싶지 않았기 때문이다. 점차 전쟁이 치열해지자 총대 잡고 훈련했고 등짐 지고 토굴공사에 동원되기도 했다. 결국 가족들의 권유로 서산으로 내려왔고 넉 달 만에 해방이 되었다.

서른세 살에, 서산에서 농악대 상쇠를 하는 동갑내기 송운석과 혼인했다. "중매가 아니고 내가 봐서 했지. 그것도 조건 붙였어, 아무 말 않기로. 그러지 않으면 가겠다." 그후 식당을 하기도 했다. 그리고 알음알음으로 찾아오는 이에게 춤이나 가야금, 장구를 가르쳤다. 서산에서는 '장구집'으로 통했다. 그러나 배우는 이의 대부분이 가정집 여자들이라 길게 가지 못해서 마땅한 제자가 없다. 그러다 점차 잊혀졌고 서산에서도 깊숙이 묻혔다.

국악사는 꽤 오랫동안 심씨 일가를 잊고 있었다. 심씨 일가의 화려한 족적이 부상하게 된 것은 한 장 두 장 발견되는 유성기 음반에 의해서였다. 1980년대 초반 국악학자 이보형이 심정순과 심상건이 모두 서산 사람임에 관심을 갖고 노인정을 찾아다니며 물었다. 결국 두 사람이 숙부와 조카 사이임을 알게 되었고, 생존한 심화영의 존재를 학계에 알렸다. 이후 심정순의 판소리와 가야금, 심상건의 가야금산조와 가야금병창, 젊은 나이에 요절한 심매향의 가야금산조와 가야금병창이 속속 발견되었다. 고음반연구가 노재명이 집요하게 추적해 작성한 심씨 가문의 유성기 음반 백여 장의 목록은 화려한 국악 가문의 면모를 유감없이 드러냈다.

1993년 뒤늦게나마 서산에서는 심정순의 예술을 기려 서산문예회관 앞마당에 기념비를 세웠다. 이때 가수 심수봉이 와서 〈무궁화〉를 불렀다 한다. 심수봉은 심재덕의 딸로 심정순의 손녀고 심화영의 조카였다. 그녀는 모 지방지와의 인터뷰에서 "어린 날 사당패가 마을에 들어오면 그 행렬이 사라지는 쪽을 한없이 보고 있었다"고 말했다.

"옛날에는 소리 잘하면 감추고 살았지. 요샌 노래방도 있고 다들 자랑이고 벼슬이여, 좋은 세상이지." 노래하는 것이 자랑스러운 시대가 되었지만 정작 할머니의 노래는 후계가 없다. 할머니의 생애와 더불어 중고제는 종언을 고하는 것이다. 이제 그의 가문 어른들과 김창룡, 이동백, 방진관 등이 남긴 유성기 음반에서나 존재하게 된 것이다.

진작 좀 오지

1998년 '명무초청공연'을 올리려 서산을 찾았을 때, "진작 좀 오지" 하며 아쉬워했다. 2002년에 찾은 국악원에는 '충남무형문화재 제27호 승무 전수관'이란 간판이 붙었다. 2000년 1월 11일 〈승무〉가 문화재 지정을 받은 것이다.

마침 무용을 전공하는 외손녀 이애리와 몇몇이 와서 춤을 배웠다. 장단을 치다가 벌떡 일어나 북걸이를 잡고 버선발을 들어올리는데, 큰 구경이라도 한 것처럼 눈에 새로웠다. "맹글어 추지 말어, 호흡보다 몸이 놀아야 혀." 요사이 조형에만 신경쓰는 전통춤을 향한 말이었다. 무척 자연스러운 몸놀림이었다. 호흡이라는 말보다 숨이란 말로, 몸 가는 대로 추는 춤이었다. 고수는 역시 첫 동작이 다르다. 손을 꺼내는 그 순간, 또다시 늦어버린 발걸음을 애통해해야 했다. "답답해요. 몸은 안 되니께. 그래서 남들 허면 헐 말은 있는디, 그냥 좋다

좋다 해요."

　오래 사신 분이라 오래도록 물을 수 없었다. 피곤한 모습이 역력한지라 일찍 물러나와 서산 갯마을로 향했다. 자동차의 시동이 걸리자마자 심수봉의 노래가 이어졌다. 애절한 목소리지만 감정을 다 쏟지 않는 비결을 지녔다. 불현듯 '목소리'란 말보다 판소리처럼 '목'이라고 하는 게 나을 성싶었다. 〈미워요〉 〈사랑밖엔 난 몰라〉…… 어느 곡이라도 남다르게 음을 흔들어 가슴을 뒤흔들어버린다. 그 흔듦을 바이브레이션이 아니라 가야금처럼 '농현'으로, 판소리처럼 '시김새'로 표현해도 될 것 같았다.

　심팔록, 심정순, 심재덕, 심수봉, 얼른 손꼽아봐도 4대니, 전통에서 말하는 '개비'다. 그 예술혼이 현대라는 통로를 통해 오늘의 소리를 뽑아내고 있는 것이다. 누대를 거쳐 담금질된 목으로 낸, 심금의 얼개를 아는 성음이었다.

　간월도 쪽에 도착하니 8시 반, 딱 술시였다. 소줏집에 들어가 우선 한잔 털어넣고 나니 주문한 낙지가 나왔다. 주인장은 연체동물을 '절지切肢' 동물화했다. 일도양단된 발들이 제각각 아우성이었다. 반병을 다 들이킬 때 사진기자 김윤배가 여관에 차를 대고 들어왔다. 술상 위의 참상을 보고 "아직도 위험한데요" 하며 나무젓가락을 뗐다. 낙지는 삼가 조심해서 씹어야 한다. "이 죽일 놈아" 하며 빨판이 목젖에 붙는 순간, 남은 낙지는 저승사자 몫이 되기 때문이다.

　게걸스럽게 꽉꽉 씹느라 아귀가 아팠다. 덜 씹어도 안전한 부위, 먹통을 집었다. 아마도 먹통은 주인장의 칼을 보는 순간 혼절한 모양이다. 아랫것들은 아비규환 속에서도 접시를 넘는데, 윗것들은 이미 축 늘어져 있었다. 한입 물자 먹통이 톡 터져 입안 가득 먹물이 찼다. "우덜이 뛰었지 즈덜이 뛰었남!" 문득 할머니의 말이 들렸다. 창밖은 썰물이라 파도 소리도 물러났고, 어둠보다 깊은 갯벌에서 살아 있는 것들의 소리가 들려왔다. ●

—

아흔이 넘으면서 오히려 전성기였다. 방송도 출연하고 신문에 인터뷰도 했으니 청진 시절 못지않았다. 한번은 방송국에서 집안의 예술을 묻는 토크쇼를 진행하려고 리허설을 했다. 몇 번 오락가락했지만 기억이 좋아 조근조근 이야기했다. 본 방송에서 아나운서가 다시 묻자 거짓 없이 답했다. "아까 말했잖여유."

그리고 아흔이 넘은 목으로 다시 〈쑥대머리〉를 불렀다. "그때야 심청이가 옥중에서 탄식을 하는데……" 어이쿠! 심청이가 옥에 갇힌 것이었다. 그렇다면 춘향이는 필경 남경장사 선인에게 팔려 인당수로 향할 거다. 아흔이 넘으니 그게 그거인 모양이었다. 춘향이도 심청이도, 꽃다운 그 시절에 본지라 아득했다. 그저 잠든 듯이 죽는 게 소원이었다.

"2009년 11월. 서산 승무 예능보유자인 심화영씨가 17일 노환으로 별세했다. 향년 96세." 신문의 부고는 긴 세월을 몇 글자로 정리했다. 외손녀 이애리에게 언니 심매향이 승무를 출 때 매었던 붉은 가사를 건넸다.

남무 ^{»男舞}, 춤추는 처용아비들

우선 남"男 자나 한 자 들고나보자

밭[田]에서 힘[力]을 쓰니 남"男이다. 그렇다. 사내는 딸린 식솔을 위해 뜻을 흙에 두고 밭을 갈아야 한다. 그렇게 다져진 완강한 근육에 가을걷이가 끝나면 멋이 차오른다. 하여 춤추는 것인데, 그들 중에는 유별난 자가 있게 마련이다. 어디 그런 남"男을 표기한 자를 고르려 고금을 들여다본다. 그래, 한나라 때 정고비의 글자가 눈길을 끈다. 어허, 이 남"男자 분주하다. 과한 흥이 있어 보습이며 괭이를 버려두고 달려간다. 어딜 가는 걸음인가, 풍류정이 분명쿠나.

문자처럼 분주했던 한 분을 안다. 그분은 읍내 권번에서 춤에 맛이 들렸다. 춤 재주 또한 출중했으니 나날이 일취월장 소문이 자자했다. 그러나 춤추러 다니느라 늘 논을 비웠고, 잡초인 '피'가 눈치 없이 고개를 디밀어 동네 어른들은 혀를 끌끌 찼다. 결국 '온 만신의 피'라는 별명이 붙었다. 그후로 동네에 뜬금없는 귀신 소문이 돌았다. 달 밝은 밤이면 하얀 허수아비가 지게 지고 논의 피를 뽑고 다닌다는 것이었다.

달밤에 피를 뽑던 춤꾼, 경남 고성군 동해면 봉암리에 살던 허종복"許宗福, 1930~1995 선생이었다. 생전에 까다롭고 엄해서 불편했지만 오늘은 참으로 그 춤이 그립다.

그럼 무^舞 자나 한 자 들고나보자

글씨 하면 또 왕희지^{王羲之} 아닌가. 이름처럼 날숨〔羲〕 한 번 뱉으며 거침없이 써내렸다. 육환장을 들고 염불장단에 올라서서 거드름춤을 추는 노장스님 같기도 하고, 막 디딤을 준비하며 한 다리를 든 고고한 학 같기도 하다. 어디에도 매듭이 없이 백지에 흘러내린 먹빛, 모름지기 춤도 이래야 한다.

그러고 보니 문장원 선생의 춤이 그렇다. 87년의 세월을 다 흘려보내버렸고 티끌처럼 가벼운 빈 몸에는 오로지 춤만 가득하다. 하여 왕희지의 '먹기운'처럼 어디에도 매듭이 없이 춤이 흘러내리고 엇박으로 내디디면 추사의 〈세한도〉를 펼쳐 그 속으로 들어가는 듯하다. 모든 것을 비우고, 무대 위의 자신마저 들어내버리는 무^無, 곧 춤의 이상향을 밟는 것이다.

원래 무^無라는 글자는 '춤춘다'는 뜻이었다. 세월이 흐르면서 없다는 뜻으로 이용되자 구별하기 위해 천^舛을 붙여 오늘날 쓰는 무^舞를 다시 만든 것이다. 평생을 '춤기운'에 취해 산 노한량 문장원 선생이 이룩한 춤에는 오래된 무^無와 새로운 무^無가 모두 담겨 있다.

(2002년 '남무, 춤추는 처용아비들' 팸플릿에서)

1935년, 피서지에서 생긴 일. 왼쪽에서 여섯 번째가 동래 한량 문장원 선생이다. 무릇 한량은 노는 물이 달라야 한다. 예전 수영 바다, 비행장으로, 벡스코로 바뀌기 전, 그 물 좋던 맑은 바다에서, '작업'하다가 한 컷. 얼마나 찬란하고 선구적인 청춘을 박았는가.

천리 아랫녘으로 영남춤을 마중 가다

한양의 남대문에서 남동쪽으로 천리를 가면 동래가 나온다. 이 천릿길이 조선왕조가 의주로 다음으로 중시했던 영남로이다. 왜로 건너가는 조선통신사의 길이었으며, 괴나리봇짐에 청운의 꿈을 싸 맨 선비들이 오르던 과거길이었다. 도중 험준한 백두대간, 그래서 조선시대 조령[»]鳥嶺, 문경새재이 개척되었고 조령 이남의 땅을 영남이라 부르게 되었다.

그런즉 '영남춤'이란, 새재 아래 경상도 땅의 춤을 일컫는 것이다. 그러나 퇴계의 이기이원론을 지지하며 몰려들었던 경상도 출신의 학자를 지칭하는 '영남학파'처럼 일반적으로 통용되는 말이 아니다. 그저 이 지역 출신 춤꾼들이 경상도의 고유한 춤을 찾겠다는 의도로 공연 홍보를 겸해 임의로 썼던 말이다.

그런데 전통춤에 대한 관심이 중요무형문화재로 지정된 〈승무〉 〈살풀이춤〉〈태평무〉 등의 독무[»]獨舞에 편중된 상황에서, 영남춤은 점차 잊혀져가는 춤맥에 대한 걱정과 맞물려 공감을 얻어 우리 춤의 처방전 중 하나로 인식되고 있다. 예부터 전해온 "소리는 호남, 춤은 영남"이란 말이 과연 허언이 아닌 것이다.

길의 속성은 흐름이다. 높은 데서 낮은 데로 흐르는 유속, 새들도 넘기 힘든 새재를 넘은 영남로는 영남 땅 예순세 개 읍을 통과하여 동래에 닿는다. 이 긴 흐름이 운반한 기름진 것이 종점 동래에 퇴적했다. 영남 땅의 흐드러진 춤이 동래에서 켜켜이 삼각주를 이뤘는지, "춤은 영남, 그중 제일은 동래"라는 말이 덤으로 생겨났다.

춤은 사내의 역사였다

남자가 춤을 춘다고 하면 웃는다. 그래서 남학생이 '무용학과' 다닌다고 하면, 대뜸 '무역학과'로 알아듣는다. 애써 '무용학과'라고 힘주어 말하면, 힐끗 보며 피식 웃는다. 웃음이 덜된 짧은 '피식'에는, '멀쩡한 놈이 무용»無用한 놈일세'라는 의도가 삽입되어 있다.

거기에 살짝 부연하여 '혹시 말이지' 하는 의구심까지 내보인다. 무»武에 열중한 사나이 동방불패가 너무 열중하여 결국 여인 임청하가 되어버리는 무협영화처럼, 무»舞에 열중하다 혹시나, 하는 생각이 있는 것이다. 어디 그뿐인가, 온갖 잡다한 오해가 빼곡하다. 춤은 여자들만의 세계로 인식하기 때문이다. 그러나 춤 역사는 일찍부터 남성의 역사였다.

　서구 무용사에서 최초의 전문 무용수로 거론되는 사람은 루이 14세^{1638~1715}이다. 절대왕정의 전성기를 대표했던 그는 하루 세 시간씩 발레 연습을 했다. 세계사에 기록된 '태양왕'이란 별명도 그가 맡았던 태양신 아폴로 배역에서 비롯되었다. 비단 왕이 아니더라도 당시 귀족사회에서 발레는 승마, 펜싱과 더불어 반드시 익혀야 하는 교양이었다. 여성들은 무도회에서 귀공자의 시선을 모을 수 있었지만 무대에는 얼씬하지 못했다. 무대에서 필요한 여역^{女役}에는 소년들이 동원되었으니, 발레는 오로지 남자들의 세계였다. 화려한 베르사유 궁전을 세트로 사내들은 밤 늦도록 노닐며 춤추었다.

　서라벌 달빛 아래 밤 늦도록 노닐던 처용아비는 설화일망정 기록된 이 땅 최초의 춤꾼이다. 이 설화를 중심으로 한 〈처용무〉는 고려 5백 년과 조선왕조 5백 년을 이어왔다. 특히 연산군^{1476~1506}은 〈처용무〉에 능통했으니 루이 14세보다 160년이나 앞선 춤 선배다. 환관 김처선^{金處善, ?~1505}은 〈처용무〉에 흠뻑 빠져 춤추는 연산을 말렸다. 분노가 극에 이른 연산은 그를 처참히 죽이고 모든 문서에서 그의 이름 '처^處' 자를 사용치 못하게 했다. 아뿔싸! 그토록 아끼는 〈처용무^{處容舞}〉도 '처^處' 자가 들어가 있었다. 하여 〈풍두무^{豊頭舞}〉라 개명하고 구중궁궐을 세트로 밤 늦도록 노닐었다. 서라벌 달밤의 처용설화는 아픈 역사까지 간직한 실화가 되었다. 그리고 대한민국 국립국악원에 계승되어 이 땅 최고령의 춤으로 장엄히 존재한다. 처용이 사내인즉, 사내가 담당했으며 대대로 사내에서 사내로 이어져 내려왔다.

이런 춤 역사가 언제부터 변한 걸까. 서구 무대에서 여성의 존재가 두드러진 것은 19세기 낭만발레에 이르러서다. 이 시기 가스등의 발명으로 무대를 푸르스름한 밤으로 만들 수 있었다. 거기에 푸른 빛을 받는 백색 의상과 정령들을 등장시켜 이른바 '백색발레'의 시대를 열었다. 〈라실피드〉〈지젤〉 등이 발표되었고 우아하고 비극적이며 숭고한, '발레' 하면 떠오르는 모든 이미지들이 완성되었다. 이 무대 중심에 '포인트'point: 춤출 때 발끝을 완전히 세우는 기교'를 하는 백색 발레리나가 있었다. 그때부터 남자들은 무대에서 그녀들을 돌려주고, 받쳐주고, 들어주는, '짐꾼'이 되어 '그녀들' 뒤에 서게 된 것이다.

우리의 경우는 일제강점기 예기권번 시절부터 바뀌었다고 보아야 할 것이다. 떠도는 남자 춤꾼들은 권번의 춤 선생이 되어 예기에게 춤을 물려주었다. 이후 예기의 춤은 여성을 중심으로 전승되었다. 그리고 무용학과가 여자대학에서 먼저 신설되면서 더욱 여성 중심이 되었다. 후일 전통춤에 대한 관심도 〈승무〉〈살풀이춤〉 등 예기들이 추었던 춤이 주가 되었다. 가뭄에 콩 나듯 사내들이 등장해도 여성의 맵시를 이은지라, 고개를 살짝 숙여 교태를 부린다. 땀 냄새 물씬 풍기는 춤은 사라지고 애써 근육 감추며 분 냄새 풍기며 곱살스레 추는 것이다. 또한 춤에 대한 좁은 생각으로 아비들이 추던 춤을 춤으로 존대치 않았다. 〈탈춤〉〈농악춤〉〈사랑방춤〉 등 그 헌걸찬 춤들을 '연극'이란 이름으로, '놀이'란 이름으로 방치한 것이다.

그러나 춤은 스스로 제 운명을 상속하며 살아남았다. 자고로 "사내 몸이 춤 없이 멋이 되는가" 하는 한량의 풍류가 은자의 길처럼 전해졌다. 외면하는 버르장머리를 탓하지 않고 도도하고 굵직한 본때를 간직한 것이다. 영남대로의 종점 동래, 저 천리 아랫녘에 춤추는 아비들이 있었다.

춤의 본향 동래에서

동래에서는 한 해를 춤으로 열고 닫아 삼백예순날이 춤판이었다. 정월이면 고을의 골골을 돌며 풍악을 울리는 '지신밟기'가 시작된다. 가가호호를 돌면서 꽹과리, 징, 장구, 북으로 풍물을 울리며 고사덕담을 해 얼마간의 전곡을 얻었다. 걸립, 걸궁, 매굿, 마당밟기, 이름은 다르지만 전국적으로 만장일치처럼 행해져 마을 공동기금을 마련하며 즐겼다. 다만 동래의 지신밟기는 우선 춤판의 종자돈을 만드는 게 주목적이었다.

대보름 무렵에 '줄당기기'가 시작된다. 각 부락의 농청에서 밑줄을 꼬고, 밑줄이 모여 중줄을 이루고, 중줄이 모이면 어른 팔로 다 안기 힘든 큰 줄이 동여진다. 줄 끝에 커다란 고리를 만들어 동부와 서부의 두 줄을 연결하고 고리에 '비네목'을 박았다.

대체로 동부는 바닷가를 낀 곳이라 닻줄 당기는 어부들이 많아 유리했다. 질세라 서부는 결사항전했다. 특히 온천장의 동래 기생들은 치마폭에 돌을 싸서 줄 위에 앉아 온몸으로 버텼다. 한 해의 길흉화복을 걸고 수만 명이 치열하게 잡아당기는 거대한 놀이였다. 그리고 이긴 쪽에서 〈동래야유〉라는 탈춤을 놀았다.

야유》野遊는 원래 '들놀음'이라 부르던 탈놀이를 한자로 쓴 것이다. 〈동래야유〉는 문둥이과장, 양반과장, 영노과장, 할미과장으로 구성되는데, 줄당기기 이후 거대한 가장행렬 끝에 노는 놀음이다. 먼저 부산교대 부근 수영천변 논밭에서 놀이판까지 수백 개의 등롱》燈籠으로 치장한 행렬로 1킬로미터의 긴 길을 메운다. 놀이판인 동래시장 앞 네거리 패문리 미곡시장에 선두가 당도하면, 용등·봉등·학등·무지개등 등 큰 등과 5백여 개의 오색 소등을 매달고 주변으로 횃불을 둘러 불야성을 이룬 무대가 만들어진다.

놀이를 시작하기 전에 〈학춤〉〈문둥춤〉〈꼽새춤〉〈병신춤〉〈홍두깨춤〉〈엉덩이춤〉을 추며 흥을 지폈다. 이윽고 아녀자들이 돌아가는 으슥한 자정 무렵에야 야유를 시작한다. 야유는 연달아 놀지 않고 중간중간 막간 놀이를 넣었다. 연희자의 나이가 연만한지라 힘이 부치기도 했고, 추운 날씨라 막간에 한잔씩 돌려 술기운으로 춤기운을 부추겨야 했기 때문이다. 물론 그 막간에도 춤을 추었고 대단원의 막이 끝나는 새벽까지 날 새도록 춤판이었다. 동래 사내들은 정월부터 춤으로 한 해를 맞았던 것이다.

봄이 완연해져 토종 상추인 불상추가 붉어져 쌉쌀하게 제맛 내는 4월에 불상추놀음, 만산에 홍엽이 탱탱한 10월엔 단풍놀음을 놀았다. 또 김장배추 포기가 차오르고 조무래기들의 연이 하늘로 치솟을 때부터 그 연줄이 끊기는 이듬해 대보름까지는, 사랑방에 화기가 돌고 한량들은 피리, 대금에 춤바람 들었다. 갈, 봄, 여름 없이 아비들이 북적거리는 춤판이 선 것이다. 그런즉 동래는 통째로 춤의 도가니였고, 예서 춤이란 사내를 일컫는 또다른 이름이었다.

아울러 동래는 이 땅의 출구이자 입구였다. 그래서 출입하는 한량이 많았고 내로라하는 한량이 머무르는 종점이 되었다. 한양성에서 동래에 이르는 거대한 획, 영남대로는 조선왕조의 주요 인프라였다. 이 탄탄대로를 통하여 영남학파가 상경하였고 춤추는 한량들은 남하하여 동래 종점에 모여든 것이다. "평양 기생, 진주 기생, 말도 마라 동래 기생!" 콧대 높은 온천장 명기들 때문이다. 웃음소리 콸콸 솟는 뜨거운 온천에 도처의 한량들이 끌어들여졌다.

또한 동래는 시간의 종점이기도 했다. 점차 풍류를 잃어가는 시대에 그나마 풍류가 남은 곳이었다. 물이 줄면 큰 고기가 소»沼로 모이듯, 큰 춤꾼들이 시간의 종점 동래에 모여들었다. 밀양의 하보경, 고성의 조용배, 양산의 김덕명, 멀리 화성의 이동안, 그리고 유랑의 행중을 이끌고 따뜻한 남쪽을 선택한 사람들이 너나없이 모여들어 춤을 지폈던 것이다.

오늘날 동래는 옛 영화를 잃었다. 양산에 반쯤 떼어주고 부산광역시의 구로 편입되었다. 그러나 아직 동래의 영화를 기억하는 터전이 있다. 금정산 금강공원 울울창창한 송죽 사이에 솟은 동래민속관, 한 시대를 풍미한 명인들이 쉬었다 가며 춤을 남겨둔 '영남무림'의 총본산이다. 그 춤의 누각을 세운 이, 6백 년을 세거»世居한 토박이요, 춤으로 생을 지새운 마지막 동래 한량 문장원»文章垣,1917년생이다.

갈대는 가을이 저물어갈 때 갈대답다

1995년 가을 을숙도, 낙동강 7백 리를 흘러온 물결이 대양의 파도가 되어 떠나고 있었다. 이 이별을 두고 목을 뽑아 하얀 손 흔들기에 을숙도의 갈대는 키가 컸다. 그 숲에 깊숙이 묻혀서 '낙동강 오리알'이란 말을 새기고 있었다.

문장원에게 춤을 청했다가 "갈 때가 다된 늙은이가 뭘 한단 말인가", 일언지하에 거절당했다. '갈 때'란 말을 되새기며 어슬렁거리다보니 어느덧 을숙도의 갈대밭이었다. 늦여름에 붉던 꽃이 씨앗을 터트려 허연 백발이 되었고, 바짝 마른 몸 바람에 내맡기니 저절로 춤이었다. 갈대는 가을이 저물어갈 때 갈대답다. 저절로 하이쿠가 만들어졌다. 분명 '갈 때'가 다된 노화^{老化}도 노화^{蘆花}처럼 춤이 될 것이었다.

2001년, 〈빌리 엘리어트〉라는 영국 영화가 개봉되었다. 광산촌 소년 빌리가 로열발레학교에 들어가는 과정인데, 없는 살림에 춤이라니 돈 걱정, 춤춘다고 사내가 다가와 입을 맞추니 사내 걱정, 갖가지 난관과 편견에 죽도록 고생한다. 그럼에도 마지막 장면으로 삽입된 매슈 본의 〈백조의 호수〉, 그러니까 남자 백조가 등장해 좀더 높이 뛰는 이색 발레에서처럼 박토를 박차고 찬란히 비상했다. 춤추는 사내는 아름다웠다.

2002년 여름, 다시 동래로 향했다. 공을 들이고자 내려가는 길도 바꿨다. 고속도로로 추풍령을 넘지 않고, 3번 국도로 새재 아래 이화령을 넘어 문경을 거쳐갔다. 옛 선비들처럼 영남로를 탄 것이다. 선비들은 과거길에 오를 때 죽령을 넘지 않았다. 죽죽 미끄러지니까. 추풍령은 더욱 피했다. 추풍의 낙엽이 될까봐. 그들은 문경^{»聞慶}을 지나 새재를 넘었다. '들을 문^{»聞}'에 '경사 경^{»慶}', 급제라는 경사스런 소리를 듣기 위해 문경을 거친 것이다. 내려가는 길목이었지만 절실한 맘으로 이화령 넘어 문경을 들러 갔다.

속신에까지 의지해 한참을 돌아가며 걸음에 공을 들였다. 담판은 늘 두려움으로 목 조이는 게임이기 때문이다. 일생을 거의 다 산 사람은 거의 다 안다. 그 빠삭한 안전에서 '중앙무대'니 '출연료'니 하며 말 꺼내는 것은, 먼지 낀 참빗, 파리채, 빈대약 등을 꺼내 좌판 벌이는 장날 행상처럼 초라하다. 그래서 두렵고, 그래도 들이밀라 명령하는 의욕이 무섭다. 사소한 미신이라도 부여잡고 기적의 춤판을 꿈꾸는 것이다. 진정한 사내의 몸짓을 무대에 인화하고 싶었다.

첫날, '비록 설화일망정 춤추는 처용아비가 영남 땅에 올라온 것은 우연이 아니다. 퇴계가 스스로 몸을 다스린 『활인심방^{»活人心方}』을 남긴 것도 예사롭지 않다. 이는 영남이 춤의 땅이란 것과 무관하지 않다'고 말한 듯하다. 사랑방 다실에서 손님이 기다리기에 내려가야 한다고 했다. 둘째 날, '그런즉 이제 영남학파가 이 지역의 정신이라면 영남무는 몸으로 인식되고 존중되고 회자되어야 한다. 그 일은 영남무림의 마지막 거두인 어르신께 달려 있다'와 비슷한 논리였던 것 같다. 또 손님이 기다린다고 사랑방 다실로 내려갔다. 다만 전날과

달리 문건 하나를 건네주었다.

1996년에 작성한 '동래예기권번명단'이었다. A4 용지 세 장에 2백여 명의 이름이 적혀 있는데 늘 캐묻는 기자, 방송인, 학자들 때문에 아예 명단을 작성해둔 것이다. 교방청에 속했던 노기*老妓들의 이름이 적혔고, 동래예기조합 시절의 예기들은 예능의 정도와 특기도 기억했다. 동래예기권번으로 개칭된 이후에는 나이 터울에 따라 아예 5단계로 세분하였다. 아마도 그간 민속학자들에게 숱하게 구술해주다 터득한 학문적 태도이리라. 아울러 누구보다 철저하게 실천적(?)으로 실시한 현장조사였다.

사실인즉 예까지 와서 고생은 했으니, 이 정도에서 물러서라는 식으로 건넨 것이었다. 허나 놀아본 사람만이 알 수 있는 경지는 참을 수 없는 유혹이었다. 이제 남은 방법은 하나였다. 문전에서 한없이 무릎 꿇고 읍하는 '시간의 인해전술'이었다. 기교는 없어도 역사적으로 유서가 깊은 설득의 묘수다. 유비는 공명의 초가집에서 버텨 『삼국지』를 베스트셀러로 만들었고, 혜가는 달마의 동굴 앞에서 머리 조아려 『역근경』과 『세수경』을 중원 무림에 퍼트렸다. 다이어리의 일주일 일정에 빨간 줄을 죽 그었다. 깨알 같은 약속들이 붉게 젖어 바닥에 쏟아졌다.

셋째 날 밤, 해운대 백사장, 태평양에서 밀려온 포말과 백사장에 꽂은 소주병의 남은 수위를 번갈아 보고 있었다. 파도야, 어쩌란 말이냐! 기다림은 입만 타는 게 아닌지라 모래밭에 두 발을 깊이 쑤셔 습기를 벌충하고 있었다. 갑자기 핸드폰이 떨었다. "내일은 오지 마라, 올라갈꼬마." 온몸이 부르르 떨렸다. 심장이 공갈빵처럼 단번에 부풀어올랐다. 어떠한 사랑의 맹세보다 달콤한 해변의 춤 약속이었다. "할라 카믄 빨리 해라. 날 추우면 물팍 시린다." 아! 서리가 내리기 전에.

2002년 8월, 서울 크림스튜디오에 문장원, 김덕명, 이윤석, 하용부, 정인삼, 황재기, 김운태, 박영수, 여덟 명의 춤꾼이 한데 모였다. 포즈를 취하는 여덟 중 다섯이 동래와 연이 있었다. 문장원, 김덕명, 판을 기다리다 떠난 하보경의 손자 하용부, 조용배의 제자 이윤석, 이동안의 제자 정인삼이 대신 선 것이다. 문득 예전부터 이 춤판을 위해 동래에 모여 영남무이자 남무를 탁마하며 지냈나 싶었다. 영남춤에 헌정하고자 옛적 영남 땅에 오른 처용의 이름을 빌려 제목을 '남무»男舞, 춤추는 처용아비들'이라 했다.

'드림 시나위', 춤을 부르는 진정한 소리

춤은 발로 노닐고 악은 손으로 하니, 춤판이란 손발이 척척 맞아야 좋은 판이 된다. 춤을 보면 음악이 들리고 음악을 들으면 춤이 보이는 판, 그것이 격이다. 그래서 서너 평 남짓한 무대에서 몸과 음이 조화된 소요유의 무릉도원이 조성되는 것이다. 그런즉, 춤을 부르는 소리 장히 중하다. 그 중심은 장구인데, 천상의 궁합이 필요하다.

장구는 허리가 잘록해 세요고»細腰鼓라고도 한다. 그래서 세워놓고 보면 꼭 모래시계 같다. 시간을 담고 있는 본색을 드러내는 자태이다. 장구 속에 있는 무한을 흠모하는 자를 고수"鼓手라 한다. 그들이 호리병 속의 시간을 꺼내 대나무 채로 재단하는 것을 박이라 한다. 그리고 그 잘게 부순 박 위를 걷는 것, 그것이 춤이다. 그러니 절묘한 춤이란 소리를 내는 자와 발을 밟는 자 간의 호흡이 일치해야 한다. 아예 한 사람의 심폐인 양 통합되어야 한다. 그래야 춤답고 소리답다. 원로 명무들은 이구동성으로 고수"高手 김청만의 장구를 원했다.

장단이 발이면 선율은 손이다. 춤을 추려면 지속음이 나는 악기를 써야 한다. 그래야 손이 들려 있을 수 있다. 예로부터 장구와 북의 장단 위에 피리, 대금, 해금 따위의 지속음 나는 대나무 악기들이 춤음악을 담당했다. 이를 두고 삼현육각"목피리, 겹피리, 대금, 해금, 장구, 좌고이라 한다. 이 고전적인 편성이 속화된 것이 '시나위 합주'다. 정해진 원칙은 없으나 대체로 오동나무로 만들어진 악기가 들어간다. 음역이 넓은 아쟁이 가세하고, 지속음 일색이라 끊음질도 필요해 거문고나 가야금을 넣는다. 여기에 북 대신 징이 들어가 시나위 합주를 하는 것이다.

대나무와 오동나무는 모두 속을 비운 나무다. 그래서 이를 다루는 이들도 자신의 선율을 비워야 완벽한 흐름을 만들 수 있다. 이렇듯 서로가 서로를 읽으며 심금을 울리는 것이 시나위의 묘미이다. 결국 춤판은 춤이나 음악이나 너나없이 능통해야만 가능한 판이다.

김청만의 섭외로 아쟁의 박종선, 대금의 원장현, 거문고의 이세

드림 시나위 오른쪽부터 아쟁과 꽹과리 박종선, 장구 김청만, 피리 한세현, 대금 원장현, 해금 김성아, 거문고 이세환. 짱짱하게 잘 짜인 시나위 드림팀, "털끝 하나 안 들어간다." ⓒ 박상윤

환, 피리의 한세현, 해금의 김성아, 쟁쟁한 명인들이 모였다. '털 하나 안 들어간다'는 말 나오게 잘 짜인 우리 시대 최고의 시나위 드림팀이 결성된 것이다. 시나위 선율이 남도 무속의 선율에 기반을 두는지라 대부분 호남의 명인이었다. '소리는 호남이요, 춤은 영남'이란 말처럼, 호남 최고의 무악舞樂이 모여 영남 무림의 최고수를 맞이하게 된 것이다.

무대가 밝아지며 시나위가 서서히 펼쳐질 때, 천천히 지팡이를 짚고 나온 한량이 꾸벅 인사하고 지팡이를 내려놓는 순간부터 차마 잊지 못할 춤이 흐르기 시작했다. 그저 음악에 몸을 맡기는데, 어느덧 무이구곡에 흘러든 듯했다. 슬픔과 기쁨이 한 올에 휘감긴 시나위는 안개처럼 피어올랐다. 그 경치 앞에서 돌이킬 수 없는 지경이 되어가고 있었다. 퇴계가 『태극도설』을 펼쳐들고 회고했듯이 '모르는 사이에 기쁨이 솟아나고 눈이 열리는' 시간이었다. ●

춤으로 생을 지샌 마지막 동래 한량
문장원

카메라가 체중계의 눈금을 클로즈업하면 40과 41 사이에서 바르르 떨던 바늘이 마침내 40.5에 멈춰 선다. 카메라가 틸트업되면서 서서히 몸의 윤곽을 더듬어오르니, 살 한 점 고이지 않은 앙상함이 드러난다. 그래도 한술이라도 더 덜어내려는 모양, 정녕 흙으로 떠날 때 뼈만 챙겨가려는지 살아 풍장^{風葬}을 치르고 있는 것이다.

다시 서서히 틸트다운하면, 무성한 잎을 다 떨구고 나이테의 너비도 바짝 줄인 겨울나무로 서 있는 노명인에게 〈세한도〉가 오버랩된다. 고적한 유배지 탐라에서 세상의 모든 쓸쓸함을 쓸어 담은 한 폭, 기법을 버리고 메마른 갈필로 그려낸 풍경에 획 하나 가감할 수 없으니 추상^{秋霜} 같은 추사^{秋史}다.

그 빈 폭 위에 문장원이 노닐러 간다. 춤가락을 모두 덜어내고 그저 무대를 거닐 뿐이다. 내디디자마자 곧바로 수렁에 빠지듯 굴신^{屈伸}을 하고 곧바로 돋음을 해 일으킨다. 이때 오금과 돋음 사이

마지막 동래 한량 춤동래민속관의 놀이마당을 걷다가 지팡이를 들어올리니 저절로 춤이다. 옛 동래의 풍류와 흥을 복원하는 것이 일생과업이었던 사람, '마지막 동래 한량'이란 수식어를 처음이자 마지막으로 부여받은 명무다. ⓒ 이한구

남무(男舞), 춤추는 처용아비들

의 과감한 편차, 이 옥타브가 결국 심금을 흔든다. 카메라는 다시 온 천탕에 놓인 체중계로 돌아와 더이상 덜어낼 수 없는 지경에서 멈춰선 눈금 40.5를 비춘다. 이때 성우 김세원의 묵직한 목소리로 내레이션이 깔려야 한다.

"이 남자 88년을 쉼 없이 수공 들여 마침내 우주를 40.5킬로그램으로 축적하였다."

이를 두고 강호제현께서 음주과량체라 말씀하신다면, 권컨대 꼭 한번 그분의 춤을 필독하시옵소서. 하면 탐라에서 보내온 스승의 자화상 같은 〈세한도〉를 읽으며 엎드려 울었던 역관 이상적의 마음을 헤아릴 것입니다. 춤이란 게 본시 여백과 농담을 봄이 아니라 행간과 이면을 읽는 것임을 알고, 양팔을 펼쳐듦이 우주를 담는 일임을 깨닫게 될 것입니다.

그때부터 '못된 소질'이 있었던 게야

문장원[»]文章垣, 1917년생은 동래구 안락동의 자연부락인 염창에서 문무일과 구남의 장남으로 태어났다. 동래 땅에서 6백 년을 세거한 남평 문씨 가문으로, 고려 말 목화씨를 가져온 문익점의 26대손이다. 열다섯에 동래 제일공립보통학교를 졸업할 때까지는 여느 아이와 다를 바 없는 순탄한 유년을 보냈다.

풍류의 발단은 오늘날 동래고등학교가 된 동래고등보통학교 시험에 낙방하면서 시작되었다. 보통학교 관사 아래에 있던 동래학술 강습소 고등과를 다니면서 시험을 두 번 쳤으나 낙방하고 열일곱 나이가 되었다. 슬슬 바람이 불기 시작했다. 동갑내기인 천석꾼 사돈 최종욱과 이른 나이에 기방 출입을 시작한 것이다.

와끼, 나루도, 아라이, 시즈노야, 봉래관, 동래관, 내선관, 동운관, 김천관 등 1930년대 일류관이 출입처가 되었다. 요정은 실의에 빠진 열일곱을 위안하는 요지경이었다. 하는 일 없어도 주머니 가득한 아전집 자손들끼리, 하는 일이 없기에 어울려 한 상 걸게 차려놓고 노는 것이었다.

상은 3원, 5원, 7원, 10원짜리가 있었고 당시로서는 거금이었다. 기생을 호명하고 탕에서 목욕을 하고 화투짝을 두드리고 있으면 상이 들어왔다. 이윽고 기생들이 들어와 권주가를 부르고, 단가나 토막소리를 불렀다. 손님들도 취기에 흥이 나면 소리 한마디씩 했고, 일어나서 예기들의 구음에 맞추어 춤을 추었다.

"그때부터 이 '못된 소질'이 있었던 게야." 70년이 훌쩍 지난 오늘, 노한량은 자신의 춤을 '못된 소질'이라 이야기한다. 문장원은 춤에 각별한 관심을 보였다. 오입쟁이는 얼굴 좋은 동기"童妓를 불렀지만 그는 나이든 예기를 불렀다. 망쳐버린 청춘을 두고 부르는 그녀들의 〈육자배기〉는 애간장을 달였고, 춤을 펴는 팔에는 한과 시름이 담겨 있었다. 그는 심금의 밑바닥을 조율하는 그 소리를 경청하였고, 성음의 골을 짚어가며 춤을 따라 밟았다.

취하면 그 자리에서 누웠고, 다음날 해장술은 저녁술로 이어졌다. 그렇게 며칠이 흐르면 돈이 없어 못 나가 인질이 되어 마셨다. 한 번은 그렇게 20일간 마셔 천 원을 지불했다. 오늘날 어지간한 중소기업을 술로 들이킨 것이다.

한 달 중 반은 요정에 출석했고, 남은 반은 부산으로 내려가 살았다. 카나리아, 낙원, 나이루바, 프린스 등이 늘어선 보수동 거리 카페에서 암울한 식민지에 흰 분말처럼 번지던 엘레지를 불렀다. 남인수, 이난영의 노래 몇 곡이면 여급들이 푹푹 품에 떨어졌다. 서면부터 광복동, 중앙동, 완월동, 대청동의 댄스홀에는 정장 차림으로 나섰다. "도롯토, 부르스, 와루쓰, 탱고, 나중에 지루박이다 트위스트다 다 나와서 모두 췄지." 샹들리에 불빛 아래서, 손수건 위에 댄서의 손을 얹고 돌았다. 요정, 댄스홀, 카페로 한 달 일정을 촘촘히 채우며 지냈다.

음력 6월의 달이 차오르면 별이 쏟아지는 수영해변으로 갔다. 여름 한철은 요정의 손님이 뜸해 예기들도 바람 쐬러 나왔다. 그렇게 청춘들은 청송이 우거진 해변에서 만났다. 1930년대 중반 수영백사장에서, 입성 좋은 '모단 뽀이'들은 파격적인 패션의 예기들과 시시때때로 판을 벌여나갔다. 음력 7월의 달이 기울 무렵까지 사십여 일을 캠프 생활로 즐겼다.

"아저씨, 이래 추면 좀 멋이 좋아요." 그 푸르던 젊은 날, 예기들의 한마디가 곧바로 몸에 새겨지며 '못된 소질'인 춤이 늘어가고 있었다. 그때나 지금이나 술 한잔이면 볼 붉어져 두 잔을 못 들기에 오로지 팔만 펼쳐들었다. 그 나이 그때, 오입쟁이는 '술기운'에 취했고 한량은 '춤기운'에 취했던 것이다.

일성관의 동래 사내들

당시 동래 청년들은 대개 일성관에 출입하였다. 동래 사내에게 일성관은 통과의례 그 자체였다. 어릴 적에는 소년동맹에 가입하여 청장년들의 잔심부름을 하며 자랐고, 나이가 차면 또래들끼리 모임을 만들어 활동하며 동래 사내로 장성해갔다. 그 뒤편에서는 등사지로 선언문을 긁었고, 독립자금을 만들어 보냈고, 피가 뜨거운 이는 만주로 떠나가곤 했다. 낙성식날 일본순사들이 들어서서 출입을 막을 정도로 그곳은 애초에 항일의식의 둥지였다.

소년동맹원으로 일성관을 드나들다 열다섯 무렵에 동래음악동우회를 만들었다. 일행 중에는 훗날 '콜롬비아 콩쿨대회'에서 가수로 뽑혀 〈타향살이〉로 빅히트를 친 고복수도 있었다. 애창가곡을 중심으로 레퍼토리를 꾸며 영남 일대 순회공연을 했다. 이 목소리에 카페의 여급들이 매달린 것인데, 모름지기 한량은 두루 소질이 있어야 했던 모양이다.

그 무렵 동래 토착문화를 이끌어가던 주체가 기영회에서 망순계로 바뀌고 있었다. 기영회는 예전 동래부 관아의 관속이었던 아전 중심의 친목모임이었다. 망순계는 아전 외에도 향교의 유림, 서민, 그리고 백정까지 포함했다. 물과 기름처럼 구별되던 신분의식이 느

슨해진 게 아니라 식민치하에서 왜인에 대항한 동래 사람의 모임으로, 오히려 그 유대를 돈독히 한 것이었다. 망순계는 기영회를 대신해 동래의 오랜 풍습인 '줄당기기'를 주최하였다.

1934년 정월의 줄당기기는 줄을 연결한 비네목이 꺾여 무승부가 되었다. 이긴 쪽에서 벌이던 〈동래야유〉를 동·서부가 합동판으로 꾸미게 되었다. 동부의 김귀조, 김기옥, 서부의 윤치서, 이두상 등의 명인들이 한자리에 선 반열의 판이 되었다. 그해 문장원은 열여덟 살이었고, 팔선녀를 태우고 가는 마부역으로 탈판에 들어섰다. 그 판에서 동부의 김귀조^{金貴祚, 1886~1956}, 서부의 이두상^{李枓祥, 1884~?}의 춤이 다가왔다. 지금처럼 일일이 배우는 게 아니었다. 같이 놀던 판에서 본 춤이 잔영으로 남았다가 어느 날 문득 자신의 몸에서 그 춤이 뿜어져나오는 것이었다. 이후 이두상의 꽹과리 가락과 축원덕담 고사소리도 그렇게 받아들였다.

곳곳에서 시시때때로 춤판이 벌어졌다. 춘추 2회 정기총회를 하는 기영회 모임, 4월 불상추놀음과 10월 단풍놀이를 여는 망순계 모임에서 춤판이 벌어졌다. 이때 찾는 곳이 인적 드문 재실, 미산재나 영모재가 단골이었다. 처음에는 재실 내에서 풍악을 잡히고 놀다가 흥이 나면 잔디밭으로 뛰어나갔다. 마당이라 꽹과리 등의 음량이 큰 타악기로 연주하고 호적을 불거나 기녀의 구음으로 춤을 추었다. 섬세한 기방춤이 문을 밀고 나가면 곧바로 솟아오르는 마당춤을 겸하게 된 것이다.

1940년 만주 대련으로 가 '데이치쿠 레코드사' 외판사원이 되었다. 삼십여 장의 신반»新盤을 가지고 대련, 안동, 봉천, 무순, 철령, 공주령, 신경, 하얼빈, 목단강, 소만국경, 호두, 호림, 도문, 수양수부 하루에 한 도시씩 스물다섯 군데를 돌며 주문을 받는 것이었다. 그리고 5일을 준비하여 다시 출발해 스물다섯 개 도시를 돌았다. 유성기판처럼 돌고 돌 때 만주 땅 곳곳에 진출한 동래 기생들을 만나 춤추었다. 떠도는 오라버니는 곳곳의 주막을 연결하는 긴밀한 소식통이 되기도 했다.

1943년 동래에 돌아와 김계단과 혼인하였고 이듬해에 부산부 노동과에 취직하였다. 임무는, 예전 야영하던 수영의 백사장을 아스팔트로 메우는 일이었다. 일제는 수영비행장을 건설하고 있었고 동포들을 불러내 노역을 시켜야 했다. 애초에 달가운 일이 아니어서 늘 일본인 고바야시 주임과 다퉈야 했다. 하루하루 언성을 높여가다 결국 밀치고 달려드는 고바야시의 옆구리를 날렵한 발길로 질러버렸다. 무»舞는 무»武와 쉽게 통했다. 상황은 쉽게 종료됐고 며칠 직장을 나가지 않았더니 답장으로 징용장이 배달되었다.

1944년 10월부터 오사카 제련소에서 노역하다 1945년 8월 13일 무리들과 제련소를 탈출했다. 8월 15일 오사카 우에다 역에서 일왕의 항복문서 낭독을 들을 수 있었다. 밀려드는 동포들로 귀국선이 북새통이어서 규슈로 내려가 기회를 엿보다 9월 21일에 귀국했다. 강제노역 10개월은 일생에서 춤추지 못한 유일한 나날이었다.

해방 후에는 일성관에서 조직된 동래동우회의 총무를 맡았다. 그리고 1946년 3·1절 기념으로 옛 명인들을 모아 〈동래야유〉를 기획하였다. 지신밟기를 하면서 걸립을 할 때 문장원이 고사창을 하였다. 그렇게 예전 그대로 모든 것을 갖추었다. 그리고 온갖 등롱을 앞세워 탈판으로 갔다. 그것이 역사 속으로 사라진 마지막 동래의 행렬이 되었다.

재건의 물결에 세월을 복원하며

1947년 부산시 세무과에 임시직원으로 들어갔고 1948년 정식 직원으로 동래출장소 세무계로 옮겨갔다. 출근하면 한자리에서 모든 일을 끝내고 일어섰다. 이런 성실함으로 남들이 하루 3백 내지 4백 장 쓰는 호별세 고지서를 1천 장씩 썼고, 필체 또한 달필로 명쾌했다. 결국 1년 만인 1949년, 세무과 징수계장에 임명된다.

이 무렵 거리에 나부끼던 해방의 감격은 어느덧 사라졌다. 탈판으로 가던 동래 청년들은 좌와 우로 나뉘어 우정에 골이 패였다. 여기저기서 수군거렸고 누구는 싸늘한 시체가 되어야 했다. 결국 1950년 6월 25일, 전쟁이 일어났다. 라디오는 늘 안심을 시켰지만 가까워진 포격 소리는 낙동강까지 밀린 전황을 알려주었다. 서면에서 전차를 갈아타려는데 갑자기 목에 차가운 총부리가 느껴졌다. 광장에 끌려나가보니 가두모병을 당한 거였다. 5백여 명의 젊은이들 중에 체신공무원, 철도공무원, 마지막으로 일반공무원은 열외가 되어 간신히 대열을 벗어났다. 열외되지 못한 청년들은 곧바로 전쟁터로 직송되었으니 그들을 구할 방도는 기적밖에 없었다.

9·28 서울 수복이 일어나고 한시름 놓자 이제는 서로와 서로간이 문제였다. 좌익 소탕, 그것은 성난 사냥이었고 상처가 상처를 재창조하는 과정이었다. 그리고 이유 없는 상처들도 함께 만들고 있었다. 어느 날 밤 갑자기 방첩대에 연행되었다. 백열등 아래서 시커먼 사내들이 오동재를 아느냐고 물어왔다. 자신과 어울리던 예기 이모씨의 언니가 사귀던 남자였기에 안다고 대답했다. 당시 오동재는 와세다 대학을 나온 수재였는데, 후퇴하는 인민군과 월북한 것이다. 기다렸다는 듯 발길질이 시작되어 두 시간, 평생 동안 가장 심한 뭇매를 맞았다. 남보다 하얗던 피부는 금세 검붉은 피멍이 들었고 마침내 피칠갑이 될 무렵 어두운 방에 던져졌다.

어둠의 이편저편에서 손길들이 빠져나와 그의 피멍을 주물러주었다. 점차 어둠에 익숙해지자 드러난 그들의 몰골은 자신보다 더했다. 상처 입은 짐승들이 서로 핥듯, 팔이 부러진 제 몸뚱이도 수습하지 못하면서 한 손으로 남의 몸을 주물러주는 것이었다. 이튿날 다행히 잘 알던 방첩계장이 소식을 듣고 찾아와 어두운 창고를 빠져나왔다. 그러나 문장원 외의 전원은 송정 근처 언덕에서 제가 판 구덩이에 스스로 몸을 던져야 했다. 기생 때문에 생과 사의 문턱까지 간 것이다. 그리고 이념이라는 허무한 얼개 속에 방치되어 있는 허술한 생들을 목격했다.

기생 때문에 봉변을 당했음에도 풍류는 한량을 재촉했다. 내일 코앞에 포탄이 떨어져도 오늘 한잔의 술을 기울이겠노라는 한량이 많아 움츠렸던 요정은 금세 활개를 폈다. 전쟁통이라 더욱 노곤한 공무원 신세였다. 그러나 한량 벗들은 밤이면 들창문을 두드렸고 요정으로 직행해야 했다. 세무과에서도 회식을 할라치면 놀아본 그가 오락 일체를 구상해 요정으로 출발해야 했다. 이래저래 낮에는 세무과에, 밤에는 요정에 출근하였다.

1951년, 잘 알던 김지태의 민의원 출마를 돕기 위하여 공무원을 사직했고, 그해 5월 정미소와 제재소를 운영하는 동래산업주식회사의 상무이사로 취직했다. 1954년에는 경남고공품회사의 경남지사장을 맡게 되었다. 고공품은 가마니, 멍석, 새끼줄 등 농한기 농가의 생산품으로, 당시로서는 상당한 기간산업이었다.

1956년에는 한국고공품주식회사 부사장이 되어 상경했다. 만주 외판사원 시절의 영업 능력과 공무원 시절의 세무회계 능력이 크게 위력을 떨친 때문이었다. 부사장의 업무는 많았지만 유독 그만이 맡아야 하는 업무가 있었다. 예자청, 농림부, 농업은행의 출입기자를 만나는 일이었다. 기자 기분을 맞춰야 전체 기분이 나아지고 회사 기분도 풀리기 때문이다. 그의 사교능력이 빛을 발했다. 물론 사교의 장은 요정이었다. 어느 요정에 들어서건 피란 시절 동래권번에 의탁했던 예기들이 있었고, 그의 상경 소식은 어느새 파다하게 퍼져 있었다. 또 그렇게 만나서 춤판을 벌여나갔다.

사라진 동래를 꿈꾸며

1958년 건국 10주년 기념 '민속예술대전'이 개최되었다. 종전 후 구호물자와 함께 온 서구문화가 틀 잡히던 때, 민중의 삶에서 빠져나가는 전통에 대한 자각이 생긴 것이다. 어수선한 정국으로 두 해를 걸러 5·16으로 군사정권이 들어선 후 2회가 개최되었다. 이후 '전국민속예술경연대회', '한국민속예술축제'로 명칭이 바뀌면서 현재에 이른다.

제1회 대회에서 대통령상은 〈하회별신굿탈놀이〉, 내각수반상은 〈봉산탈춤〉, 공보부장관상은 〈양주별산대놀이〉가 수상했다. 주요한 상을 모두 가면극이 받은 데서 알 수 있듯 가면극에 대한 관심이 지대했다. 당시 대회 위원장은 민속학자 최상수였다. 그는 동래 출신으로 동래의 형편을 아는지라 〈동래야유〉의 출품을 권유하였다. 그러나 부산시는 동래의 형편을 모르는지라 늘 재기불능이라고 통보하였다. 이때 부산일보 사장이던 동래 사람 박수영이 그 사실을 알리고 기영회를 중심으로 논의하여 문장원을 찾았다. 1960년 4·19혁명이 일어나고 한국고공품주식회사의 권리가 농업은행으로 넘어가게 되자 인수인계를 마친 후 동래로 내려와 있을 때였다.

1965년 5월 1일 '동래민속연구회'가 만들어졌다. 원양반 역할은 문장원이 맡고 말뚝이 역할은 30년 연상인 박덕업이 맡아 〈동래야유〉가 재현되었다. 같은 해 10월, 덕수궁에서 열린 제6회 전국민속예술경연대회에 출전하여 대통령상을 받게 된다. 그리고 1967년 12월 21일에 〈동래야유〉는 중요무형문화재 제18호로 지정되었다. 이때부터 문장원의 일생은 하루도 빠짐없이 이 단체에 바쳐졌다.

1969년 3월 24일 사단법인 부산민속예술협회가 발족하였다. 문장원은 연희를 담당하며 동래의 유지들을 이사장으로 선임하였다. 그리고 동래 유지들과의 연계를 이사장과 자신이 도맡았다. 이런 노력으로 토박이 기업인의 후원을 유치하였고 행정을 통해 국가의 문화예산을 수혜받았다. 1969년 문화재관리국의 예산이 종자돈이 되어 1974년에 완공된 동래민속관은 그의 역작이다. 부산시장이 네 번 바뀌고 6년 세월이 흐르는 동안 시의 문턱을 닳토록 넘어 예산을 얻어낸 것이다. 그리고 이 터전을 중심으로 동래의 옛 풍류를 복원하였는데, 1972년 〈동래학춤〉이 부산광역시 무형문화재 제3호로, 1977년에는 〈동래지신밟기〉가 제4호로, 1993년에는 〈동래고무〉가 제10호로 지정되었다.

은빛 비늘 반짝이던 열여덟에, 등롱 찬란하던 그 보름, 팔선녀를 태운 말의 고삐 쥐고 따라나섰더랬다. 무지갯빛 쏟아지던 길, 결국 6백 년 토박이에게 점지된 길이었다. 그 길에서 풍악을 잡히고 흐드러진 한세상을 놀았다. 그리고 인생의 후반에 그 기억을 한 폭 한 폭 인화해낸 것이다.

1990년 초에 뇌경색으로 병상에 누워야 했다. 한동안은 운신을 할 수 없었다. 무엇보다 일생을 추어온 춤을 멈추는 것이 고통이었다. 마음속으로 늘 춤추며 손끝 발끝에 간절히 기별을 보내며 투병했다. 결국 일어섰고, 못된 버릇인 춤을 통해 잊혀진 근육과 혈관을 일깨우며 발을 내디뎠다. 그리고 현역 춤꾼으로 다시 춤추고 춤 일을 보는 것이다.

금정산 금강공원 내에 있는 동래민속관은 매주 일요일이면 분야별 이수생들이 모여 춤판을 벌인다. 춤을 연수하는 이들이 대부분 직장인이기 때문에 자연 모임일이 일요일이 된 것이다. 악이 울려퍼지면 〈동래야유〉〈동래지신밟기〉〈동래학춤〉〈동래고무〉 등 종목별로 춤이 펼쳐진다. 한때는 동래 사람들 전체가 춤꾼인 듯했고, 한때는 단 몇 사람만이 변화하는 시간과 대적하며 춤추었다. 오늘은 장엄히 활갯짓하며 솟아오르는 군무가 된 것이다.

동래민속관 내 문장원의 집무실 책상 위에는 그날 신문과 핸드폰, 전화번호부, 그리고 접부채, 은단, 곽성냥, 주판 등 오래된 시간들이 흘러가지 않고 집결해 있다. 동래를 아는 6인의 유지를 이사장으로 삼았건만 모두 떠나 1996년부터 자기 책상에 이사장 명패를 놓아야 했다. 이제 부산광역시의 거대한 사각 빌딩 속에서 동래의 흥과 자연부락의 울타리를 알고 있는 마지막 사람이 되었다. 아마도 이래서 그에게 '마지막 동래 한량'이란 수식어가 붙는 것이리라.

노닐어 자하동[9]紫霞洞에 들다

1983년 6월, 문장원은 국립극장 주최 제3회 '명무전'에서 한진옥, 장금도와 함께 등장하여 〈동래입춤〉을 추었다. 절찬을 받았고, 그해 12월에 열린 '명무 큰 잔치'에도 초대되었다. 1983년 한 해 동안 여섯 번을 올린 명무전 중에서 가려 뽑은 명무만 서는 반열의 무대였다. 역시 격찬을 받았다. 그러나 판에서의 열광적인 반응으로 끝났을 뿐 다른 반향은 없었다. 당시의 명무전은 초야에 묻힌 명무를 일생을 바쳐 이룬 '완성'으로 보지 않고 창작을 위한 '참고물'로 보았기 때문이었다.

2002년 '남무, 춤추는 처용아비들'은 문장원의 춤이 확연히 우리 시대의 춤 유산으로 자리잡은 공연이었다. 이미 1980년대 명무전을 주름잡던 춤꾼들이 모두 타계한 후였고, 아울러 동작을 집대성하여 추는 '오늘날식 전통춤'에 점차 회의가 일 때였다. 또한 여성 편향의 춤들이 대세이던 때에 남무의 위력을 보여 "한국무용사는 저 노인을 피해갈 수 없다"는 찬사를 받았다.

〈동래입춤〉에서 '입춤'은 첫걸음 뗄 때 쓰는 기본과 같은 의미로 쓰이는 말이다. 그러나 결국 생애의 마지막까지 완성해가는 춤이었다. 계면조의 선율이 흐르면 자연스레 팔을 벌려 거닐었다. 특정한 구성 없이 즉흥적으로 펼치다 〈동래야유〉나 〈동래학춤〉에 있는 동작들도 엮어 추었다. 전날 사랑방에 들어오면 한량춤이 되고, 문 밀고 나가면 마당춤이 되던 옛 태를 가지고 있기 때문이다. 고령의 관절이라 오금과 돋음의 폭이 좁아들었고, 뛰다가 급작스레 주저하지 않는 경남 특유의 배김새 동작은 크지 않았다.

그러나 결국은 빠져들고 만다. 핵심은 '엇'이었다. '어긋난다'는 데에서 출발한 '엇'은 춤에 매료되게 하는 동력이다. 전통춤을 단아와 절제로 표현하며 정적인 이미지를 구축한다면, '엇'은 그 속에서 찾아낼 수 있는 최대한의 속도일 것이다. 장단을 앞지르거나 뒤따르는 것인데, '엇'이 지나쳐 원래의 규칙을 놓쳐버리면 '삔다'고 한다.

문장원의 '엇'은 '어긋남'이 아니라 '어긋냄'으로, 걷노라면 자연스레 밟히는 것이다. '엇' 자체를 기교로 의식할 때 보이는 다급함이나 불안감은 없다. 그리고 삐기 직전까지 시간을 연장하는 대담함을 보여준다. 질서정연한 속도를 순식이나 탄지라는 미세한 시간 단위로 분할하고 그로 인한 시간의 확장 속에서 노니는 것이다. 그래서 동어반복 같은 춤사위들이 서로 다른 춤사위가 되게 하는 것이다. 견강부회한 분석을 동원하지 않더라도 관객의 허리를 곧추세우게 하며 남은 폐활량을 한데 모아 추임새를 뱉게 한 원동력이 바로 '엇'이었다.

2004년 8월 눈부신 여름날, 월간 『객석』의 예인 시리즈 취재를 위해 동래에 갔다. KTX의 개통은 신영남대로의 출현이었고, 빠른 대로라 금세 동래에 도달했다. 시간의 종점에 다다른 여든여덟 노구임에도 젊은 축이 바라는 한 컷을 위해 가볍게 나서주었다.

기억을 더듬어가며, 동래구 온천2동 '재실길'로 표기된 옛 미남

리 길을 올랐다. 만덕 2터널 앞 재실길 끝머리에 미산재^{美山齋: 현풍 곽}씨의 재실와 영모재^{永慕齋: 밀양 박씨의 재실}가 있었다. 두 곳 모두 갸륵한 후손들이 떠받드는 근엄한 조상이 모셔진 곳인데, 인적이 드물어 흥이 과한 한량들의 놀음처가 되었다. 70년 전, 푸르던 청춘들이 술을 차고 모였는데, 70년 후, 옛 놀던 춤 동무 하나 없었다.

노닐던 풍류는 차림새부터 달랐다. 붓뚜껑에 담아온 목화씨로 입성의 역사를 바꾼 문익점의 26대손답게 다듬잇살 잘 오른 두루마기를 떨쳐입었다. 그리고 한참의 침묵이 흘렀다. 대님 하나 매는 것도 힘을 아껴 써야 했기 때문이다. 한 방울 한 방울을 대롱에 모아 한꺼번에 끼얹으려는 듯, 미동 없이 침묵하며 시간을 고여두고 있었다.

재실 앞 잔디는 눈부시게 푸르렀다. 두 팔 벌려 그 빛 위를 거닐었다. 잔디 위를 다녀간 몸은 너무도 가벼운지라, 잔디는 어느새 제 몸을 세워 그 사람 흔적을 잊는다. 내려서면 더 빨리 영에 도달하는 체중계였다. 40.5킬로그램으로 깃털처럼 가볍게 계체량을 통과하고 절대의 시간에 들어서는 것 같았다. 연달아 터지는 셔터 소리, 허나 박과 박의 틈새를 이동하는 짧은 겨를은 박히지 않을 것이다. 불로장생을 꿈꾼 옛사람들, 『포박자』를 펼쳐 들고 금단을 제련하듯, 쓸모없는 근육마저 퇴화시켜 얻은 가벼움으로 무위자연 너머 자하동에 들려는 듯했다. ●

———

2005년 10월, 예술의 전당 토월극장에서 열린 〈전무후무〉에 출연했다. 2007년 8월 7일 국립국악원 예악당 무대에서 자신의 이름을 건 〈춤의 문장원〉을 헌정받았다. 리허설 때 힘을 아껴야 했기에 악사들만 연주했다. 자신은 무대에 의자를 놓고 앉아 선율을 헤아리며 춤을 구상했는데, 그 장면이 명장면이었다. 공연 때는 박수가 끝없자 지팡이를 손에 걸고 또 추었다.

2011년 10월 '풍류로드'라는 흥 있는 답사단이 동래에 내려오자 아흔넷의 나이로 춤을 추었다. 한걸음도 수월치 않았지만 걸음걸음이 가슴을 조이게 했던 마지막 춤이었다. 2012년 8월 22일 노환으로 별세했다. 24일 동래민속관에서 노제가 있었고, 상여가 춤추던 놀이마당을 돌아나갔다.

하용부의 〈북춤〉 첫 박에 빵빵한 소리를 울려놓고 잔향이 가시기 전에 딱딱! 거리며 춤에 뛰어드니 '북춤'이다. 추는 게 아니라 치는 것. '침'에서 '춤'이 나는 거다. 가문 대대로 되물림한 심금을 울리는 비결이다. ⓒ 최영모

• • •

밀양강변 춤의 종손
하용부

2002년 여름 밀양연극촌. 촌장 하용부는 춤에 들어 있었다. 신입 광대들에게 춤을 가르치는데, '춤'이 아니라 '쌈'이다. "관객이 5백이든 천이든 딱 한 사람만 거꾸러뜨리면 나머지도 다 자빠진다." '무용담》舞踊談'이 무용담》武勇談 같고 춤사위마저 싸울 태세다. 다리는 굴신을 주고 양손은 흘러온 장단 쪽으로 들고 빈틈없이 대적하고 있었다.

사실 춤추는 사람더러 무술하냐고 하면 욕이다. 투박하고 뻣뻣하단 말이기에. 물론 무술하는 사람더러 춤추냐 해도 욕이다. 힘없고 흐느적거린다는 말이기에. 말하자면 양쪽 다 심각한 지경인 것이다. 그러나 고도의 수련자는 춤이 무술 같다. 동작에 빈틈이 없어진다. 물론 무술도 춤 같아진다. 힘이 유연하게 흐른다. 말하자면 양쪽 다 심오한 경지인 것이다.

무》舞와 무》武가 통하는 통로가 흐름이다. 물처럼, 모나지 않은 흐름인데, 그 흐름에 몸을 내맡기면 하용부는 구부정해진다. 엉덩이도 살짝 빠져 얼핏 춤이 아니라 엉거주춤 같지만 절묘한 춤이다. 어디로든 뻗을 수 있게 휘어졌다, 여차하는 순간 들이댓바람으로 펼쳐내는데, 바로 이 '휨'과 '폄' 사이의 탄력이 탄성을 지르게 하는 것이다.

법보다 주먹이 가까운 길을 떠돌았을 광대들이기에 호신을 위한 '쌈'과 밥을 버는 '춤'이 한 몸속에서 일맥상통해왔던 것이다. 조상 대대로 춤을 축적해온 하용부의 몸. 본능이라는 자율신경이 운용하기에 들려오는 음악은 뇌를 거치지 않고 곧바로 심폐에 흡수된다. 그리고 혈관과 근육에 직접 기별하고, 근육과 근육은 알아서 반응하는 '춤'이자 '쌈'이었다.

무용담舞踊談과 무용담武勇談

춤을 청하고 사진을 박아올 요량이었다. 출연자 명단을 보더니 흔쾌히 답했다. 사진은 옛 정취 속에서 찍자고 영남루를 향했는데, 연극촌을 나서면서부터 "무용과 춤은 다르다"고 했다. 그만의 논법이었으나 그만의 무법舞法을 지니고 있기에 주목해볼 말이었다. 그에게 '무용舞踊'과 '춤'은 한 글자 차이도, 한자와 한글의 차이도 아니었다.

무용. 안제승의 『한국신무용사』에 의하면 이 말은 일본의 영문학자 스보우치가 조합했다 한다. 상체 놀림을 뜻하는 무舞와 하체

놀림을 뜻하는 용»踊을 합해 영어의 'dance', 불어의 'danse', 독어의 'tanz'를 대용한 것이다. 이 말이 건너와 그간 '무»舞'나 '춤'이던 것을 '무용'으로 바꾸며 춤의 근대를 열었다. 발레와 현대무용이 들어왔고 전통을 개량한 신무용이 만들어졌다. 대학에 무용학과가 개설되고 수많은 작품이 창작되고 가르쳐지는 무용계가 이루어진 것이다.

하용부는 그들처럼 꾸며 추는 춤을 '무용'이라 했다. 그리고 전해온 옛것을 이르던 대로 '춤'이라 했다. 전통에 초점을 맞추었기에 엄밀히는 '전통무용'과 '전통춤'을 구별한 것이고, 그가 '전통무용'으로 구분해 말한 사람들이 춤을 억지로 꾸며 춘다는 말이었다. "추는 게 아니라 추어지는 거다." 음악에 따라 저절로 만들어지기에 억지로 동작치레에 연연함은 춤이 아니라 했다. 그리고 춤추는 동안 한 호흡으로 끊이지 않고 흘러야 춤다운 춤이라 했다.

"도장의 사범과 거리의 건달이 싸우면 건달이 이긴다!" 말인즉, 도장의 사범은 늘 일정한 동작을 반복하며 가르쳐서 동작이 끊어지지만, 건달은 늘 건들거리다가도 쌈만 나면 쓰러질 때까지 고도로 집중하기에 결국 그 끊어지지 않는 흐름이 이긴다는 것이다. 피 보는 일이라 판 벌여 확인할 도리가 없지만 뜬금없는 발언의 속내를, 쌈이 그렇듯 춤도 그렇단 뜻으로 알아들으면 맞아떨어진다.

요즘 전통춤은 동작에만 빠져 있다. 휘뚜루마뚜루 모양새만 잔뜩 챙겨 빽빽하게 짜맞춘다. 그리고 선생도 제자도 모두 거울 앞에서 쉼 없이 동작을 교정한다. 채 1분도 못 가서 몇 번을 끊어가며 자세 잡기에 몰두하니, 결국 무대에서도 끊어 추었던 흔적이 그대로 나타난다. 선생도 제자도 깎은 듯 절묘한 동작을 취하지만 흐름이 뚝뚝 끊겨 '춤이 깨지는' 것이다.

밀양 영남루. 평양의 부벽루, 진주의 촉석루와 함께 이 땅의 3대 명루. 누마루에 난간을 돌리고 사방을 훤히 터두어 밀양 산천이 배경막이 된 무대였다. 대청마루에 올라선 그의 춤은 벌써 침묵 속으로 스며들고 있었다. 무심한 지경에 이르러버린 멈춤에서 춤을 찍어내야 했다. 움직인다 해도 형체가 만들어지지 않고 그저 흐를 뿐인 춤, 포진한 카메라에 제대로 포착되지 않았다. 누가 저 정적을 춤이라 할까마는, 분명코 춤 중의 춤이었다.

동작 없는 춤. 실없는 소리로 일축할지 몰라 비유해보자면, 쌈꾼이 하이킥을 차지 않는 이치다. 도장에서야 폼 나지만 실전에서는 에너지 절약과 허점 노출 방지 원칙에 저촉되기 때문이다. 동작보다 음악에 따른 흐름을 중시하는 하용부의 춤, 말하자면 '실전무술»實戰舞術'인 것이다. 우악스런 말이기에 우아한 말로 표현하자면, 유연한 '흐름'이다. 여태껏 두서없이 중언부언해온 그 '흐름'인데, 전통춤꾼들은 "물 흐르듯", "바람결에 버드나무 흔들리듯", 자연스런 흐름을 춤으로 말해왔다. 그 흐름에 내맡겨 무의식으로 흐를 때 관객이 따라 흐른다. 그의 말대로 "자빠지는" 것이다.

흐름, 이 평범한 단어에 주목한 학자가 있었다. 시카고 대학의 심리학 교수였던 칙센트미하이이다. 그는 어떤 행위에 몰입하여 시간이나 공간, 그리고 행위자 자신마저 잊어버리는 상태를 '플로»flow'라고 정의했다. 우리 식으로 말하자면 삼매경이요, 망측하게는 '얼빠진 지경'이다. 직역해도 지금껏 말해온 '흐름'이다. 전통춤꾼들이 추어온 방식으로, 스스로의 몰입경으로, 관객의 황홀경을 만드는 경지인 것이다.

이 최적 경험을 실현한 이가 있었다. 아! 하보경^{》河寶鏡, 1906~1997}. 젊은 날, 씨름판에서 부러진 왼팔이 처져 있었지만, 춤판에 나서면 외려 바람에 휜 가지처럼 절묘한 곡선을 그렸다. 그 어깨에 북을 메고 둥둥 쳤고 이내 둥둥 떴다. 공명이 퍼져나오는 동심원을 거닐어 진공의 테 속에 잠길 때 사람들 말하길 "그저 서 있기만 해도 춤이 된다"고 했다. 말도 안 되는 말이 말이 되던 때, 저 밀양강에 은어떼가 눈부시던 때였다.

'장강의 뒷 물이 앞 물을 밀어낸다^{》長江後浪推前浪}'는 무협지 구절처럼 무^{》舞}도 무^{》武}와 같아 옛 명인은 가고 지금 새 꾼이 나 대청마루에 서 있었다. 하성옥, 하보경, 하병호를 대물림한 밀양강변 춤의 종손 하용부. 영남제일루에서 강신무^{》降神巫} 신들리듯, '세습무^{》世襲舞}' 춤 들리고 있었다.

북은 내 심장이라!

하용부^{》河龍富, 1955년생}는 밀양시 삼문동에서 태어났다. 증조부 하성옥은 놀이판의 우두머리 '화주'였고, 할아버지 하보경도 놀이판에 일생을 쏟아부은 한량이었다. 아버지 하병호 또한 북으로 이름이 높았다. 놀이판에 집안 재산이 다 들어가자 할머니가 주막을 열어 살림을 도맡았다.

"밀양 기생이 다 할아버지 차지였다." 할아버지는 밀양 인구의 구심점이었다. 북을 치면 아낙들이 쌀을 씻다 팽개쳤고, 팔을 벌리면 기생들이 버선발로 뛰쳐나왔다. 봄이면 화전놀이, 여름이면 아랑제, 추석엔 소싸움, 가을엔 단풍놀이에서 춤판을 벌이면 사람들이 울타리를 치며 에워쌌다. 그 분주한 할아버지를 사시사철 날이면 날마다 졸졸 따랐다.

다섯 살 때 누나와 〈소고춤〉을 배웠다. 그해 추석 소싸움에서 할아버지의 소가 우승해 곧바로 소를 타고 춤을 추었으니 소잔등이 첫 무대였다. 그리고 언제고 울리는 할아버지의 북소리에 언제나 들떠 살았다. "북은 내 심장이라!" 그러나 초등학교에 입학할 무렵 할아버지가 작은할머니를 얻어 양산으로 떠나자 그만 북소리가 사라져버렸다.

중학교 때 보이스카우트에 들어가 캠핑장에서 고고춤을 추며 슬슬 바람 들었다. 고등학교 때는 그렇고 그런 패들과 어울려 윗단추를 풀어헤쳤다. 거리에서 건들거리는 게 일과여서 정학, 퇴학, 전학을 반복해 밀양 읍내 고등학교를 다 돌았다. 간신히 졸업하니 스물둘, 곧바로 군에 입대했다. 전역을 해 돌아오니 할아버지가 돌아와 계셨고 북이 울리고 있었다.

1979년, 할아버지의 춤을 중심으로 〈밀양백중놀이〉가 구성되었고, 이듬해 중요무형문화재 제68호로 지정되었다. 아버지는 놀이

판에선 반말이 오가기에 부자지간에는 놀 수 없다 하여 그에게 춤을 넘겼다. 다섯 명이 북을 치는 '오북춤'으로 판에 섰고, 1984년 일본 도쿄 공연에서 맨몸으로 활갯짓하는 '범부춤'을 추었다. 1985년 한국 민속촌 공연에서 감기가 든 할아버지가 도포를 넘겨주자 어느새 부채를 펼쳐 '양반춤'을 추고 있었다. "몸에 뼈다구가 없이", "버드나무 가지가 흔들리듯", 할아버지의 한마디 한마디를 먹줄 삼아 몸을 다듬어갔다.

1989년, 부산 가마골소극장에서 경성대학 무용 발표회 때 연극계의 풍운아 이윤택을 만났다. 찬조출연한 그의 춤을 보고 "기마민족의 말 타는 자세"라며 함께하자 했다. 그는 우리 극을 위해 우리 몸짓을 찾고 있었다. 그러려면 숨쉬기부터 달라야 했다. 대대로 물려온 조상의 숨결을 불어넣기 시작했고 숨에서 연유한 춤을 가르쳤다. 〈오구〉를 필두로 〈길 떠나는 가족〉 〈사혼〉 〈어머니〉 등 연희단거리패의 간판이 된 작품에서 연기와 안무를 하며 세계를 순회했다.

1994년, 서울 동숭아트센터의 세미나실에 연희단거리패가 주둔했다. 극장 대표 김옥랑씨는 그를 위해 현대무용, 창작국악, 재즈와의 만남으로 무대를 만들어주었고, 자신이 수집한 월드뮤직을 들려주었다. 지구촌 곳곳에서 울려난 만고풍상의 음악을 들으면서 하루 여덟 시간씩 춤을 추었다. 때로 옷을 다 벗고 맨몸으로 춤을 추며 피부호흡을 하듯 숨쉬기도 했다.

어느 날 연습이 끝나고 보니 프랑스의 안무가 도미니크 르보가 보고 있었다. 그의 춤을 두고 "물결"이라 했다. 1995년 프랑스 '발드

마른 무용축제'에 초청되어 춤추었고 그들에게 춤을 가르쳤다. 춤이 아닌 몸이 흐르는 비결을 숨으로 일러주었다. '물결'에 흠뻑 젖은 그들은 1997년 다시 하용부를 불러 숨을 배우고 춤을 무대에 세웠다. 그 무대에서는 태양극단의 연출가 아리안 므누슈킨을 젖어들게 하였다.

그녀는 1998년 제1회 서울세계무용축제를 참관하였고 '명무초청공연'에서 하용부의 춤을 보고 독일의 안무가 수전 링케와 함께 이구동성으로 "물"이라 말했다. 독일의 안무가 피나 바우슈 역시 그의 흐름을 보고 감격해 2001년 그를 부퍼탈에 불러 무대에 세웠다. 20세기를 휘어잡은 무대예술가들을 뒤흔든 춤의 실체는 숨이었다. 의식하지 않지만 더 깊이 드나드는 숨, 폐를 거치지 않고 직접 땀구멍으로 드나들 듯, 살아 숨쉬는 숨이었다.

서양 춤의 기본은 발레였다. 이사도라 덩컨이 토슈즈를 벗어던지고 '맨발의 이사도라'가 되면서 현대무용이 출발했다. 그러나 타이즈의 탄력으로 발끝에서 끌어올리는 발레식 호흡은 여전히 기본이었다. 무법의 파괴를 무법으로 삼는 것이 현대의 무용이라 단정할 수 없지만 진일보한 측은 타이즈를 벗어 자연스런 호흡을 추구한다. 긴장을 통한 이완에서 이완을 통한 이완으로의 이동인데, 바로 하용부의 풀어헤쳐 추는 춤에 주목하는 이유다. 가문에서 전래한 옛 춤이 현대 춤이 도달하고자 하는 미래에 미리 가 있었던 것이다.

1999년, 밀양시 부북면 가산리에 밀양연극촌이 만들어져 연희단거리패가 상주하게 되었다. 촌장으로 앉아 이윤택과 함께 '앉아 장

천리 서서 구만리'로 목하 세계의 공연예술과 소통중이다. 그리고 본
바닥인 〈밀양백중놀이〉의 춤판도 지킨다. 서울로 부산으로 전국을
다니며 마당춤을 추고 2002년에는 할아버지의 뒤를 이어 예능 보유
자가 되었다.

　2002년 여름, '남무, 춤추는 처용아비들'을 위해 그를 찾았을 때,
춤 이야기가 돌자 숨소리가 커지며 "춤이 아니라 숨"이라고 했다. 하
용부, 식으면 묵이 될 만큼 진한 진국이다. 경상도 사내가 그렇듯, "밥
묵었나" 정도 겨우 건네는 과묵형인데, 춤 이야기만 나오면 숨넘어
가게 침 튀긴다.

흐르는 강물처럼

　하용부의 춤은 침에 있다. 북을 치며 춤을 추는 건데, 춤을 추는
게 아니라 북을 치는 것이다. 특별히 꾸민 자세가 아니라 치느라 저
도 모르게 만들어진 자세다. 북소리를 구하는 이 절실한 태도가 저절
로 춤이 된다. 곧 '침'에서 '춤'이 나는 것이다.

　북을 메고 굿거리장단으로 시작하는데, 덩! 울려놓고 덱데구루
루 굴러떨어지는 장단 피해가듯 사뿐히 튀어올라 북통을 딱! 딱! 치
며 앞으로 뛴다. 북소리는 첫 박이 강하여 보통 '첫 박'이 아니라 '첫
빡'이 된다. 하여 '빡!' 세게 내리치면 '빡'의 'ㄱ'이 구부러져 'ㅇ'이 되
어 '빵빵'한 소리가 난다. 이 빵빵한 소리에 스스로 취해 "캬!" 하는

추임새를 터트리고, 잔향 가시기 전 '딱딱!'거리며 훌쩍 춤에 뛰어드니, 북춤이 되는 것이다.

이윽고 춤이 충천하면 북을 내려놓고 맨손으로 춤춘다. 그간 스스로 울린 북소리가 몸속에 태엽으로 감겼다 풀리는 양이다. 머리끝부터 발끝까지 골고루 퍼진 장단을 서서히 숨으로 뱉는다. 그리고 내재된 운율감에 들뜨는데, 그 들뜸은 바로 호흡이 부여한 부감이다. 그저 두 팔로 활개만 벌리고 서 있어도 장내는 이미 흥에 흥건히 젖어갔다.

그의 말대로 "보일 걸 다 보여버려 더이상 볼 게 없는 춤"을 벗어난, 선조들이 일러온 정중동이었다. 멈춰 선 듯한 속에서의 움직임. 그 움직임 너머의 움직임으로 눈요깃거리를 넘어서는 춤이 되게 하는 것이다. 일반 카메라는 물론 초당 30프레임이 흘러가는 비디오 카메라의 그물마저 빠져나가 정황을 제대로 담을 수 없으나, 마개를 금방 딴 신선한 신명이 넘쳐나는 것이다.

자진모리장단으로 바뀌면 특별한 동작 없이 뛴다. 그저 고삐 풀린 망아지처럼 날뛴다. 이제 춤이 아니라 뜀인데, 그간 얼마나 뛰고 살았는지 동작이 공기에 마모되어 반질반질하다. 이 매끈한 과속중에, 어느 순간 객석 앞에서 급정거하여 떡 하니 선다. 움직임 속에서 정지를 찾는 동중정인데, 엉거주춤 두 손 들고 관객 앞에 버티고 서는 모습이 흡사 사마귀 같다. 게다가 상황도 5백 대 1, 천 대 1의 대적이라 수레바퀴 앞에 선 사마귀, 즉 당랑거철 상황이다. 그러나 청나라 때 왕랑이란 무인이 사마귀의 모습을 본뜬 당랑권을 만들어 소림

사의 무승을 쓰러뜨리듯, 5백에서 천 명의 관객을 1합에 거꾸러뜨린다.

이 비전의 비수가 '배김새'다. 살짝 튕겨졌다 주저앉듯 땅바닥에 '박히는 »백이는' 것이라 '배김새'인데, 착지와 무릎 치는 소리와 숨의 멈춤이 떡! 하니 일치한다. 이 여차하는 순간, 관객은 얼씨구! 추임새를 뱉으며 무너지는 것이다. 정중동 내내, 동중정 내내, 노림수가 익어온 것이다. 한 수 보이겠다고 벼른 것이 아닌, 물결처럼 흐르다 마침내 무르익어 터지는 것이다.

미동과 격동으로 춤이 된 궁극의 예. 무법은 오로지 흐름이다. 그간 말끝마다 물결이니 흐름이니 들먹였으니 춤이 아니라 강물이다. 오지랖 넓게 생각하니, 성씨도 '물 하 »河'자를 쓴다. 사는 동네도 삼문동, 밀양강이 굽이치며 퇴적한 영남루 건너편 둔치다. 그 강변에서 이룬 강물 같은 춤, 대대로 북에 담아 전해온 것이니 춤의 대하드라마를 완성한 것이다.

북. 나라에 난리가 나면 쌈을 북돋았고, 고을에 잔치가 나면 춤을 부추겼다. 대대로 사내들의 어깨 위에서 쌈과 춤을 오가며 심장을 울려왔던 것이다. 들여다보면 그저 빈 통에 가죽만 덜렁 씌웠다. 지극히 단순한 악기라 누가 만져도 당장 소리 나지만, 사내들의 희로애락이 다 담긴 소리는 일생을 바쳐야 났다.

하성옥, 하보경, 하병호, 하용부, 4대에 걸친 사내들의 일생을 다 바친 소리. 하여 믿기지 않는 소리의 비밀이 있다. 정통한 소식통에 의하면 하용부의 북통에 카페인이 들어 있다는 것이다. 혹 의심나면 들어보라! 한 번 들으면 잠이 안 온다. 두둥! 두둥! 하염없는 두근거림으로 잉걸불 이는 춤판을 향하게 된다. ●

—

2009년 3월 프랑스 '상상축제'에 불렸다. 바스티유 오페라극장에서 양반춤, 범부춤, 북춤을 추었고, 자신의 창작춤 〈영무"靈舞〉를 추었다. 그리고 뒤풀이에 웃통을 걷어붙이고 객석에 뛰어들어 함께 춤추었다. 그렇게 무대예술가들이 꿈꾸는 꿈의 무대에서 하용부란 이름으로 우뚝 섰다. 공연이 끝나고 4월 5일 독일 부퍼탈에 들러 피나 바우슈와 어울렸다. 두 달 후 피나가 사망했으니 그것이 마지막이었다.

2012년. 빔 벤더스의 3D영화 〈피나〉가 개봉되었다. "할배 이후로 몸으로 말이 통한 유일한 분이다." 그는 할아버지 추모제라도 주최하듯 여기저기 전화를 했다. 피나 바우슈가 방한했을 때 나 또한 함께 어울린 적이 있었다. 편한 술자리를 역사의 한 장면처럼 비장하게 참석한 예술계 인사들로 멋쩍은 때도 있었다. 피나와 하용부는 언제나 맞담배로 연기를 섞었다. 말이 안 통할 텐데 통역도 없이 통하던 안개 속의 시간을 무성영화처럼 바라봤었다.

영화 중 '카페 뮐러'의 자료화면에서 피나의 춤을 다시 보았다. 무심한 지경의 팔놀림을 보며 하용부의 〈영무〉를 영상으로 오버랩시키면 영혼의 2인무가 될 듯했다. 2008년, 밀양시 산내면의 폐교를 '밀양전통예술촌'으로 불하받아, 학교 앞 도랑을 치우고 교실의 마루를 고치면서 그간의 즉흥을 정리한 춤이다. 특별한 음악 없이 제 숨소리에 맞춰 제 속으로 들어가는 몸의 사유 같은 춤, 세계문화의 집에서 세계로 전송한 경계 없는 몸짓이다.

김덕명의 〈학춤〉 소매를 펼치는 활개를 날개라 할진대, 춤이라고 시어 ‘나래’를 쓰면 여리고 옛말 ‘바람칼’이 제격이다. 날선 소매로 솟구쳐, 비색 청자 속에 상감으로 새겨질 백학이다.
ⓒ 최영모

우조`羽調` 타는 '무학도인`舞鶴道人`'
김덕명

필력도 무력이다. '씀'도 '춤'과 같이 여백에 대한 치레이고, '춤'도 '씀'과 같이 공간에 대한 구사이기 때문이다. 먹이 여백을 틈타듯 몸이 허공을 가를 거라고, 붓이 장차 추어질 춤을 예고하고 있었다. '기해단전, 즉 배 속에서 우러나와 담담연하고 웅건청원'하게 풍운을 열어젖히는 운필, 바로 우조의 격이었다.

우조.『해동가요』와『가곡원류』가 이구동성으로 청장격려, 즉 맑고, 격하고, 장하고, 거세다 했다. 그의 붓에 그 물결 부딪쳐 흐를 격`激`이 있었다. 거침없기에 거칠지만 유유하기에 우아한 놀림. 하여 그의 춤에서 먹의 질량에 젖어가며 바스락거리는 화선지 소리가 났다. 간혹 장단 소리에 가리지만 눈을 열면 포말 이는 화려한 격정이 선연히 들렸다.

"학춤이 좋나? 한량무가 좋나?" '남무전'이라 굵게 쓰고 나서 물었다. "학춤이오!" 했더니, 세필로 바꿔 갑신년 학산 김덕명을 쓰고 붉은 낙관을 눌렀다. 먹이 마르는 동안 지필묵을 수습할 뿐 말이 없었다. 내심인즉, '이제는 없다, 춤추라고 하면 이리 붓부터 잡는 춤꾼은 말이지' 하는 침묵이었다. 사실인즉, 붓을 아는 춤꾼도 이제 그밖에 없다.

2005년 2월, 소라도 때려잡을 여든둘 노인과 마주앉아 춤 약속을 했다. 복사꽃 눈뜨는 밤, 한판을 벌이자고. 묵향이 번지는 창가에서 손을 잡는데, 소매 속 손이 굵고 양말은 무늬가 다 늘어지게 팽팽했다. 그 넓은 발의 표면장력으로 헌걸찬 몸을 세우고 큼지막한 손으로 이리저리 지시형용사를 펼치며 창천 항로로 비상하는 것이다.

절 담을 뛰어넘으며

김덕명 金德明, 1924년생은 경남 양산군 동면 내송리에서 태어났다. 할아버지는 통도사 농감이었고 150호 되는 동네에서 세번째로 잘사는 집이었다. 부모는 일찍부터 서당에 보내 천자문을 읊게 하였다. 그러나 들녘에서 들리는 들노래에 더 열중했다. 남사당패가 들어오면 온갖 춤을 따라 추었고, 거지패가 들어오면 각설이타령을 부르며 밥까지 얻어먹었다.

부모는 이 유별난 아이를 범어사에 보냈다. 동자승 틈에서 공부하란 것이었는데, 목탁을 꽹과리로 알고 두드렸다. 다시 통도사에 보냈다. 대처승들의 자녀들과 염불하며 공부하란 것이었는데, 그저 날이면 날마다 천도재를 기다렸다. 수십 장의 만사를 써야 했으나 씀 뒤의 춤 때문에 법석을 떨었다. 〈왕생가〉 등을 불렀고 〈바라춤〉 같은 의식무를 추었다.

통도사 아래 신평에는 승"僧과 속"俗이 뒤섞여 있었다. 곳곳에 기생집이 등을 밝혀 한량을 불러들였고, 노류장화의 분 냄새에 대처 승들도 절 담을 넘었다. 그중 신경수, 양대웅 스님은 내로라하는 명무들이었고 항시 출입이 잦았다. 〈지성승무〉〈연등나례무〉〈바라춤〉 등을 배웠고 밤나들이를 따라가 기방의 춤을 넘겨다봤다. 밤마다 불도장에 맛이 들렸고 마침내 양산권번까지 드나들었다. 권번장 고수길과 평양 출신 명기 김농주가 명무였다. 〈교방양반춤〉〈진연무〉〈소고무〉〈신라장검무〉 등과 〈한량무〉를 배웠다. 염불이나 공부보다 오매불망 춤에 넋 팔고 살았다.

열다섯, 춤추고 난잡하게 논다고 집으로 끌려와 답답한 지경으로 지내야 했다. 어느 날, 소 판 돈을 궤에서 훔쳐 곧바로 버스를 탔다. 포항에서 며칠 두리번거리다 빵집에 취직했다. 오전에는 팥을 삶고 오후에는 극장에 들어가 빵을 팔았다. 빵도 먹고 영화도 보는 팔자 좋은 세월이었다. 반년 만에 형님에게 붙잡혔고 부모의 강권으로 부산 광안리에 있는 경남황민연성도장에 들어갔다. 훗날 광안농업학교로 바뀐 그곳에서 농사를 배웠다.

1944년 국민동원령에 따라 영장이 나왔다. "씨종자 떨군다고" 정영순과 결혼하고 곧바로 만주 땅으로 떠났다. 낮에는 호에 숨고 밤에는 기어서 끝이 어디인지 모르는 전선으로 이동하였다. "왜놈 소

위들 간 키운다고 중국사람 산 사람 목을 쳤다." 그 광기의 전장에서
도 광대의 끼가 발동해 소대원들 앞에서 물레노래를 부르며 춤을 췄
다. 그리고 소대장에게 들켜서 마흔다섯 명의 대원들이 밤새 뭇매를
맞았다.

　1945년 해방이 되어 돌아오자마자 양산경찰서로 가서 전장
으로 내몰았던 경찰서장을 붙잡아 몽둥이찜질을 했다. 그러나 아
직 양산의 일본군은 무장해제가 되지 않아 잠시 숨어 지내야 했다.
1948년 어머니 환갑 때 예기 3인을 초청하여 잔치를 치르는데, 거기
에 김농주가 있었다. 다시 춤에 불길이 일었다. 이제는 어엿한 장년
이 되었기에 김농주와 누님동생하며 배웠고, 김농주는 퇴기 무렵이
라 어머니의 수양딸이 되어 동네에 눌러앉았다.

　1948년 12월 면서기 시험에 합격하여 공무원이 되었다. 불어나
는 식구들을 건사해야 했던 것이다. 얼마 후 6·25가 일어났고 전선
이 낙동강까지 내려왔다. 정부는 여기저기에서 강제모병을 해 젊은
이를 사지로 내보냈다. 여덟 번을 붙들렸고 그때마다 면장이 돈을 들
여 빼냈다. 물론 집안에서 되갚아야 하는 돈이었다. 부산으로 도망해
경제통신사 영도지국을 신청하였다. 모병을 피하려면 언론인이 되
는 게 상책이었다. 개인 돈으로 기자 두 명에 경리 한 명을 두고 지국
장 생활을 했다. 종전 후 1955년에는 영도 법화사에 있던 양로원과
고아원의 원감을 맡았다.

　"고마 인자는 춤추고 싶은 기라." 하여 춤판을 다시 찾은 것은
큰아들이 대학을 졸업해 교사가 된 1969년 무렵이었다. 1970년 초에

는 부산 동래의 춤꾼들과 교분을 맺기 시작했다. 그리고 각처로 춤판과 풍류를 찾아나섰다. 광주에 있는 고성 출신 조용배를 만나 초서를 쓰며 춤췄고, 전주대사습을 복원한 전주의 귀명창 박영선과 소리꾼을 불러놓고 춤을 췄고, 군산의 한량 두한수와 예기를 거느리고 춤 나들이를 다녔다.

1973년부터 부산대학교 전통예술연구회에서 춤을 가르쳤다. 이때 그가 심혈을 기울여 가르친 것이 김농주에게 배운 〈한량무〉였다. 색시를 두고 한량과 승려, 별감이 호기를 부리는데, 여기에 주막집 주모와 하인 마당쇠, 중의 제자 상좌가 함께 나와 밀고 당기며 옥신각신하는 삼각관계를 벌이는 무용극이었다. 1975년 11월에는 전 배역을 갖추어 발표회를 하였다. 이때 객석에는 진주의 예인들이 있었다.

한량이 복원한 〈한량무〉

1975년 진주에서도 〈한량무〉가 복원되었다. 해주 출신으로 〈진주검무〉 예능 보유자 강귀례가 광무대 시절에 배운 〈한량무〉를 안무한 것이다. 한량과 색시, 중과 상좌가 나와 삼각관계를 벌이는데, 둘씩 대무하는 형식이었다. 그러나 선배 예기인 이윤례는 "그것은 남사당 계통의 〈한량무〉이고 예전 진주 교방의 것과 다르다"고 했다. 때마침 부산대학교에서 공연한 〈한량무〉를 〈진주검무〉의 예능 보유자 김자진과 이음전이 참관했다. 그리고 진주문화원장 박세제로부터 초청장이 왔다.

　박세제는 개천예술제 위원장과 진주민속예술보존회장을 겸하고 있던 진주의 유지였다. 진주의 교방문화에 각별한 관심을 가졌는데, 때마침 『교방가요』라는 책이 먼지를 털었다. 진주 교방에서 관기들이 전습하던 가무 레퍼토리를 찬찬히 기록해 펴낸 책이었다. 1973년 판소리 연구가이며 국문학자인 정병욱에 의해 학계에 알려졌고, 1975년 영인본으로 출간되어 일반에 널리 퍼지게 된 것이다.

　저자는 1867년부터 1870년까지 진주목사를 지낸 박원 정현석》鄭顯奭, 1817~1899. 재임 시 논개의 영정과 위패를 모신 의기사를 개축하고 논개가 순국한 의암 앞에서 가무제례인 의암별제를 설시한 목민관이었다. 또한 판소리의 이론가 동리 신재효에게 「증동리신군서」를 보내 판소리 미학을 담론한 귀명창이기도 했다. 진주에서 교방과 가무에 지대한 관심을 가졌고 김해부사로 옮겨가 『교방가요』를 저술한 것이다. 안목 있는 이의 세세한 기록은 교방문화의 복원을 가능케 해 〈한량무〉뿐 아니라 〈진주포구락무〉, 의암별제가 재개되었다.

　『교방가요』에 나타난 레퍼토리 중에 〈한량무〉는 없고 그와 유사한 〈승무〉가 있다. 오늘날 독무로 추는 〈승무〉가 아니라 승려와 상좌, 한량과 기녀가 나와 삼각관계를 벌이는 무용극이다. 탈춤의 노장 과장과 비슷하여 가면극 연구에서 많이 인용되는데, 이 〈승무〉의 배역이나 전체의 대강이 〈한량무〉와도 흡사한 것이다. 배역 중 스님 위주로 보면 〈승무〉라 할 수 있고, 한량을 위주로 보면 〈한량무〉라 할 수 있었다.

1976년 박세제의 초청으로 진주에서 〈한량무〉를 시연하였다. 다소의 차이는 있으나 『교방가요』의 〈승무〉와도 유사한 내용이었고, 진주 예기 이윤례도 어려서 본 〈한량무〉와 비슷하다고 했다. 박세제의 간곡한 부탁으로 그해 진주로 옮겨 〈한량무〉를 가르쳤다. 개천예술제 최우수상과 경남민속예술경연대회 우수상을 수상했고, 1979년 경남무형문화재 제3호 〈한량무〉로 지정되어 예능 보유자가 되었다. 현존하는 전통춤이 대개 독무와 군무인데 〈한량무〉는 군무이면서 극무였다. 성격을 가진 배역이 사건의 자초지종을 오로지 춤으로 표현한 무용극을 복원해 유일무이한 유산이 된 것이다.

진주에 이주한 후 진주검무보존회 전통무용상임사범, 진주시립국악원 전통무용 강사를 하였다. 진주에서의 생활을 도모하게 하려고 박세제가 주선한 것이었다. 호방한 그와 의형제를 맺었고 진주를 드나드는 예술인과 두터운 교분을 맺기 시작했다. 1977년 4월에는 서울 YMCA강당에서 〈한량무〉〈지성승무〉〈양산사찰학춤〉을 발표했다.

1980년에는 진주에 '김덕명 교방청춤 연구소'를 열었다. 권번이 원래 예기조합이었고 그 이전에는 관아의 교방에서 가무악을 관장한지라, 예기를 통해 내려온 춤을 교방청춤으로 인식하고 작명한 것이었다. 이제 춤의 길이 그의 길이 되었다. 그러나 누구에게 물을 길이 없었다. 풍류한량이던 대처승 스승들과 김농주 모두 타계한 것이다. 홀로 몸의 이치를 강구하며 추어나가야 했다.

다행히 붓이 길을 일러주었다. 어린 날 재를 올릴 때 쓰던 만사는 쓰디쓴 일감이었으나, 그 씀이 춤에 이르는 길이 되니 붓이 닳도록 쓰고 또 썼다. 대필로 만사보다 더 큰 글자를 썼다. 신문지 한 장에 한 자씩 쓰니 종이가 부족했다. 마침 학원의 복도 바닥에 인조석을 깔아서 매끈했다. 그 바닥에 글자를 쓰고 대걸레로 닦아냈다. 종이를 살 수 없어 파초에 글을 쓰고 연못에 헹군 당나라 명필 회소^{懷素}의 처지였다. 회소가 연못물을 검게 만들듯 늘 수돗가를 검게 물들이며 붓으로 춤을 그렸다.

마침 명무전이 시작되었다. 세종문화회관과 국립극장에서 시작되어 86아시안게임과 88올림픽 문화행사로 이어지며 전통춤의 최고 잔치가 되었다. 명무전에는 문화재로 지정된 〈한량무〉가 아닌 〈학춤〉이 불려나갔다. 〈한량무〉는 무용극이라 여러 춤꾼이 나서기에 번거로운데, 학춤은 홀로 명쾌하게 출 수 있었다. 그리고 〈승무〉나 〈살풀이춤〉 같은 독무는 모두 추상적인 춤인데, 그의 학춤은 구상적인 춤이어서 누구나 쉽게 빠져들어 언제나 1순위로 불렸다. 그 열풍은 1990년대와 2000년대 들어서도 여전하고 그의 인기 또한 팔순이 넘은 오늘도 시들 줄 모른다.

배우고 때로 익히면 학일러니

학춤은 학을 모의하여 추는 춤으로 현재 세 종류가 전승되고 있다. 첫째는 날짐승의 깃을 모아 학의 모형을 만들어 쓰고 추는데, 명무 한성준이 옛것을 짜 만든 학춤으로, 중요무형문화재 제40호 〈학연화대합설무〉로 지정되었다. 둘째는 부산 동래에서 검은 갓에 흰 도포를 입고 추는 춤인데, 모습이 학 같아 학춤으로 불렸고, 부산광역시 무형문화재 제3호 〈동래학춤〉으로 지정되었다. 셋째는 김덕명이 추는 학춤으로, 처음엔 양산 통도사에서 추었다 하여 〈양산사찰학춤〉으로 알려졌다. 그러나 음악도 의상도 사찰과는 무관해 뒤에는 〈양산학춤〉으로만 불리고 있다.

김덕명의 〈양산학춤〉은 차림새와 장단이 〈동래학춤〉과 같고 춤사위도 비슷하다. 지리적으로도 동래와 양산이 이웃해 있고 1970년대 초반에 그가 〈동래야유〉의 차양반 이수자로 활동했기에 동래 춤맥과 영향을 주고받았으리라. 〈동래학춤〉은 원래 홀로 추던 허튼춤이었으나 후일 5인무가 되었고 지금은 많은 이들이 함께 추는 군무로 발전하였다. 〈양산학춤〉도 원래 홀로 추던 춤이었으나 뒤에는 수제자 박월산과 함께 〈쌍학무〉를 추었다. 물론 명무전에서는 지금도 홀로 춘다. 〈동래학춤〉이 자연스러운 멋이 있는 춤이라면, 〈양산학춤〉은 보다 양식화된 춤이다. 학의 동태를 더욱 정확히 파악하여 무대를 장악하는 학춤에 이른 것이다.

2005년 3월 8일에 앙코르 공연한 '남무, 춤추는 처용아비'[>]LG아
트센터에 여든두 살의 학이 날아들었다. 사람이 아니라 학인지라 주로
한 발로 서야 했는데, 한 발 들 때 한 치도 기울어짐 없이 꼿꼿했다.
그리고 장단에 숨겨진 강약에 따라 적확히 발을 내디뎠다. 마치 무대
에서 움직이는 먹잇감이라도 본 듯했다. 먹이라고 해도 한입거리가
아닌, 순간 역공으로 먹을 딸 듯 달려드는 만만찮은 적이었다. 먹이
이자 적이기도 한 뱀을 상정했는지, 예리한 역습을 기민하게 피하며
파상 공세를 쏟았다. 본대로 본을 딴다면 사학비권 같은 상형권이라
도 만들어질 듯했다. 그렇게 긴박한 고도의 몰입이 달리 형용할 도리
가 없는 학을 만들고 있었다.

몸놀림은 이미 예고한 붓놀림 같았다. 우조의 선율이 호쾌히 흘
렀는데 첫 박에 강이 들어갔고, 끝 박을 조속히 거두어 다음 동작을
예비했다. 붓을 멜 때 잠시 멈춰 더 깊이 젖게 하고 붓을 뗄 때 꼬리
를 짧게 하는 양이었다. 소리로 치면 우조를 본령으로 삼는 동편제
같았다. 대개 독무가 계면조의 구슬픈 악곡에 맞춰 끝을 길게 늘이는
서편제의 기교인 데 비해, 우쭐한 우조에 맞춰 복잡한 기교 없이 당
당히 꺼내니 동편이었다. 거기에 '타고난 목으로 우기는 거뜬한' 소
리처럼 '타고난 몸으로 우기는 장쾌한' 춤가락을 구사했다.

예서 가정해볼 필요가 있다. 전라도에서 소리를 동편, 서편으로
나눈 것처럼 춤도 나눠보는 것이다. 남녘을 동서로 나눠 호남 전체를
서편으로 영남을 동편으로. 양쪽의 춤을 살피면 가정은 퍽 유효해진
다. 호남의 춤이 살풀이장단에 계면조라면 영남의 춤은 굿거리장단

에 우조인 것이다. 기교를 위주로 한 호남에 비해 영남은 정직한 몸놀림으로 춤을 춘다. 계면조가 식민지 설움을 통과하며 주류를 이뤘다는 견해에 따르면, 우조는 보다 유구하고 고풍스런 몸짓인 것이다. 춤 하면 영남인데, 영남 사내의 큼직한 몸짓과 꿋꿋한 기백이, 김덕명의 몸씨에 담담히 담겨내린 것이다.

거두절미, 선풍도골에 한산세모시 도포를 떨쳐입고 나서는 순간부터 학이었다. 소매를 펼치는 활개를 날개라 할진대, 춤이라고 시어 '나래'를 쓰면 너무 여리고, 옛적 이르던 '바람칼'이 제격이었다. 날선 대패로 공기를 거칠게 깎아 제치며 솟구쳐, 연연치 않고 저 쪽 빛 하늘로 떠나가는 후조의 날갯짓 같은 우조의 춤이었다.

공연 후, 어쩌면 그리 출 수 있는지 물었다. 논어의 첫 구절 '학이시습지 불역열호》學而時習之 不亦悅乎: 배우고 때로 익히면 또한 즐겁지 아니한가'를 붓으로 써가듯 한 자 한 자 일러주었다. "단디 새겨라! 내는 지금도 하루 한 시간 반씩 추면서 다듬는다" 하며 그 큰 손으로 내 어깨를 툭툭 두드리고 뚜벅뚜벅 걸어갔다. 문을 나서면 날개를 탁탁 치며 날아갈 듯이.

학》鶴이 시》視 습지》濕地 하면 불역열호》不亦悅乎일 텐데, 지금은 습지에 학이 보이지 않는다. 흔하던 학이 줄고 줄어 『레드 데이터 북』에 실린 세계적인 희귀조가 되었다. 하여 이 땅을 다녀가는 학도 드물어졌다. 이제 '학습'한 학이라도 보며 고결한 선비정신을 길러야 할 터이다. 팔순이 지난 '무학도인', 지금도 펄펄 나는 것을 보면 십장생 병풍에서 날아온 학이다. 또한 파적의 여흥을 넘어 파격의 몸짓

으로 뇌리에 각인되는 걸 보면 상감기법으로 새겼던 비색 청자 속의 비상하던 학이다. ●

─

　2005년 10월, 예술의 전당 토월극장에서 열린 〈전무후무〉에 출연했다. 2006년 10월 〈전무후무〉 프랑스 초청공연을 갔다. 최고령임에도 언제나 앞장서서 낯선 도시를 뚜벅뚜벅 걸어들어갔다. 몽펠리에에서 중절모를 사드렸더니 가게 유리에 비춰보며 "대부 안 같나" 했다. 주인공 말런 브랜도가 1924년생이니 서로 동갑이라고 했더니 기뻐했다. 몽펠리에 오페라극장에서 중절모를 벗고 통영갓을 쓰니 '오 마이 갓!' 여든셋의 학이 펄펄 날았다.

　그렇게 언제나 어디든 천년학처럼 날아다닐 것 같았다. 2010년 이후 부산 진주 간을 부산하게 오가던 발걸음이 줄었다. 2013년 현재 신장투석중이다. 4시간 동안 피를 내보내서 걸러들여오는 것이다. 다행이 흥은 거르지 못하는 모양이다. "명무전 하걸랑 나 빼묵지 마라!" 목소리는 전처럼 쩡쩡하다.

득음^{得音}, 세상에서 가장 긴 오르막

"팔십이 넘었는디 기억 나간디." 연대 미상의 젊은 날, 한애순이 소리하고, 벽소가 한시 짓고, 순천 '비나스 사진관'에서 박았다. 목으로 토해내는 내공의 질량을 올려놓은 언어의 천칭. 그렇게 등등한 귀명창들이 있던, 화려한 문장으로 싸고돌 명인명창이 있던, 명장면의 시절이다.

—

소리 소문을 보러 가다

비에 젖은 소리를 듣는다. 일제강점기에 발매되었던 유성기 음반을 복각한 시디에서다. 시간의 고랑을 긁어가던 바늘 소리까지 복원되어 직직 빗소리가 난다. 쏟아지는 빗줄기 속에 우산을 받쳐 든 김창환, 송만갑, 이동백, 정정렬, 김창룡까지 전설의 5명창이 참으로 그럴 수 없는 소리를 쏟아낸다.

바이브레이션과 트레몰로 사이로 난 교묘한 음의 오솔길. 그 길에서 뛰노는 네발짐승이 오선보의 그물에 걸려들지 않은 야생의 소리로 울부짖었다. 오장육부 밑바닥에서 출발한 소리가 숨이 끊어졌을 법한 지경에서 벽공 위로 솟구쳤다. 일찍이 이토록 붉게 포효하는 포유동물이 있었던가. 어느새 비 그치고 심금만 촉촉이 젖는다.

식민지 조선의 소리가 돈이 됨을 안 것은 일축, 일동, 빅타, 폴리도르와 같은 일본 레코드 회사였다. 그들은 "굼벵이 매미 되도록" 몸부림쳤던 광대의 울음을 담았다. 나팔통식, 전기녹음식으로 박은 후

런하고 짜릿짜릿한 소리였다. 이 공전의 히트곡들은 엘피음반이 등장하자 단 몇 그램으로 부서져 단추공장에 실려갔다. 그러나 단추 환생을 거부하고 깊이 숨은 판이 있었다.

그 숨어버린 시간을 찾아 나선 모임이 고음반연구회다. 그분들이 곡절 끝에 찾아 먼지를 털었을 때, 그 판은 오늘과는 판이하게 다른 소리판이었다. 불과 칠십여 년 전, 이 땅에는 구강을 통해 실안개를 피우고 뇌성벽력을 쏟아내는 아주 특별한 인류가 존재했던 것이다. 정녕 허언인 줄 알았던 득음의 경지가 역사상 실재했던 것이다.

찻집의 고독

1995년 봄부터 가을까지, 장대비 속에서 절창을 쏟아내는 복각판에 매달려 섭외할 수 없는 사라진 인류들을 아쉬워했다. 종로에 나갈라치면 탑골공원을 배회하는 노인들의 차림에 눈이 갔다. 대충 물빨래한 바람에 점차 얇아진 모직, 그래서 유독 단추만 또랑또랑해진 허름한 양복을 지나치면서, 넌지시 단추에게 물었다. "혹시 옛날에 임방울 판 아니었소?" 그쯤에서 스스로 어설퍼 피식 웃었지만, 그때 그렇게 소리에 걸려들고 있었다.

탑골공원 일대에는 여기저기에 살바도르 달리의 축 늘어진 시계가 걸려 있다. 밀랍처럼 흘러내리는 시계엔 더이상 운행하지 못하는 시간들이 머물고 있다. 그 아래, 더는 현실에 끼어들지 못해 초현

실주의자가 된 노인들이 공원을 가득 메운다. 세월이 얼마 남지 않았음에도 달리 할 일 없어 하루의 시간은 넘쳐난다. 온종일 촘촘히 들어찬 시간은 버거운 부피이다.

그 무성한 시간을 죽이러 다방에 간다. 갖은 양념 다 들어간 커피를 시켜놓고 전화를 기다린다. 벨소리, 아직 버젓이 거동하며 대접받고 있노라는 존재의 증명이다. 내미는 명함엔 너무 많은 직함이 박혀 활자가 쏟아지고 있었다. 그러나 벨은 울리지 않는다. 관여하는 일이 많다는 것은 관여하지 않아도 된다는 뜻이기 때문이다. 그래서, 그렇고 그런 일로 시간을 매장하는 찻집은 고독한 곳이다.

'밥때'와 '말 걸어줄 때'를 기다리는 종로3가의 다방, 그 다방도 그중 하나였다. 그 다방에 들어설 때는 필히 칼 주름 양복을 떨쳐입고 약에 취한 구두가 번쩍여야 한다. 노신사는 백구두를 신고 탁자에 중절모와 쌍화차를 얹어두고 있었다. "한승호 선생님이시죠?" 갑작스런 알은척에 헐겁던 태엽이 팽팽히 감기며 "뉘시오?" 마담 쪽을 슬쩍 보며 거주성명을 묻는다. 이때 넙적 엎드려야 하고 몇 번을 일으켜 세워도 결연히 부복하여야 한다. "어허, 젊은 양반이!" 선생은 손사래 쳐 일으키면서 연신 카운터의 마담 쪽을 본다. 얼마 만에 연출된 가슴 뿌듯한 광경인가. 보시오! 아직도 세상은 나를 부른단 말이오!

마담도 그 무슨 사연이기에 젊은 양복이 무르팍으로 바닥을 문대나 싶어 넌지시 들여다본다. 이때 목청을 한껏 높여 명창, 최고, 인간문화재 등등의 단어에 방점을 찍어가며 침 튀겨야 한다. 이윽고 창극에 나오는 상봉 대목처럼 선생이 몸을 낮춰 손을 내밀며 "대관절

뉘시오?" 한다. 이때부터의 한마디 한마디에 출연료는 한푼 두푼 떨어진다. 존재를 띄워 존재의 몸값을 떨어뜨리는 전법이 무르익어가는 것이다.

그런데 내가 일어서지 못했다. 미세하게 경련하며 반가워하는 몸짓이 울대를 건드린 것이다. 지상의 누구도 흉내낼 수 없는 소리를 완성했지만, 누구도 흉내낼 수 없기에 제자가 없었다. 즐겨 부르는 단가 〈편시춘〉처럼 생애의 봄날은 훌쩍 지나버렸다. 그저 일평생 버릇된 소리를 흥얼거리며 홀로 무료함을 견디던 중이었다. '아서라! 세상사 이렇구나(또 오셨네요), 군불견 동원도리(전화 없었는데요), 장가 소부야 말을 듣소(또 쌍화차 드시게요), 대장부 평생 사업……'

한승호, 본명은 갑주, 1924년 갑자생, 그의 목젖이 완성한 완벽은 절대고독을 만들었다. '아귀성' '반드름' '각구녁질', 흉내는 고사하고 설명조차 힘든 특별한 창법도 선생 사후엔 밥숟갈 놓고 사어가 된다. 이 유일무이한 현존이, 쌍화차에 날계란 탁탁 쳐 공산명월 띄워놓고 기다렸다. "전화 안 왔소?" 올 리 없는 기다림이다. 그러니 문득 당도한 소인배의 행실에 턱없이 감격한 것이다. 대본대로 잘 나가다 지극히 주관적인 감정이입에 울컥 치밀어 일어서지 못했다.

감정을 수습하지 못하는 통에 만남의 주도권이 선생에게 넘어갔다. 카운터의 마담에게 "이런 양반들이 곧잘 와요", 오랜만에 확실한 존재증명을 하며 다방을 나섰다. 그리고 두말없이 주막을 찾아 '주도권'을 행사했다. 찬 소주 몇 잔 들어갈 무렵, "여그가 '조선성악연구회' 자리였소" 하며 창문 앞의 허름한 집을 가리켰다.

국밥집 틈에 간신히 문을 내고 지붕의 깨진 기와를 천막으로 덮고 있는 퇴락한 집이었다. "여그서 소리헐 때가 좋았소!" 초라한 옛집을 들여다보는 선생의 동공은 교양 다큐의 컴퓨터 그래픽 화면처럼 옛 시절을 그렸다. 누각의 날씬한 처마에는 수꿩이 파다닥 나는 듯 화려한 단청이 칠해졌다. 문밖에는 인력거가 대기했고 전무후무한 명인들이 분주히 드나들고 있었다.

득음">得音</sup>, 팔자를 고치는 소리

판소리는 노래하는 소리꾼과 북을 치는 고수, 단 두 사람으로 구성된 공연이다. 처음에는 단가라 하여 짧은 노래로 목을 풀고 장장 여덟 시간 넘게 향연을 벌인다. 노래하는 '창'과 재담을 하는 '아니리', 그리고 연기하는 몸짓인 '발림'으로 장황한 이야기를 여덟 시간 정도로 줄여 부르는 것이다.

판소리가 언제부터 시작되었는지 소상히 알 수는 없다. 영조 30년">1754년</sup> 유진한이 〈춘향가〉를 듣고 「춘향가 이백구」를 지은 것으로 보아 대략 그 이전에 골격을 갖췄을 것으로 보고 있다. 정조와 순조 때는 권삼득, 송흥록, 염계달, 모흥갑, 고수관, 신만엽, 김제철, 송광록, 주덕기, 박유전, 방만춘 등의 명창들이 활동했다. 이중 여덟을 골라 '전기 8명창'이라 부른다.

헌종 9년">1843년</sup>에 지은 송만재의 『관우희』에는 〈춘향가〉 〈심청가〉〈흥부가〉〈수궁가^{》토끼타령}〉〈적벽가^{》화용도}〉〈장끼타령〉〈변강쇠타령〉〈왈짜타령〉〈배비장타령〉〈강릉매화타령〉〈가짜신선타령〉〈옹고집타령〉으로 '판소리 열두 바탕'이 나온다. 오로지 부채 하나로 겹겹이 에워싼 구경꾼의 신바람을 불러일으켜야 했기에, 서슴없는 육담이며 발칙한 이야기가 주가 되었을 터이다.

민중을 사로잡은 소리 소문은 점차 사대부의 사랑방을 감돌았고 마침내는 왕후장상의 귓전에 도달하였다. 철종과 고종 초기의 일로 박만순, 이날치, 송우룡, 김세종, 한송학, 정창업, 장자백, 정춘풍, 김찬업, 김창록 등이 활동했다. 이중 8인을 골라 '후기 8명창'이라고 부른다.

왕 앞에서 소리하는 광대를 '어전광대'라 불렀다. 그들은 '국창^{》國唱}'이란 존대와 더불어 벼슬을 하사받았다. 양반의 밥벌이가 '벼슬'이고 천인의 밥벌이가 '구실'인데, 구실하던 광대가 벼슬을 살게 된 것이다. 실직^{》實職}보다는 명목직인 경우가 많았지만 팔자를 고친 것이다. 생을 갈무리할 때 쓰는 필부의 8자 '현고학생부군신위'에서, '학생' 대신 '선달', '오위장' 등의 벼슬로 '팔자'를 고쳐 썼다. 정녕 광대 팔자 시간문제가 된 것이다.

옛말로 "광대 집안에 국창 나기는 양반 집안에 정승 나기보다 더 힘들다" 했다. 대개의 광대는 국창에 이르지 못하고 '또랑광대'로 종신했다. '또랑광대'는 '또랑'을 경계로 한 작은 마을 안에서나 행세하는 광대란 말이다. 창은 안 되고 재담만 된다 하여 '아니리광대', 방안에서나 판을 치기에 '방안통소'라고도 했다. 누추한 일컬음이 덧쳐

럼 놓인 길이었다. 그러나 천출을 물리고 세상에 입신하는 유일한 길
이었다. 될성부른 광대의 꿈은 국창으로 귀결되었다.

그 무렵 최초의 판소리 이론가인 신재효[申在孝, 1812~1884]는 '열두
바탕(마당)'을 '여섯 바탕'으로 정리하였다. 현재의 다섯 바탕이 된
〈춘향가〉〈심청가〉〈적벽가〉〈수궁가〉〈흥부가〉와 전하지 않는 〈가
루지기타령〉까지 포함했다. 발랄하고 발칙한 내용에서 사대부와 왕
후장상이 즐길 만한 품위 있고 정교한 내용으로 바뀌던 시절이었다.
아울러 음악이나 연기도 고도의 수련이 요구되었기에 「광대가」를
지어 광대론을 폈다.

"……광대라 하는 것은 제일은 '인물'치레, 둘째는 '사설'치레,
그 직차 '득음'이요, 그 직차 '너름새[발림]'라" 했다. 마치 오늘의 연예
계를 예고한 것처럼 인물을 제일로 들었다. 그러나 당시는 오늘처럼
'뼈를 깎는 고통'으로 '얼짱'이 될 의술이 부족했다. 결국 본바탕이 부
족하면 '뚝배기보다 장맛'으로 호소해야 했기에 '뼈를 깎는 노력'으
로 사설, 득음, 너름새에 전념했다. 이중 사설이나 너름새는 자연스
레 익어가지만 목을 얻는 득음은 일생을 송두리째 건 담판이었다.

득음은 깨우침을 완성한 득도란 말처럼 음을 깨우친 완전한 소
리를 이른다. 그리고 득도에서 연유한지라 애초에 혹독한 길을 예고
했다. 광대의 경전이 된 「광대가」에서는 "……청청하게 뜨는 목은
단산봉의 울음, 애원성이 흐르는 목은 황영의 비파 소리"라고 고금
의 문구를 들었다. 형언 못할 경지이기에 존재치 않는 세계이기도 했
다. 다다를 수 없는 곳을 그려넣은 지도, 그것이 「광대가」의 음모였

다.

그럼에도 광대들은 길을 떠났다. 스승 앞에서 북채로 맞아가며 소리를 익히고 산중 깊숙이 굴을 파고 독공했다. 목을 얻고자 된장, 고추장처럼 평생 입맛을 길들인 먹거리와 결별했고, 목청을 위해 생소금을 삼켰다. 하루가 멀다 하고 뱉어내는 각혈, 더러는 오래된 해우소의 인분을 먹기도 했다. 폭포수를 뚫고 나갈 소리를 벼리기 위해서였다.

고종 40년[》]1902년, 우리나라 최초의 실내극장인 협률사[》]協律社: 후일 원각사로 개칭가 생겼다. 이 무렵부터 중국의 경극에서 영향을 받아 오늘의 연극이나 오페라처럼 배역을 나누어 공연하는 창극이 시작되었다. 전통적인 판소리에서 변화된 것이지만 참여한 이들은 모두 당당한 대명창들이었다. 이 무렵에 활동한 명창들이 판소리 5명창인데, 박기홍, 김창환, 김채만, 송만갑, 이동백, 김창룡, 유성준, 정정렬 중에서 다섯을 고르는 것이다. 판소리가 가장 융성한 시기였고 한없는 내리막을 예고한 시기였다.

근대에 도달하자마자 일제의 강점으로 나라가 망했다. 꿈꾸던 광대들이 토굴에서 하산해보니 세상이 바뀐 것이다. 오수경, 금토시를 하사하고 벼슬에 봉해주던 왕이 사라졌고, 수령방백들이 연회를 열던 관아도 문을 걸었다. 경지에 이르렀어도 더이상 설자리가 없었다. 창극으로 대중의 구미를 맞추었고, 유랑하는 협률사에 가담하여 주린 배를 채워야 했다. "협률사에서 남는 것은 버선짝밖에 없다"는 말처럼 겉만 화려한 행렬이었다. 팔자를 고치던 소리가 팔자를 그르치는 소리가 되었다.

　그래도 민중은 소리를 사랑하였다. 명창들의 소리는 유성기 음반에 새겨져 전국을 풍미했다. 애초에 민중 속에서 나왔듯이 다시 민중 속으로 퍼져간 것이다. 1934년, 흩어져 떠돌던 소리들이 한자리에 모여 위대한 꿈을 꾸었다. 미래를 도모했던 조선성악연구회였다. 이동백, 송만갑, 정정렬, 김창룡 등 전설적 명창이 주축이 되고 당대의 명창과 명고수, 가야금병창, 산조명인 등 백삼십여 명이 참여하였다. 그리고 전국의 될성부른 소리꾼들이 모두 종로로 모여들었다. 그 자리가 종로구 익선동 159번지였다.

장단 걸어놓고 가는 길

　낮술이라 금세 술이 올라 붉어진 얼굴로 조선성악연구회 자리에서 선생과 헤어졌다. "젊은이가 네모반듯한 말씀만 하시오" 하며 몇 번을 손 흔들었다. 저녁 무렵 혜화로터리 2층 호프집에서 사물놀이패들과 만나고 있었다. 그런데 창밖 로터리에 선생이 서성였다. 단성사 근처에서 혜화동로터리까지 걸어온 것이다.

　종로3가 국악로를 통해 비원 앞으로 나왔으리라. 길목의 다방이며 주막엔 명인명창 벗님들이 꽉 찼었는데, 모두 옛일이 되었다. 젊은이에게 한잔 더 하잘 수 없었을 거고, 한잔 더 부딪칠 친구는 없고, 흥은 발화되어 붉어졌는데, 어디로 가야 할지 모르는, 정처 없는 발걸음이었다. 분명 〈편시춘〉을 흥얼거리며 속장단을 타고 왔으리라.

해거름 녘 혜화동로터리, 빨간등에 멈춰 서서, 횡단보도의 흰 눈금에 긴 그림자를 얹고 있었다. 횡단보도는 또다시 오르라는 사다리 같았다. 득음이라는, 세상에서 가장 긴 오르막을 오르며 살아온 삶이었다. 마치 태몽이 오르막이었던 것처럼, 머무를 수 없는 병을 점지받아 일생을 걸어온 노독에 찬 명인, 돌고 도는 로터리에 딸려들어갈 것 같았다.

재빨리 내려가 합석하자 권하니 왈칵 당겨지지만 체면상 그럴 수 없어 "제자가 마중 온다 해서 기다린디, 차가 맥히는 모양이요" 하며 올 리 없는 제자를 운운했다. 손목을 끄니 이내 못 이겨 또다시 술잔을 마주했다. 처음엔 몇 번 제자를 운운했지만, 취흥이 도도해져 입담으로 옮겨갔고, 곧바로 좌중을 사로잡았다.

명창 임방울과 일본 공연을 갔다 접대를 받은 모양이었는데, 입담은 어느새 장단 위로 올라섰다. "토끼탕"^{터키탕}이라 그럽디다. 거그서 여자들이 할딱 벗고 지 몸에 비누칠해. 글고 그 몸으로 날 문대줘. 그냥 온몸으로 문대중게, 손 하나 까닥 안 해도 때가 벗겨져." 어느덧 야심하여 침 꿀꺽 넘어가는데, 사설 멈춰 장단만 보내고, 한 모금 죽 들이키고, 그 장단 끝에 매달아 "긍께 일본 비누는 '버끔'도 많이 나!"

거품이란 말보다 '버끔'이란 사투리가 더욱 빛을 발하는 아니리로 맺음하였다. 대개 거품이 일면 그 속에 사연이 숨는 것, 결말의 상상은 관객에 맡겼으니 그의 장끼인 〈적벽가〉 끝마무리처럼 '그 뒤는

뉘 알리오! 더딜 더딜', 다만 빈틈없는 목소리로 중간의 헛기침마저
도 장단 달아놓고 가는 천상 소리꾼이었다.

　제목을 '조선성악연구회'»서울두레극장, 1995년 12월 13일로 했다. "들을
줄 아는 사람 곁으로 가고 잡소. 왕후장상 있는 조선 가서 기언치 국
창놀음에 싸워봐야 쓰겄소." 그날 취기 오른 한승호 선생의 이슬 젖
은 말 때문이었다. 조선성악연구회에 출입했던 정광수»당시 여든일곱,
한승호»당시 일흔둘 명창과 "제비 몰러 나간다!"로 주가가 오른 박동
진»당시 여든 명창이 가세해 평균 나이 80세인 '빅 쓰리' 판이 되었다.
판이란 무시무시한 상대를 만나야 판이 된다. 귀명창들이 최고로 꼽
는 정광수, 한승호, 대중을 몰고 다니는 박동진, 용호상박으로 불꽃
이 튀겼다. 그리고 살아온 세월만큼의 덕으로, 견제와 균형으로 서로
를 배려했다.

　변화무쌍한 성음을 쏟는 노명창의 목젖 너머는 끝없이 깊은 음
의 웅덩이였다. 21세기를 위해 백 년을 준비한, 20세기가 다 넘어가
던 때였다. 턱없이 늦은 조우였지만 간신히 막차를 탄 안도감이 몰려
왔다. 역사의 말석에서 아직 다 넘어가지 않은 페이지를 목도한 것이
었다.

신광대가

　판소리. 세대를 바꾸면서 서로가 일궈온지라 시간의 지문이 묻

전무후무한 별들과 한 컷 왼쪽부터 고수 천대용, 고수 김성권, 명창 박동진, 명창 정광수, 명창 한애순, 고수 주봉신, 기획 진옥섭, 명창 한승호, 고수 문상열, 사진작가 정범태, 두레극장 대표 김운태. '조선성악연구회' 공연 후, 낙락장송 뒤에서 막차를 탄 안도감에 젖다. ⓒ 정수미

어 있다. 그리고 지문의 골과 골에는 한 인간이 몰두해온 지독한 길이 박혀 있다. 일생 동안 스승의 것을 숙련하지만 저 또한 멋이 있는지라 살짝 자기 것을 덧붙인다. 이를 '더 넣었다'는 뜻으로 '더늠'이라 한다. 훗날 다른 소리꾼이 이 대목을 부를 때 "아, 여기는 누구 선생제^制렷다" 하는 '소리풀이'로 내력을 대니, 누대에 걸쳐 불천위^{不遷位}로 받들어지는 것이다. 이런 치밀하고 정교한 전승구조로 켜켜이 축적해왔기에 인류의 유전자로는 벅찬 일에 도전할 수 있었다.

2003년 11월 7일, 프랑스 현지 시간으로 오후 2시에 '제2차 세계 무형유산 걸작'으로 판소리가 선정되었다. 유네스코는 판소리를 이 나라의 전통예술을 넘어, 인류가 이룩한 '또하나의 음악'으로 인정하고 보존을 결심한 것이다.

그러나 이 화창한 날 기우로 조바심이 탄다. 혹시 판소리에 대한 관심이 판소리를 세상의 음악과 '별다를 바 없는 음악'으로 만들어가지 않는가 하는 점이다. 국악은 언제나 '대중론'이나 '개량론'이라는 명제 앞에 죽을죄를 지은 듯 고개를 푹 숙여왔기 때문이다.

벌써부터 될성부른 젊은 소리꾼들이 여러 구색의 퓨전에 불려가고 있었다. 물론 판소리를 요새 사람들 구미에 맞추는 일 또한 중하다. 허나 정통 판소리에도 될성부른 꾼들이 절실하다. 퓨전에는 온갖 호사스런 단어로 응원하면서도 정통 판소리에는 '뚝심' 한마디 던져주니, 누가 "굼벵이 매미 되도록" 혼신을 기울이겠는가. 또 퓨전에서 박수 받는 그들, 너무 일찍 발굴해 매미 대신 번데기가 되는 건 아닌지……

요즘 인터넷에 떠다니는 재미난 재담이 있다. 쌍기역으로 시작되는 한 글자짜리 말로, 탤런트에게 필요한 여섯 가지는 무엇인가? 정답, 우선 '꼴»얼굴'이 되고, '끼'가 있고, '꾀'가 있고, '꿈'이 있고, '깡'이 있고, '끈»연줄'이 닿아야 한다. 신재효의 「광대가」 못지않다. 여기에 한 가지 더 넣어 「신광대가」를 만들어볼 법하다. '꾹'이란 말이다. 오랜 푸대접을 견디고 요즘 극진히 대접받는 슬로 푸드»slow food처럼, '꾹' 참고 시간을 견뎌 진정한 깊은 맛을 내보잔 이야기다.

김치가 세계인의 맛으로 발전하는 것은 감격스런 일이다. 허나 먹을 때는 수출용 봉지김치 대신, 장독대 김치를 선택할 것이다. 소리의 맛도 그럴 터이다. 서서히 발효하여 시간을 간직한 소리를 맛보고 싶다. 복각 시디의 장대비 속에서, 정광수, 한승호, 박동진의 소리판에서, 숨도 허락받고 쉬어야 할 것 같은 '빠져나올 수 없는 시간'을 만났다. 솔직히 '판소리'보다 '빠져나올 수 없는 시간'을 좋아할 따름이다. 공력이라 부르는 오랜 시간 때문이다.

어느덧 10년이 지났다. 정광수 선생은 2003년에 작고하였다. 박동진 선생은 2004년에 작고하였다. 한승호 선생은 2003년에 중풍으로 소리를 잃었다. 제목이 되었던 '조선성악연구회' 자리는 2003년 '유네스코 세계무형유산 걸작' 지정 후, 국밥집이 되었다. 기막힌 판이 벌어진 지 10년 만에 기막힌 일이 벌어졌다. ●

백 년의 가객
정광수

정양암의 이름은 용훈이다. 구한국 융희 3년, 전남 나주군 공산면 복용리에서 났다. 조선조 성종 때의 문장가 월헌 정수강의 18대손이요, 다산 정약용의 방계 7대손이었다. 『조선창극사』에 기록된 정창업은 그의 조부로, 철종과 고종 연간에 활동한 어전광대였고 오위장 벼슬을 제수받았다.

양암은 어린 시절 서당에서 『천자문』과 『사략』을 뗀 후, 열일곱에 삼도면 양화리에 있는 김창환의 문도가 되어 가단에 입문했다. 이후 유성준, 정응민, 이동백 등 일세의 명인을 만나 다섯 바탕을 탁마하였고, 20세기 세간에서 광수로 개명하여 활동하였다.

순천의 벽소 이영민은 '달 밝은 저녁에 소리판을 벌이면 맑고도 장쾌하여 은하수 천 길을 날아 푸른 하늘에서 내려오는 듯하다^{月夕} 行歌淸且壯 飛河千尺碧空來'고 그의 소리를 한시로 썼다. 양암은 20세기를 송두리째 다 바쳐 얻은 소리를 21세기 벽두인 2003년 10월까지 후

정광수의 '제비노정기' 잘난 풍신으로 넌출거리면서 강남 제비가 의주를 거쳐 조선국을 오는 여정을 읊는다. 법도를 지킨 옛 소리는 고저장단이 절묘하고 부채를 펼쳐든 발림은 익을 대로 익어 춤보다 출중하다. ⓒ 정수미

학에 인계했고, 동년 11월 3일 향년 95세로 소리에 종신했다.

『장자』에 이르길, 대춘이라는 나무가 있어 8천 년의 봄과 8천 년의 가을을 난다 했다. 분명 자연의 무구함에 인간의 짧은 삶을 비할 바는 아니다. 허나 양암은 이승에 머문 근 백 년 동안 누구도 도달해보지 못한 세계를 보고 갔다. 세상에 장하고 진기한 일 많아 단언키 어려우나, 장차 어떤 이도 양암만 하리라 장담치 못하리라.

『사기열전』을 본 삼아 선생을 기록하고 나니 문득 아득한 때의 인물 같다. 2003년까지 무대를 지켰던 현역으로, 임종 몇 달 전까지도 부채를 펼쳐 추임새를 받아냈던 천하명창이었다.

만족과 부족 사이에서

선생을 처음 만난 것은 1994년 가을이었다. 해마다 치르는 무형문화재 발표 공연이 갑자기 소관 업무가 되었기에 업무상 만난 것이다. 1909년생이니 필시 돌아가신 분일 텐데 어찌 전화번호가 있을까, 미심쩍어하며 전화를 걸었다. 1990년대에서 1960년대로 다이얼을 돌리는 것 같았다. 놀랍게도 연결이 되었고 불편하게도 "출연하겠소" 했다.

공연이 있다 해서 국립극장으로 올라갔고 판소리에 별반 취미가 없어 분장실로 직행했다. 여든여섯이라고 믿어지지 않게 정정하고 의연한 분이었다. 마땅한 인사말이 생각나지 않아 "귀명창이 사라졌는데, 그런 소리를 홀로 하시니 외로우시겠습니다" 억지스런 말을 했다. 선생은 한참을 바라보더니 갑자기 눈물을 글썽이며 두 손을 부여잡았다. 자신의 공력을 알아보는 기특한 젊은 귀명창으로 착각한 것이다. 그 엉뚱한 첫 만남에 적잖이 당황했었다.

그날 선생은 『전통문화오가사전집』을 주었다. 자신이 보유한 판소리 다섯 바탕의 사설을 정리한 책이었다. 〈수궁가〉 중에서 용왕이 병들었을 때 도사가 이르는 '약성가 대목'은 전국의 약방을 돌며 고증하여 자진모리로 엮었다 했고, 별주부가 '상소문을 올리는 대목'은 유성준의 소리가 아닌 정창업의 소리를 더 넣었다 했다. 그 외에도 많은 내용을 조목조목 설명해주었지만, 그 말이 무슨 말인지 몰랐다. 솔직히 '토끼와 자라'가 '토끼와 잠자라'는 말이 아니라는 것만 알고 있었다.

우연한 오해로 그날부터 극진한 대접을 받았다. 훗날이지만, 공연장에서 단가를 하기 전에 내 칭찬 한마디로 목풀기를 할 정도였다. 문외한이 귀명창 대접을 받아 송구스러웠고 두려웠다. 들통 나면 실망하실까봐 판소리에 대한 책이라도 사볼 요량이었다.

한번은 나를 경양식집으로 초대했다. 대학 시절 미팅 때 폼 잡느라 몇 번 먹던 돈가스를 썰어야 했다. 선생은 그레고리 펙처럼 양복을 잘 차려입고 로버트 미첨처럼 다정한 표정으로 칼질을 했다. 손놀림이 익숙한 선생을 보며 이미 일제강점기에 인기를 누린 명창임을 상기했다. 당시 포크 커틀릿이 일본식 돈가스로 이 땅에 들어왔다. 선생은 양복에 머릿기름 바른 연예인이었고, 격식 있는 대접을 할 때면 근사한 곳에서 돈가스를 썰었던 것이다. 선생의 세련된 배려였기에 사양치 못하고 서툴게 난도질했다. 그후로도 몇 차례 무릎에 보자기 얹고 의식을 치르듯 칼질을 하고 했는데 지금도 돈가스는 판소리의 추억으로 바삭바삭하다.

훤칠하던 양복 대신 늘씬한 두루마기를 떨쳐입고 들어선 '판소리오바탕전'»한국의 집, 1994년 12월 14일에서 선생이 펼쳐든 부채는 신묘한 것이었다. 무대장치, 춤, 소리, 연기, 모든 것이 부채의 빗살에서 흘러나왔다. 칭찬이랍시고 춤 같다던가, 연극 같다던가 하면 역정을 낼 것 같았다. 그 모두가 흘러든 게 판소리고 자신의 평생도»平生圖였기 때문이다. 그날 이후, 조그만 노력을 하기도 전에 판소리가 전신에 번졌다.

이제서『전통문화오가사전집』을 들여다보니, 선생의 인생을 조금 이해할 것 같다. 양반 가문에서 소리 광대로 출발하였기에 선생의 고뇌는 각별하였다. 그래서 이름이 날수록 번민하였고 더욱더 시와 서에 몰두했다. 문인이었던 조상과의 간격을 좁히려 했던 것이다. 『전통문화오가사전집』은 자신이 수학한 다섯 바탕의 사설을 기록한 책이다. 와전된 사설을 일일이 바로잡고 자신의 더늠까지 넣었다. 방대한 분량을 마무리하며 '찬 눈 속에서 추위를 견디고 나온 매화 향기는 절개가 특이하다»雪後梅花節特長'는 자작 한시를 붙였다. 또 부제로 '미풍충신가치론»美風忠信價値論'을 달았다. 자신이 믿어온 대로 판소리가 미풍을 설법하는 삶의 경전임을 강조한 것이다.

목을 만들어야 하는 소리꾼으로서는, 선방의 스님보다 더 혹독하게 자신을 다스렸다. 돌아가시기 몇 개월 전에 "일생 동안 발족""足자가 들어간 만족""滿足과 부족""不足이 무서웠소"라고 했다. 순간 선생의 몸에서 윙 하고 벨소리가 울려나왔다. 전자석에 전원을 넣으면 연결쇠가 붙고, 연결쇠가 붙으면 전자석의 전원이 끊어져 다시 연결쇠가 떨어진다. 이 붙고 떨어지는 악순환을 소리로 이용한 것이 벨이다. 전원이 들어가면 한순간도 머무르지 못하고 쉴 틈 없이 진동해야 하는 것이다. 선생의 소리 인생이 그랬다. 부족을 채워 얻은 만족은, 결국 부족을 알게 했다. 이렇게 만족과 부족 사이를 오가며 쉼 없는 발소리를 채워넣어야 했던 것이다. 그것이 선생의 소리꾼으로서의 일생이었다.

백 년 가객의 짧은 연대기

선생은 아직 주권을 이양치 않은 조선의 마지막 해인 1909년에 태어났다. 조부 정창업""丁昌業, 1847~1919은 서편소리의 거두였지만 선생이 어렸을 때 타계해 직접 배울 수 없었다. 일곱 살 때부터 5년간 한학을 한 후, 열일곱 되던 1925년 나주군 삼도면 양화리에 있던 김창환""金昌煥, 1854~1927 문하에서 소리를 시작했다. 김창환은 조부의 소리를 이은 대가였고 고종 앞에서 소리를 한 어전광대로서 의관 벼슬을 제수받았다. 한일합방이 되자 고향인 나주군 삼도면 양화리에 들어가 은거했고 고종이 죽자 뒷산에 영정을 모시고 매일 배알한 충신

광대였다.

　당시 김창환이 연로하여 대부분 그의 아들 김봉학이 가르쳤다. 5년간 〈춘향가〉와 〈흥부가〉, 그리고 〈심청가〉 중 '인당수에 빠지는 대목'까지 배웠다. 어릴 적 할아버지인 정창업이 문도들을 가르치는 소리를 듣고 방창하여 흉내낼 수 있었으나 소리의 길은 험준했다. 한번은 목이 나오지 않자 낙담하여 목을 매었다가 김창환의 부인에게 발견되어 살아나기도 했다. "둔한 것도 덕분이라!" 노년의 선생은 자신이 재주가 없었기에 스승의 문하에서 꾸준히 학습할 수 있었다 했다. 재주가 뛰어났던 동료 소리꾼들은 재주가 좋아 조금만 배워도 일취월장해 공연을 나갔으니, 결국 돈을 버느라 제대로 재주를 익히지 못했다는 것이다.

　서편소리로 소리를 시작한 선생은 전남 순천에서 동편소리의 대가 국창 유성준》劉成俊, 1874~1949을 만나게 된다. 그러나 유성준은 제자 김연수가 장단이 틀리다고 따지자 화가 나 경남 진주로 떠나버렸다. 1936년 유성준을 쫓아 진주로 갔고 진주, 함양을 돌며 1년 6개월 동안 〈수궁가〉와 〈적벽가〉를 배웠다. 1940년에는 전남 보성의 정응민》鄭應珉, 1896~1964 문하에서 〈심청가〉를 배우고 상경하여 서울의 종로구 익선동에 있던 조선성악연구회에 입회했다. 그리고 포천의 장대감집 재각으로 이동백》李東伯, 1866~1950을 초빙하여 동편제 〈적벽가〉에는 없던 '삼고초려 대목'을 배워 판소리 다섯 바탕을 완성한다.

　그 사이사이 목포, 순천 등의 예기권번에서 소리를 가르치기도 했다. 훤칠한 키에 훤한 얼굴로 두루마기를 떨쳐입고 나서면 여복이 넘쳐났다. 그러나 선생은 분연히 떨치고 전남 장흥의 보림사 삼성암, 순천 벌교의 부용사에서 피나는 독공을 하면서 자신의 소리세계를 열었다.

1939년에 일본 음반사 빅타에서 첫 음반을 취입하였다. 명고수 한성준의 반주로 〈적벽가〉 중 '새타령'과 '조자룡 나오는 대목'을 녹음했다. 1940년 무렵 경성방송국에서 '삼고초려'를 부르기도 했다. 1941년에는 동일창극단에 입단하여 임방울, 강남중, 조상선, 김준섭, 강도근, 박초월, 박귀희, 한애순, 김준옥 등과 전국을 순회하였다.

1944년 4월엔 죽을 고초를 당하기도 했다. 함경남도 라남^{»지금의} _{청진}에서 〈흥부전〉을 공연할 때 '제비노정기' 대목을 불렀다. 제비가 박씨를 물고 흥부집으로 오는 대목인데, 가사 첫머리가 "만리 조선국을 향하여 나올 제"였다. '조선국'을 알아들은 일인 형사가 있어 라남경찰서 고등계로 연행되어 이틀이나 고문을 당한 것이다. 1년 후 신의주에서 해방을 맞았다. 얼마나 기뻤는지 하루종일 만세를 부르고 다녀 갓에 허연 먼지가 쌓일 지경이었다.

해방 후 광주 예기권번에서 소리를 가르쳤고, 6·25전쟁 이후에는 광주국악원, 서동국악원, 삼남국악원으로 옮겨가며 가르쳤다. 1964년 문화재보호법이 생기면서 중요무형문화재 제5호 판소리 〈춘향가〉로 박초월, 박녹주, 김연수, 김여란, 김소희 등과 최초의 보유자로 지정되었고, 1974년에 다섯 바탕 중 각 바탕의 장끼를 중심으로 재지정하며 〈수궁가〉 보유자가 되었다. 1970년대 이후 서울에 올라와 활동하며 후학을 양성하였다. 대한민국문화예술상과 동리대상, KBS국악대상, 방일영국악상 등을 수상했고, 판소리보존연구회 이사장, 국악협회 고문 등을 역임했다. 2001년에는 사단법인 '양암판소리원형보존연구회'를 만들어 체계적 전수활동을 도모했다.

저 또한 멋이 있는지라

1995년 12월 '조선성악연구회' 공연을 일주일쯤 앞두고 전화가 왔다. 자신의 일진과 맞지 않는다고 공연 날짜를 옮기자는 것이었다. 이미 홍보물이 돌고 있는 상황이라 "그날은 제 운세가 복날입니다" 하고 둘러댔다. 선생은 생년월일을 묻더니 한동안 말이 없었다. 불러드린 내 사주팔자로 그날의 일진을 짚어보는 중이었다.

우리 시대까지 사셨지만 사소한 일에도 생기복덕을 맞춰 거동하던 옛 분이었다. 그처럼 소리도 옛 법통 소리를 그대로 전해주었다. 그것은 점차 가벼워진 오늘의 소리꾼이 경전으로 받들어야 할 장중한 소리였다. 또 평소 다섯 바탕 모두가 꽉 차 있는데, 속 시원히 보여주지 못한 것을 아쉬워했다. 〈수궁가〉로 문화재 지정을 받아, 늘 〈수궁가〉만 부탁받은 때문이었다.

'조선성악연구회' 공연에서는 마음먹고 김창환의 더늠인 '제비 노정기'를 불렀다. 〈흥부가〉에서 다리 부러진 제비가 강남에서 이 땅으로 들어오는 과정이었다. 바닷길로 가로질렀으면 빠를 것을 옛 사신들 오가던 육로를 택해, 강남 발 – 북경 경유 – 의주 입국의 절차를 밟았다. 태산준령을 넘는지라 고저장단이 절묘한 소리를 냈다. 마치 헬기를 타고 고공촬영하듯, 시원스런 고음으로 올라갔고 별안간 뚝 떨어질 때는 아랫배에 힘이 들어갔다. 제비치곤 제법 운치가 있어 에두르고 휘돌며 장단 걸어놓고 날던 것인데, 문자 속 또한 기특해 오는 길 내내 산천에 서린 고금의 명문장을 읊어댄다. 그리고 마침내 흥부집 처마에 도착해 울었다.

그냥 "지지배배"가 아니었다. 강남물 먹은 제비답게 발음에 춘장을 발랐던 것이다. "지지지지 주지주지 거지년지 우지배요, 낙지각지 절지연지 은지덕지 수지차로 함지포지 우지배요"知之知之 主之主之 去之年之 又之拜 落之脚之 折之年之 恩之德之 酬之次 含之匏之 又之拜: 아시는지요, 주인님. 지난해 간 뒤로 또 뵙습니다요. 떨어진 다리를 이어주셨으니 그 은덕을 갚으려고 박씨를 물고 찾아와 뵙습니다."

'갈 지"之' 자 팍팍 넣어, 통통 튀게 울어젖힌 신통한 소리. 그 사이사이에 긴 장단이 으스러졌다. 이른바 '엇부침'으로, 사설에 장단을 붙일 때 앞서거나 뒤서는 것이다. 또박또박 맞아떨어지는 '대마디 대장단'에서 이탈해 또다른 시간을 구사하는 기법이었다. 그 '엇부침'도 붙이기에 따라 '잉어거리' '완자거리' 등의 기법이 있는데, 선생은 기법과 기법이 맞물려 스펙트럼처럼 겹치는 둘도 없는 기법으로 장단을 탔다. 그리고 그 위에서 발림을 꺼냈다.

발림은 판소리의 정황을 표현하는 몸짓이다. 그러나 현재는 발림의 기교가 몹시 쇠퇴했다. 소리꾼들이 마이크를 사용하기에 결국 화문석 한 폭 정도로 동선이 줄어 몸을 놀릴 반경을 잃어버린 때문이다. 선생의 발림은 틈도 없이 치밀한 장단 사이사이를 오가고 있었다. 제한된 몸짓을 부채를 펴고 접으면서 제한 없이 확장했다. 순간 '저런 이유로 판소리에서 부채를 드는구나' 싶었다. 본격적인 춤이 아니지만 오히려 춤보다 훨씬 더 두드러진 몸짓이었다.

점차 관객의 반응이 오르자 선생은 당당히 "이쯤 되면 흥이 좀 납니다" 하며 부채를 펴들고 '박타는 대목'까지를 연달아 소리했다. 특히 박을 타는 톱질 시늉을 할 때, 장단이 몰리고 관객이 고조되자 여든일곱 노구로 펄쩍펄쩍 뛰었다. 관객들이 기립하여 박수하자 너무 뛰었다 싶었는지 "늙은 나이에 미안합니다. 그러나 정광수가 임의로 꾸민 게 아니라, 예부터 있어왔던 법도에 따라 소리한 것입니다. 에, 더불어, 저 또한 멋이 있는지라, 좀 보탬을 넣었기에 좌중의 신사숙녀 여러분 널리 양지 있으시길 바라마지않습니다." 지극한 문어체로 공손히 고개 숙였다.

2001년에는 HDTV로 첫 방송되는 KBS 〈국악한마당〉에, "와이드 화면에 걸맞은 가장 시각적인 소리꾼"으로 칭송받으며 첫 출연했다. 2002년에는 유네스코의 '세계무형유산 결작 선정위원회'에 제출할 판소리 다큐멘터리를 찍었고, 2003년 임종 사흘 전까지는 '국창 유성준 추모공연'» 국립극장 달오름극장, 2003년 12월 14일을 준비했다. 〈가요송가〉를 직접 작창하여 연습을 시키다 대수롭지 않게 병원에 입원했는데, 사흘 만에 홀연히 떠난 것이다. 임종을 지킨 제자 박성환 씨는 선생께서 앉은 채로 돌아가셔서 말로만 듣던 고승의 임종을 본 듯했다고 했다.

　타계 일주일 전, 유네스코에서 지정하는 세계무형유산에 판소리가 어찌 되었는지 물어왔다. 그 일에 관여했기에 1년 내내 받은 전화였는데, 그 통화가 마지막이 되고 말았다. 출상 후 '11월 7일 14시》프랑스 현지 시간 제2차 세계무형유산 걸작에 판소리가 선정되었다'는 기사가 인터넷에 떴다. 그 순간 그 소식을 가장 기다리고 기뻐했을 분을 닷새 전에 잃었음을 실감했다.

　그날 수첩에 "양암은 조선의 마지막 해에 태어나 우리 시대까지 동행한 마지막 조선 광대였다. 마지막 소원이었던 세계무형유산은 타계 닷새 후 지정되었다. 아마 선생이 그날부터 서둘러 하루 한 바탕씩 다섯 바탕 전부를 통과시켰는지 모를 일이다"고 적었다. 생전의 열정을 반추하면 그러고도 남을 분이었다. ●

〈적벽가〉 중 '새타령' 낙락장송처럼 높은 음정에서 가지 끝처럼 가는 세성으로 새가 운다. 아랫배의 숨을 다 뱉으며 울고, 괄약근의 한 점 기포까지 쥐어짜 울고, 또다시 창자를 끊어가며 운다. ⓒ 정범태

"적벽강에 불 지르러 가요"
한승호

적벽. 운명과 야망의 강이었다. 중원을 가르는 6300킬로미터의 장강이 후베이성 자위현을 지나는 물길로, 서기 208년 조조의 백만 대군과 오와 촉의 연합군이 맞붙었다. 조조는 연환계를 믿고 배와 배를 연결하였고, 오와 촉은 동남풍에 불화살로 화공을 퍼부었다. 대승한 주유는 불길에 붉게 물든 벼랑을 보고 적벽이라 이름 지었다.

화용도로 도망하던 조조는 매복한 관우 앞에서 머리를 조아려 목숨을 구했다. 관우는 청룡도를 거두었고, 그 관용 덕인지 아시아 전역에서 받드는 신이 되었다. 지하철 6호선이 멈춰 서는 동묘는 임진왜란 때 명군이 무신"武神으로 받들고 모셔온 관우의 사당이다. 서울굿의 '전안거리'에서 관우는 재신"財神으로 변했고, 무녀는 청룡도를 들고 도무"跳舞하며 복을 빈다.

어디 굿판뿐인가. 관우는 소리판에도 초대되었다. 처음엔 화용도에서의 관우의 관용이 주가 되어 〈화용도타령〉으로 불렸다. 점차 사대부와 수령방백이 귀기울이자 '도원결의'까지 다 담아 〈적벽가〉가 되었다. 불꽃처럼 타오르는 영웅담은 왕후장상에 딱이었다. 돈 나오고 벼슬 나오자 광대들은 그 싸움에 목을 걸었다. 적벽은 또다시 운명과 야망의 강이 되었다.

그 적벽강에 "불 지르러 가요" 하던 소리꾼이 있었다. 화전을 알리는 불화살을 날리면 "피르르르" 바람을 흔들었고 관객의 흉곽은 이내 과녁이었다. 날아온 화살이 텅 하고 꽂히면 갑자기 멈춰진 남은 속도를 가슴속 깊이 받아내야 했다. 화살 끝이 흔들려 속도를 여과하는 순간, 얼얼하게 휘청거렸다. 그렇게 가슴 깊은 데서 불길이 일던 소리였다.

동남풍에 활 쏘던 한승호, 웬일인가? 이번엔 그가 풍에 맞았다. 오호통재라! 독이 번지는 화살이었다. "그래, 불이 좀 납디까?" 당당히 되물었다. 정곡을 찔러 척추까지 헤집던, '필'이 꽂히는 소리였다. 만약 그가 그대로 무너지면, 또 누가 그런 불을 지를꼬. 저 적벽강에.

〈편시춘〉^{片時春}, 그 짧은 봄

"꿈을 꾸었소."
"무슨 꿈을 꾸었습니까?"
"참말로 가난한 꿈을 꾸었소."
"……"

말없음표처럼 시간이 뚝뚝 떨어졌다. 일평생을 두고 꾼 징한 꿈에 쇠잔해졌음에도 "그래도 다시 '빠꾸'를 허면 소리를 헐 것이요." 흩어진 의지들이 다시 동공으로 모여들었다. '빠꾸', 노인의 시간이 "빽빽!" 기적을 울리더니, 영화 〈박하사탕〉의 열차처럼 과속으로 후진한다. 세월은 어찌 흘렀던가. 여기가 거긴가. 여든 평생의 이 풍진 세상, 어느 정거장, 어느 참에 설까. 그렇다! 철마를 처음 타던 그날이로다.

덜컹거리는 기차 안, 노인은 베잠방이를 입은 소년이 되었다. "큰 고기는 큰물에서 놀아야 한다잉?" 옆자리에 앉은 가야금의 명인 정남희»丁南希, 1905~1984가 힘주어 말한다. 열세 살 부푼 꿈이 차창으로 번졌고, 처음 탄 기차는 휘모리장단으로 굴렀다. 서울역 광장, 세상에 이토록 넓은 길이 있을 줄이야. 그 길에 콩나물시루처럼 사람이 꽉 차 있었다. 전차를 타고 종로로 나오니 조선성악연구회다. 주먹패는 단성사, 소리패는 예 왔으니, 될성부른 청춘을 불러 청춘을 불사르게 하는 청춘극장이었다.

대문을 열자마자 누군가 알아보고 "너 소년명창이구나" 한다. 전라도 광주의 소리 소문이 여기까지 자욱했다. 마당에 서자마자 단가 〈어화청춘〉을 했다. 얼씨구! 추임새가 나오자 '춘향과 어사의 상봉 대목'을 소리했다. 중중모리장단으로 인력거가 당도했고 실려간 곳은 명월관이었다. 그날 소리가 바닥나도록 했다. 기차 타고 전차 타고 인력거 타고 유명세 탄 것이니, 세상의 탈것을 다 타본 날이었다. 세상은 노래 하나로 모두를 얻을 수 있는 만만한 것이었다. 그러나 그날 그 황금기를 들여다본 것은, 분명코 죄가 되었다. 일평생 가난한 꿈을 꾸게 하였고 어디에도 없는 나은 미래를 찾아 헤매게 하였다.

한승호[3]韓勝浩는 1924년 광주 금남로에서 한성태와 김천 사이에서 태어났다. 아버지 한성태는 광주 협률사 시절 남장여역으로 인기를 끌었던 소리꾼이었고, 할아버지 한덕만 역시 대금과 가야금의 명인이었다. 그 예술은 대물림되어 장형 영호가 소리를 하였고, 둘째형 갑득은 훗날 거문고산조의 예능 보유자가 되었다. 그리고 자신도 어느새 소리에 선택당했다.

여덟 살에 함흥, 원산, 전주, 이리, 군산 등지의 권번 소리 선생으로 떠돌던 아버지가 돌아와 사흘 만에 세상을 떠났다. 그해 서석국민학교에 들어갔으나 할아버지의 만류로 다니지 못했다. 할아버지는 동학교도였다. "고부 두동산 싸움에 나가서 앞장서다 다들 죽어 들에서 송장들하고 자고 했답디다." 동학싸움의 선두에 섰던 사람이라 일장기에 경례하고 일본말 배우는 학교에 가지 말라 한 것이다. 결국 동네 노인들이 모이는 약방에서 잔심부름하며 한 자씩 배웠다. 동네 노인 전체가 스승이었다.

어릴 때부터 집안 마당을 출입하는 소리꾼들의 소리를 흉내냈다. 아홉 살 때부터 성원목에게 4년을 배웠고 고모부 박종원과 박동실[4]朴東實, 1897~1968의 지침도 받았다. 모두들 아버지와 함께 김채만에게 동문수학한 소리꾼이었다. 1936년에는 창평의 부자 박석기가 담양군 남면 지실에 초당을 지어 판소리의 인재를 모아 가르쳤다. 소리 선생은 박동실이 초빙되었고 한애순, 김소희, 박후성, 김녹주 등 훗날의 명창들이 소리를 배웠다. 그해 가을까지 초당을 드나들며 박동실의 가르침을 받았다. 그렇게 오며가며 다듬어지고 있었고 "장차 일낼 놈"이라며 소년명창 소리를 들었다.

그 소리 옥당^{玉堂}이라!

1936년 열세 살 가을에 정남희와 함께 조선성악연구회에 올라갔다. 대문에 들어서면서 한 소리에 "아직 김채만의 소리가 살아 있구나" 경탄하며 다들 반가워했다. 작정하고 올라온 것은 송만갑의 소리 때문이었다. 송만갑은 "광주 갔을 때 문고리 잡고 있던 놈이구나" 하며 할아버지라 부르라 했고 학채^{수업료}도 받지 않고 가르쳐주었다. 송만갑에게 〈심청가〉와 〈춘향가〉를 배웠고 이동백의 소리도 어깨너머로 배웠다. 그리고 드나드는 모든 이의 소리를 방창하였다.

서울에 도착한 첫날부터 놀음을 나갔다. 낮에 공부하고 밤에 놀음을 나가 잠을 못 잘 지경이었다. 명월관, 식도원, 조선관, 춘경원 등이었고, 다른 잔치가 났을 때도 대명창들이 데리고 갔다. 1938년 열다섯에 성북구에 있는 운벽정에 가서 의친왕 앞에서 〈초한가〉를 했다. 80줄의 의친왕은 몹시 만족했으며 팔씨름에서 져주니 더욱 기뻐하였다. 비록 나라를 빼앗겨 왕조가 무너졌으나 모든 광대들이 꿈꾸던 왕 앞에서의 소리였다. 하지만 그해 정정렬이 세상을 뜨고 송만갑이 병석에 들어 더이상 후학을 가르칠 수 없게 되었다. 자신도 변성으로 목이 가라앉기 시작해 광주로 귀향했다.

광주의 유지들은 서울 가더니 소리가 변했다며 다시 김채만의 소리를 찾으라고 권했다. 집 근처의 고모부 박종원에게 가서 다시 김채만을 더듬기 시작했다. 당시 박종원은 아편으로 목이 심하게 상해 있었다. "너무 지나치지 말고 재주를 제한해라." 그저 말로만 가르쳤기에 듣고 모사했다. 박동실에게도 다시 갔다. 학채를 따로 내놓을 형편이 못 되었기에 박동실의 일정에 따라 움직였다. 권번이나 한량의 집을 돌면서 소리를 가르칠 때 마당에 앉아 듣고 소리를 땄다. 박동실은 〈적벽가〉와 〈심청가〉를 파라 했다. 〈적벽가〉는 왕후장상을 흔들었던 광대의 꿈이었고, 〈심청가〉는 식민지 백성들을 울려 밥을 버는 광대의 현실이었다.

문제는 가라앉은 목을 다시 잡는 일이었다. 무등산 자락에 올라가서 홀로 독공을 하였다. 원효사, 증심사에서 소리하다가 절 손님들의 공양상을 들어주고 밥을 얻어먹기도 했다. 소리는 일어설 듯 일어설 듯 다시 주저앉았다. 목이 나오지 않는 날은 온종일 쓴 물을 토하며 굴렀고, 문득 터져나오는 날은 제 소리에 미쳐 길길이 날뛰었다.

열일곱에 술도가를 하는 부자 허은이 불러 순천에 내려갔다. 성정수, 서정록, 이영민 같은 순천의 유지들은 밥보다 소리를 더 좋아하는 사람들이었다. 삼산여관에 묵으면서 소리가 바닥이 나도록 했다. 모두들 무릎을 치면서 "그 소리 옥당이라!"며 찬사를 아끼지 않았다. 그렇게 터지면 되는데, 소리는 정녕 종잡을 수 없는 것이었다.

1940년 말에 박석기가 화랑창극단을 만들고 박동실이 참여하자 서울로 올라갔다. 여럿이 배역을 나누어서 하는 창극에는 관심이 없었다. 게다가 목이 번듯하게 다시 선 것도 아니어서 그저 경청하면서 공밥을 먹었다. 1942년 8월 서울 부민관에서 열린 '전조선명창대회'에 출연하였고 가을에 만주개척단 위문공연을 갔다. 만주 공연에서는 한애순과 자신이 소리를 했고 이복분, 장세정, 백년설, 고복수는 유행가를 했다. 개척단 사람들은 "유행가를 치우고 소리나 더 듣자"고 소리쳤고 떠나올 때는 모두가 눈물을 흘리며 손을 놓지 않았다.

'묻지 마라 갑자생'이었다. 1944년에 국민동원령이 발표되자 스무 살이 된 갑자생^{》1924년생}들은 물어볼 것 없이 제1기로 끌려갔다. 광주 연성소에 끌려가 훈련을 받다 도망쳤다. 화순 동복으로 담양으로 다시 화순으로 피해다녔다. 그러면서도 골짝에서 소리했고 빈 절터에서 소리했다. 화순 소태실에서 해방을 맞았고 산중이라 며칠 후에야 해방 소식을 들었다.

광주에서 '광주성악연구회'가 결성되었고 박동실의 권유로 참가했다. 10월에 '대흥부전'을 공연했으나 역시 창극에 전념할 마음이 없었다. 1946년경부터 '임방울과 일행'에 동행했다. 임방울은 5명창 뒤를 잇는 명창이었고 창극보다 판소리에 전념했다. "나보고 자꾸 그 대목에 목을 어떻게 돌리느냐고 물어." 임방울은 일찍부터 〈쑥대머리〉로 명성을 얻어 가장 바삐 불려다녔다. 그 때문에 제대로 학습을 하지 못해 귀명창의 핀잔을 듣는 경우도 많았다. 녹음기가 없던 시절 한승호의 기억력과 목은 최고의 기록장치였다.

떠도는 단체생활을 통해 몇 푼 생기면 다시 김채만의 소리를 찾아다니며 독공을 하였다. 그러나 6·25전쟁이 터졌고 박동실, 정남희, 조상선, 공기남 등 한승호의 후견인들이자 김채만의 문도들이 대거 월북했다. 게다가 남아 있던 명창들은 아편에 목을 잃어 더이상 소리를 보여주지 못했다. "당장 물어보고 싶은데 물어볼 데가 없어. 그분들은 소리가 첩첩이여. 그분들 있었으면 내가 소리 더 잘했을 것이요."

산천은 험준하고 수목은 총잡했다

그가 찾은 소리는 김채만"金采萬, 1865~1911의 소리였다. 김채만은 서편제의 시조인 박유전의 제자 이날치에게 배워 훗날 박화섭, 한성태, 신용주, 박종원, 김정문, 박동실 등의 명창에게 소리를 전했다. 생전 모습을 뵌 적이 없었으나 아버지의 스승이었고 스승들의 스승이었다. 그러나 아편과 분단은 남은 스승들을 모조리 데려가버렸다. 결국 그가 찾아나선 소리는 지상에 없는 소리였다. 김채만의 행로를 따라 남도를 떠돌았다. 길 위에 흩어진 기억들을 찾아 한 토막씩 맞추어나가는 것이었다.

김채만은 목이 궂은 사람이었다. 하루는 전라감사 앞에서 동편의 명창 송만갑과 소리로 맞붙게 되었다. 김채만이 한 자리, 송만갑이 한 자리 번갈아 할 예정이었다. 그러나 김채만이 두번째 나설 때 전라감사는 송만갑 소리나 한 번 더 듣자고 했다. 씻을 수 없는 모욕이라, 그날로 작정하고 독공을 쌓았다. 대추나무 '죽비»목침 두셋 크기의 나무통'를 탱자나무 채로 두들겨 가운데가 파여 동강나기를 세 번, 결국 탄복할 만한 소리가 나오게 되었다. 허나 송만갑과 다시 맞붙지는 못했다. 다만 송만갑의 제자였던 김정문이 김채만의 소리를 듣고 그날로 전향하여 문도가 된 일을 상기하면 서로 비긴 셈이다.

대개 동편제가 송만갑처럼 천성적으로 타고난 목으로 불러젖히는 소리라면, 서편제는 김채만처럼 좋지 않은 목일지라도 절절한 노력으로 얻은 애간장을 긁어내는 소리다. 한승호가 찾아나선 것은 몸부림치며 다듬고 다듬은 소리였다. 그러나 직접 들어볼 수 없는 소리였기에 제 스스로 절규해야 했다.

물어물어 가는 발걸음으로 간신히 두 길잡이를 만났다. 그들은 이 장 저 장을 떠도는 장돌뱅이로 걸객에 가까웠다. 한 사람은 '상 장수 노인'이었다. 한때 국창의 꿈을 꾸던 목으로 "상 사시오, 상 고쳐요!" 외치고 다녔다. 남다르고 구성진 소리였기에 사람들이 모여들어 밥이라도 한술 뜨게 된 사람이었다. 또 한 사람은 '맨밥 노인'이었다. 반찬을 곁들일 형편이 못 되어 늘 맨밥만 먹어 그게 별명이 되었다. 노인에게 밥이란 연명을 위한 분량이었다.

그들은 유형의 세월을 살고 있었다. 젊은 날 소리를 좋아한 죄, 입신을 꿈꿨고 마음속으로 누각을 지었던 죄 때문이었다. 그러나 흥이 있고 멋이 있어 한승호의 소리를 즐겼다. 한번은 능주장에서, 한번은 화순장에서 마주쳤다. "살짝 올려붙여라. 올채! 선생이 살아 돌아온 것 같다." 그들 너머의 어둠 속에 김채만이 있었다. 남루한 행색으로 만나 한 대목씩 맞추어보며 김채만에게 다가가고 있었다.

판소리의 무대는 사라지고 창극도 여성들로만 꾸며진 여성국극에 의해 위축되었다. 남자 소리꾼이 설 자리가 사라진 것이다. 설 곳이 없지만 소리는 해야 했다. 틈만 나면 산속으로 독공을 하러 들어갔다. 절밥이라도 붙여먹어야 할 텐데 돈이 없었다. 그저 계곡 어느 곳에서라도 소리를 질렀다. 그 소리에 암자의 스님들이 방이라도 한 칸 내주면 관솔불을 켜고 날 새도록 소리했다. 그을음에 침까지 검어져 아침마다 시커먼 가래를 뱉어야 했다. 옷 한 벌을 여름 내내 입어 등에서는 허연 소금이 후드득 떨어졌다.

1962년에 서울에서 국립창극단이 결성되자 상경했다. 창극에는 관심을 두지 않았지만 당장 돈이 필요했다. 변변치 못한 단역이라도 해내 몇 푼 벌면 혼자 독공을 하러 갈 수 있었다. 1974년 국립국악원 연주원으로 발탁되었고, 그해 명동예술극장에서 〈심청가〉를 발표했다. 일생을 두고 벼르고 벼른 소리를 쏟아냈다. 1976년, 곧바로 중요무형문화재 제5호 판소리 〈적벽가〉의 예능 보유자로 지정되었다. 그의 나이 쉰다섯 살이었다.

그러나 창극을 외면했기에 여태 뚜렷한 무대를 갖지 못했다. 홀로 관객을 대적하는 정통 소리판이 별반 없었기 때문이다. '판소리유파발표회'에서 토막소리를 하였고 국립극장 완창 공연에서 〈심청가〉 〈적벽가〉 〈흥부가〉를 완창한 정도였다. 형편이 그러하니 이름날 리 없고 제자 또한 찾을 리 없다. "금을 지고 밥을 굶는 꼴"이었다.

그를 처음 본 것은 1994년 중요무형문화재 발표 공연을 준비할 때다. 서류를 직접 들고 왔는데, 봉투에는 '본명 한갑주, 예명 한승호', 속지에는 '적벽가 불지으으는디'라고 쓰여 있었다. 〈적벽가〉 중 '불 지르는 대목'을 부르려는 것이었는데, 어렵사리 쓴 글이라 읽기도 어려웠다. 그때는 그 글씨가 동학교도의 가르침으로 쓴 것인 줄 몰랐다.

공연 당일, 다른 출연자들은 제자들의 꽃다발과 격려로 한없이 부풀었는데 그는 찾는 이 없어 옷만 입었다 벗었다 했다. 그러나 무대에 나갔을 때 모든 상황이 뒤바뀌었다. 치밀한 목구성으로 추임새를 할 틈도 주지 않고 관객을 압박했다. 관객의 등골에 송글송글 땀이 맺히게 하는 소리였다. 그때는 그 소리가 백여 년 전 토굴에서 죽비를 두드리며 소리를 연마했던 김채만의 소리란 것도 몰랐다.

타오르는 강, 적벽에서

〈적벽가〉는 『삼국지연의』에 등장하는 영웅들의 장쾌한 행보를 다루었다. 출연자 모두 장수와 군병 들이라 시종일관 호령조로 우람한 소리를 내지른다. 성량이 작으면 엄두도 낼 수 없기에 여류명창들은 기피했다. 탁월한 명창이라 하더라도 일생을 다 바쳐 호통을 단련해야 하는 벅차고 험한 싸움이었다. 소리본에 따라 다르지만 '도원결의' '삼고초려' '장판교 싸움' '동남풍 비는 대목' '조자룡 활 쏘는 대목'

‘적벽대전’‘화용도’ 등의 대목으로 구성되었다.

『삼국지연의』의 전반부를 소리한 것인데, 원작에 없는 ‘군사설움 대목’‘군사점고’‘장승타령’‘새타령’ 등도 등장한다. 이 땅의 소리라 이 땅의 사정이 담겼고, 이 때문에 이 땅을 떠돌 수 있었던 것이다. 대표적인 것이 ‘군사설움 대목’이다. 적벽대전을 앞두고 조조가 벌인 회식에서 이놈저놈이 거나히 취해 울음 우는 것이다. 전쟁 많았던 이 땅의 설움이 고스란히 스며든 것이고 앞다퉈 부르는 대목이 되었다.

한승호의 장기 중 하나가 ‘군사설움 대목’이다. 소리판이 전쟁판이라 자신의 고해성사 대목이기도 했다. 적벽강에 싸우러 온 조조의 군사처럼 건사치 못한 부모와 처자권속을 부르며 울음 운다. “할아버지 묘를 못 찾아, 묘를 아는 머슴이 죽어 누구에게 물어보지도 못하고” 소리하느라 가족도 세상도 몰랐다. 알아도 소리하느라 어쩔 수 없었다. 그래서 고독했고 서러웠다. 온몸을 떨어 고인 눈물을 털어내는 소리, 익을 대로 익어 섧디섧다.

그러나 설움 속에도 능청스런 넋두리가 있어 킥킥 웃다가 울게 한다. 그런 수선스런 변덕을 토박이말로 ‘도섭’이라 한다. ‘도섭’은 판소리에도 있는데, 연관은 모르나 변덕스러운 건 같다. 정박에 자유리듬으로 가며 아니리인지 소리인지 모르게 넘나드는 것이다. 한 장단도 그냥 가지 않고 맘껏 노는 한승호의 특장이다. 옛말로 “멋이 쩔고 쩔어서 나오는 멋”이다. 게다가 박의 양면에 희비를 동시에 새기는 조화, ‘도섭’을 부려 우는 얼굴에 웃음 퍼지게 한다.

조조의 병사들은 북방 출신이라 말은 잘 타지만 물길엔 어두웠다. 게다가 뱃멀미로 어질어질해 몸을 가누지도 못했다. 그래서 배들을 흔들리지 않게 꽁꽁 묶은 것이다. 거기에 동남풍에 화공이니 곧바로 아비규환이다. 이 대목이 〈적벽가〉의 본령인 '적벽화전'이다. 옛날 방만춘이 이 대목을 부르면 좌석이 온통 바닷물과 불빛천지로 화하였다 한다. 소리는 소리지만 보여야 소리였던 것이다.

한승호의 '적벽화전'은 청춘을 조차해버린 전쟁을 향해 불화살을 날리는 복수혈전이다. 화염이 충천하여 전선이 뒤뚱거리고 돛대가 와지끈 부러지는 스펙터클의 실체는 그의 아귀성이었다. '아귀성'은 소리를 '아귀"입'에서 돌려내는 것으로, 목젖에 굳은살 박히도록 단련한 대갈일성이다. 마치 맷돌을 돌리는 것처럼 입속으로 들어간 공기를 으스러뜨려 내놓았다. 그리고 들릴 듯 말듯 가늘게 내는 '세성"細聲'으로 '아귀성'을 더욱 두드러지게 했다.

불이 번쩍거리는 분주한 전쟁중에도 아주 조용히 살살 세성으로 소리한다. 그러면 관객은 귀를 쫑긋하고 의자를 당기듯 다가간다. 그때 돌연 화통 같은 아귀성을 내지른다. 뒤로 벌렁 나동그라질 정도다. 한 숫돌에서 바늘과 도끼를 동시에 갈며 연마에 탁마를 가한 소리였다. 사실 세성이라도 미련 없이 밀어내는 내공의 질량이 만만치 않다. 도끼를 갈아 만든 바늘이기 때문이다. 또한 번번이 쓰는 도끼는 작두를 두드려 만들었다. 바늘과 도끼, 일생일대를 바쳐 이룬 극단적인 조화였다.

싸움에 패한 조조는 오림숲으로 도망한다. 이때 전쟁에 죽은 영혼들이 원조가 되어 운다. 그 유명한 〈적벽가〉의 '새타령'으로, 한승호의 목이 안성맞춤이다. "산천은 험준하고 수목은 총잡한데, 만학의 눈 쌓이고 천봉의 바람이 칠 제……" 마치 김채만의 소리를 찾아 헤맨 여정을 반추해 독백처럼 되뇌는 듯한 절창이다. 낙락장송처럼 높은 음정에서 가지 끝처럼 가는 세성으로 새가 운다. 저 아랫배에 남은 숨을 다 뱉으며 울고, 괄약근에 한 점 남은 기포까지 쥐어짜 울고, 또다시 창자가 끊어지는 소리를 올려서 운다.

현재 그가 구사하는 아귀성은 김채만이 개발한 창법이라 한다. 또 우조 대목을 부르면서 계면조를 살짝 섞어 부르는 '반드름^{혹은 '겸제'라고도 함}'도 쓰고 있다. 한 장단도 그냥 넘어가지 않고 화려하게 채색하는 것인데, 이때 맛을 내기 위한 특별한 목 쓰기를 '각구녁질'이라 한다. 역시 김채만의 창법이었고 한승호가 구사하고 있다.

일생을 여행한 그가 김채만의 소리를 제대로 찾았는지는 알 수 없다. 다만 아귀성, 반드름, 각구녁질 등은 오늘날 그의 소리에 대한 말품이 되었다. 잃어버린 세계를 찾아 잊을 수 없는 목을 터득한 것이다. 어쩌면 김채만은 애초부터 가상이었는지 모른다. 그 환영을 통해 오로지 자신만의 소리를 완성한 것이다.

말어 말어, '박' 벌어져

그러나 오늘 한승호의 소리는 전해지지 않고 있다. 소문 듣고 찾아온 소리꾼들이 그의 즉흥을 당해내지 못하기 때문이다. "아침에 한 소리와 저녁에 한 소리가 달라요." 음이 아니라 공이어서 때에 따라 판에 따라 여기저기로 튀니 여간해서 짚어낼 수 없는 것이다.

1988년 무렵부터 고음반연구회를 주축으로 고음반 복각판이 나왔다. 전설이 현실로 귀환했을 때 난감함도 속출했다. 제자라 자처했던 사람도 레이블이 없으면 스승의 소리를 구별해내지 못한 경우가 있었다. 이때 두각을 나타낸 사람이 한승호였다. 구분은 물론 모창까지 가능했다. 임방울에게 명창들의 더늠을 모사해주었듯, 5명창 시대의 법통 소리를 고스란히 기억해 구사하고 있었다.

그리고 자신도 아직 그 전설의 시대에 살고 있었다. 그에게 소리란 소리적인 것을 가지고 노는 것이었다. 사실 옛날 판의 소리는 오늘처럼 판에 박은 듯 내는 소리가 아니었다. 육성이 그릴 수 있는 온갖 문양을 쏟아내며 자유자재로 부르는 소리였다. 바로 그의 소리가 판에 박지 않은 날것의 그리움을 그대로 간직하고 있었다. 이 즉흥성이 본 없는 소리라 힐난받았지만, 그 소리에 빠지면 지금 판에 박은 듯 정돈된 소리가 너무 빤하다. 배우려는 사람이야 혼란스럽겠지만, 귀명창들은 그의 소리를 마지막 남은 옛소리로 치는 것이다.

"가뭄에 콩 나듯 와요." 그래도 한두 사람 간간히 찾아든다. 문화재로 지정되었으면서도 후계가 없으니, 솔깃해서 오기도 하고 맛을 알기에 멋을 탐해 오기도 한다. 그런데 몇 장단만 가르치면 모두들 고음에만 몰두한다. 상성을 절절히 길게 뽑는 것이 요즘 소리의 경향인 것이다. 다짜고짜 비틀며 악을 쓰면, 고개 저으며 '세성'으로 말한다. "말어 말어, '박' 벌어져", 한승호의 중의법이다. 고음을 내려고 생목을 쓰다가 박^{머리}이 벌어진다는 농^弄이기도 하고, 고음을 끌면 박^拍이 벌어진다는 강^講이기도 하다. 소리인지 아니리인지 모르는 '도섭'에 능한 사람, 말 한마디에도 농^弄과 담^談이 같이 가는 멋이 꽉 찬 사람이었다. 2002년 국립국악원에 〈적벽가〉를 부르러 가면서 "적벽강 불지르러 가요잉" 하던 사람이었다. 그러나 2003년 풍에 맞아 모든 걸 멈춰버렸다.

다행히 2005년부터 서서히 몸이 풀리기 시작했다. 어쩌면 한 1년만 지나면 다시 소리를 할 수 있을지 모른다 한다. 노인의 다된 시간 앞에서 시간이 빨리 흐르길 바라는 모순이 또 어디 있을까마는, 어서 빨리 흘러 더 늦기 전에 그 소리를 듣고 싶다. 다시 한번 적벽강에 번지는 불을 보고 싶다. 그 불은 세상에 다시없는 불이라 불감청^{不敢請}이나 고소원^{固所願}인 것이다. ●

—

일어나 몇 차례의 소리판을 가졌으나 다시 쓰러졌다. 2010년 1월 28일, 문상객의 화제는 선생의 극진한 애주에 맞춰졌다. 한번은 심청가를 부르다 소반 위 물병에 술을 넣어두고 간간히 마신 모양이었다. 심청이가 인당수로 뛰어들 때 "풍덩" 하고는 그대로 주저앉아 잠들어버렸다. 사태를 알아챈 고수가 북채로 옆구리를 찌르니, 번쩍 깨어 "인당수가 얼마나 깊던지 여태 빠지던 것이었다!" 하며 태연히 소리를 이었다고 한다.

그렇게 상가에 웃음꽃 퍼질 때 누가 내게 귓속말을 했다. 말년에 이제 한국은 판소리가 안 먹히니 LA를 가겠다고 했다는 것이다. "영어를 배워야겠다. 네가 나를 도와라!" 말하는 그도 나도 눈시울이 붉어졌었다.

명창 한애순 박동실제 〈심청가〉를 잇는 명창. "그분한테 젤로 많이 배웠는디요." 결국 손꼽히는 가장 불행한 국악인이 되었다. 오늘 초당에서 배운 소리를 초야에 묻고 있는 것이다.
ⓒ 정범태

• • •

초야에 묻힌 초당의 소리
한애순

'초당'이 어드메뇨. 담양의 남쪽 죽림 우거진 푸른 그늘 아래라
오. 담양읍에서 봉산들로 들어서면 면앙 송순이 『면앙정가』를 지은
면앙정. 들 질러 강 건너면 송강 정철이 『사미인곡』 『속미인곡』을 지
은 송강정. 고서 삼거리 지나 광주댐 우회하면 정철이 『성산별곡』을
지은 식영정. 곧장 가면 양산보의 원림 소쇄원인데, 길 옆에 가사문
학관이 버티고 섰다.

그 뒤안길, 전남 담양군 남면 지곡리 1구, 자연부락명은 '지실'이
다. 무등산 자락이 평지로 뚝 떨어지는 곳, 금잔디 돋아난 곳곳에 바
위가 솟아 범상치 않은 지세. 산록엔 송홧가루 떨어지고 죽림엔 대바
람 서늘한 곳, 거기 '초당'이 있다. 지금은 기와를 얹어 와당이 되었지
만 옛적엔 짚을 이었기에 지금껏 '지실초당'이다.

대꽃을 보려 죽림을 조성했다. 그 꽃을 물러 온 봉황이 깃들라
고 바위 위에 벽오동을 심었다. 바위 밑에 금오^{琴梧}라고 새겼으니 거

문고를 꿈꿨을 터. 상서로운 나무로 거문고를 만들어 저 하늘에 슬기 둥을 울리는 꿈, 벽오동 심은 뜻인 게다. '지실초당', 누정으로 이어진 가사문학 루트에 터 잡은 가단의 정각, 판소리의 중흥을 꿈꾼 지사의 원림이었다.

그러나 옛 꿈은 잊혀지고 지금은 식당이 되었다. 호남시단의 주요 무대라며 팸플릿을 뒤적이는 식자들이 호남가단의 주요 무대인 줄도 모른 채 백숙이나 매운탕을 먹는다. "식당을 할 자리가 아닌디 그렇게 되았어요." 광주광역시 동림동의 한애순 명창, 애가 탄다. 초당은 와당이 되고 니스칠은 꿈꾸던 세월을 다 지워간다.

초당, 금잔디 동산에서

한애순》韓愛順, 1924년생은 전남 곡성군 옥과의 예인 집안에서 태어났다. 오빠 한재옥도 명무였고 언니 한홍매도 명창이었다. 자연 어려서부터 소리에 밝아 들에 나가면 농군의 농요를 모창했고 집에서는 출입하는 명창의 소리를 방창했다. 집안을 드나들던 풍류한량 중에 박석기가 있었다.

박석기》朴錫記, 1899~1954, 창평 갑부의 아들로 일본 동경제국대학을 나온 인텔리였다. 유학중에는 야구선수로 이름을 떨쳐 올림픽에 출전했고, 돌아와 한국 야구의 초석을 다지기도 했다. 그는 강경에 살던 백낙준의 문하에서 10년 공부로 거문고산조를 이어받았고 이를 한승호의 형 한갑득에게 전했다. 특히 판소리에 조예가 깊었고 명고»名鼓 소리를 들었다.

그는 한애순을 보고 장차 장성할 소리꾼임을 직감했다. 소리 선생으로 전라도의 이름난 명창들을 불러들였다. 정응민, 박동실, 오수암, 박기채, 임옥돌, 조몽실 등 쟁쟁한 명창들이 경합했고 결국 박동실로 낙점되었다.

박동실»朴東實, 1897~1968, 담양읍 객사리에서 났다. 대대로 예인 집안이었기에 일찍부터 애기명창으로 이름을 날렸다. 김채만의 소리를 전수했고 창극무대를 휘어잡은 소리꾼이었다. 타고난 목이 좋았으나 아편에 손을 댄 후 목이 상했다. 그러나 아편을 끊은 의지 있는 소리꾼이었고, 해방 후 〈해방가〉〈열사가〉 등을 창작한 의식 있는 소리꾼이었다.

"열두 살에 화순서 있다가 열세 살에 지실로 갔지요." 한애순의 나이 열두 살이면 1936년. 처음에는 화순 동복에 있는 오성대의 재각에서 배웠고, 초당이 완성된 후엔 지실에서 배웠다. 한애순 외에도 김소희, 장월중선, 임춘앵, 한승호, 박후성 등 훗날을 수놓은 쟁쟁한 명창들이 찾아와 배웠으니 초당은 소리의 전당이었다.

"따복따복 가르치딜 안 해요." 박동실은 성미가 급했다. 한두 번 일러주고 못 따라하면 호통이 터졌다. 두 귀를 세우고 한 장단 한 장단을 뼛속 깊이 다져넣었다. 화순에서 1년, 지실에서 3년, 꼬박 4년을 배웠다. 〈심청가〉와 〈수궁가〉 전판을 떼었고, 〈춘향가〉는 '이별가'부터 '어사출두'까지, 〈적벽가〉는 초입부터 '자룡 활 쏘는 대목'까지 배웠다.

1939년 열여섯 살에 박석기가 화랑창극단을 만들자 단원으로 공연 활동을 시작했다. 이듬해인 1940년에 콜럼비아 레코드사에서 명고수 한성준의 장단으로 단가 〈뒷동산〉과 〈춘향가〉 중 '이별가', 〈수궁가〉 중 '녹수청산'과 '계변암상'을 녹음했다. 1942년 여름 부민관에서 열린 '전조선명창대회'에 출연했고 만주개척단 위문공연을 갔다. 그해 9월 화랑창극단과 창극좌가 연합해 조선창극단이 되자 조선창극단으로 남선북선을 남선북마로 돌고 돌았다.

1945년 봄, 스물한 살에 집으로 돌아와 결혼했다. 해방 직후 박동실이 주축이 되어 광주성악연구회가 결성되자 참가했고, 10월 '대흥부전'을 공연했다. 다시 열린 지실초당에서 박동실에게 〈해방가〉와 〈열사가〉 등을 배웠다. 소리에 대한 열정이 식지 않은 새댁과 일본 헌병 출신 남편은 늘 불화를 빚었다. 정신대를 피하려 억지로 한 결혼, 결국 스물세 살에 3년간의 '징그런 세월'을 작파하고 갈라섰다. 두세 달 후 정읍에서 열린 명창대회에서 임방울을 첫 대면하였다.

초야에 묻힌 초당의 〈심청가〉

임방울》林芳蔚, 1904~1961, 1928년 애원성으로 토해놓은 공전의 히트곡 〈쑥대머리〉로 인기가 하늘을 찌르는 명창이었다. 그러나 그의 유성기판을 들을 때는, '어째 목은 좋은데 소리는 멋없이 할까' 하고 생각했다. 자신이 나으면 나았지 못할 성싶지 않았다. 비단 한애순만의 이야기는 아니다. 당시 임방울은 너무 일찍 불려다녀 제대로 학습하지 못해 귀명창들에게 핀잔을 듣던 차였다. 그런데 그날은 온몸에 소름이 돋는 소리를 냈다. "쇳소리가 나게 잘합디다." 훗날 아무리 판을 뒤져봐도 그날 같은 소리는 들을 수 없었다. "그때 나를 홀려낼라고 그랬는가봅디다." 임방울의 소리에 끌려 그의 단체에서 소리를 했고 다정히 속삭여오던 그를 사랑하게 되었다.

그러나 임방울의 나이는 마흔다섯이었고 조강지처가 있었다. 혼사를 의논하러 옥과의 고향집에 갔다가 반대하는 가족들에 의해 감금되었다. 상사병이 나 온몸이 아프고 물조차 넘길 수 없었다. 무작정 담을 넘어 서울로 올라가 묻고 물어 임방울을 찾았다. 그러나 임방울은 가는 곳마다 정인이 생겨나는 만인의 연인이었다. 묶어둘 수 없었던지라 3년 사랑으로 맺음을 해야 했다. 임방울 단체에서 나와 임춘앵의 여성국극단과 함께 순회공연을 하다 정읍에서 호각 소리를 듣고 6·25전쟁이 난 것을 알았다.

"안채봉을 자전거에 태우고 〈쑥대머리〉를 일곱 자리나 하고 내려왔답디다." 임방울은 서울에서 전쟁을 만났고 인공의 모색을 보고 아니다 싶어서 내려왔다. 이때 인민군이 점령한 초소를 내려오면서 임방울이기에 한 곡씩 불러주고 내려온 터였다. 그때 그의 자전거에 명무이자 명창인 안채봉이 타고 있었던 것이다. 팔순이 넘어서도 아직 그 자리가 부러운 한마디였다.

1952년 스물아홉 살 때부터 광주권번의 후신인 광주국악원에서 소리를 가르쳤다. 서른다섯에 개인교습소를 열어 가르쳤고, 서른여덟에 서울로 올라가 박녹주에게 〈흥부가〉를 배웠다. 이후 개인교습소를 하다 1973년에 광주시립국악원이 생기자 1981년까지 소리 선생을 하였다. 이후 몇 군데의 소리 강사를 했고 알음알음 찾는 제자에게 소리를 가르친다.

한애순은 판소리 다섯 바탕에 모두 능하다. 〈심청가〉는 박동실제를 완전하게 간직하고, 〈수궁가〉와 〈적벽가〉는 박동실제에 임방울제가 섞였다. 〈흥부가〉는 박녹주제이고, 〈춘향가〉는 박동실제에 김소희와 김여란의 소리를 섞어서 부른다. 이중 특장을 꼽으라면 단연 〈심청가〉다.

현재 〈심청가〉는 서편제만이 완판으로 남아 있다. 서편제 〈심청가〉는 박유전에서 비롯하여 이날치와 정재근에게 이어진 소리다. 정재근은 정응민에게 전하고, 정응민은 아들 정권진과 성우향, 조상현, 성창순 등에 전한다. 보성에서 가르쳤기에 흔히 '보성 소리'라 한다. 이날치는 김채만에게 가르쳤다. 김채만은 광주에서 소리를 가르쳐 '광주 소리'라 한다. 그의 제자 중 걸출한 자가 박동실이고, 박동실의 제자 중 가장 원형에 충실하게 소리를 간직한 이가 한애순인 것이다. 그러나 초당에서 배운 그 소리가 초야에 묻혀 있다.

박토 위에서

"흉상도 없이, 비가 너무 허전헙디다." 지실초당에서 나와 가사문학관 후문으로 들어가면 박동실 기념비가 있다. 2002년 2월 12일에 세웠으니 참으로 뒤늦은 기념비다. 비문에는 그가 '전쟁 속에서 추운 북쪽으로 떠났다'고 쓰여 있다.

그의 월북으로 한동안 그를 언급할 수 없었다. 그 '한동안'은 가족에게 '한스런 동안'이었다. "말을 할 수가 없지요"라 말하는 아쟁 명인 박종선은 그의 조카고, "음, 생각을 말아요, 지나간 일들을" 하는 〈하얀 나비〉를 부른 가수 김정호는 그의 외손자다. 연좌제의 시절, 그의 이름을 입에 올리는 것 자체가 불경이었고, 불가피하게 거론할 때는 '朴○實'로 가운데 총구멍 난 표기를 했던 것이다.

그 많던 제자들도 모두 함구했다. 오직 한애순만이 사실을 밝혔다. "제가 제일 많이 배웠지요." 그리고 손꼽히는 '불행한 국악인'이 되었다. 1964년 판소리가 중요무형문화재로 지정되면서 그는 제외되었다. 물론 당시는 마흔한 살이었으니 훗날을 기약할 만도 했다. 그러나 이후에도 소식이 없었고, 10년 후인 1974년 쉰한 살에 전라남도무형문화재로 지정되었다. 이때도 그의 특장인 〈심청가〉가 아닌 〈흥부가〉로 되었다. 한사코 스승 박동실을 언급했기 때문이었다.

지방문화재로도 지정되지 못한 그의 특장 〈심청가〉는 현재 후계가 없다. 아무리 좋다지만 문화재라는 실속이 없기에 누구도 매달리지 않는다. 그나마 다행인 것은 1982년 '뿌리 깊은 나무'의 판소리 감상회에서 〈심청가〉를 완창하고 그 소리를 음반에 박은 것이다. 국악학자 이보형의 안목으로 진행되었고, 당시 최고의 명고수 김명환의 북으로 반주한 명반이다.

1996년 '여기 심청이 있다'는 심청 이야기의 여러 갈래를 찾는 무대였다. 예서 한애순의 〈심청가〉 완창이 있었다. 국악음반 박물관장인 노재명씨가 제공한, 한애순이 열일곱에 녹음한 단가 〈뒷동산〉을 서막 삼아 틀었다. 그리고 거기에 쉰여섯 해의 공력을 더 보탠 일흔셋의 나이로 완창을 했다.

비교되는 보성 소리의 〈심청가〉가 동편 소리를 차용하여 담담한 우조 성음이 나타난다면, 한애순의 〈심청가〉는 서편 본연의 애원절창을 더욱 정교히 가공한 소리였다. 인당수로 가는 '범피중류', 심황후가 홀로 탄식하는 '추월만정' 등 심청가의 노른자위 대목도 좋지만, 무엇보다 서서히 슬픔이 창조되어가는 초반부가 좋았다. 따복따복 가르치지 않은 선생 앞에서 차곡차곡 탁마한 것이다.

2003년 동림동의 아파트를 찾았다. '여기 심청이 있다' 앵콜을 준비하며 다시 한번 소리를 부탁하러 간 것이다. 그러나 "그때만 해도 할 만했는디……" 하며 말꼬리를 흐렸다. 거울 옆에 순천의 귀명창 벽소가 찍은 사진이 걸려 있었다.

벽소 이영민》李榮珉, 1881~1962, 한학자였으며 사회주의를 실천한 인물이었다. 1930년대 중반부터 명인명창과 교우하며 그들의 예술을 한시로 쓰고 사진을 찍었다. 국악사에 다시없는 자료들인데, 그가 지은 한시 족자를 건 명창은 다 타계했고 한애순만 생존해 있는 것이다.

"여든이 넘었는디 언제 찍었는지 기억이 나간디." 사진 안의 족자엔 '엷은 화장 가을의 월계수꽃 같은데, 춘면곡 소리 끝내고 단청 누각에 기대었네 »淡粧蕭麗桂花秋 唱罷春眠倚畵樓'라고 적힌 한시가 있고, 사진 밖에는 주름진 팔순의 노명창이 벽에 기대고 있었다. 서서히 세상 기억이 빠져나가는 노명창이 애가 닳는 표정으로 물었다. "요새 초당에 가봤소?"

벽오동 심은 뜻은

지실은 정철의 후손인 영일 정씨의 집성촌이다. 마을의 원로 정춘용씨에 의하면, 당시 문중 사람 몇이 가세가 기울어 박석기에게 집을 넘겼고, 박석기는 산 아래의 바위를 즐겨서 초당을 지었다 한다. 전쟁 후에 박석기는 집사로 있던 강씨에게 초당을 넘겨주었고, 정씨 문중에서는 선산 아래 땅이라 이십여 년 전 강씨를 설득해 되사들였다. 10년 전 지금의 식당 주인인 박씨에게 선산을 돌봐주는 것을 조건으로 임대해 초당은 식당이 되었다.

그 흐르는 시간을 바위 위에 선 벽오동 금오가 굽어보고 있었다. 벽오동은 대대로 선비들이 애호한 관상수다. 봉황이 70년 만에 한 번 피는 대꽃을 물러 날아와서 벽오동에 앉는다고 생각하기 때문이다. 영어권에서도 한자문화권의 상상력을 알아채고 불사조나무"phoenix tree라 부른다. 대대로 선비들은 거문고를 즐겼는데, 이상적인 악기목으로 벽오동을 꼽았다. 박석기 역시 상서로운 나무로 거문고를 만들고자 했던 것이다.

그러나 벽오동은 거칠다. 악기장들은 거문고 재목으로 오동나무를 택한다. 그중 최고의 재목은 바위 위에서 자란 오동이다. 바위는 박토 중 박토라 부름켜로 온통 빨아도 너비를 못 넓혀 나이테가 촘촘하다. 이렇게 혹독한 환경에서 자라야 무늬, 색상, 강도가 좋은 것이다. 고절을 중시한 문인화적 취향 같지만 엄연한 과학이 숨어 있는 것이다. 최근 서양의 과학자들도 이 점을 착안해 깊고 깊은 소리 속을 캐냈다.

20억을 호가하는 명품 바이올린 스트라디바리우스의 소리 비밀을 캔 것이다. 요지는 악기목이 중세 유럽에서 가장 추웠던 '마운더 극소기"Maunder Minimum: 태양 흑점 활동이 가장 저조했던 1645년부터 1715년까지의 시기'때 자란 가문비나무와 낙엽송이란 것이다. 곧 추위에 덜덜 떠느라 못 자라 촘촘한 나이테, 그 단단한 육질이 기막힌 소리의 비밀이란 것이다. 민영기씨가 쓴 과학 칼럼의 전언인데, 그리 보면 우리 악기장들은 그걸 이미 갈파하고 있었던 것이다.

하나 바위 위의 오동나무가 어디 흔한가, 차라리 심는 게 나았을 것이다. 바위 밑에 금오라고 새기고, 석오"石梧라고도 새겨둔 이유일 것이다. 오동 대신 벽오동을 심어 금오라 함은 시인묵객의 선비정신을 새김이요, 바위 위에 심어 석오라 함은 제 소리를 얻고자 했던 장인정신을 새김이었던 것이다.

2004년 8월 말, 한애순 명창은 뇌경색으로 투병중이었다. 초당엔 태풍 '메기'가 닥쳐 옛날 금잔디 동산의 추억이 무너졌다. 박석기로 하여금 초당 터를 잡게 했던 풍광 좋은 바위들이 초당으로 쏟아져내리는 사태가 일어난 것이다. 문제는 바위 위 금오가 바람에 흔들려 마치 지렛대처럼 바위를 아래로 떠밀고 있는 거였다. 안주인은 큰바람 일면 바위가 굴러 집을 덮칠 거라며 진저리를 쳤다. 결국 바람의 저항을 줄이기 위해 큰 가지를 쳐내는 선에서 사태를 수습했다.

그때 금오로 인해 금간 바위를 자세히 들여다봤다. 원, 세상에! 어쩜 그럴 수가. 나무가 자라면서 바위는 남과 북으로 금이 갔고 나무가 좌와 우로 흔들리면서 남과 북 사이가 심하게 벌어져 있었다. 오래 산 나무는 영험해진다더니, 마치 세상일을 알고 있는 듯했다.

2006년 5월 말, 결국 금오가 베어졌다. 벽오동이라 곧 무성해져 결국 극단의 조치를 취한 것이다. "인부들이 달라는 걸 마다하고 챙겨놨소." 그래도 운치 있는 주인 박씨가 거문고를 만들 만한 길이로 재단해 쌓아두었다가 넘겨주었다. 그간 몇 차례 들를 때마다 입 벌리고 벽오동을 올려다본 덕택이었다. 트럭에 싣고 나오다 담양 읍내의 주막에 들렀다. 미필적 고의, 간혹 전화라도 넣었으면 살릴 수 있었다는 자책감으로 술잔을 기울였다.

계산해보니 금오는 꼬박 70년을 바위 위에 서 있었다. 그늘에 잘 말려 거문고를 깎아주는 것이 나무에 대한 최선의 예우일 듯했다.

대나무 잎사귀로 빚은 술에 얼굴이 붉어질 때, '금오에 없을 여섯 가닥 명주실을 뽑아낼 누에들은 어디서 뽕나무 잎사귀를 갉고 있을까' 생각했다. ●

———

투병중이라, 연락이 안 된다. 필시 한승호 오빠가 돌아가신 것도 모를 것이다. '지실초당'에 들렀다. 잘린 벽오동 금오의 밑둥치에서 난 싹이 크게 자랐다. "여기가 거기였소" 하는 깃발 같다.

판소리의 3대 유적지를 꼽으라면, 주저 없이 조선성악연구회, 낙원식당, 지실초당이라 답한다. 그러나 답답하고 애가 탄다. 종로 3가의 조선성악연구회는 국밥집에서 횟집을 거쳐 지금은 생고깃집이다. 서산시의 낙원식당은 굳게 닫힌 파란대문에 대문짝만하게 "개조심"이라고 쓰여 있다. 그리고 지실초당은 여전히 식당이다.

그러나 때로는 방치가 보존이란 생각도 든다. 국고로 꾸며놓은 유적지에 가보면 그렇다. 다 밀어버리고 새로 짓는, 기막힌 보존기법을 쓰는 것이다. 만약 땅주인과 교섭이 잘 되었다면 세 곳 모두 지금의 자취도 남지 않았을 것이다. 좀 비싼 점심을 먹으면 그나마 남은 정취를 맛볼 수 있다는 게 얼마나 다행인가. 주인이 바뀌면 인테리어도 바꾸기 마련이기에 영업이 잘되길 비는 게 문화재 보존의 방법인 것이다.

4

유랑^{流浪}, 산딸기 이슬 털던 길

여자 프로레슬링 챔피언 김흥. 비 새는 포장극장의 '기도'가 되었고, 정숙은 장구 매고 연풍대 도는 프리마돈나, 운태는 연꼬리 머리로 돌리는 소고꾼이 되었다. '도라꾸'로 황토먼지 자욱한 허기진 보릿고개를 넘어 더운밥을 찾아 나선 길 떠나는 가족이었다.

보릿고개 언덕 위의 하얀 부포꽃

길이 담겨 있는 악기가 있다. 장구가 그렇다. 원래 천축의 악기였는데, 실크로드와 중국을 거쳐 이 땅에 도달했다 한다. 이 여정 동안 점차 이동이 용이한 형태로 진화했고, 초원과 사막의 아스라한 길이 감겨들었다. 모래 먼지로 미라가 된 카라반이 재촉했던, 달빛에 스러진 문명의 길이.

대개 장구라는 말을 장고의 사투리로 생각하지만 그렇지 않다. 한쪽은 노루가죽, 한쪽은 개가죽을 쓰기에 '노루 장^獐' 자, '개 구^拘' 자를 써 장구^{獐拘}라 한다. 노루는 제가 뀐 방귀에 놀라서 10리를 도망가는 놈이다. 그러니 평소 얼마나 두근두근거리고 살겠는가. 그래서 두둥두둥 울림이 좋은 모양이다. 개 또한 울음으로 먹고사니 보통 울림이 아닌 게다.

오동통한 공명통을 두 짐승이 서로 당겨 얻는 소리. 대뿌리로 만든 궁글채의 "궁!"은 심장 소리요, 대쪽으로 만든 열채의 "딱!"은

맥박 소리다. 두 소리 합이 되어 "덩!"을 낼 때, 장구에 감겨든 길들이 풀려나오고 그 길이 기억하는 풍경이 번진다. 유랑의 시간이 조성한 소리의 만다라가 펼쳐지는 것이다. 그 현란한 문양을 헤아리는 자, 또다시 길을 본다.

심장을 감싸본 가죽이라 심금을 금세 울렸다. 두둥실 달밤에 지순한 마음 뭉클 쥐어놓고 떠나던 길. 노천명이 「남사당」에서 노래한 "산딸기 이슬을 털던 길"이었다. 머물 수 없는 숨결을 내뱉으며 밥을 향해 가던 유랑의 길. 그 아득한 길의 끝자락에 한 가족이 동승하였다. 덜컹거리는 '도라꾸' 앞에 펼쳐지던 길, 한하운이 노래한 "가도 가도 황톳길"이었다.

길 떠나는 가족

한 건달이 있었다. 일본무술협회 공인 5단의 주먹에 빠른 칼놀림이 좋았다. 휘하 또한 잘 건사해 깍듯이 형님 소리를 들었다. 해방 후 어수선한 정국에서 아우들이 좌익에 들자 더불어 지리산에 올라갔다. 빨치산을 접고 하산해서는 옥고를 치렀고 어느 날 돼지를 잡아 큰 잔치를 벌였다. 알 만한 주먹들이 다 모인 자리에서 발목에 찼던 단도로 돼지털을 벗겼다. 생돼지 두 마리를 다 긁고 날이 상한 칼을 던졌다. 예부터 내려오는 건달의 손 씻는 의식이었다. 그는 '호남 오토바이'란 명성을 버리고 은퇴하여 다시 김칠선"金七善, 1926~1979이 되

챔피언과 아버지 왼쪽이 챔피언 김홍, 오른쪽의 도복 입은 이가 김칠선이다. 유랑의 말기를 떠돌았던 바람의 가족. 그 마지막 길목에서 서커스와 농악의 결합까지 시도했으니, 가족사는 흥행사가 된다.

었다. 그리고 광목포장과 말뚝을 샀다.

김정희》金貞姬, 1945년생, 무인》武人을 기다린 아버지 앞에 딸로 태어나서 죄송했다. 결국 운장산에 입산하여 아버지의 무예를 전수받았다. 나무를 치고 바위를 깨다 잠들면 호랑이가 다가와 품어주기도 했다. 하산 때는 태권도, 검도, 유도, 도합 10단의 무술인이 되어 온몸이 흉기였다. 여자 프로레슬링 전국 순회대회에 참가하여 단번에 챔피언이 되었다. '여자 김일'로 불리던 프로레슬러 김홍이다. 어느 날 아버지가 광목포장과 말뚝을 사왔다. 그날부터 포장극장의 '기도'가 되어 전국을 순회했다. 황토 먼지 너머 길 없는 길들은 링보다 더 징한 곳이었다.

김정숙》金貞淑, 1955년생, 6학년 겨울방학에 '호남여성농악단'이 합숙훈련하는 지리산 청산마을에 갔다. 장구는 떠나고 징은 짐 싸고 있었다. 중학교 교복을 자랑하러 갔다 휘청거리는 가업에 달려들었다. 징이 빠지면 징을 치고 장구가 빠지면 장구를 치며 순회했다. 어느덧 포장극장의 프리마돈나가 되었다.

김운태》金雲泰, 1963년생, 아버지와 누나들이 순회중이어서 운명이 바뀌었다. 무인》武人에서 무인》舞人으로. 밤이면 소녀처럼 단장하고 꽃다운 대열에 뛰어들어 바람처럼 재주를 돌았다. 장마철이면 축축한 포장극장을 가릴 가장 커다란 우산을 꿈꾸던, 호남포장의 소년 신동이었다.

보릿고개란 말이 시퍼렇게 살아 있던 때였다. 논두렁 독새기풀을 베어다가 죽 끓이던 시절이었다. 덜컹거리는 트럭 위에 광목포장과 말뚝을 실었고 가득 담긴 고봉밥에 대한 꿈도 실었다. "트럭이 아니고 '도라꾸'라고, 돌아다니니까." 황톳길을 떠돌아다니며 포장을 쳤고 꽃다운 여성들이 풍물을 쳤다.

풍물은 꽹과리, 징, 장구, 북이 어울려 내는 음악이다. 흔히 쓰는 농악이란 말은 일제강점기 문화조사사업 과정에서 '농민의 음악'이란 뜻으로 만들어진 것이라 한다. 그래서 대학가를 중심으로 풍물로 바꿔 부르기 시작했고 서클이 동아리로 바뀌듯 순식간에 농악 대신 풍물이 되었다. 원래 풍물은 남사당패가 쓰던 말이다. 바람 따라 떠돌며 바람 든 악기를 울린 것이다. 이 남사당패가 떠돌기를 멈출 무렵, 촌락에서 풍장, 매굿, 걸궁, 걸립 등으로 불리던 남성들의 풍물이 시들해질 무렵, 여성농악단이 출발했다.

1959년 무렵, 남원국악원에서 운영 자금을 모으기 위해 수강생인 젊은 여성들로 풍물패를 꾸며 걸립을 쳤는데, 구경꾼들이 '여성농악단'이라 불렀다 한다. 예서 '여성'이란 힌트를 알아챈 수완가들이 앞다투어 단체를 만들었고 춘향여성농악단, 전북여성농악단, 아리랑여성농악단, 호남여성농악단 등 많은 단체가 떠돌며 1960년대에서 1970년대를 풍미했다.

이 '여성'이라는 우연한 발상이 유랑예술의 마지막을 장식했다. 여성농악단의 인기가 치솟던 1960년대, 오랜 명성의 남사당패는 중요무형문화재로 정착했고 구차하게 떠돌던 솟대쟁이패, 중광대패 등은 자취를 감췄다. 결국 1970년대 말 여성농악단의 멈춤은 유구한

떠돎의 종지부가 되었다. 그리고 까마득히 잊혀졌다. 너무 가까운 역사였기에 무관심한 과거가 된 것이다.

보릿고개 언덕을 넘어

이 땅의 풍물은 크게 경기·충청도의 웃다리풍물, 경상도의 영남풍물, 강원도의 영동풍물, 전라도 서쪽 평야지대의 호남우도풍물과 동쪽 산간지대의 호남좌도풍물로 구분된다.

여성농악단은 호남우도풍물을 전승했다. 우도풍물은 장구가 발달해 북을 쓰지 않고 쇠^{꽹과리}, 징, 장고, 소고로 구성되었다. 느리면서 화려한 변주를 하는 장구와 잘 꾸민 개인놀이가 여성에게 잘 맞았다. 또 상쇠가 쓴 화려한 부포도 여성에게 잘 어울려 곧바로 여성농악단을 상징하는 네온사인이 되었다. 없던 시절 보릿고개 언덕 위로 피어난 흰 꽃이 되어 볼품없는 삶을 위로한 것이다.

호남우도의 명인이던 박성근, 박남석, 전사종 등이 쇠를 가르쳤고, 김병섭, 김오채, 이준용, 이명식 등이 장구를 가르쳤다. 소고는 원래 고깔소고였는데 점차 흥행에 치중하면서 기예적인 채상소고를 차용했다. 채상소고는 호남좌도의 명인 정오동, 홍유봉, 백남윤 등이 가르쳤다. 전설적인 호남 명인들의 가락이 여성농악단에 전달되었고 전국을 순회하며 예능을 펼쳤다.

"그 순회를 아직도 헐값의 손님을 유치해 공연하던 '나이롱 극

장'으로 기억한다. 그러나 전통적으로 내려오는 '포장걸립'이었고, 그
비 새는 포장극장 속에서 실팍한 예술이 숨 쉬었다. 돌아보건대 그곳
은 호남우도풍물의 정수가 올라서던 예술의 전당이었다. 황톳길이
아스팔트로 변해가는 길목에서 풍미했던, 그녀들의 화려한 한판이
시작된다!"

　1995년, 여성농악단 공연을 앞두고 의기양양하게 썼던 보도자
료였다. 그런데 극장에 온 그녀들은, 방금 배추를 소금에 절여놓고
나온 아줌마들이었다. 불현듯 여성이 풍물을 치면 얼마나 칠까, 덜컥
겁이 났다. "풍미한 모양이었는데요" 하고 얼버무렸고, 마침내는 "풍
미했다는데요" 하고 슬슬 말꼬리를 흐렸다. 결론부터 이야기하자면
여성에 대한 편견에 얼얼하게 따귀를 올려붙이는 음악이었다.

　마치 공이 울리면 곧바로 뛰어나가는 복서처럼, 무대가 밝아지
자마자 "덩!"을 찍어넣으며 순식간에 질주하였다. 솔직히 여성이니
까 링 위에서 걸어붙이고 걷는 라운드 걸처럼, 관음증을 자극하는 정
도였겠지, 하는 생각이었다. 세상에 저토록 사나운 음악이 있었던가,
정말 바람의 파이터였다. 맹공을 퍼붓는 인파이터, 그날의 음악은 지
금도 아찔하다. '예술'이란 치장보다 '밥'에 대한 단순한 몰두가 이룬
순수한 힘, 선뜻 '헝그리 정신'이란 말이 떠올랐다.

　"열한 살에 식모 살러 갔는디 벌써 딴 애를 들였더라고. 근디 다
리 밑에서 여자애들한테 농악 가르치면서 점심을 먹이더라고." 1960
년대, 개발도상국과 공업입국의 가치가 울려퍼지고 있었지만 아직
호남의 평야엔 정미소와 가마니 짜는 고공품이 유일한 산업이었다.

그저 별이란 식모살이 가서 군입을 줄이는 것이었고, 그마저 하늘의 별 따기였다. 이렇게 지천으로 널린 굶주린 입이 자원이었다. 세끼 밥만 주면 따라나섰다.

신입 소녀들이 제일 먼저 배우는 것은 채상소고였다. 연 꼬리처럼 긴 종이띠를 돌려야 했고 공중으로 뛰어 몸을 뒤집어 도는 '자반뒤집기'도 뛰어야 했다. 사내들도 벅찬 이 일을 3년도 아닌 3개월에 익히고 무대에 서야 했으니 혹독한 조련이 기다렸다. "눈이 무릎까지 찬 겨울에 맨발로 '자반뒤집기'를 돌았다고. 발이 얼어 어디까지 발이고 어디서부터 바닥인지 감을 잡을 수 없었다고."

밤이면 이리 궁리 저리 궁리하며 전전반측해야 했다. 그렇게 잠 못 드는 게 순 우리말로 '자반뒤집기'였다. 자반고등어를 구울 때 뒤집는 것처럼, 엎치락뒤치락 뒤척임을 이르는 말이다. 이 '자반뒤집기'가 씨름판에 가서 자기 몸을 뒤집어 상대를 넘기는 아슬아슬한 기술이 되었고, 풍물판에서는 공중에서 뒤집어 도는 아찔한 기술이 되었다. 양쪽 모두 약속한 듯 '뒤집기'로 줄여 부르는데, 전전반측하며 절차탁마해야 하는 벅찬 기술이다.

밤중에 뛰어나가 달에 비친 그림자를 보며 '뒤집기'를 돌았다. 매가 두려워서가 아니라 빨리 소고를 떼고, 장구 매고 꽹과리 잡아 두 몫 세 몫을 받는 스타가 되어야 했기 때문이다. 멀리 고향에 생활비 보내고, 할머니 '쉐타'도 보내고, 남동생 중학교 보내고, 여동생 주판도 사 보내야 했다. "달만 뜨면 뛰어나가 날 새도록 돌았지." 말마따나 돌고 도는 돈 때문에 돌고 돌았으니 달밤의 '뒤집기'는 생을 역전하고픈 '뒤집기 한판'이었다.

　하루는, 그 많은 관객들이 모두들 뚫어지게 자기만 바라봤다. "와!" 그간의 '뒤집기'를 위한 불면의 밤이 헛수고가 아니었다. 이날이 바로 언니들이 말하던 '먹히는 날'이었다. "야호!" 그런데 무대 뒤에서 모두들 다급하게 내려오라 손짓을 했다. 스타 탄생을 두려워하는 질투의 몸부림이라 생각했다. "흥!" 오기로 더 높이 더 빨리 더 멀리 '뒤집기'를 돌았다. "나중에 '기도' 언니가 무대까지 올라와 끌어내더라고. 나와봉께 바짓가랑이가 뻘겋더라고, 기절해버렸지." '뒤집기'를 돌다 달거리를 만나며 소녀는 여자가 되어갔다.

축제의 나그네

　봄이 오면 구례의 곡우제를 시작으로 순회공연을 떠났다. 진해 군항제, 남원 춘향제, 강릉 단오제, 부여 백제예술제, 밀양 아랑제, 경주 신라문화제, 진주 개천예술제, 갈, 봄, 여름 없이 포장을 치고 농악을 울리는 축제의 나그네였다. 그리고 축제와 축제 사이에는 인근 대읍과 소읍, 면 단위의 큰 마을까지 들어갔다. 대개는 타작마당이나 큰 공터가 있었고 그곳은 대대로 포장걸립이나 잔치를 벌이던 곳이었다.

　공연할 터에 도착하면 남자들은 마당을 고르고 포장을 쳐 극장을 만들었다. 여성단원들은 '마찌마와리'^{길놀이}라 하여 화려하게 치장하고 마을을 돌며 풍물을 쳐 손님을 모았다. 구경꾼이 모이고 공연이 시작될 때는 '이리꾸미'라 하여 몇몇 목 좋은 단원들이 〈육자배기〉〈삼산은 반락〉〈진도아리랑〉 등의 남도잡가를 메들리로 불렀다.

농악 판굿은 〈문굿〉〈오채질굿〉〈오방진굿〉〈호호굿〉을 쳤고, '개인놀이'라 하여 〈부포놀음〉〈설장구놀음〉〈채상소고춤〉〈열두발 상모놀이〉를 하였고, 마지막엔 전원이 〈두마치굿〉을 쳤다. 판굿이 끝나면 줄타기 등의 특별출연 순서를 두었고 그간 분장을 하고 단막 창극을 하였다. 〈심청전〉 중 '뺑파막', 〈춘향전〉 중 '나무꾼 막' 등을 하였고 며칠 머무를 때는 〈춘향전〉이나 〈심청전〉을 나누어 공연해 연속극처럼 다음날을 기대하게 했다.

그중 최고 인기는 화려한 판굿이었다. 이미 마을이나 삶의 현장에서 풍물이 사라진 터라 촌로들에게 그립고 반가운 소리 나는 포장은 낙원이었다. 게다가 꽃다운 여성들이 신통하게 잘 치는 것이었다. 양말 틈에 꼬깃꼬깃 감추었던 종이돈을 꺼내 춤추고 나가 옷깃에 꼽았다. 이런 촌로들의 애호가 여성농악단을 유지하게 한 절대적인 원동력이었다.

오늘도 회자되고 있는 유지화, 나금추는 당시를 주름잡던 최고의 상쇠였다. 이후 장영숙, 이옥주 등이 날렸고 마지막엔 유순자가 판막음했다. 상쇠뿐 아니라 장구, 소고, 줄타기 등에도 분야별 스타가 있었다. 스타의 향방에 따라 흥행의 판도가 바뀌었기에 헤드헌터들이 나섰다. 당시엔 납치라는 단순한 방법을 썼다. 스타의 이름만 내걸면 포장이 찢어질 정도로 손님이 찼기에 납치는 납치를 불렀다.

한 번 포장을 치면 열흘 정도 머물면서 하루 3회 공연을 했고 축제의 광장에서는 하루 10회를 하는 경우도 많았다. 그런 날이면 졸면서 쳤고 그런 밤이면 꿈속에서도 연주를 했다. "비 오면 쉴라고 기우제 지냈재. 촛불 켜놓고 징 치다가 단장님한테 들켜서 경을 쳐부렀재." 1976년 전주에서 열린 제2회 전주대사습대회에서 이변이 일었다. 상쇠 유순자가 이끄는 호남여성농악단이 여타의 남성 단체를 물리치고 농악 장원을 한 것이다. 밀려드는 손님 때문에 쉴 새 없이 치다보니 어느덧 '여성'이란 호기심을 넘어 진정한 명인으로 거듭나 있었다.

그러나 시류는 급속히 변해갔다. 신식극장이 생기면 공터에서 손님을 뺏는 포장극장을 막고 나섰다. 애써 허가 내 포장을 쳐도 손님이 점점 줄어들었다. 김일 선수의 박치기와 차범근 선수의 골인으로 집집마다 텔레비전을 들여놨고 다른 오락거리도 늘었기 때문이다. 덜컹거리는 도라꾸가 과속으로 변하는 세상을 따라잡을 수 없었다. 결국 박정희 대통령이 죽던 1979년 겨울, 1980년 벽두를 내다보지 못하고 모두 자취를 감췄다.

어느 날 갑자기 길이 사라졌다. 밥을 벌려면 '무대바이', '떳다바이', '쥐바이' 같은 싸구려 좌판을 거닐어야 했다. '무대바이'는 무대»舞臺와 일본말 바이»賣를 합한 말이다. 촌에 버스를 돌려 노인들을 모아 무대 위에서 공연을 했다. 물론 공연보다 물건 파는 게 우선이지만 그나마 어엿한 클래식이다. '떳다바이'는 풍물을 쳐 인파를 끌어모아 좌판 장사하다가 경찰이 '떳다' 하면 급히 걷어 줄행랑치는 형편없는 무허가 영업이다. 문제는 '쥐바이'였다. 동네를 돌면서 양은 냄비, 곤로 등을 진열하고 쥐 껍질을 보여준다. 밍크 대신 쥐로 코트를 만드니, 잘 벗겨오란 것이다. 물건부터 주니 너나없이 잔뜩 들여놓고 들끓는 쥐를 잡는다. 그러나 농사꾼이지 사냥꾼인가, 쥐 껍질은 여간해서 제대로 벗겨지지 않는다. 고민고민하다 기한이 되면 현찰로 지불한다. 결국 동네 돈의 씨를 말려 연쇄점에 줄줄이 외상 긋게 하는 것이다.

심금을 울리던 풍물이 어수룩한 호구를 불러모으는 '삐끼' 노릇을 해야 했다. 모두들 흩어졌고 고향에 돌아가 결혼을 하였다. 떠돈 과거는 여자에게 죄인지라 누구에게도 발설치 않았다. 텔레비전에서 사물놀이가 나오면 얼른 다른 데로 돌렸다. 저도 몰래 젓가락 장단 두드릴까봐 겁이 난 까닭이다. 그렇게 아무도 몰래 홀로 긴 길을 품고 살았다.

그날 이후, 20년 만의 해후

'호남 오토바이' 김칠선은 호남여성농악단 말기 서커스와 결합하여 흥행을 도모하다 1979년 작고하였다. '기도'를 보던 프로레슬러 김홍은 1980년 신학을 공부하였고, 1989년 본명 김정희^{金貞姬}로 목사 안수를 받아 성안교회를 개척했다. 김정숙은 1982년 '연예인 송출'로 일본에 건너가 정착하였고 동경에서 카페를 운영하였다. 김운태는 이광수의 권유로 사물놀이에서 활동하다 1993년 노름마치사물놀이를 창단하였다.

1995년 8월 15일, 서울 대학로에서 풍물소리가 낭자하고 이광수의 〈비나리〉가 울려퍼졌다. 김정희 목사와 김정숙은 묵도하였고 김운태는 잔 올리고 재배하였다. 흩어진 가족들이 다시 모여 올리는 서울 두레극장》1995년 12월 8일 개관의 상량식이었다. 포장극장이 무너진 지 이십여 년 만에 다시 가업을 시작했다.

1995년 10월 중순, 김운태와 함께 섬진강과 영산강, 김제 만경 평야 근동을 수소문하였다. 호남여성농악단의 상쇠 유순자》柳順子, 1955년생는 구례에 살았다. 유랑 말기 서커스와 합했을 때 만난 곡예사와 첫사랑을 맺어 가시버시가 되어 있었다. 여성농악단을 복원해 공연하자는 말에 손부터 내저었다. 그러나 징한 추억은 쓸 만한 볼모였다. 그리운 이름을 들먹이자 이내 견디지 못했다. "사이다병 흔드는디 김 안 나오고 배겨?" 처음에 머리를 흔들던 이들도 점차 모여들었고, 점차 서로가 서로를 못 견디게 유혹해 숫자를 맞췄다.

그해 12월 서울 두레극장, 20년 만의 해후였다. "어제의 '기술자'들이 다시 만났고만!" 공업입국이 기치이던 시절에 만났던지라, 존대 삼아 서로를 '기술자'로 불렀다. 이제 모두 어미가 되어 있었지만 전날의 소녀가 되어 서로를 붙들고 한없이 울고 웃었다. 12월 22일 '여성농악단' 공연 첫날 점심시간, 누군가 비빔밥을 시키자 일제히 악을 썼다. 비빔밥을 먹으면 굿》풍물을 두서없이 비벼버린다는 것이었다. 어처구니없는 속신이었지만, 사소한 것 하나에도 행불행을 점

치며 걸었던 유랑의 냄새가 물씬 풍겼다.

여자들이 장구를 친다기에 설마설마했는데, 설마가 사람 잡았다. 20년 만에 다시 맨 장구였지만 20년을 매던 장구였다. 아줌마의 늘어난 허릿살이 쿠션이 되어 더 단단히 매였고, 이는 마치 몸 밖으로 동여맨 심장 같았다. 채편은 장판방에 콩 쏟아지듯 쫘르르르 흘렀고 궁채는 마른하늘에 날벼락 치듯 내리쳤다. 그 작열하는 장구 소리 위에 꽃 한 송이 피어올랐다. 상쇠 유순자의 상모 위에서 피고 지는 부포였다. 후끈한 쇠가락에 저절로 둥실 뜬 꽃을 전후좌우로 쩍! 쩍! 찍어댔다. 20년 만에 조롱을 열고 나온 새처럼 그렇게 날개를 탁! 탁! 쳤다.

호남우도판굿의 최고 절정은 〈오채질굿〉이다. '오채'란 한 장단에 징을 다섯 번 친다는 데서 연유했다. 이분박 삼분박이 복잡하게 섞여 잘 맞아떨어지지 않는 불균형 박자다. 대개 모든 풍물이 최고의 기량에 오르면 이렇게 불안정을 추구한다. 웃다리풍물의 〈칠채〉가 그렇고 호남좌도풍물의 〈영산다드래기〉가 그렇다. 긴장감 없는 균형을 벗어나 불안정에서 희열을 찾는 것이다.

'질〃길굿'이란 말이 붙었듯, 길 위의 음악이었고 떠돎이 조련한 몸짓이었다. 느리게 원을 돌다 펄쩍 뛴 후 반대로 급작스레 돌며 기민하게 이동했다. 몇 차례 반복하며 속도를 더하다 갑자기 꽹과리, 장구가 자진삼채 가락을 치며 원 안으로 들어가 두 줄로 나뉘어 좌우로 밀어대는 '미지기'를 하였다. 바깥의 소고꾼들은 시계 반대방향으로 크게 돌며 '자반뒤집기'를 했다. 팔팔한 젊은 남자들도 허리 끊어질 일인데, 오십대 아줌마들이 펄펄 뛰었다. 안에는 불꽃 튀는 가락이 번지고 밖에서는 바람 같은 회전을 했다. 굿이 한순간 회오리바람처럼 감겼다. '굿이 핀다'고 이야기하는 결정적인 장면이었다. 마치 양철통을 돌던 설탕 가루들이 갑자기 솜사탕으로 활짝 번져오르는 순간 같았다.

　20년 만에 다시 만난 여성농악단. 20년을 돌고 돌았는지라 아직 이끼 끼지 않았었다. 그리고 떠돎이 완성한 군더더기 없는 기량을 선보였다. 밥을 찾아 떠돌았던 절실한 걸음이 지핀 풍물굿, 탁발처럼 성스러웠다. ●

포장극장의 소년 신동
김운태

'갠지갯지'를 아시오? '경기 자진가락^{휘모리}'이란 장단인데,
쇠^{꽹과리} 가락 소리가 "갠지 갯지, 갠지 갯지"로 나기에 그리 부른다
오. "별도 밝고, 달도 밝고"라 입장단 하듯, 잘 닦은 쇠를 울리면 보름
달이 후드득 떨어져 손아귀에서 빛난다오. 쇠를 치자마자 곧바로 채
를 떼니, 지상에서 가장 짧은 머묾을 통해 그 반짝거림을 얻는 게지
요.

'솟음벅구'를 아시오? 그 장단 위에서 솟구치며 벅구^{소고}를 치
는 춤 이름이라오. 이때 상모를 한 박에 좌우로 두 번 돌리는 '양상'을
치지요. '솟음벅구'와 '양상', 한몸의 일을 두 이름으로 부르듯, 위아래
가 따로따로 부산한, 번갯불에 콩 굽는 일이라오. 볼진대, 허공 위에
백색 불꽃을 새겨내는 이룰 수 없는 춤의 전설이라오.

청년은 반짝이는 빛의 음악을 딛고 속도의 순수 속으로 진입하
고 싶었다. 바늘 끝처럼 예리한 장단 '갠지갯지'에 서려면 착지의 순

간을 줄이고 체공 시간을 늘려야 했다. 중력과 부력의 교섭 끝에 이루어진 정점의 체공, 과학적으로는 영»零이지만 예술에서는 영원이 존재했다. 스스로 깃털로 둥둥 떠 흰 수레바퀴를 쏟아냈다.

지상에서 가장 짧은 머묾에 올라선 춤, 머물지 않던 떠돌이에 의해 만들어졌다. 떠돎이 만들어낸 춤을 떠돎이 인으로 박인 청년이 습합해나갔다. 김운태, 그에게 춤은 '배움'이 아니라 '겪음'이었다. 그리고 마침내 영남, 호남, 웃다리를 통합해 장쾌한 〈채상소고춤〉을 내놓았다. 공기의 저항을 예리하게 파고들며, 인간의 심장으로 구동한 백색 알피엠»RPM을 쏟아냈다.

회전의 역사

김운태»金雲泰, 1963년생는 전북 완주에서 태어났다. 여섯 살, 기억이 생길 무렵엔 여성농악단의 행중에서 바람처럼 뒤집기를 돌고 있었다. 허리춤에 구경꾼들이 꽂은 지폐가 가득했고 그걸 세는 게 어머니의 낙이었다. 구슬과 딱지를 몰랐고 나이가 차도 학교에 가지 못했다. 호남포장의 소년 신동이요, 흥행의 핵이었기 때문이다. 누나들이 한글을 가르쳐줬고 구구단을 외게 했다. 돌고 도는 순회에서 돌고 도는 회전이 소년의 일상이고 전부였다.

순회를 멈추는 장마철에는 배고픔이 찾아왔다. 겨울엔 '도야'라 하여, 동물의 동면처럼 최소한의 음식으로 봄까지 견뎌야 했다. 국수

김운태의 '자반뒤집기' 돌고 도는 순회 속에서 돌고 도는 회전이 생활이었다. 하루 세끼를 위해 하루 천 바퀴를 돌았다. 착지보다 체공이 더 안전한 순간이 될 때, 진정한 춤이 이뤄졌다. 보라 저 허공중천! 그만이 운행하는 항로다. ⓒ 박정훈

를 삶아도 퍼지게 삶아 헹구지 않고 소금 쳐 먹었고, 밥을 해도 찬이 없어 식용유만 쳐 비볐다. 그 주린 배를 쥐고 훈련을 했다. 채상소고의 명인이었던 백남윤»白南允, 1917~?이 스승이었다. 소고를 넘어 무대전반을 이해시켰고, 춤이나 연주에 기승전결의 흐름을 갖게 했다. 단장의 아들이지만 예외 없이 엄해 혹독히 조련당했다. 부친 김칠선은 『명심보감』을 강독했고 허기를 다스리는 극기를 가르쳤다.

봄이 오면 길을 떠났다. 손님이 많으면 박수도 좋았지만 밥상이 달라졌다. 하루 5회가 넘는 공연을 할 때면 오랜만에 비계가 뜬 고깃국을 먹을 수 있었다. 소년은 판굿의 소고꾼으로 뛰었고, 개인놀이 때에 〈채상소고춤〉과 〈열두발상모놀이〉를 했다. 평균 잡아 1회 공연에 2백 회전 정도를 했으니 5회면 천 회전이었다. 큰 대야에 소금과 설탕을 타놓고 짬짬이 마셔 탈수를 방지했다. 때로는 너무 어지러워 아까운 고깃국을 토하기도 했다. 그래도 10회 정도를 공연할 수 있는 큰 축제를 기다렸다. 그중 경주의 신라문화제가 가장 가고픈 곳이었다. 흥행이 잘되어 몇 사람에 한 마리 꼴로 삶은 닭을 먹을 수 있었기 때문이다.

흥행이 성공하면 불청객이 먼저 왔다. '호남 오토바이'였던 아버지의 명성으로 큰 건달들에게는 구애받지 않았지만, 읍내 유지의 자제들로 구성된 족보 없는 패거리는 늘 말썽이었다. 술값을 안 줘도, 공짜로 안 넣어줘도 면도칼로 포장을 찢었다. 레슬러였던 큰누나가 수습하면 남자랍시고 한사코 달려들었다. 결국 가라데춥, 메치기 등의 고난도 기술 맛을 봐야 끝이 났다. 고소를 할 경우 큰누나는 스커트를 입고 출두했고 그때마다 애처로운 표정으로 따라가 훈방을 유도했다. 그 또한 유랑의 일상이고 기술이었다.

어느 날 사내들이 찾아왔다. 이광수, 김용배, 이부산, 조갑용, 또복이 또수 형제 등 오늘날 명성이 자자한 풍물인이지만, 당시에는 설자리가 없었던 이들이었다. 그들은 한동안 머물며 몇 가지 기술을 소년의 수중에 남겨놓고 떠났다. 그중 이광수는 진득한 사람이었다. 묵묵히 잡일을 했고, 겨울 '도야' 때는 집집을 돌며 비나리를 하여 단체를 먹여 살렸다. 사내다움을 배우는 유일한 시간이었고, 그렇게 형이자 스승이 되었다. 훗날 이광수가 사물놀이로 세계를 돌 때 그의 머리 위엔 당시 호남여성농악단에서 눈으로 익힌 부포가 피어 있었다.

열두 살 무렵 교사인 둘째 매형이 책 한 권을 외라더니 재직하던 국민학교로 데려갔다. 5학년으로 등교한 첫날 일제고사를 치러 제일 꼴찌가 되었다. 며칠 그 학교에 '출연'하다가 다른 학교로 전학 보내졌다. 엉성하던 시절, 그렇게 '입학 세탁'을 하여 대충 학생이 되었다. 영특해서 졸업 때는 경찰서장상으로 옥편을 탔다.

중학생이 되었고 학기중엔 학생, 방학중엔 연예인이 되었다. 1학년 가을에 리틀엔젤스에서 연락이 왔다. 아버지와 서울에 올라가 시범을 보였다. 우레와 같은 박수를 받았고, 다음해 떠날 영국 왕실공연을 위한 연습에 들어갔다. 그러나 더는 할 게 없어 시골 학교엔 연습이라 둘러대고 아버지와 함께 순회를 했다. 돌고 돌면서 그날이 오기를 손꼽아 기다렸다. 공연 땐 언제나 "방금 동남아 순회공연을 마치고 돌아온 김! 운! 태!"였다. 그 거짓말 대신 "영국 왕실공연을 마치고 돌아온 소년천재!"로 소개될 것이었다. 물론 포장극장 앞에 여왕과 찍은 사진도 붙여놓을 생각이었다. 세상에서 가장 빠르게 돌 자신이 있었다. 그런데 출국을 며칠 앞둔 날, 아버지는 살아생전 가장 그늘진 얼굴로 와서 가방을 싸라 했다. 빨치산이었던 아버지의 좌익 전과 때문에 비자를 받지 못한 것이다. 연좌제라는 어두운 덫이 소년의 꿈을 꽁꽁 묶었다.

유랑도 종말이 다가왔다. 풍물로는 흥행이 되지 않자 서커스와 섞어서 공연했다. 방학이 되어도 까칠까칠 수염이 돋는 소년은 더이상 필요치 않았다. 코끼리와 공중곡예, 화장한 여자가 그나마 관객을 유인하고 있었다. 2학년 겨울부터 공부하여 이리 남성고에 진학했다. 고등학교 2학년 때 아버지가 세상을 떠나 가세가 기울었다. 학비 문제로 그만둘 무렵, 자신을 구제하기라도 하듯 학교에 풍물패가 만들어졌고, 풍물을 가르치며 졸업했다.

방황하는 편력의 시대

가족을 건사해야 했기에 대학보다 요정을 택했다. 1981년 겨울, 단체에 같이 있던 이부산이 부산으로 불러 '천향원'이란 요정에서 부산하게 돌았다. 일본인 관광객들이 몰려들던 때 취객을 상대로 한 〈소고춤〉이었다. 호남 장구의 명인이었던 이부산의 장구를 익혀가며 1년을 추었더니 서울에서 이광수가 불렀다.

당시 이광수는 김덕수, 김용배, 최종실과 함께 사물놀이로 세계를 휘어잡고 있었다. 그런데 점차 김덕수와 김용배 사이에 골이 깊어졌다. 이광수는 김용배가 빠질 것을 예상하고 미리 김운태를 불러들인 것이다. 1982년 겨울, 마포에 있던 사물놀이 사무실에 출근했고 김용배가 빠진 공연에 대신 섰다. 첫 공연은 대구였는데, 다시 듣는 박수와 환호가 달콤했다.

1983년 마당놀이 〈놀부전〉에 나오는 풍물놀이에 출연했다. 이 것저것 경험해보라는 이광수의 배려였는데, 그만 충격적인 장면을 보았다. 남사당패인 남기수, 남기문 형제의 '양상'이었다. 채상소고가 도달할 수 있는 최고의 경지였다. 호남의 채상을 더 빨리 돌려 맞췄는데, 그것은 흉내일 뿐 남사당의 채상과는 전혀 다른 테크닉이었다. 어느 날 자신은 무대 위에서 질척거리는 덤이었고 출연료 축내는 군입임을 깨달았다.

마음속으로 꿈꿔온 대학 진학을 포기했다. 채상으로 안 되는 것이 존재하는 이상 대학은 무의미했다. 새벽같이 연습실에 나가 불을 켜지 않고 귀에 의존해 쇠를 쳤다. '갠지갯지'는 최대한 군더더기를 털어낸 소리여야 했다. 그리고 그 소리에 따라 마음속으로 '양상'을 쳤다. 또 몸으로 '양상'을 돌리면서 속박자로는 '갠지갯지'를 쳤다. 당시 사물놀이에서는 출연수당 외에는 특별히 월급이 없었다. 밤에는 워커힐 쇼에 가서 장구치고, 〈소고춤〉을 추었다. '양상'과 '솟음벅구'가 자유로워지려면 그만큼의 실전이 필요하기도 했기에 밤마다 치고 돌리고 돌았다.

진학을 포기하자 영장이 나왔고 특공연대에 배속되었다. 거무칙칙한 개구리복을 입고 10킬로 군장 구보, 천리 행군으로 또다시 돌고 돌았다. 그때 멀리서 한 여자가 면회를 왔다. 쇼단에서 수줍게 바라보던 여자 단원이었다. 전역을 하고 나니 아비가 되어 있었다. 사물놀이 사무실에 나갔으나 김덕수, 이광수, 최종실, 강민석으로 자리가 차 들어설 곳이 없었다. 자신의 입대가 예정되자 강민석이 준비했던 것이다.

때마침 일본에 공연이 생겼다. 사물놀이 스케줄이 빡빡해 사물놀이 2진을 만들어 대표가 되었다. 연좌제가 사라져 무사히 건너갔고 일본을 열광의 도가니에 몰아넣었다. 그러나 박수도 잠시였다. 즉흥적으로 구성된 2진은 공연도 보수도 없었다. 결성된 팀원은 모두 가족을 건사해야 하는 가장들이었다. 방도를 강구하다 팀원 중 한 명이 안다는 포항의 형님을 찾아갔다.

알선된 무대는 그 형님이 경영하는 관광나이트클럽이었다. 스트리퍼들이 올라가는 조그만 원탁이었기에 사물놀이도 불가능했다. 자신이 홀로 올라가 1회는 〈채상소고춤〉, 2회는 상쇠의 〈부포놀음〉, 3회는 〈열두발상모놀이〉를 하고 나머지는 무대 아래에서 반주했다. 무대를 마련해준 건달의 의리에 보답이나마 하려고 열심히 뛰어 네 식구가 살아갔다.

정녕 그 길이 아니었다. 답답해 방어진으로 나가 백사장에 누웠다가 무슨 흥이 일었는지 악을 치며 소리를 했다. 그때 한 사내가 다가왔다. 근처 횟집 주인이던 그는 방황하는 꼬락서니를 득음을 꿈꾸는 소리 여행으로 착각하였다. 그래서 방을 한 칸 내어주고 세끼 밥을 꼬박 먹여주며 연습을 권유했다. 진종일 백사장에서 악기를 두드리다 들어왔더니 술손님들이 한 곡 부탁했다. 얻어먹는 처지라 멋지게 놀아줬더니 날마다 앙코르였다. 그렇게 하루 이틀 가다보니 정례화되어 밤무대 아닌 밤무대가 되고 말았다. 삶이 점차 어처구니없어졌다.

목사가 된 큰누나에게서 연락이 왔다. 여성농악단의 '기도'를 한 뼈가 굵은 레슬러였지만 속은 비단결이었다. 순회공연 때는 포장극장 앞에 아이들을 버리고 가는 일이 많았다. 밥술이나 뜰 수 있을 거라 짐작하고 살아남으라고 버린 것이다. 이와 서캐가 후드득 떨어지는 아이들을 씻겨 풍물인으로 키워낸 사람이 큰누나 김홍이었다. 고아원을 운영하고 싶어했던 큰누나는 목사가 되었다. 떠돌던 사람이라 맡은 바 사역도 떠도는 중이었다. '전국 순회 대부흥성회', 큰누나를 따라 드럼을 치며 또다시 전국을 순회했다. 드럼을 특별히 배운 건 아니었지만 놀던 가락이 있어 곧바로 은혜가 충만한 드러머가 되었다.

노름마치의 꿈

사물놀이패에서 연락이 왔다. 당시 단원이던 최종실이 중앙대학으로 가면서 결원이 생겼는데, 일본 오사카에서 큰 공연이 생긴 것이다. 거절했지만 두 번이나 찾아왔고 거금을 내밀었다. 서울에 올라갔더니 이광수가 녹음 테이프를 귀에 꽂아주었다. 〈앉은반 사물놀이〉와 〈삼도설장구놀이〉였다. 일본으로 가는 비행기에서 듣고 다음 날 공연장에서 무리 없이 연주했다. 그리고 서서 판굿을 할 때는 이미 솟구치고 있었다. 또다시 우레와 같은 박수가 쏟아졌다.

미주 순회공연, 유럽 8개국 순회공연, 평양에서 열린 범민족 음악대회에도 갔다. 연좌제의 그늘에서 우울했던 젊음이었는데, 이제는 세계를 떠돌아 여권에 도장 박을 여백이 없었다. 그러나 단체는 잦은 다툼이 일었다. 결국 김덕수와 강민석, 이광수와 김운태로 나뉘어 정서적으로 두 쪽이 되었다. 집에서는 아내가 짐을 싸고 있었다. 공연으로 언제나 떠나 있던 자신을 더는 견디지 못한 것이었다.

그때 오토바이를 만났다. 트럭 위에 올라 떠돌 때부터 가슴에 깊이 배인 엔진 소리가 온몸을 흔들었다. 탈것이라면 모두 좋았지만, 오토바이는 더욱 각별했다. 스테인리스의 매끈함과 군더더기 없는 치장, 저항의 속살 깊이 박힐 수 있는 유선형이 좋았다. 그 날렵함 위에서 노면의 진동을 반주로 춤을 꿈꾸었다.

춤추는 것과 오토바이 라이딩은 많은 부분에서 닮았다. 둘 다 폼을 만들어야 하지만 둘 다 폼보다는 동기가 우선이었다. 춤은 몸속에 고인 음악이 빠져나오는 과정이었다. 그것을 일부러 동작화하면 판의 흐름이 깨어졌다. 오토바이의 라이딩 폼도 무사히 속도를 제어하는 과정에서 필연으로 만들어졌다. 인위적으로 멋진 자세를 취하면 1초 후에라도 곧바로 사망에 이를 수 있었다. 또한 오토바이도 생

각의 군더더기를 소멸해야 가속되었다. 춤처럼 일체를 버려야 본질
에 도달하는 것이다. 생각이 영零에 도달하면 시속 280킬로미터를
달릴 수 있었다. 그 쾌속 속에서 가로수가 길 끝을 향해 일제히 휘감
겨드는 소실점을 보았다.

1992년 사물놀이 팀을 나왔고 1년 후 이광수도 나왔다. 원하던
바가 아니었지만, 두 사람을 따르는 이들 때문에 팀이 결성되고 말았
다. 이광수가 민족음악원의 대표가 되고 자신은 그곳의 연구 성과물
을 연주하는 사물놀이패의 단장이 되었다. 패의 이름을 노름마치로
했다. 남사당 출신이었던 이광수가 지었고, 쇠에 한승석, 장고에 김
운태, 북에 김주홍, 징에 박병준, 호적에 장사익으로 구성되었다.

혜화동에 차린 연습실에서는 월 1회씩 〈허튼굿〉이라는 즉흥 판
을 만들었다. 이광수의 폭넓은 교분으로 원장현, 이애주, 윤윤석 등
많은 명인들이 합세했고, 훗날 대중가수로 크게 성공한 장사익의 사
회로 격의 없는 판을 벌였다. 공연보다 의미 있는 판을 통해 단원들
의 즉흥성이 길러졌다. 이에 대학로의 하늘땅소극장을 빌려 주 1회
씩 7개월의 장기공연을 했고, 1995년 4월에 호암아트홀에서 '노름마
치 창단공연'을 하였다. 사물놀이의 새바람으로 기대를 한몸에 받았
다.

그러나 될성부른 노름마치들이었기에 쉽게 흔들렸다. 모두들
좀더 배우겠다는 포부로 술렁인 것이다. 또한 한두 번의 공연으로 생
계가 해결될 수 없는 속내도 있었다. 구애받지 않고 장기공연을 해
생활과 예술을 만족시킬 수 있는 극장이 필요했다. 그것은 유년 시절

장마철이면 비 새는 포장극장에서 꿈꾸던 비 안 새는 극장이었다. 대학로에 신축한 빌딩 지하 640평을 임대해 1995년 12월 8일 두레극장으로 개관하였다.

아버지의 이름으로

개관공연부터 빅히트를 하였다. 〈여기 심청이 있다〉로 전승되는 갖가지 심청을 올렸고, 〈이 땅의 사람들〉로 전라도 각지의 '씻김굿'을 하루 여덟 시간씩 완판으로 공연했다. 공옥진 장기공연 〈심청전〉에는 암표를 팔지 않는다고 직원이 뺨을 맞는 사태도 속출했다. 오전에는 극단 민들레^{»대표 송인현}가 만든 전통아동극도 매진을 기록했다. 또 연극계의 토종 뮤지컬을 지향한 극단 모시는 사람들^{»대표 김정숙}과 합작으로 〈블루 사이공〉을 올렸고, 최초의 민간 발레 프로덕션 서울발레시어터^{»단장 김인희}와 공동기획으로 발레를 한 달간 장기공연한 〈손수건을 준비하세요〉가 흑자를 올려 춤의 신기록을 수립하기도 했다.

그러나 340평이나 되는 부대시설의 운영이 미숙했다. 애초에 극장 공간 3백 평만 임대하려 했으나 분할 임대가 되지 않아 더 넓은 공간을 덤으로 안았었다. 카페와 레스토랑을 하며 라이브 하우스처럼 공연하였다. 그러나 당시 법규로는 룸살롱과 같은 유흥업소로 분류돼 특별소비세 20퍼센트를 내야 했다. 방법을 바꿔가며 활로를 모색했지만 경험과 능력이 부족했다. 반쪽의 부진은 반쪽의 성공마저 좀 먹었다. 결국 두 공간 모두 나락으로 치달았고, 2년 만에 총 30억을 쏟은 채 부도를 냈다. 피신하여 대책을 강구했지만 방법이 없었다.

1999년, 1년 6개월을 선고받고 서울구치소에 수감되었다. 큰누나가 넣어준 성경을 읽으면서 일본의 작은누나에게 편지를 썼다. 작은누나 정숙은 1982년 '연예인 송출' 때 일본에 건너갔다. 유랑시절 누이는 여학생들을 만나면 담벼락에 숨었다. 목화송이보다 더 하얀 교복을 보면서 남몰래 눈물지었다. 가족을 위해 유랑을 했고 가족 때문에 일본행을 선택했다. 질 낮은 삶을 유혹하는 그물에 걸려들지 않고 밤에는 카페에서 일하고 낮엔 의상전문대학을 다녀 졸업을 했다. 그렇게 독하고 정하게 모은 돈을 극장에 모두 쏟아부은 것이다. 누나 정숙의 답장은 '아버지의 유업'이기에 당연지사라 했다.

선친 김칠선은 축지법을 쓴다는 무인이었다. 무인이 그렇듯 몸을 꿰뚫고 있어 한의사 면허도 있었다. 그러나 빨치산 전력 때문에 개업할 수 없었다. 어머니 최옥희의 이름으로 허가증을 얻은 유랑단체가 삶의 마지막 희망이었다.

지리산에 오를 때 좌익사상을 가졌는지, 단순 가담이었는지는 모른다. 다만 여성농악단원들이 이합집산할 때 호남여성농악단의 단원들은 똘똘 뭉쳤다. 이를 두고 타 단체에서는 빨갱이라 점조직을 잘해서라 뒷담화를 했다. 사실은 단원들 월급을 밀리지 않고 고향 집으로 송금했고 언젠가 비와 추위에 구애받지 않고 공연할 극장을 짓자고 약속했기 때문이었다. 여성농악이 인기가 치솟을 때 얻은 재력으로 다른 사업을 구상한 적이 있으나 건사해야 될 권속 같은 단원들 때문에 포기했다. 훗날 여성농악의 인기가 시들자 재산을 모두 털어넣고 서커스를 사서 함께 살아갈 방도를 모색했었다.

유랑이 종점에 다다른 1979년 여름, 동물들이 먼저 울었다. 식구들은 짐승들의 볼을 한 번씩 비빈 후 서로 부둥켜안고 울었다. 암컷 원숭이 갑순이와 수컷 찐따가 사람처럼 울면서 철창채로 실렸고, 늙은 코끼리 돔보는 느리게 쿵쿵 절굿공이로 내리치듯 한 소리를 내며 걸어갔다. 새 주인 앞에서 선친은 말 못하는 짐승이기에 더 잘 먹이기를 고개 숙여 부탁했다.

흥행의 실패는 전 인생의 실패였다. 아버지는 폭우가 쏟아지는 방죽에서 일주일간 낚시를 하고 돌아와 일주일을 앓다 임종했다. 식구들은 누구나 자살로 생각했다. 자신의 몸을 통제할 수 있었던 무인이 낚시중 자신의 몸을 욱여 스스로 병을 얻어 임종했다고 믿었다.

철창 속에서 성경을 읽고 탄원서를 썼다. 쓰고 보니 가족사와 흥행사였고 열일곱 장에 이르렀다. 또다시 이 곤경에 처하더라도 나가면 다시 하겠다고 쓰고 글을 맺었다. 2심 재판에서 이례적으로 선고유예가 내려져 무죄가 되었다. 출소한 그날 두부를 먹는 대신 오토바이를 빌려 탔다. 노면을 박차는 진동으로 몸에 고인 먼지를 털어냈다.

인간의 심장으로 구동한 백색 알피엠^{RPM}

그가 춤꾼으로 알려지게 된 것은 부도로 도피하던 중에 열렸던 1998년 '명무초청공연'에서였다. 풍물판에서의 자자한 명성이 있었지만 춤꾼으로 알려지기는 처음이었다. 그리고 2002년 '남무, 춤추는 처용아비들', 2003년 '춤을 부르는 소리' 무대에 섰다. 사실상 나서자마자 '김운태류 〈채상소고춤〉'이 되어 있었다. 게다가 그가 나서면 다음 순서가 무의미해져 언제나 맨 뒤에 춤추었다. 말 그대로 판을 막아버리는 노름마치가 된 것이다.

세계적인 무용단이 내한공연을 할 때 그들과의 파티에서도 언제나 김운태를 불렀다. 프랑스의 필립 드쿠플레, 독일의 수전 링케, 피나 바우슈, 스페인의 호아킨 코르테스, 내로라하는 세계 무용의 별들은 그의 춤에 엄지손가락을 내밀었다. 느림보다 더 느린, 빠름보다 더 빠른 속도의 옥타브, 그 지독한 편차와 조율에 탄성을 터트린 것이다.

예부터 '호남 장구, 웃다리 쇠, 영남 벅구'라는 말이 있다. 바로 이 땅 풍물의 진미인데, 그는 떠돌며 풍물의 노른자위를 모두 습합했다. 그래서 노는 가락이 남다르다. 굿거리, 자진모리, 경기 자진가락, 오방진, 휘몰이로 노는 것은 김운태만의 구성이다.

굿거리와 자진모리는 '호남 장구'라 하듯 우도 풍물의 장구 가락에 맞춘다. 자신이 곧 뮤지션이기도 해서 반주자와 속박자를 나누는데, 느리고 질퍽하게 추어 한 발짝 떼면 깊이 눌린 발자국에 흥이 홍

건히 뀐다. 그리고 소고도 악기이기에 울려냄을 중시한다. 연주의 필
연성이 몸짓을 가다듬어 춤보다 더 절실한 춤이 되는 것이다.

여기에 김덕수의 영향을 받은 '허튼상'이 더해졌다. 장구를 치면
서 상모가 따로 노는 동작이다. 한 손은 동그라미, 한 손은 세모를 그
리는 것처럼 상호 배반적인 움직임인데, 사물놀이 시절 합주하면서
어느덧 자신의 몸으로 건너온 것이다. 머리끝엔 채상이 놀고, 손끝에
는 소고가 놀고, 발끝에선 몸이 논다. 모두가 제각각이니 뼛속까지
익은 자만이 꺼내놓는 절정이다.

경기 자진가락이 나오면 양상을 치며 숏음벅구를 시작한다. '웃
다리 쇠'라 하듯 '갠지갯지'로 나는 쇠가락에 맞추어 춘다. 그는 이광
수가 사물놀이 2집 음반에 나오는 레드선 그룹과 협연할 때의 쇠 소
리를 최고로 친다. 마치 기름이 다 닳은 라이터를 켰을 때 심지 끝에
매달린 작은 불꽃처럼 화염을 요약한 소리. 그 군더더기 없이 매끈한
소리 위에서 치솟는다. 숏음이 극한이 되면 물길도 건널 법한 잰걸음
으로 뛰쳐나가며 채상을 돌린다. 허공엔 현란한 채상이, 바닥엔 백색
버선발이, 칠흑 같은 어둠에 부싯돌을 쳐대는 것이다.

객석에 가득 찬 박수로 잠시 휴지기를 가지면 연주자들이 오방
진 장단을 내어놓는다. 그간 "쿵자짝 쿵자짝" 3분박에서, "뽕작뽕작"
2분박으로 바뀌니 신이 바짝 오른다. 그것을 몸으로 욱이며 몇 가락
을 추면 객석에선 또 요란한 박수가 터진다.

점차 장단이 휘몰이로 빨라지면 '영남 벅구'라고 말하듯 경상도
의 고난도 기예인 뒤집기를 시작한다. 그의 회전은 삼단으로 분류하

여 흐름을 연결하는데, 처음에 반듯이 팽이처럼 도는 것이 '연풍대', 이어 45도로 기울여 도는 '자반뒤집기', 발끝을 떼고 공중에서 도는 '두루걸이'다. 이 세 기법을 순차적으로 기어 변속하듯 '삼단뛰기'를 한다. 상모를 돌리며, 몸을 회전하며, 작은 원을 급커브로 도는 것이다. 마치 시속 180킬로미터의 속도로 브레이크를 밟지 않고 급커브를 도는 것처럼 코가 땅에 닿을 듯이 깊이 숙여 원심력의 저항에서 벗어난다.

공중회전을 멈추면 무대 앞에서 무릎을 접고 상모를 돌린다. 그간의 모든 회전을 모아 이루는 마지막 회전. 공기의 저항과 마찰하는 종이 띠 소리가 객석 3층까지 들린다. 이름하여 '번개상'이다. 그만큼 심장이 뛰어넘어와 입안에 꽉 물릴 때까지 과속하면, 정말 번개처럼 칠흑 같은 어둠을 갈라 번쩍! 하는 틈새로 형형한 백색이 쏟아진다.

'김운태의 춤', 이미 특별한 기호다. 몇 년간 몇 차례나 추었지만 알아챈 이들은 그때그때의 버전에 열광한다. 언제나 새롭게 벌이는 즉흥에 대한 찬사다. 비결은 공연 전에 연습하지 않는 것이다. 익을 대로 익었지만 무대 위에서 신선하게 몰두하고픈 까닭이다. 춤으로부터 '낯설어지기'가 즉흥의 비결인 셈이다. 연습 대신에 오토바이에 올라타 승차감으로 무대감을 구상한다. 속도 위의 심상을 무대 위의 형상으로 전환하는 이미지 트레이닝인 것이다.

풍경을 질주하며 쉼 없이 가상해본 정신의 스파링, 그렇게 가뿐히 계체량을 통과해 무대에 선다. 그래서 극장 앞에 오토바이가 멈출 때, 그 날렵한 기마자세에서 아직 멈추지 않은 유랑인의 모습을 보는 것이다. 오늘 모든 춤이 '예술'이란 이름으로 정형화되어 정착했지만 아직도 길을 찾아 연마중인 떠도는 춤, 떠돎의 마지막 증인 김운태의 〈채상소고춤〉이다. ●

———

2011년, 무악을 탐하는 제자들이 생겨 겨울 고양시 일산에 잠시 똬리를 틀었다. 유랑시절 겨울에 멈추는 '도야'처럼 새벽부터 자정까지 풍물의 '판굿'을 조련했다. 조선시대 거리축제였던 '산대'에 두루 능통할 때 쓰는 '팔'을 붙여 '팔산대'라 했다. 2012년 여수엑스포 전통마당에서 93일 동안 하루 평균 4회의 공연을 하며 팔산대 열풍을 일으켰다. 10월 영국 템스 축제에서 초청받았으며 12월 동경 초월극장에서 열린 '무천'에서 팔산대의 판굿과 자신의 〈채상소고춤〉으로 판을 막았다.

그가 춤판에 올 때는 할리데이비드슨의 굉음이 먼저 도착한다. 그 거칠고 건조한 소리 속에는 엔진의 질서가 있고 불규칙의 노킹이 있다. 규칙과 불규칙 속을 노니는 게 그의 삶이자 춤이다. 대개의 춤 꾼이 발꿈치 가운데 중심을 둔다면 그는 모든 감각을 엄지발가락 근처에 싣는다. 무대 위에서 페달을 밟듯, 이미 뒤꿈치를 들고 어디론가 이동할 태세로 춤을 추는 것이다. 안락한 안보다 투박한 밖을 지향한 유목하는 인간, 홀로 노마드인 것이다.

흰옷 입은 심청 엄니
공옥진

동해안, 강원도 고성에서 부산의 다대포에 이르는 이 땅의 등골. 7번국도를 축으로 활처럼 휘어지는 갯마을들은 아직도 굿이 굿답게 성행하는 '비옥한 초승달 지대'다. 마을마다 풍어와 안전을 비는 굿을 하는데, 이를 〈별신굿〉이라 한다. 이 〈별신굿〉에 심청이 신으로 초청된다. 세상에! 서해의 급류 인당수에 몸을 던진 심청이 동해의 신으로 솟은 것이다. 아버지의 눈을 뜨게 했듯, 어민들의 눈을 밝힌다고 한다. 참으로 예삿일이 아니다.

굿판에서 〈심청굿〉이 시작되면 할매들은 살판난다. 골백번 들었지만 또 들어도 눈물이 난다. 그래서 준비한다. 예전 화장품 외판원들이 나눠주던 하얀 가제수건. 그리고 때가 되면 변사의 신호라도 들은 듯 일제히 꺼내 든다. 순간 굿판은 송이송이 하얀 송이 터지는 목화밭이 된다. 옳거니! 심청의 슬픈 노래가 할매들의 흐린 눈을 눈물로 닦아 밝히는 것이다. 심청, 이미 벌써 신통한 신이다.

(1995년 '여기 심청이 있다' 보도자료에서)

영광의 장날   중앙무대에서는 줄 한 번 대고 싶은 천하명인이었으나, 아랑곳없이 만좌중을 모아 놓고 어른들 막걸리 대접했다. 1981년 5월 24일 사진작가 고 김수남이 단 두 컷으로 쓴 이력서다. 주인공 공옥진은 "공옥진보다 더 공옥진 같은 사진"이라 했다. ⓒ 김수남

희미한 옛사랑의 그림자

1995년, 영광 버스터미널에서 택시를 타고 "공옥진 여사 댁이오" 했더니 실어다주었다. 명승지나 되는 것처럼 영광 사람이면 그 집을 다 알았다. 감나무가 가득한, '영광예술연구소'란 문패가 걸린 강습소 겸 살림집이었다. 한여름 소낙비가 언제 퍼부었느냐는 듯 지나간, 너른 감잎이 눈부시게 푸르른 날이었다.

집 안에는 한 자루 가득 못난 땅콩이 있었는데, 여사는 그 땅콩 이삭을 줍다가 부은 손을 내보였다. 한번은 무 이삭을 줍다가 주인에게 들켰는데, "워매, 텔레비전에서 봤는디" 하며 멍하게 쳐다보는 참에 한 개 더 주워왔다고 했다. 몸에 공력도 넣을 겸 등산을 하는데, 실은 난 캐는 재미고 그걸 만 원에 팔았다고 좋아 죽는 촌 할머니가 공옥진이었다.

티 없는 웃음 앞에서 오금이 저렸다. 만백성이 다 아는 광대, 그러나 현찰을 보퉁이로 싸와도 다 물리고 갯벌에서 바지락을 캤다. 대학생들이라면 나라의 기둥이라고 출연료도 묻지 않고 출연했지만, 흥행사는 열에 아홉을 거절했다. 흥행이 목적인지라 곧바로 궁지에 몰렸고, 가을이 다가도록 안달복달해야 했다.

이 땅을 떠도는 〈심청가〉의 갖가지 버전을 찾는 중이었다. '효녀 지은 설화'와 같은 얘기들이 떠돌며 보태져 판소리로 짜였을 〈심청가〉는, 협률사의 창극으로 유랑패의 토막극으로 떠돌며 또다른 심청을 낳았다. 결국 심청은 창극을 넘어 〈진도 다시래기〉의 '거사 · 사당놀이'에 유사한 얘기로 진입했고, 마침내 〈동해안 별신굿〉에서는 신으로 좌정했다. 이렇게 떠도는 심청을 모두 모아 '여기 심청이 있다'로 올리려던 참이었다.

〈심청가〉 완창에는 한애순, 대목소리로는 정광수, 한승호, 박동진, 〈진도 다시래기〉의 강준섭 일행, 〈심청굿〉의 김석출 일행, 〈뺑파막〉은 여성농악단의 유순자 일행이 섭외되었는데, 화룡점정이 될 공옥진에서 삐걱거렸다. 몇 차례의 발걸음이 헛걸음이 되어 까딱하면 주제를 잃고 '섞어 한 접시'로 올리는 '명인의 향연'이 될 판이었다.

푸르던 감잎이 다 지고 식은 석양 같은 까치밥만 매달린 날. 비장의 무기로 준비해온 테이프를 틀었다. 유성기 음반에서 녹음한 가요의 황제 남인수의 노래였다. 오늘날 시판되는 판은 모창가수 것이 많아 빗소리 나더라도 원음을 들려주고자 했다. 노래도 〈애수의 소야곡〉 〈이별의 부산정거장〉이 아닌, 그간 못 듣던 왕년의 히트곡을 선곡했다.

"울며 헤진 부산항을 돌아다보는/ 연락선 난간머리 흘러온 달빛" 조명암 작사, 박시춘 작곡의 〈울며 헤진 부산항〉이었다. 1939년 오케 레코드사에서 발매한 남인수의 히트곡이지만 작사자 조명암이 월북해 금지곡이 되었다. 조명암의 본명은 조영출. 금강산 건봉사로 출가했다 만해 한용운의 추천으로 환속한 시인. 초기엔 모더니즘 시를 썼고 가요시로 전향한 후 심금을 흔드는 서정가요를 쓰다 월북한 것이다. 〈선창〉이나 〈알뜰한 당신〉 같은 곡은 가사를 고치고 다른 이름을 내세워 정다운 노래가 되었지만, 〈울며 헤진 부산항〉이나 〈서귀포 칠십 리〉 같은 곡은 꽉 묶여 그리운 노래가 되어 있었다.

"달빛 아랜 허허바다 파도만 치고, 부산항 간 곳 없는 검은 수평선" 마침내 2절이 시작되자 금지된 노래가 희미한 옛사랑의 그림자를 불러냈다. 짧기에 아찔하게 안달했던 남인수와의 3년 6개월. 눈가에 안개가 피어오르는지 지그시 눈을 감았다. 주름진 손이 담벼락을 움켜쥐는 담쟁이넝쿨처럼 내 손을 꽉 붙잡았다. "자네 판 더 있는가?" 손아귀에 남은 근력은 아직도 남은 정념. 발톱이 빠져 무대 위에 피 칠을 하면서도 혼신을 쏟던 그 힘이었다.

맞춤법이 맞지 않았지만 또박또박 눌러 계약서를 썼다. 그리고 큼지막한 동그라미를 그려 '공"孔', 그 안에 '옥진"玉振'을 넣고, '한"恨의 춤'을 썼다. 도장을 꺼냈으나 인주가 없어 립스틱을 묻혀 호 불고 도장을 박았다. 내 언 손을 덥히듯 호호 불어 날인할 때, 선생의 생이 깊은 숨으로 다가왔다.

빼먹고 이야기해도 『삼국지』 일곱 권

공옥진"孔玉振, 1931년생은 전남 승주군 송광면 추동에서 태어났다. 할아버지뻘 되는 공창식은 김채만의 제자로 협률사에서 이름을 날렸고, 아버지 공대일 또한 명창의 반열에 들었다. 그러나 소리꾼의 영광은 이미 쇠락한 터라, 권번의 소리 선생으로 정처 없이 떠돌고 있었다.

여덟 살이던 해 어느 날, 광주권번에서 소리 선생을 하던 아버지에게 징용장이 나왔다. 일곱 살에 어머니가 돌아가셨는데, 아버지마저 잃어야 할 판이었다. 결국 옥진은 일본에 있는 무용가 최승희의 집에 식모로 갔다. 후에는 다시 야마모토라는 사람의 집으로 보내졌고, 도쿄 폭격으로 그 집이 몰살당하자 문전걸식하며 시모노세키를 거쳐 여수로 돌아왔다.

광주권번을 찾아갔더니 아버지가 없었다. 허기에 지쳐 쓰러졌고 광주천 아래 거지패에 섞였다. 〈각설이타령〉으로 밥을 빌던 어느 날, 광주천에서 빨래하는 고모할머니를 만나 영광에서 소리 선생하는 아버지를 찾게 되었다. 7년 만에 다시 만난 가족, 목이 부어 물이 넘어가지 않을 만큼 울었다. 그리고 목이 가라앉기도 전에 소리를 배우기 시작했다. 광대의 딸이란 놀림이 지긋지긋했으나 광대로라도 살아남아야 했다.

꽃처럼 피어나던 열여덟에 고창 명창대회에서 장원을 했다. 그 무렵 어느 날, 정읍극장에서 남인수의 공연이 있었다. 황해, 고복수 등이 모여 뒤풀이 판이 벌어졌고 장원을 한 소리 들어보자며 불렀다. 방문을 열었더니 하얀 양복에 나비넥타이를 맨 남인수가 첫눈에 환했다. 그는 단가를 듣자마자 민요가수로 순회공연을 함께하자고 제안했다. 따르고 싶었으나 아버지는 이미 신랑감을 정해두고 있었다.

신랑감은 아버지에게 소리북을 배우던 경찰이었다. 든든한 재산과 경찰 일이 미더웠던 아버지가 떠밀다시피 시집을 보냈다. 그러나 광대의 딸이라 시댁에 들이지 않아 남편의 근무지인 정읍의 관사에서 살았다. 또 든든히 여긴 경찰 일 때문에 사지로 향해야 했다. 6·25전쟁이 터져 인민군이 밀고 내려온 것이다.

경찰 가족은 물어볼 것도 없이 끌고 갔기에 헛간의 짚더미 속에 숨었다. 들이닥친 인민군들이 죽창으로 여기저기를 찔러댔고 결국 등에 창 구멍이 난 채 붙잡혔다. 후끈한 창고 안에서 죽을 때를 기다렸다. "공옥진!" 살아서 듣는 마지막 이름이겠거니 생각했다. 죽은 자를 던져넣은 구덩이 위에 서서 개구리처럼 패대기쳐진 육신의 허망함을 내려다봤다. 스스로 서러워 마지막 남은 짧은 시간에 긴 〈육자배기〉를 불렀다. 그 처연한 노래가 죽을 목숨을 건졌다.

휴전이 되자 얼마간의 행복도 왔다. 그러나 어느 날, 광주 친정에 다녀왔더니 남편이 친하고 친했던 자신의 친구와 누워 있었다. 어린 딸을 들쳐업고 다시 집을 나서는데 남편은 붙잡지 않았다. 장성 가는 길목에 터를 잡고 국수를 팔았다. 흥이 있어 흥얼거렸고 추임새가 있으면 토막소리까지 했다. 소리 소문이 메아리처럼 번졌고 여기저기서 연락이 왔다. 스물일곱에 임방울 단체에서 활동했고, 후로 김연수 국극단, 김원술 국악단에서 활동했다.

부초처럼 떠돌던 어느 날, 부산의 단골 여관 '남이네 집'에 들어갔더니 남인수가 구두끈을 매고 있었다. 그날 감춰온 사랑이 불꽃으로 번져올랐다. 그저 떠도는 사람끼리 기약 없이 헤어지고 만나는, 우연한 스침이 사랑의 전부였다. 〈애수의 소야곡〉을 장송곡 삼아 떠나던 1962년까지 3년 6개월. 그러나 한 여인의 가슴에 남은 영원한 사랑이었다.

제2의 고향이 된 영광에 내려와 요정에서 소리를 했고 얼마 후 옥진관이란 요정을 내기도 했다. 살 만하니 또다시 얄궂은 운명의 장난이 시작되었다. 어느 날, 자신의 소리에 취한 영광 경찰서장이 애원하며 매달린 것이다. 뿌리치다 지쳐 그의 사랑을 받아들였을 때, 공무원 축첩 문제로 자신이 떠나야 했다. 서른셋에 구례 천은사로 입산했다. 영광 불갑사에 이르기까지 2년 3개월을 옥진 대신 수진 스님으로 살았다. 그러나 딸의 행적을 알고 칼을 들고 찾아온 아버지 때문에 환속했다. 속세에 남긴 딸 은희도 잊을 수 없었다.

"빼먹고 이야기해도『삼국지』일곱 권", 그 긴 사연을 눌러 담고 영광 대천면 터진개에서 바지락을 긁었다. 흥 나면 〈흥타령〉을 부르고 설움이 나면 〈살풀이춤〉을 추었다. 때때로 장터에서 춤을 추고 1인 토막창극을 했다. 이 춤추는 아낙에 대한 소문이 지천으로 돌고 돌았다. 마흔일곱되던 어느 날, 그간 인생을 바꿔왔던 그 어느 날이 또 다가왔다. 무용학자 정병호가 물어물어 찾아온 것이다. 서울의 공간사랑에서 '전통무용의 밤'을 개최하면서 숨은 춤꾼을 찾던 차였다.

흥행의 전설

흔히 공옥진을 '병신춤의 대가'로 알고 있지만, 그건 그의 일부일 뿐이다. 공옥진의 진정한 레퍼토리는 바로 창무극^{唱舞劇}이다. 전통적인 판소리나 재담극을 춤과 소리로 엮어 모노드라마로 공연하는 공옥진의 고안품이다. 〈심청전〉〈흥부전〉〈장화홍련전〉 등을 발표했는데 그중 최고는 역시 〈심청전〉이다.

1978년 4월, 공간사랑. "촌년이 왔는디 만장하신 여러분께서 왕림하시니 감사합니다." 촌티 나게 말하고 촌철살인의 공연을 시작했다. 한 마디, 한 곡조, 한 동작이 날카로운 폭소가 되어 관객의 급소를 향했다. 그리고 누구나 아는 심청 이야기에 아무도 모르는 자신의 생애를 담았다. "여러분 옥진이는 아버지를 징용에서 빼려고 여덟 살에 천 원에 팔려 일본에 갔습니다." 이미 관객의 눈에는 촛농처럼 달궈진 눈물이 흘러내렸다.

그해 10월 4일부터 10일까지 〈심청전〉을 완판으로 공연했다. '모노 뮤지컬', '1인 창무극'이란 말이 만들어졌고, 12월에 17일간 앙코르 공연을 했다. 관객들은 공옥진이 오면 우 하니 몰려왔고 공옥진이 가면 좌 하니 빠져나갔다. 전통예술 최초로 '1인 블록버스터'를 만들어낸 것이다. 미국 케네디 센터 공연^{»1981년}, 런던 국제연극제 공연^{»1985년} 등의 해외 공연을 했고, 일일이 열거할 수 없을 만큼 많은 국내 공연을 했다. 1988년엔 과로가 겹쳐 뇌일혈로 쓰러지기까지 했다.

1995년 두레극장에서 열린 공옥진의 창무극 〈심청전〉^{»12월 9~10일: 앙코르 1996년 1월 5~21일}에는 장치도, 분장도, 조명도 없었다. 치레도 없이 장단 앞에 선 단독자로 자신을 제물 삼아 벌인 제의였다. 한과 흥을 한 갈래로 꼬아 등신불처럼 제 몸을 살랐다. 분장도 조명도 거부하고 오로지 배우의 몸으로 거기 박힌 윤곽과 근육을 움직여 극을 전개했던, 폴란드의 연출가 그로토프스키의 '가난한 연극'과 같았다.

독일의 극작가 브레히트가 쓴 '소외효과'를 쓰기도 했다. 브레히트가 배우를 노출하거나 갑자기 설명을 하는 방식으로 극에 대한 몰입을 방해했다면, 공옥진은 포복절도하게 하여 슬픔을 끊곤 했다. 브레히트가 허구에 대한 자각을 원했다면, 공옥진은 더 독한 슬픔으로 빠져들게 했다. 더 달게 하기 위해 살짝 소금을 치는 것처럼, 폭소를 가미해 한의 상승효과를 노렸다.

지금은 고인이 된 문상열씨가 장구를 잡고 있었다. 하필 이름이 상열인데, 난데없이 다가가 "상녀르르르르 새끼", 마치 풀벌레 속날개 떨듯 혀를 굴려 욕을 했다. 느닷없는 욕에 박장대소를 터트리는 관객들을 보더니 "장구는 참말로 잘 쳐요. 박수 부탁드립니다" 하며 분위기를 전환했다. 그렇게 틈틈이 딴청을 부려 폭소를 유발했다. 쌀을 자루에 담을 때 옆을 탁탁 쳐 더 꽉 채우는 것처럼 박장대소로 슬픔의 밀도를 높였다.

마침내 관객의 몸에 슬픔이 골고루 퍼진 클라이막스, 황후가 된 심청이 심봉사에게 거주성명과 처자가 있는지를 물었다. "예! 소맹이 아뢰리다. 예! 소맹이 아뢰리다." 딸을 팔아먹은 죄에 차라리 고통의 나락으로 떨어지고 싶은 한 남자의 한이 절절히 새나왔다. 짜디짠 슬픔이 삼투압처럼 관객의 남은 습기를 마저 빨아들였다. 한없이 눈물을 퍼올려, 마침내 뽀송뽀송한 카타르시스에 도달케 하는 것, 공옥진의 〈심청전〉이었다.

서울에 올라오기도 전에 표가 거의 매진되었다. 5백 석 규모의 극장이었는데, 8백 명이 들어가고 5백여 명이 돌아갔다. 요즘 말로 '대박'인데, 호텔도 마다하고 헐한 단골 여관방에서 잤다. 또 식사 때면 스태프들을 불러 앉혀 김치가닥을 찢어 숟가락에 올려주었다. 가으내 배추 이삭을 주워 담가온 것이었다. 극장 앞은 아침부터 아수라장이고 직원들은 멱살을 잡혀 단추가 다 떨어졌다. 심지어 암표를 팔지 않는다고 뺨을 맞는 사태도 벌어졌다. 장장 20일간, 날이면 날마다 흥행 노이로제에 시달린 무시무시한 나날이었다.

서해안, 저 전라도 영광 땅 터진개 갯벌에서 심청이 떠올랐던 것이다. 떠돌던 광대들이 판소리로 짠 심청은 영웅신화가 되었고, 바지락 긁던 어미가 자신의 생애를 섞어 짠 심청은 흥행신화가 되었다. 공옥진, 한 예인의 이름을 넘어서 우리 시대에 완성된 한 장르의 이름이었다.

투병 중에 선 무대

2006년 3월 8일 대구에서 '친절한 옥진씨'라는 공연이 있었다. 1998년 방송 촬영 도중 뇌경색이 와 여태 투병중이었다. 발음이 둔해졌고 목소리가 약해졌지만 순간순간 여전한 폭소가 터져나왔다. 또 그 웃는 때를 놓치지 않고 "자꾸 웃지 마. 오줌 나와!" 얼토당토않은 말을 '암시랑토' 않게 던져 남은 웃음을 마저 토하게 했다. 대구였기에 지하철 참사로 죽은 이를 위해 〈씻김굿〉에 나오는 '천도소리'까지 했다.

문득, 공옥진의 재주를 누가 이을 것인가 생각했다. 춤이면 춤, 소리면 소리를 떡 주무르듯 해야 하기에 둘을 분리해서 배우는 오늘의 현실에서 따라할 수 없는 예술이었다. 게다가 춤과 소리를 따로따로 문화재로 지정하는 현실에서 둘을 아우른 그는 둘 다에서 소외되어 있었다. 문화재로 지정되지 못한 것이고, '공연성'보다 '문화재'를 더 먼저 따지는 현실이기에 제자조차 없었다.

오늘날의 공연은 다시 춤과 소리의 만남을 꿈꾸는데 그걸 이뤄 흥행의 전설을 세운 명인이 세월 속에 방치된 것이다. 굳이 문화재가 아니더라도 전통예술의 미래를 위해 기록 보존을 강구해야 할 때였다. '무료공연'만 하는 전통예술의 현실에서 물꼬를 바꿀 방법이 그의 창무극에 꽉 차 있기 때문이다. 무대 위 투병의 투혼이 심금을 울릴 때, 마음이 더욱 조급해졌다. ●

—

2010년 5월 전라남도 무형문화재 일인 창무극 심청가 보유자로 지정되었다. 계보가 중한데, 창작의 창무극이 지정된 것은, 전 국민의 존경을 외면할 수 없었기 때문일 것이다. 다음달 6월, 국립극장에서 공연하며 "죽지 않으면 또 오겠습니다"고 했는데, 2012년 7월 9일 새벽에 전남 영광기독병원에서 타계했다.

빈소에 두레극장의 공연 장면이 영정사진으로 걸려 있었다. 그 공연 때, 가수 박진영을 불러냈었다. 뽕짝도 한 소절하고 막춤을 맛나게 추어 기억에 생생하다. 만능엔터테이너가 된 그가 상찬의 추모글을 올리며 공옥진이 자신의 멘토임을 고백했다. 절정기였던 그 공연을 본 사람들은 두말없이 안다. 일인 창무극, 가장 완벽한 관객 장악이었다.

7월 12일 아침 영결식을 마치고 영광예술연구소 앞에서 노제를 지낼 때, 교촌리의 할머니들이 "공옥진이 간다"고 모두 모여들었었다. 무용인도 국악인도 아니었다. 그냥 동네 공옥진이었다. 이렇게 유명인과 마을의 이웃을 겸하긴 힘들다. 공옥진, 무대 밖의 삶도 예술이었고 베풂이라는 종교였다.

광대 강준섭 살짝 상말로 엠보싱 넣은 오돌토돌한 재담, 왁다글닥다글 첫걸음에 가득 찬 춤. 왁시글대는 장바닥에서 삭고 삭아, 말마다 짓마다 흑산도 홍어 속처럼 톡톡 쏘는 토종광대.
ⓒ 정수미

• • •

마지막 유랑광대
강준섭

1957년 남지나해로 한류가 흘렀다. 고전무용, 아악, 교향악단 등 125명으로 구성된 문화사절단이 자유 우방을 향해 간 동남아 순회공연. 일본에 내려보내던 조선통신사 이후 최고의 진용을 갖춰 출발한 한류였다. 공보부 산하 〈대한 늬우스〉는 대만, 홍콩, 월남 곳곳에서 사절단의 족적을 밀착 취재해 방영했다.

1958년 5월의 제2차 행렬. 홍콩, 마닐라, 방콕으로 야자수 손 흔드는 남국을 가로질렀고, 쪽빛 바다를 흑백으로 여과한 필름이 또다시 〈대한 늬우스〉를 장식했다. 귀국한 행렬은 서울, 대전, 광주, 대구를 찍으며 동남아 순회 기념 공연을 했고, 사회자는 에코를 넣은 마이크로 "방금 동남아 순회공연을 마치고 돌아온" 그들을 소개했다.

그 한마디는, 그 대오에 가담치 못한 자들의 영원한 꿈이 되었다. '보사부장관 허가 이동 의약 선전반'이란 팻말을 건 약장사패나 '○○화장품 외판부장'이란 명함을 내미는 구리모 장사패 같은 길 위의 광대들. 마땅한 마당 없어 장마당에 서던 그들, 황토먼지 자욱한 좌판에서 '방금 동남아 순회공연을 마치고 돌아온' 광대라 소개했다. 노는 입에 염불처럼 떠돌던 그 말, 오늘 밤도 밤무대의 짝퉁가수 '너훈아', '조용팔'을 수식하며 살아 있다.

1995년 가을, 전남 해남 공터 천막. 방금 동남아 순회공연을 마치고 돌아온 광대가 나섰다. 살짝 상말로 엠보싱 넣은 오돌토돌한 재담, 눈을 꿈적거리며 내딛는 첫걸음에 가득찬 춤, 왁시글대는 장바닥에서 삭고 삭아, 말마다 짓마다 흑산도 홍어 속처럼 톡톡 쏘는 토종 광대. 에코 넣은 마이크가 "심봉사~ 가아앙~ 주우운~ 서어업~" 3분 박으로 소개했다.

방금 동남아 순회공연을 마치고 돌아온

창극을 미끼로 물건을 파는 '무대바이', 마을마다 버스를 풀어 촌로들을 모아왔고 "해남은 저희 사장님 고향이라 마흔 개 한정으로 이문을 다 뗐다"고 물건을 내밀었다. 베고만 자면 10년씩 젊어지는 옥구슬 베개, 무릎에 차기만 하면 다음날 조기축구회를 결성해도 된다는 바이오 밴드. 말도 안 되는 소리지만, 노인 속을 꿰뚫는 눈높이 화술은 고통스런 공략이었다. 회춘의 유혹을 참고 창극을 고대하지만 밤늦도록 개봉박두, 혀에 참기름 바른 소리만 귓불 속으로 솔솔 미끄러졌다. 유혹과 인내의 다툼에 기진할 무렵, 허름한 막이 올랐다.

이발소에 걸린 액자 속 격언처럼, 인내는 쓰나 열매는 달았다. "심봉사에 강준섭"이 소개되자 조용필을 본 소녀 팬처럼 에코로 아우성쳤다. 며칠째 〈심청전〉을 연속창극으로 공연했고, 그날은 '뺑파막' 차례였다. 뺑덕어미가 황성 맹인잔치에 가다 심봉사를 두고 황봉사와 달아나는 노른자위 대목. 한 사흘 강준섭에 푹 빠진 할머니들, 침이 꼴깍 넘어가고 있었다.

강준섭, 인물로는 볼 게 없다. 대님하기엔 남고 허리끈하기엔 모자란, 말하자면 단역과 조역 사이를 왕래할 인물이다. 그러나 나오는 족족 '똑똑 따먹는' 광대였다. 심봉사가 되어 지팡이를 딱딱거리며 나왔다. 눈을 끔적거리며 온몸을 떨며 와다글닥다글하게 걷는 걸음, 그 자체가 압권이었다. 자신도 얼마나 자신 있는지 객석에 대고 버럭 화를 냈다. "박수 안 쳐? 요것이 얼마나 어렵다고." 두말없이 우레 같은 박수가 쏟아졌다.

보통 광대의 세계에서는 '삼마이'라고 한다. 원래 일본의 가부키에서 '니마이메'라는 미남 배역에 견준 '삼마이메'라는 희극 배역에서 온 말이다. 보통은 된소리로 '쌈마이'라 발음하는데, '삼류'와 동일시되기도 해 눈치 없이 말하면 쌈 날 수 있다. 그러나 나이든 광대들은 '삼마이'의 묘미를 인정하고 높이 친다. 오히려 주역인 '니마이'를 압도하는 '삼마이'가 등장해야 '판이 핀다'고 했다.

요즘 영화나 드라마를 보면 쉽게 이해가 간다. '얼짱', '몸짱'이 주인공인데, 연기까지 잘 갖춘 배우는 극히 드물다. 결국 이런 배역을 싸고도는 조역들이 빛을 발해야 '말이 되는' 극이 되는 것이다. 창극도 극이라 마찬가지로 조연과 단역이 약방의 감초 노릇을 해야 한다. 오히려 감초 역이 더 달짝지근해야 한다. 게다가 창극이라 창을 갖춰야 하는데, 심청, 춘향, 몽룡 같은 주인공은 십대 청소년이다. 그 나이를 쓰면 소리가 형편없고, 좋은 소리를 쓰면 금니가 번득인다. 인물을 택하자니 소리가 울고 소리를 택하자니 인물이 우는 '창극의 비극'이 생겨난다. 결국 적당한 주연을 감싸는 능숙한 조역들이 나서서 창극을 살려야 한다.

사실 적당한 주연도 결코 쉬운 일이 아니다. 다행히 국가 재정으로 운영되는 창극단은 입지전을 꿈꾸는 청년 광대가 목을 걸지만, 떠도는 포장 창극단은 소리는커녕 소리 흉내를 내는 사람도 찾기 힘들다. 결국 생짜배기를 뽑아 대사만 낭송케 하고 나머지는 나이든 조연들이 알아서 메운다. 그러니 더 능숙한 조연이 온몸을 던져 창극을 구해내야 하는 것이다.

또 국영 창극단은 손님이 없으면 전통이라 그렇다고 하면 되는데 장바닥 포장 창극단은 손님의 박수만이 밥을 보장한다. 결국 삼마이의 삼삼하고 쌈박한 연기로 눈물콧물을 쏟아내게 해야 했다. 바로 최고의 해결사가 강준섭이었다. 어린 왕을 섭정하듯 어수룩한 주인공을 감싸며 종횡무진 무대를 누볐다. 〈흥부전〉의 놀부, 〈춘향전〉의 방자, 〈심청전〉의 심봉사, 일평생을 살아온 배역이라 일거수일투족이 경지다.

그중 특장이 심봉사다. 〈심청전〉 중에서도 소리 못해 썰렁한 심청이를 인당수에 밀어넣고 진짜배기 조연들만 나오는 '뺑파막'에서 불꽃이 튄다. 여기에 부인 김애선이 뺑덕어미로 나서면, 일생을 맞춰 온 앙상블이라 폭소의 도가니다. 가던 날이 그날이었는데, 그날따라 쩍쩍 들어맞았다. 기다리고 기다리던 노인들이 배꼽을 잡다 푹푹 쓰러졌다.

"다음 이야기는 내일, 내일은 심청이와 심봉사가 만나는 대망의 하이라이트 '황후막', 해남 군민 여러분의 많은 관람을 바라마지않습니다." 입맛을 쩝쩝 다시며 포장을 나가는 촌로들은 다음날도 유혹과 인내의 지독한 한판 승부를 치러야 할 터였다. 세상에! 허름한 포장극장에 포복절도로 탈장시키는 토종광대가 있었다.

청운만리

강준섭^{姜俊燮, 1933년생} 전남 진도군 임해면 석교리에서 강보문과 박석화 사이에서 났다. 대대로 무업^{巫業}을 이어온 집안이었다. 굳이 말하지 않아도 누구나 알았고, 눈길이 마주치면 외면하고 끼리끼리 "당골네 새끼"라 수군거렸다.

국민학교를 마친 열세 살에는 무명 세 필을 훔쳐 여수를 향했다. 굿판에서 썩고 싶지 않았고, '당골네' 소리보다 '예술' 소리를 듣고 싶었다. 권번을 찾아 소리를 배우다 여비가 거덜나자 유랑단체를 따라나섰다. 이십여 명 정도가 뭉쳐 다니는 '데끼야'였다. 일본의 보부상 조직인 '데끼야'가 그대로 들어온 말로, 공연을 미끼로 물건을 파는 유랑단체였다. 그 허름한 행렬 속에서 김준섭을 만났다.

김준섭》金俊燮, 1913~1968은 전남 곡성 출신으로 판소리 다섯 바탕에 모두 능한 소리꾼이었다. 그러나 젊은 시절엔 무명을 면치 못했고, 1935년 조선성악연구회에 참가하면서 창극의 명연기자로 각광받기 시작했다. 특히 〈심청가〉의 심봉사 역할로 독보적인 명성을 얻었다. 그러나 해방 후 서서히 창극의 인기가 시들해지자 싸구려 물품에 소리를 끼워 파는 떠돌이 단체를 전전하고 있었다. 이름이 닮아서인지 유독 친절했고, 소리와 연기를 가르쳐주었다. 훗날 강준섭의 최고 장기가 된 심봉사 연기를 비롯한 여러 배역을 배웠다.

1948년 10월 19일 여순반란사건이 일어나자 단체가 흩어져 진도에 돌아와 굿을 했다. 2년 후에 6·25전쟁이 일어나 1951년 3월에 제주도 모슬포의 육군 훈련소로 징집되어 일주일간 총 쏘는 법만 배워 강원도 속초로 올라갔다. 수도사단에 배속되었고 고성 전투에서 선봉에 서다가 따발총에 맞아 왼손가락이 떨어져나가고 오른손에 실탄 네 개가 박혔다. 그해 11월, 상이 5급으로 제대해 다시 진도로 돌아왔다.

1952년 열아홉 살에 '딸딸이'를 따라 다시 진도를 나왔다. 소품이나 장치를 손수레에 싣고 가다 자갈밭이라도 만날라치면 딸딸 소리 내어 '딸딸이' 유랑극단이었다. 특별한 이름도 없이 단장의 이름이 단체명인 휘청거리는 패거리. 공터에 천막을 치고 가마니를 깔고 공연했고 약을 팔아 이문을 남겼다. 흥행이 저조한 딸딸이 단체는 똘똘이를 달고 다녀야 했다. 여관비나 밥값을 못 내면 여관 주인이 식구 중 똘똘한 놈 하나를 딸려 보냈는데, 이를 '똘똘이'라 했다. 몇 군데서 실패하면 곳곳의 똘똘이가 붙어 똘똘이끼리 선후배 다툼을 하기도 했다. 그 무렵은 여성들로만 구성된 여성국극단의 전성기였기에 남자 소리꾼은 설 자리가 없어 너나없이 허름한 단체에서 밥을 벌어야 했다. 그들에게 소리를 배우며 딸딸이 단체를 따라 유랑했다.

1950년대 후반, 전후의 폐허가 복구되면서 공장이 세워지고 물품이 쏟아져나왔다. 약이나 화장품 또는 생활용품이었는데, 제품 홍보를 위해 딸딸이 단체를 동원했다. 이합집산을 거듭하던 패들이 마흔에서 쉰 명의 거대 조직이 되었는데, 이를 '오통무대'라 했다. "4대 명작을 많이 했지." 판소리 다섯 바탕 중, 서민에게 설득력이 약한 〈적벽가〉와 잡다한 수중동물들로 분장이 고약한 〈수궁가〉가 빠지고, 대신 〈장화홍련전〉이 끼어 〈심청전〉〈춘향전〉〈흥부전〉과 함께 4대 명작이 된 것이다. 보통은 조선시대의 옷을 입고 출연해서 '이조극'으로 통했다.

점차 강준섭의 인기가 높아졌다. 이미 소리면 소리, 악기면 악기, 안 되는 게 없었기 때문이다. 특히 스승 김준섭의 뒤를 이어 심봉사역이 점차 흥행사들의 입에 오르내렸고, 누구나 눈독을 들여 어느 단체건 선금을 주고 불렀다. 단체를 떠돌던 중 김애선을 만났고 서른한 살에 혼인해 가시버시 광대로 함께 떠돌았다. 특히 두 사람이 짝을 이루는 '뺑파막'은 최고의 앙상블로 여기저기서 불렸다.

1970년에는 백구 여성농악단에 초청되어 갔다. 유랑에도 흥망이 유수해 한때 전성기를 구가하던 여성국극단이 흥행사의 뒤안길로 사라지고 있었다. 비싼 극장을 임대해 순회해야 했고, 거대한 장치와 화려한 의상 등이 몰락의 원인이 되었다. 여성농악단은 특별한 시설을 임대하지 않고 포장을 치고 풍물과 창극을 했다. 대도시뿐 아니라 면면촌촌까지 파고드는 기민한 유랑으로 여성국극 이후 최고의 흥행물이 되었다. 백구 여성농악단에서 신입단원들에게 장단과 연기를 가르쳤고, 단막창극에는 부부가 출연해 인기를 독차지했다.

1979년 여성농악단의 유랑이 멈출 무렵, 부산에서 전보를 받고 진도에 들어갔다. 토종 광대극 〈다시래기〉 복원에 참가한 것이다. 타관에서 떠돈 그의 재능이 고향 민속을 되살리는 주축이 되었고, 1985년에는 〈다시래기〉 예능 보유자가 되었다. 그러나 역마살을 타고난 유랑광대인지라 칠순이 넘은 지금도 유랑중이다. 광대 세계의 불문율 "심봉사엔 강준섭"인지라 집에 앉아 있을 여유가 없는 것이다.

〈다시래기〉와 토종광대

초상이 나면 상주는 대나무나 오동나무 지팡이를 짚는다. 생전에 소갈머리 없는 자손 때문에 망자의 속이 썩어 텅 비었기 때문이다. 그 지팡이에 의지해 억수장마 같은 눈물을 쏟노라면 마침내 상주도 지팡이 속처럼 텅 비어버린다. 이 허허롭고 축축한 밤을 위로하는 놀이가 진도의 〈다시래기〉다. 여럿이 즐긴다는 '다시락'多侍樂이 원

말이라고도 하고, 한 생명이 갔으니 새 생명을 다시 낸다는 '다시 내기'에서 온 말이라고도 한다. 상여를 메러 온 상두꾼들이 놀았고, 때로 전문광대를 초청해 더불어 놀았다.

〈다시래기〉가 일반에 알려진 것은 이것이 1977년 다큐멘터리 〈초분〉에 나오면서다. 물론 현장 풍속은 아니었다. "하품을 해도 삼현육각 잡힌다"는 한량 구춘홍이 노인들의 증언을 토대로 복원하던 차였다. 조병수, 곽문환 등의 농사꾼들이 참여했는데, 한판 뒤집어줄 전문광대가 절실했다. 옛적 마을의 상두계가 전문광대를 초청하듯, 강준섭을 불러들였다. 1980년 5월 진도의 상가에서 공연했고, 10월에는 국립극장에 초청되었다. 예사롭지 않은 민속이라 이목이 집중되었고, 배꼽 잡는 공연이라 초청이 줄을 이었다. 1985년 중요무형문화재 제81호로 지정되었고 강준섭은 '거사' 역으로 예능 보유자가 되었다.

〈다시래기〉의 중심은 거사와 사당놀이다. 남편인 '거사'와 부인인 '사당', 그리고 사당의 내연남인 중, 세 사람이 벌이는 뻔한 삼각관계다. 허나 듣도 못한 상말과 보도 못한 허튼짓으로 배꼽을 잡아 '다시락'이란 말이 실감 나고, 사당이 중의 아기를 낳는 엎치락뒤치락 마무리에는 '다시 내기'란 말도 수긍이 간다. 좀더 자세히 살펴보면 〈심청가〉의 '뺑파막'과 빼닮았다. 거사는 눈을 뜨고도 앞을 못 보는 당달봉사로 심봉사와 같고, 사당은 쥐 뜯어먹듯 벌건 입술 칠한 꼬락서니가 뺑덕어미, 중은 눈을 뜨고 있지만 노는 꼴이 황봉사다. '여기 심청이 있다'에 〈다시래기〉를 초청한 이유였다.

1995년 서울 대학로, 연극의 본향에 촌극으로 나섰다. 사실인즉 무명광대라 객석이 텅 비어 부랴부랴 연극배우들을 불러모아 듬성듬성 채웠더랬다. 광대 강준섭 괘념치 않고 "멀쩡한 눈으로 봉사하라고, 습관 되면 낭패로세" 하며 단박에 당달봉사로 발을 내디뎠다. 지팡이는 리드미컬한 터치로 박을 만들고 두 발은 각각 엇박으로 걷고, 끔적이는 눈 또한 엇박이었다. 신체의 각 부분이 제각각의 장단을 타고 따로 노는데, 마지막 장단엔 합으로 일치했다. 포장극장의 할매들처럼 대학로의 배우들, 첫 장면부터 풀풀 쓰러졌다.

내용으로 치면 말할 수 없이 어설픈 극이었다. 하나 허술한 극을 오로지 온몸으로 견인했다. 인물을 과장되게 표현하지만 뚱딴지같이 넘어지는 슬랩스틱 코미디가 아닌, 실근육 한 올까지도 통제하는 군더더기 없는 몸짓으로 과장의 의도를 살려냈다. 일생을 장바닥을 떠돌며 수련해 완성한 표현체계에 감격에 찬 모 연출가는 "메이어홀드가 찾았을 최고의 광대"라 평했다.

이러한 과장된 연기법을 요구했던 연출가가 메이어홀드였다. 그는 스타니슬라프스키의 '사실적'인 연기법에 반기를 들며, 인물의 전형을 창조하는 '양식적'인 연기법을 주창했다. 쉽게 말해, 스타니슬라프스키가 무대에서 초상화를 그렸다면 메이어홀드는 캐리커쳐를 그렸다. 오늘날 연극, 영화, 드라마는 스타니슬라프스키의 연기법이 주류지만 매 시기 메이어홀드의 연기법이 거론되어왔다. 그날 강준섭의 연기법이 거론의 의도를 파악케 했다.

강준섭은 인물의 특징을 확대와 축소를 통해 코드화했다. 그리고 숱한 반복을 통해 불필요한 동작을 제거해나갔다. 연습실이 아닌 장바닥의 포장무대에서, 딸딸이 단체에서 똘똘이를 달고 다니며, 그리하여 마침내 움직임의 군살마저 털어 춤추는 듯한 인물로 표현했다. 그저 한발 내디디는 순간 곧바로 박수 터지는 경지에 이른 것이다. 메이어홀드도 이런 효과를 원했을 터였다. 사실적인 연기로 표현할 수 없는 것을 표현해 새로운 자극을 가하고자 했던 것이다. 대본이나 연출의 정교함보다 배우의 힘을 믿었던 메이어홀드의 신념, 고도의 훈련으로 몸을 다스려 표현케 했던 연기법, 배우술의 또다른 경전이었던 것이다.

1995년 12월, 자취방과 라면 국물과 담배 연기 속에서 꿈꾸는 대학로 연극에, 채플린 이후 가장 인상적이었을 발자국을 남긴 것이다. 길에서 살아온 광대들이 전해온 역사 서린 발자국이었다. 저 아메리카 할리우드 광장에 명우들이 손도장 박듯, 혁명의 거리 대학로에 토종광대 강준섭이 족적을 깊이 박은 것이다. ●

—

손해천이란 짝을 찾았다. 남원 사람으로 유랑 시절 함께 떠돌던 단짝이었다. 심봉사엔 강준섭, 황봉사에는 손해천이었다. 뺑파막이 한바탕 더 뒤집어졌다. 2006년 서울 풍류극장에서 7일간의 마당극 〈광대〉가 주야 모두 연일 만원이었고, 2009년 한국문화의 집에서 열린 20일간의 〈유랑광대전〉은 주야 모두 연속매진이었고, 2주 연속 티켓링크 판매 1위의 기염을 토했다.

2010년 〈유랑광대전〉은 떠나는 손해천을 위한 무대였다. 젊은 날 풍찬노숙으로 각막이 손상되고 있었다. 광대가 탐하는 꽃은 관객의 웃음꽃. "객석 불 좀 더 밝혀줘." 자신이 피운 꽃을 볼 수 있게 객석도 훤히 밝히고 했다. "막판에 오진 맛 봐서 고맙소!" 본명 손태열» 孫太烈, 1932년 생 예명은 해천, 그렇게 무대를 물러났고 다시 강준섭, 김애선만 남았다.

2012년 강준섭의 팔순, 김애선의 칠순을 겸하는 잔치가 진도에서 열렸다. 판이 판인지라 쟁쟁한 꾼들이 즉흥 잔치를 벌였다. 웃다 지친 판의 막바지에 어정쩡한 초청 광대가 마이크를 잡았다. 초저녁 한탕 벌이를 하고 늦게 도착해 호랑이굴인지 몰랐다. 강준섭이 여기저기를 돌며 소리 죽여 소리쳤다. "박수 쳐! 안 치면 어색해서 더 옹삭한 거 나와!" 떠돌며 곰삭은지라 그런 무색을 알았다.

5

강신^{降神}, 영험은 신령이 주지만
재주는 네가 배워라

서울특별시 서대문구 영천동 사는 한부전씨의 반쪽 남은 결혼사진. 이유인즉슨, 신이 내리자 신랑이 무당하고는 함께 살 수 없다며 자신의 쪽을 떼어갔다. 신은 그렇게 신부의 아담한 꿈을 앗아갔다. 굿은 이 슬픈 여자들의 짜디짠 눈물로 부패되지 않고 상속된다.

—

한양 만신을 찾아서

미덥지 않은 길이 있다. 그러나 존재하는 길, 신의 길이다. 첨단 장비로 미확인 비행물체를 확인하는 시대에, 방울 흔드는 미확인 신비주의를 운운함이 자못 우습다. 그러나 신은 인간 세상에 하강한다. 눈도 비도 아닌 신이, 저 하늘에서 내리는 거다. 운우풍뢰도 거느리지 않고 단출히, 아직 불행을 알아채지 못한 가련한 자의 품 안으로.

신이 내리면 신병 든다. 백약이 무효하고 명의가 소용없는 병. 위론 손잡을 곳 없고 아랜 발 디딜 곳 없다. 그저 혼돈의 나락으로 떨어져내릴 뿐이다. 몸도 정신도 들떠버린 신열, 결국 오열하며 내림굿을 받는다. 예서 '선택'과 '버림'이 같은 말이 된다. 신이 선택하였기에, "사촌도 아는 척할 수 없는" 버림받은 무당의 길이 주어졌다.

무당의 길. 사람의 길흉화복을 가려주며, 무쇠 목숨에 쇠끈 달게 빌어주는 길이다. 그러나 "사람이 아니라 무당"이라 하듯 사람의 삶에서 따돌려진 길이었다. 비 오면 혼자, 볕 나면 그림자와 둘뿐인 외롭디외로운 길. 하여 얇디얇아진 그림자가 오려진 종잇장처럼 일어나 오열했다. 뭉크의《절규》처럼, 일그러진 풍경에 놓인 다리 위에서 하얗게 이지러진 윤곽으로.

육체와 영혼을 조차한 신, 내심 거부했다. 허나 신은 잔혹했다. 불러도 거부하면 가족을 불러갔다. 근처의 생명을 대신 앗아가는 것, '사람으로 대신한 다리'이기에 '인다리'라 한다. 결국 그 다리 위에서 절규했고, 그네들 말대로 "버티다 버티다가 굴복"하였다. 오늘, 과학이 골격화된 세상에서, 미덥지 않은 신의 길을 가는, 믿기지 않는 무당의 길이 존재했다.

남몰래 흘리는 눈물

6백 년 전, 태조 이성계는 한양에 살고팠다. 분분한 의견과 민심의 소란을 묵살하고 새롭게 시작할 신천지가 필요했던 것이다. 기우는 고려는 『운관비기』 따위의 예언서를 들춰가며 '오얏 리»李'씨를 경계했다. 오죽했으면 오얏»자두밭까지 눈엣가시였을까. 한양에 벌리 사를 보내 오얏밭을 초토화하기까지 했다. 그러나 고려는 기울었고 이성계는 부푼 마음으로 한양에 정도했다. 전답과 초근목피를 밀어내고 궁»宮이 지어지고 궐»闕이 들어섰다.

6백 년 후, 서울로 불리는 한양 땅에서 6백 년 전의 선택을 기념하고 있었다. 그 일환으로 '서울 재수굿 열두 거리'를 계획했고, 굿 잘

하는 만신들을 찾았다. 만신»萬神. 존대는 아니지만 무당이라는 거친 결례를 대신해 여러 신을 모셨다는 뜻으로 부르는 말이다. 6백 년을 쉼 없이 부풀어오른 나이테의 눈금을 건너, 잔존한 자연부락에서 그네들의 동정을 탐문하였다.

길라잡이는 굿 연구가 이명준과 이자균이었다. 굿판에서는 그들을 '박사'라고 부르고 있었다. 길이란 길은 척척 꿰니 '소 팔러 가는 데 개 따라가듯' 그저 졸졸 따라갔다. 서대문구 영천동 어디께 마루 깊은 한옥이었다. 벌건 대낮에 광장에 나가 굿하란 말이냐며 할머니는 피식 웃었다. 그리고 무당이 무슨 벼슬이냐며 이내 얼음장처럼 차가워졌다. 두 박사는 과연 박사인지라, '얼음에 박 굴리듯' 미끈하게 속내를 틈타 들었다.

얼마나 지났을까. 할머니가 서랍을 열더니 사진 한 장을 꺼냈다. 사실인즉, 한 장을 채우지 못한 반 장짜리 사진이었다. 구식 결혼사진 속에 연지 곤지를 찍은 신부만 서 있었다. 이유인즉, 신이 내리자 신랑이 무당과는 못 산다며 사진의 반쪽을 떼어간 것이다. 할머니는 꽃답던 시절의 조각난 꿈을 보며, 꿈의 안쪽으로 눈물을 떨어뜨렸다. 김이라도 피어오를 것 같은 뜨거운 눈물이었다.

할머니의 안태본»安胎本은 개성인데, 열아홉에 서울로 시집왔다. 사 남매를 낳을 때까지 언제나 지긋지긋한 잔병치레로 소일했다. 막내가 젖을 먹던 스물일곱 어느 날, 손뼉을 치며 뛰쳐나갔다. 골짜기를 거침없이 올라 들어선 곳이 '작두방'의 집이었다. 일제 때 남산에서 작두를 타자 일본 헌병들이 "혼또니 사명당데스네"»정말 사명당이네"

하며 놀라 자빠졌다는 명무였다. 그날 이후 '작두방'에게 내림굿을 받고 그의 신딸이 되었다.

할머니는 '영실'을 잘 놀아 '영실방'으로 불려다녔다. '영실'은 죽은 이를 천도하는 〈진오귀굿〉에서 죽은 이의 넋이 무당에게 실려 생전에 못 다한 말을 전하는 굿거리다. 굿이란 게 산 자와 죽은 자가 갈라서는 절차에서 성하기에 애통한 상주의 갈급을 풀어주는 영실은 굿을 하게 하는 요긴한 대목이다. 할머니는 넋이 잘 실려 쉴 새 없이 불렸다.

'영실방'에 대칭이 되는 것이 '대감방'으로, 오락성 짙은 '대감거리'에 능한 만신을 이른다. 굿이란 게 산 자들의 축제로 동네방네를 들썩이게 하는 것이기에 노래 좋고 춤 좋은 '대감거리' 또한 굿 중의 굿이었다. 할머니의 '대감방' 소리는 듣지 못했다. 목이 좋아야 하는데 신이 내리자 음독했고 목만 버리고 살아남았기 때문이다. 그러나 굿은 목일지라도 사설이 바르고 장중하다. 특히 바리공주의 일대기를 구송하는 '말미거리'가 일품이다.

할머니의 이름은 한부전»韓富全, 1931년생이다. 그러나 무속의 세계에서 한부전이라는 본명은 낯설다. '꼬추가루'란 별호로 불러야 알아듣는다. 신이 내리기 전 시장에서 고춧가루 장사를 하여 '꼬추가루'라 부르는 것인데, 누가 물으면 "내가 독하고 매워서 그리 부른다오"라고 대답한다. 흐르는 눈물을 감추고 고초당초보다 맵고 독하게 살아온 것이다.

무»巫. 박물관에 진열된 푸른 녹이 낀 청동의 위세품을 보노라

만신 한부전 작두방의 신딸이다. 보통은 별호 '꼬추가루'로 불리는데, "내가 맵고 독해서 그리 부른다우" 한다. 죽은 혼백이나 가는 먼먼 길에서 약수를 길어온 바리공주를 구송하는 '말미거리'가 일품이다. ⓒ 정수미면 전대엔 존대를 받았다는 걸 알 수 있었다. 단군을 당골"무당로 보는 학자도 있듯, 무는 막강한 지위를 지녔다. 신과 인간 사이를 잇는 제사장으로 제정일치의 사회를 이끈 것이다. 그러나 후대엔 하대받았고, 마침내 조선에서는 8천"八賤이 되어 밑바닥 앙금으로 가라앉았다. 그런즉, 무에 있어 역사란 허망한 옛 영화요, 몰락의 연대기다.

시대가 바뀌었어도 인식은 바뀌지 않았기에 낮게 가라앉아 이름마저 깊이 숨기고 있었다. '작두방' '꼬추가루'처럼 '개미' '오도바이' '홰나무집' '돼지엄마' '꽃방집' 등 좀 우습고 궁금한 별호로 살았다. 1994년 봄, 이명준, 이자균, 두 박사와 함께 그 불행한 이름을 호명하러 다녔다. 그때 그 무엇이 다가와 내 인정머리의 가장 안쪽을 꽉 깨물고 있었다.

오줌 눕고 진저리만 쳐도 신 내렸다는 세상

서울에서 굿을 주재하는 무당은 강신무"降神巫이다. 이는 혈연 대대로 무업을 계승하는 세습무"世襲巫와 구별되는 말로, 신이 내려 무당에 들어선 이를 지칭한다. 강신무는 한강 이북 지역에서, 세습무는 한강 이남 지역에서 굿을 주재한다. 물론 강신무든 세습무든 다를 바 없이 모두 밑바닥이었다. 다만 세습무는 대대손손 이어온지라 그 수모에 단련되어 있었고, 강신무는 어느 날 갑자기 모든 걸 한꺼번에 감당해야 했다.

강신자는 먼저 입무의례인 〈내림굿〉을 받는다. 물론 신이 내렸다고 누구나 받는 것은 아니다. 신이 내려도 하찮은 잡신이면 눌러앉혀 평범한 삶을 살게 하는 〈좌정굿〉을 한다. 큰 신이 들어오면 피하지 못할 운명이기에 〈내림굿〉을 한다. 신이 내리면 온갖 잡귀가 틈타 강신자는 미쳐 날뛴다. 그래서 우선 허주^{잡귀}를 벗기는 〈허주굿〉을 한다. 이후에 신을 북돋는 〈내림굿〉을 하는데, 이때 무녀가 평생 모실 몸주신이 들어온다. 그리고 이왕 무당이 되면 굿판에 잘 불려다녀 삶을 도모해야 하기에 훗날 따로 〈불릴굿〉을 한다.

예부터 "영험은 신령이 주지만 재주는 네가 배워라" 했다. 입무자는 〈내림굿〉을 받은 그날부터 〈내림굿〉을 해준 신어머니의 신딸이 되어 시집살이보다 더 혹독한 무당수업을 받았다. 굿은 종류도 많고, 한 종류의 굿도 보통 '열두 거리'라 말하듯 여러 거리로 구성되어 있다. 지도보다 편달이 앞서는 신어머니 앞에서 각 거리의 제법 절차를 제대로 배워야 했다. 그리고 거리마다 "얼씨구!" 하는 추임새가 터지게 춤과 노래를 배워야 했다. 토굴에서 몸부림치는 소리꾼처럼 토악질하며 탁마해야 했다.

집 안에는 '전안'이라는 신전을 차려 신을 모신다. 아침이면 종을 울려 신을 깨우고 정한 물을 길어 '옥수'를 올린다. 초하루와 보름에는 '맞이'를 올린다. '맞이'란 신께 올리는 밥이니, 임금의 수라를 짓듯 정성으로 올린다. 봄가을로 무당 자신을 위한 굿인 〈진적〉을 하는데, 봄에 〈꽃맞이굿〉, 가을에 〈햇곡맞이굿〉이라 한다. 이때는 특히 '명기^{영험한 소리}'를 기원하는데, 대민관계에 아주 유용했다. 또 오뉴월 삼복이 돌아오면 '햇밀 천신', '채미"참외 천신', '사과 진상'을 했다. 그렇게, 1년 열두 달, 다달이 나날이, 시시때때로, 자알 챙겨드렸다.

그러나 이제는 옛말이 되었다. 요즘은 계절별 천신"薦新은 아예 꿈도 못 꾼다. 예의 바른 만신이나 3년에 한 번 정도 〈진적〉을 한다. 예전에 신들은 냄새로 '응감', 빛으로 '기감', 풍류로 '귀감'하였건만, 지금은 떡집에서 맞춘 떡도 감지덕지요, 반쯤 남은 술잔도 감사히 음복한다. 또 절대음감을 갖췄음에도 대충 삑삑대는 피리 소리도 참고 듣는다. 그리고 가시지 않는 허기는 '대학 합격 기원굿' 같은 말도 안 되는 굿판에서 게걸스레 한 접시 비워 해결한다. 목하 신령들이 탈탈 굶고 있는 것이다.

세상이 달라진 때문이다. 예전 팔자를 그르치던 형벌이던 신이 '어서 옵쇼'가 된 세상이 되었다. 신문 복판에 점치는 광고가 고정란으로 자리잡았고, '귀신도 놀라는 운세적중' 따위의 촌티를 벗고 '남편 와이셔츠에 머리카락 묻었어! 스트레이트파마 머리야!'처럼 궁금증을 유발하는 세련된 광고로 진화했다. 여성잡지 신년호엔 으레 '처녀 무당'이나 '엑스세대 무당'을 다루며 스타 대접을 한다. 이제 신은 멍에가 아니라 목에 거는 메달이고 면허증이다. 예전 만신들, '찬물에 기름 돌듯' 따돌려지다 미움이 솟구치면 "니네 집에 무당이나 나라"고 욕을 했는데, 이제는 욕이 아닌 축복이 되었다. 그래서 "오줌 눕고 진저리만 쳐도 신 내렸다"고 〈내림굿〉을 자청한다.

우후죽순처럼 무당이 생겨도 굿은 배우지 않는다. '족집게' '천기누설' 등의 선전 문구를 앞세워 점이나 치고 있는 것이다. 바로 신들이 굶는 이유였다. 올바른 만신이 드물고 선무당만 판을 쳐 '풍요 속의 빈곤'이 된 셈이다. 또 그레셤의 법칙처럼 악화가 양화를 구축 하고 있었다. '홑이불에 이 튀듯' 날뛰는 선무당들 꼴사나워 큰 만신 들이 깊숙이 숨은 것이다.

그 무렵의 발길은, 사람 붙잡는 선무당을 우회하여 꼭꼭 숨은 한 양의 큰 만신을 찾는 걸음이었다. 마침내 인왕산에 올랐을 때 산 아 래 서울이 웅장한 위용을 펼치고 있었다. 6백 년 전의 선택이 과연 옳 았던 모양이었다. 『신증동국여지승람』에서 운운했듯, '북으로 화산을 진산을 삼은 한양 땅은 용이 서리고 호랑이가 꿇어 앉는 기세'였다. 운무 아래 6백 년 도읍지를 내려다보며 국사당이 버티고 있었다.

국사당에서 본 삼인삼죽"三人三竹

국사당은 원래 남산 정상의 팔각정 옆에 있었다. 태조 이성계 가 한양에 도읍을 정한 후 남산을 목멱대왕으로 봉하고 산신제를 올 리던 곳이었다. 또 무격"巫覡을 동원하여 기우제나 기은제를 지내기 도 했다. 국사당"國祀堂, 국사당"國師堂 등으로 기록되었는데, 국가 공 의"公儀로 사용하였기에 애초에는 민간의 사사로운 제의를 금하였 다. 그러나 세월이 흘러 법이 해이해져 일반이 치성을 드렸고 무녀들 이 굿을 하는 당으로 사용되었다. 그래서 국무당"國巫堂으로 불리기 도 했다.

1925년 일제가 남산에 조선신궁을 지으면서 국사당을 헐려고 했다. 뿌리 깊은 건물이라 뜻있는 유지들이 반대했다. 결국 무녀들이 총독부에서 이주비를 타고 신자들의 시주를 모아 인왕산으로 옮겼다. 바로 위에는 기자암으로 유명한 선바위가 있고, 산신각과 칠성각도 나란히 있어 이 땅의 대표적인 무산^{巫山}이 되었다. 서울특별시 종로구 무악동 산2번지에서 3번지 일대니, 세계에서도 손꼽히는 번화한 서울, 그 지붕 위에서 상설 굿판이 벌어지고 있었던 것이다.

국사당의 문을 밀었을 때, 첫눈에 띈 것이 악사들의 복장이었다. 극장에서는 언제나 갓을 쓴 도포 차림이었는데, 굿판에선 양복을 입고 연주했다. 처음엔 의아했는데 생각해보니 생생한 현장이었다. 극장에서 전통의상으로 변장하고 연주하는 음악이 아닌, 아직 수요에 응하는 현장의 음악이었다. 유통기한이 끝나지 않은 음악, 그래서 입던 대로 입고 앉아 음을 생산하는 현장, 그곳이 굿판이었다.

"어이, 이 박사가 두 분 다 웬일이셔" 하며 수인사를 건네왔다. 두 박사가 나를 소개하는 사이 악사들은 담배를 빼어 물었고 우리와 일일이 악수를 하였다. 그렇게 신변잡일을 겸했음에도 음악이 흔들리지 않고 굿이 진행되었다. 담배 연기를 머금었기에 피리와 대금 구멍에서 연기가 모락모락 솟았던 것도 같다. 아마 대나무 대롱을 빠져나온 얼얼한 소리 때문에 생긴 착시가 실황으로 기억된 것인지 모른다. 다만 확실한 것은 피리의 허용업^{許龍業, 1946년생}, 대금의 김점석^{金點石, 1939~2002}, 해금의 김순봉^{金順奉, 1939~2002} 등 당대 최고의 명인들이 한자리에서 합주한 현장이었다는 사실이다.

허용업의 피리 소리는 죽관을 빠져나온 소리라기보다 협곡을 지나온 거센 바람이었다. 구멍을 짚을 때마다 텅텅 소리가 났다. 마치 구멍 아래 항아리를 묻어서 그 독이 울리는 것 같은 웅숭깊은 소리였다. 김순봉의 해금은 더도 덜도 없이 낭랑했다. 흔히 말하는 '거지 깡깽이'가 해금인데, "석 달 장구, 3년 피리, 9년 통소, 30년 깡깽이"라는 말처럼 일생일대의 공력이 담겨 있었다. 강과 약의 중간에서 끊일 듯 이어지는 현 위의 퍼지 이론이었다.

대금이나 피리 같은 관악기의 성패는 '김'이다. 취구에 입김을 불어넣는 강도인데 아랫배에서 끌어올린 김점석의 '김'은 대금을 쪼갤 듯 세찼다. 순간 대금을 촘촘히 휘감고 있는 낚싯줄이 눈에 띄었다. 대나무도 나무라 금가지 않게 동여맨 것인데 워낙 통큰 소리기에 쪼개지지 말라고 감은 듯했다. 굵기도 18호 정도로 튼실한 낚싯줄이었다. 제주 앞바다에서 다금바리를 낚을 수 있는데 굿판에 징발되어 사람 낚는 어구가 된 것이다. 칭칭 동여맨 대금 속으로 온몸이 빨려 들었으니 말이다.

떡 벌어진 굿상, 수팔련, 가지꽃 등이 꽂혔고 층층이 쌓인 과일과 켜켜이 쌓인 떡으로 상다리가 휘청했다. '보암직도 하고 먹음직도 한' 무대장치를 배경으로 한 폭의 화문석이 깔려 무대가 되었다. 만신은 굿거리마다 신복을 갈아입었고, 신은 자신을 상징하는 형형색색의 치레로 강림했다. 화려한 원색으로 꾸며진 화원, 정녕 도읍지 서울이기에 이룰 수 있었던 호사스런 조화^{»造花}였다.

서울, 예나 지금이나 법이 제일 가까운 곳이다. 조선조 내내 음

사로 규정된 굿으로서는 치명적인 박토였을 것이다. 풍기단속령 하나만 내려져도 서울에서부터 시행되었을 것이기에 그렇다. 그러나 험한 단속이 시작되어도 서울이기에 피할 수 있었다. 벼슬아치가 낮과 정치를 관장한다면 그의 마나님들은 밤과 풍속을 관장한 때문이다. 그런즉 여성들이 주된 고객이던 굿은 밤이 도와 살아남았던 것이다.

기록된 역사 속에서 무»巫는 조선시대 공식 종교인 유교의 유생들에 의해 점차 성 밖 우수재로, 물 밖 노량진으로 내몰렸다. 그러나 채 기록되지 않았던 민심엔 언제나 민속종교 무가 자리잡고 있었다. 유교의 도덕률이 미래에 대한 궁금증, 죽음과 영혼에 대한 문제 등에 답할 수 없었기 때문이다. 사서에 기록된 편린을 살피면 무는 유교의 허함을 틈타 구중궁궐 깊숙한 곳까지 들어가 굿판을 벌였다.

예사롭지 않았던 것은 굿판에서 〈자진한잎〉〈헌천수〉 등의 궁중음악도 연주되고 있는 점이었다. 굿이 한양을 배경으로 궁 안팎, 성 안팎과 부단히 교섭해왔음을 입증하는 단서였다. 5백 년의 흥망사를 어찌 몇 줄로 요약할 수 있을까마는, 만백성의 취향을 반영하며 마침내 궁정의 아정»雅正한 법도까지 담아 완성된 거대한 유산이 서울굿이었다.

구만신 '왕십리 개미'

서울의 무는 본^{»本, 사설}에 따라 서로 구파발본, 남으로 노들본, 동으로 각심절본, 세 파로 나뉘어 있었다. 한양은 광역도시로 한양성 바깥 성저십리를 아울렀기에 같은 한양이라도 지역차가 있었던 것이다. 그리고 교통의 발달로 거리가 좁혀진 오늘도 서로 옛 법도를 준수하고 있었다.

그러나 한 분야의 최고가 되면 본^{»本}에 상관없이 어디에서나 불렸다. 이 또한 예부터 내려오는 습속인데, 이들을 '청승만신'이라 했다. 대대로 한양을 들썩인 최고의 스타들이었던 셈이다. 근래에는 '갈월리 이씨^{»본명 미상}', '꽃방집^{»본명 배순이}', '노들 순자^{»본명 최순자}' 등이 유명했다. 다들 고인이 되었는데, '왕십리 개미'는 아직 생존해 있었다. 무속에서는 해방 전에 신 내린 이를 '구만신', 해방 후에 신 내린 이를 '신만신'으로 구별했다. '왕십리 개미'는 해방 전에 신이 내려 옛 법도를 제대로 학습한 마지막 '구만신'이기도 했다.

본명 김유감^{»金有感, 1922년생}, 쪽진 가르마가 차갑도록 단정했다. '준치가시에 쌀쌀이'라고 부른다오, 하며 스스로 즐기는 별명을 말했다. 그리고 살짝 웃는데, 얼굴에 남김없이 퍼진 웃음이 마치 일곱 살 소녀 같았다. 그러나 찰나보다 더 짧은 순간이었다. 언제 웃었느냐는 듯 별명같이 싸늘한 얼굴로 바뀌어, "못 나가요" 한마디만 던졌다.

기획중이던 〈재수굿〉의 노른자위는 역시 '대감거리'였다. 대감은 재물운을 관장하는 현세구복적인 신으로, 주로 집터를 관할하는 터줏대감을 논다. 여기에 상산대감, 신장대감, 군웅직성대감, 몸주직성대감 등도 불리는데, 모두 욕심 많고 탐심 많은 대감들이다. 그래서 "천 냥을 쓰면 만 냥을 준다"는 사설처럼, 예비 십일조를 하고 열 배의 축복을 기다리라는 굿거리다. 재가^{齋家}집도 구경꾼도 큰맘 먹고 쓰는 거리고, 만신들도 한몫 보는 거리기에, 대대로 '대감방'이라 불리는 춤과 소리의 명인이 들어섰다. 김유감, '대감거리'에 한해서는 '개미 위에 개미 없고 개미 아래 개미 없는' 둘도 없는 이였다.

차가운 표정 아래서 오들오들 떨 때 문득 오묘한 생각이 지나갔다. 1990년 무렵 경기민요 소리꾼들이 김유감에게 '대감거리'를 배웠다. 그리고 〈대감놀이〉란 이름으로 경기민요 레퍼토리로 만들어 무대에 올렸다. 빅히트를 했고 갱년기에 좋다는 약 광고에도 나오게 되었다. 넌지시, 요즘 경기민요 〈대감놀이〉의 인기가 높아졌다, 그래서 그 사람들의 〈대감놀이〉를 문화재로 지정한다던데, 그 소식 들으셨나요? 낚싯바늘 같은 물음을 던졌다. "그런 법이 어디 있어요!" 갑자기 언성을 높이며 다가들어 물었다. "때와 장소를 대세요."

1994년 4월 2일, 서울놀이마당에서 '서울 재수굿 열두 거리'가 벌어졌다. '대감거리'에 나선 김유감은 종교와 신앙은 제쳐두고 우선 어깨부터 들썩이게 했다. 목을 조이면 탁성이 나는지라, 신체 하부 어딘가를 조여 더 단단히 여며내는 '옥반에 진주 구르는' 소리였다. 때론 귀청이 떨어지게 높은 음을 질러댔고 "꺄악!" 지르는 외마디마저 음악이 되는 강렬한 소리였다. 말하자면 맑디맑은 헤비메탈이었는데 온몸으로 토해낸 소리에 절로 신들려 신바람났다. 그날, 이른 봄이었는데 벌써부터 가을의 낙엽처럼 푸른 지폐가 휘날리고 있었다. ●

김유감의 '상산거리' 최영, 조선의 걸림돌이 조선 최고의 신이 되었다. 무장한 무녀 김유감이 나서는데, 한 걸음 한 걸음이 천근이다. 최영과 휘하의 천군만마가 함께 강림한 것 같은 묵직함. 후로 누구도 그리 못 출 전무후무한 춤. ⓒ 정수미

아직도 '왕십리 개미'라오
김유감

우왕 14년^{»1388년} 5월 7일, 압록강 위화도에 비가 내렸다. 장대 같은 장맛비. 강물이 불어 비좁아진 섬에서 요동치던 함성이 축축이 젖었다. 빗발 너머 랴오뚱을 보며 갸우뚱했고 대륙의 꿈은 기우뚱해졌다. 5월 28일, 조민수를 회유한 이성계가 말 머리를 돌렸으니 역사가 기록한 위화도 회군이었다.

고려의 주춧돌 최영, 조선의 걸림돌이었다. 파죽지세로 밀고 내려온 이성계에 맞서다 만월대에서 칼을 던졌다. 두 사람, 빗발치는 화살 아래서 전우의 시체를 넘고 넘었기에 마주 서서 서로 울었다. 이성계는 "그대 부디 잘 가라"했고, 최영은 남으로 유배되었다. 그해 12월, 최영이 압송되어 처형되던 날 '개성 사람들은 저자의 문을 닫았고 거리의 아이들이나 시골의 부녀자나 할 것 없이 모두 눈물을 흘렸다'고 『고려사 열전』은 기록했다.

개성의 덕물산, 인간의 역사에서 억울하게 물러난 최영이 신으로 좌정한 곳. 이 땅의 무격들이 배알하고 머리 숙여 잔 올리는 무의 메카가 되었다. 산꼭대기에 있는 산상동에서는 2년에 한 번 도당굿을 하는데, 최영을 모신 장군당에 올리는 돼지고기를 '성계육'이라 한다. 곧 최영 앞에 이성계를 바치는 것이니, 역사 속의 드잡이가 신의 세계로 옮겨간 것이다.

서울 정도 6백 주년 기념 굿판, '상산거리'에 최영이 강림했다. 무장한 무녀가 언월도와 삼지창을 나눠 쥐고 호령했다. 새삼 생각하니, 이성계의 도읍에 최영이 모셔진 것이다. 혹 그래서 조선조 내내 굿이 박대받은 건 아닌지. 이태 후 서울굿이 문화재로 지정되었으니, 이 또한 6백 년 만에 이뤄진 신들의 화해는 아닌지. 어쨌든 그날, 역사의 라이벌이 신이 되어 우리의 서울살이를 관장함을 알았다. 이성계는 종묘에서, 최영은 굿판에서. 6백 년 고도 서울의 관례였다.

일곱 살 귀업이 만신

김유감[»]金有感, 1922년생은 임술년 동짓달 열하루 경성부 광희동에서 났다. 아이 때는 '개미'로 불렸다. 무엇이든 물고 들어오는 개미처럼 복록을 들이란 뜻이었다. 호적에는 '유감'으로 올렸다. 일설에는 딸이라 유감천만이어서 '천만'으로 올리려 했는데, 친척 중에 '천만'이 있어 유감스럽게도 '유감'으로 올렸다 한다. 훗날 본명 '유감'과 아명 '개미'가 합해져 '유개미'가 되었고, 자라난 곳 왕십리가 붙어 '왕십리 개미’ 혹은 ‘왕십리 유개미’로 불리며 장안을 들썩이게 한 것이다.

어머니 반승업은 양반가에서 신이 내려 무업에 들어섰고 ‘삼신방’으로 불렸다. 명성황후 앞에서도 굿을 하여 비취반지를 하사받기도 한 명무였다. 대개 신내림은 대물림하지 않지만, 때때로 신과 가까운 집안이 있어 내리 무당이 되는 경우도 있었다. 보통 ‘무당 부리’‘뿌리가 있다’고 말하는데, ‘산삼 난 자리에 산삼 나듯’ 탁월한 명무가 난다고 한다.

일곱 살 먹던 해 5월의 어느날, 소꿉장난을 하다가 “벼락 대신 내렸다”며 손뼉을 치고 뛰어나가 엉겅퀴와 가시넝쿨을 헤치고 무학봉에 올라갔다. 수풀당 앞에 우뚝 선 바위 밑을 팠다. 빨간 헝겊에 싸인 부채와 방울, 그리고 점칠 때 쓰는 엽전 열두 냥 닷 푼이 나왔다. 옛 만신이 묻어둔 ‘귀업이’였다. ‘귀업’‘귀신의 업이’는 ‘구업’‘구만신의 업이’라고도 한다. 신이 내려 무당을 하다가도 신기가 떨어지거나 일신상의 형편으로 무업을 그만두는 경우가 있는데, 이때 자신이 쓰던 부채나 방울을 땅에 묻는다. 이 ‘귀업이’를 훗날 새로 신이 내린 무녀가 신령의 계시로 찾아내는 것이다. 이런 무녀는 ‘귀업이 만신’이라 하며 특히 영험하다고 한다.

아이는 허겁지겁 귀업이를 얼싸안았다. 그런데 누군가 그것을 빼앗았다. 백주 대낮에 손뼉을 치고 산으로 뛰는 아이의 앞길을 알아차린 수양아버지 이씨가 뒤를 밟았던 것이다. 이씨는 귀업이를 빼앗고 왼뺨을 세 번 때려 신을 예방하려 했다. 아이는 털썩 주저앉아 울음을 터트렸다. 귀곡성처럼 그치지 않는 울음에 겁에 질린 이씨가 귀업이를 다시 집어주었다. 아이의 울음은 그쳤으나 접힌 다리가 붙어 펴지지 않았다. 그날부터 앉은뱅이가 되어 집안에서 대소변을 받아 냈다.

이튿날부터 점을 치는 '무꾸리'를 했다. '무꾸리'는 '묻는 거리'에 서 난 말로 예나 지금이나 뭇사람들의 관심거리다. 무꾸리를 하더라 도 신이 내린 즈음이 가장 영험한데, 귀업이까지 캔 일곱 살 무당이 었다. 장안에 소문이 자자했고 인파가 꼬리에 꼬리를 물어 미처 신발 을 정리하지 못했다. 일곱 살 되던 해 5월에 주저앉아 일곱 달을 지 낸 후, 동짓달에 손뼉을 치고 일어났다. 곧바로 다시 걸었고 섣달부 터 어머니를 따라 굿을 하러 다녔다.

사실 신을 거부해보려고 학교에 들어갔다. 그랬는데 책 속에는 검정 줄들만 그어져 있고 글자가 보이지 않았다. 그리고 눈이 빠질 듯 아팠다. 결국 사흘 만에 작파했으니 사흘간의 출석이 최종 학력이 되었다. "그래도 1, 2, 3, 4는 알아요. 전화도 돌릴 줄 알고."

아홉 살에 정식으로 〈내림굿〉을 했다. 신어머니는 '왔소집'이었 다. 일본 순사들 때문에 굿을 할 수 없게 되자 "왔소 왔소 내가 왔소" 만 반복하다가 그만 '왔소집'으로 불리게 된 만신이었다. 그 외에도 칠선네 할머니, 호랑집장이, 바둑 어머니 등이 함께했다. 최영 장군 과 맹인 여신장이 몸주신으로 들어왔다.

장안 최고의 청승만신

굿은 신어머니 대신 어머니 반승업에게 배웠다. 하루도 쉴 새 없이 불리던 명무였으니, 이미 태 속에서부터 배운 것이나 마찬가지였다. 오빠 김만용도 굿판의 악사로 피리, 대금, 해금에 두루 능했기에 집안이 배움터가 되어 무릎맞춤으로 가무악을 터득해갔다. 또 예부터 왕십리에는 소리꾼이 많아 지척에 소리가 낭자했다. 집 근처 권번에서는 매일 동기들이 목을 빼어 민요를 부르고 있었다. 사는 곳이 가무악의 본바닥이었기에, 오다가다 저절로 익었다.

열 살에 왕십리 우편소 뒤에서 굿을 하고, 잠시 이사해서 살던 시구문 밖으로 가기 위해 전차를 탔다. 그런데 그날 굿을 보고 반한 시아버지가 자전거로 전차를 뒤밟아 집을 알아놓고, 다음날 시할머니를 비롯한 세 분의 어른과 들이닥쳤다. 열다섯 살 되던 해 2월에 시댁에서 정식 청혼을 해왔고 이듬해 3월 스무이레 날 혼인을 했다.

스물한 살 때부터 개성 덕물산에서 치성을 드렸다. 무격이라면 누구라도 참배해야 하는 성소였지만, 최영 장군을 몸주신으로 모셨기에 더욱 중한 일이었다. 특히 단골 중에 이구대라는 개성 상인이 있어서 더욱 자주 오르게 되었다. 해방될 무렵까지는 신어머니 '왔소집'과 장충단 창근 할머니, 송파집 순이 등과 굿을 했고, 해방 후에는 사돈되는 이갑릉씨와 굿을 했다.

"예전에는 굿을 못 했어요. 가시꾼들이 들끓어서요." 굿판을 벌여놓으면 신보다 건달이 먼저 왔다. 일제와 해방공간에서 신의 위엄은 손상되었고, 전쟁 후에는 버르장머리 없는 건달이 먼저 한잔 들이켰다. '가시꾼'이라 부르는 건달이 굿판에 진주하면 민요라도 불러줘야 굿을 시작할 수 있었다. 한 상 걸게 차려놓고 〈토끼타령〉〈범벅타령〉 등을 불렀다. 전후 서울이 급격히 부풀어오를 때는 새로 이사 온 이웃과도 문제였다. 결국 굿은 점차 집이나 마을의 잔치마당을 떠나 산중의 굿당으로 올라가게 되었다. 또 민가에서도 단골이 많은 만신의 집을 중심으로 전문적으로 굿당이 만들어졌다.

1970년대에는 삼선교의 '도서방집'이 유명해 장안 명무들이 다 모였다. 김유감과 노들 순자, 오도바이, 병호 엄마, 상님이, 수철이 처, 불사방"곤이 엄마 등이 청승만신으로 불렸다. 이중 〈진오귀굿〉이 크게 나면 노들 순자가 불렸고 〈재수굿〉이 크게 나면 김유감이 불렸으니, 최고의 청승만신이었다. 1980년대에는 홍제동 박사장의 산신각이 유명했고, 역시 청승만신으로 불렸다. 최고의 목으로 들먹여지던 노들 순자가 1980년 무악의 명인 최석길의 〈진오귀굿〉을 하다 쓰러진 후엔 독야청청 유개미의 시대였다.

1990년에는 은퇴하고 박사장의 산신각에 나가지 않았다. 오랜 친구였던 오도바이"박어진나 신동생인 상림이"김상설, 꼬추가루"한부전 같은 옛 만신들과 교분을 갖는 정도였다. 경기명창 김혜란, 김영임 등이 서울굿과 〈대감놀이〉를 배운 때가 이 무렵이었다. 굿판의 〈창부타령〉이 경기민요로 흘러 레퍼토리가 된 것처럼, 창법이 같기에 예부터 함께 어우러진 경우가 많았다. 특히 작고한 경기명창 안비취

와는 각별한 사이였던지라, 경기 소리꾼들 사이에서 "목청 좋고 대감 잘 노는 개미 할머니"로 전설처럼 회자되고 있었던 것이다.

어떤 대감이 내 대감이냐

정도 6백 년 기념 '서울 재수굿 열두 거리'[']서울놀이마당, 1994년 4월 3일. 첫 거리인 '부정거리'에서부터 전설을 실감케 했다. 악사와 같이 앉아서 장구를 치며 부정을 물리는 무가를 구송하는데, 장구가 철썩 달라붙었다. 장구의 열채로 채편을 칠 때 '처얼썩' 하고 눌렀다가 떼는 것이었다. 순간이란 말도 쓸 수 없는 짧은 순간에 일어나는 본능적인 버릇이었다. 그냥 쳤다 떼는 소리가 벙벙하다면 이 소리는 갱엿에 달라붙듯 '쩌억쩍' 붙는 소리가 났다. 가벼운 터치 같지만 온몸의 힘이 남김 없이 들어간 무거운 소리. 제대로 배워 일평생을 두드리며 얻은 장구의 성음이었다. 그 박 위에 낭랑한 소리를 얹었다.

놀이마당을 겹겹이 에워싼 인파는 경기민요 단체도 아닌데 그보다 더 구성진 소리에 놀랐다. 물론 본인은 더욱 놀랐다. 일생을 작은 방에서 굿으로 소일했는데, 인산인해로 운집한 광장에서 노래하고 있었기 때문이다. 잠든 카리스마가 용트림하며 목청껏 지르는 순간, 누구 할 것 없이 몸에 파르라니 소름 돋고 있었다.

문제는 굿판에 들어서더니 도무지 내려올 생각을 않는 거였다. 다음 무녀를 올려도, "저리 비켜요, 뭘 안다고 나와요" 내쫓고 자신이 계속했다. 그러니까, 여섯 명이 열두 거리, 각자 두 거리씩, 한 명에 얼마씩, 여섯 명이니 총 얼마, 하는 식으로 예산서를 만들었다. 다른 만신도 굿을 해야 사진 찍고 출연료를 지급할 터인데, 그만 혼자 다 하고 말 기세였다. 애가 타게 애원해 겨우 한두 만신을 끼워넣었고, 아직 서지 못한 만신이 있어 또 용을 쓰는데, "여긴 저 할머니가 해야 해요" 다섯 만신이 약속한 듯 말했다.

'상산거리'였다. 최영 장군과 여러 장수들을 모시는 거리인데, '상산 마누라거리'라고도 했다. 학자들은 '상산'을 최영을 모신 덕물산 산상 마을의 '산상'으로 보고 있고, '마누라'는 오늘날처럼 아내의 낮춤말이 아닌 상전, 마님, 임금 등을 이르는 극존칭이니, '상산마누라'는 곧 최영 장군이다. 여러 장수를 모시지만 역시 주신은 최영임을 거리명에서 거론하는 거리였고, 서울굿 전체에서 가장 비중 있는 거리였다.

무관이 입던 남철릭을 입고 그 위에 협수를 걸치고 붉은 대띠를 매었다. 머리에는 큰머리라 하여 큼지막한 장신구 덩어리를 이었고 그 위에 갓을 썼다. 미리 입고 나선 것이 아니라 주악에 맞추어 서서히 입는 것이었다. 일생을 입고 벗은지라 그 자태가 곧 춤이었다. 다시 갓을 벗어들고 굿상 앞으로 가는 '드리숙배', 빠져나오는 '날숙배', 그렇게 동서남북을 향하는 '방수밟기'를 했다. 화려한 화문석 위를 디디는 버선, 솜버선을 신고 그 위에 겉버선을 뽀드득 소리가 날 정도로 당겨 신어 가늘고 도톰한 외씨를 만들었는데, 그 외씨의 유선형이 꽃자리를 사뿐히 밟자 물결이라도 번져나갈 것 같았다. 봄 우물에 떨어진 꽃잎의 파란같이 설레게 하는 발걸음. 춤이 나오기 전에 이미 춤이 충천해 있었다. 서서히 연주가 빨라지자 삼지창과 언월도를 두드려 소리를 내더니 "의이!" 하며 뛰기 시작했다. 종이 한 장 높이를 뛰는, 뛴다기보다 '들림 받는' 느낌의 도무»跳舞. 강렬하지만 결코 우아함을 잃지 않는 절제된 격렬함이었다.

이어진 '신장거리'에서는 빨강, 파랑, 노랑, 하양, 검정»요즘은 연두색으로 대치 오방기를 들고 춤을 추었다. 그리고 오방기를 둘둘 말아 구경꾼더러 뽑게 했는데, 붉은색을 뽑아야 대길하다고 했다. 또 기를 뽑은 사람에게 궁금한 것을 말해주는데, 일곱 살 귀엽이 만신답게 "그 돈 못 받아요!" 버럭 소리를 질렀다. 마침내 쾌자를 입고 우족을 어르면서 〈대감놀이〉에 들어가니, 유아독존 오로지 그만의 세상이었다. '들어는 보았수? 내가 그 왕십리 유개미라오!' 하는 마음으로 "어떤 대감이 내 대감이냐" 와락 소리쳤다.

1994년 12월에 KBS라디오에서 〈새남굿〉을 녹음했고, 1996년 5월에는 〈서울새남굿〉으로 중요무형문화재 제104호로 지정되었다. 망자를 천도하는 사령제의로 치르는 〈진오귀굿〉보다 규모가 크고 더 격식 있는 굿이다. 김유감이 나서자마자 기다렸다는 듯 순식간에 진행된 일이었다. 무속의 길이 순탄치 않았음을 상기할 때, 국가는 602년 만에 지속적인 박해를 거두고 그것을 서울의 일부분으로, 보이지 않은 누각으로 인정한 것이다.

굳이 의미를 부여하지 않아도 문화재는 좋은 것이었다. 일평생을 애 어른 할 것 없이 자신을 '개미'라고 불렀는데, 이제는 '회장님'

이라 부르기 때문이다. 왕십리 자택에 서울새남굿보존회가 설립되었고 보존회장을 맡았다. 그래서 듣는 회장님 소리를 말년에 본 늦둥이처럼 애지중지했다. 한번은 전화를 넣으며 "회장님 계세요" 했더니 선생이 직접 받으며 "예! 제가 회장님이십니다"라고 대답했다. 때때로 왕십리에 들를 때면 '어쩐 일이샤' 하며 손뼉을 쳤고, 서울의 중류사회가 쓰는 표준말의 그물에도 걸리지 않는 서울 사투리 '반가시다"^{반갑습니다}'로 반겼다. 언제나 진설될 음식이 만들어졌고, 무복이 다려지던 왕십리 그 집, 굿뿐 아닌 옛 서울의 말과 맛과 멋이 집결된 마지막 보루 같은 집이었다.

공연도 보고 점도 치고

　1997년 정월에는 굿으로 일주일 장기공연을 하였다. 제목은 '명인 김유감', 그러나 형편상 '공연도 보고 점도 치고'란 맹랑한 부제를 만들어 제목처럼 앞세웠다. '상산거리', '신장거리', '대감거리'에 이르는 〈재수굿〉의 노른자위를 공연했는데, 얼마나 목이 튼실한지 일주일 내내 청 하나 변치 않았다. 또 호객행위로 붙인 부제에 맞게, '신장거리'에서는 영험도 선사했다. 꿈결도 수줍은 아가씨가 조심조심 기를 뽑고 소곤소곤 묻자, "갈팡질팡 마라, 그 사람 아니다!" 간 떨어지게 소리쳤다.

　맹랑한 제목 덕에 신문과 방송의 보도가 커, 일주일간 연일 매진 인파가 몰려 공연도 보고 점도 치고 갔다. 공연 이후 〈내림굿〉이 쇄도했고 무꾸리 손님이 줄을 섰으며 제대로 배우지 못한 강신무들이 몰려 배움을 간청했다. 또다시 '왕십리 개미'가 회자되는 전성기가 시작된 것이다. 잊혀진 단골집들이 연락해와 다시 굿을 나갔고 국내 행사나 축제에서 서울굿을 놀았다. 1997년 8월 괌 KAL기 사고 위령제, 1998년 독일 함부르크 박물관 초청공연, 2000년에는 헝가리 국제 샤머니즘 학술발표회에서 〈새남굿〉을 했다.

2003년 겨울, '여무, 허공에 그린 세월'을 준비하며 왕십리를 찾았다. 명무^{»名巫}이자 명무^{»名舞}였기 때문이다. "내 춤을 누가 따라오우. 내 노래를 누가 따라해. 이렇게 있으니 답답해" 휠체어 위에서 안타까이 말했다.

2005년에는 제자들을 가르치다 일평생 몸주신으로 모셔온 '상산마누라' 최영 장군이 6·25전쟁 때 죽었다고 말했다. 2006년에는 사람을 알아보지 못하고 "댁은 뉘시우?" 했다. 한번은 총기가 들더니, "지금 무당들 팔자 좋아요" 했다. 해방 이전에 신이 내려 옛 법도를 학습한 구만신 '왕십리 개미'의 그 한마디, 왕십리를 나오는 내내 이명처럼 울리고 있었다. ●

———

2007년 남산 한옥마을에서 〈새남굿〉을 공연하고 있었다. 사진을 찍자고 했더니 낯선 사람이 사진 찍자고 한다고 울었다. 그렇게 기억을 다 잃었는데 장구 가락은 멀쩡했다. 휠체어에 앉아 있을 때도

꽃을 매만지면서 굿 일을 했다. 장안 최고의 명무는 굿만 남은 모습으로 남은 생을 살았다. 2009년 5월 15일 오전 2시 30분 서울 한양대병원에서 노환으로 별세했다. 향년 85세.

본향 꽃밭의 길라잡이
이상순

초상이 나면 집 밖에 사잣밥을 차린다. 저승사자를 셋으로 생각해 신과 돈과 밥을 각각 셋씩 올린다. 신은 먼길 가며 갈아신으라고, 돈은 잘 봐달라는 뇌물로, 밥은 요깃거리로. 이때 반찬은 간장이나 된장만 낸다. 짜게 먹으면 목말라 자주 우물을 찾기에, 끌려가던 망자가 쉬어갈 수 있다는 생각에서다. 무속신앙을 갖지 않았더라도, 엄격한 유교식 장례를 치르더라도, 떠나는 망자를 위해 으레 차리는 의례다.

사령제의는 망자를 위해 벌이는 보다 적극적인 의례절차다. 예서 '적극적'이라 함은 죽음 이후의 세계, 유교에 없는 극락세계를 상정하고, 굿을 통해 망자를 그곳에 들게 한다는 것이다. 물론 유교 이전부터 내려온 원형의 관념이다. 전래된 불교와 도교를 습합하며 내려온 의례이며, 지옥을 벗고 서천의 본향 꽃밭으로 향하게 하는 절차다.

만신 이상순 "예수는 서양 만신, 부처는 인도 만신, 무당은 조선 만신 아니오." 너스레를 떨며 바라를 친다. 이제 곧 무꾸리를 시작할 터이다. 무꾸리는 '묻는 거리'가 줄어서 된 말로 곧바로 줄서게 하는 거리다. ⓒ 정수미이 천도 의례를 서울에서는 〈진오귀〉라 한다. 초상이 나면 곧 바로 하는 〈자리걷이〉, 죽은 지 1년 안에 하는 〈진진오귀〉, 그 이후에 하는 〈묵은 진오귀〉로 나뉜다. 〈진오귀〉 중에서도 규모가 큰 굿은 〈새남굿〉으로 부른다. 또 〈새남굿〉도 규모에 따라 얼치기로 하는 〈얼새남〉, 보통으로 하는 〈평새남〉, 큰돈 들여 하는 〈천근새남〉, 그보다 더 크다는 〈쌍계새남〉으로 구분한다. 골격은 같지만 상황과 규모에 따라 넣고 빼는 절차가 있는 것이다.

죽은 자에 대한 예우의 규모는 산 자의 위신이다. 삶과 죽음으로 갈라설 때 이승에서의 마지막 의례를 화려한 절차로 꾸며낸 〈새남굿〉. 대대로 '새남만신'이라는 걸출한 자가 주재했다. 찬란한 꽃길로 인도하는 길라잡이, 새남만신. 모든 만신이 꿈꾸는 자기완성의 경지였다. 명륜동 '은하 엄마', 옛 명무를 찾아 발품으로 탁마한 우리 시대 가장 완성된 새남만신이다.

용한 새댁

이상순^{李相順, 1947년생}은 서울 금호동에서 태어났다. 아버지는 경찰이었다. 6·25전쟁이 나자 인민군이 가족을 붙잡아 자두밭에서 총을 쏘았다. 피비린내 나는 구덩이에서 홀로 기어올라왔다. 같은 마을에 살던 양부모가 길러줬다. 양어머니 명세정은 신이 내렸어도 버티다가 결국 아들을 잃고야 굴복해 신을 모신 평안도 무당이었다. 상순을 배 아파서 낳은 딸처럼 잘해주었다.

다섯 살에 뒷목에 종기가 났다. 나이들면서 종기가 점점 머리를 타고 올라와 언제고 긁적거려야 했다. 오줌에 닦아보고 기차 기름을 발라봐도 소용없었다. 이내 머리가 다 헐었고 진물이 내려와 눈이 가물가물해갔다. 냄새 때문에 학교에도 갈 수 없었다. 집에 손님이 오면 양재기를 챙겨들었고 다락에 넣어졌다. 어두운 다락에서 양재기에 오줌을 누며 꺼내질 때까지 기다렸다. 꺼내지면 쓰레기통에 앉아 흐린 눈으로 지나는 행인을 보며 용한 소리를 했다.

양어머니는 굿판에 서면 신을 섬겼고 술판에 서면 신을 저주했다. 피란 온 평안도 사람의 의뢰로 굿을 했는데, 그것도 가물에 콩 나듯 해 점점 술판만 늘었다. 술이 들어가면 죽은 아들의 이름을 부르며 갈퀴처럼 손가락을 세워 문창호를 긁고 찢었다. 그리고 신을 향한 욕설이 한없이 밀려나왔다. 그런 밤이면 몇 번이고 어두운 길을 걸어 어머니를 더 미치게 할 술을 사와야 했다. 갈수록 굿이 줄어갔고 그나마 자신의 용한 말로 겨우 굿이 만들어졌다

열다섯 되던 해 삼월 삼짓날, 머리를 감다가 갑자기 울음이 복받쳤고 이내 말문이 터져버렸다. 이리 뛰고 저리 뛰며 이 소리 저 소리를 지껄였고 모두가 딱딱 맞았다. 대한극장 뒤편에서 동대문에 있는 동묘까지 뛰어갔다. 문지기에게 "내가 쌍둥이를 낳았는데 내 것을 달라"고 횡설수설했다. 그런데 신통하게도 그 전날 쌍둥이 엄마가 무당을 작파하려고 동묘에다 부채와 점돈을 버려두고 간 것이었다. 그것을 받아왔고 지금도 간직하고 있다. 어머니에게 〈내림굿〉을

받았고 '한양대신'이 들어왔다. 그날부터 머리의 진물이 가셨고 병원에서 광대뼈 위쪽의 죽은피를 빼니 눈병도 나았다. 그때 세상의 어둠이 가시고 한꺼번에 환히 밝아왔다.

〈내림굿〉으로 부스럼과 눈병이 사라지자 꽃처럼 피어났다. 곱고 용한 처녀무당이라 소문이 났고 손님이 밀어닥쳤다. 굿이 싫어 굿을 배우지 않고 점만 쳤고 오로지 신을 뗄 생각만 했다. 사람들 말로 결혼하면 신이 떨어진다 했다. 열아홉 이른 나이에 춘천으로 시집을 갔다. 동짓달 초하루에 무당임을 속이고 결혼을 한 것이다. 한번은 시누이와 시장을 갔더니 누가 손뼉을 치며 알은척했다. "아니, 그 용한 처녀무당 아니시오?" 시장에서 한복집 하던 그녀는 서울에서 자신이 점을 쳐주었던 여자였다.

이듬해 봄이 되니 신이 다시 극성을 부렸다. 우물에서 아낙들이 얘기꽃을 피우는데, "그 집안으로 시집가면 도로 와요" 툭툭 용한 말이 터져버렸다. 결국 다시 '용한 새댁'으로 불렸고 집안에서는 가족회의가 열렸다. 점잖은 사람들이라 부디 '행위'만 하지 말라 했다. 그러나 그럴 수도 없는 것이어서, 근처의 무당을 찾아 굿할 사람 굿하게 하고 자신도 손 비벼 빌어주었다. 그런 날이면 남편이 문을 닫아걸고 몽둥이로 쳤고 온몸이 멍들어 구렁이가 감은 듯 시퍼런 줄로 가득했다. 결국 어설픈 '행위'를 그만두었다. 그때 택시회사를 하던 남편이 큰 사고를 내 전 재산을 밀어넣었다.

1968년 서울로 올라와 동부이촌동 철길에서 살았다. 어머니가 팔아준 쌀 한 되를 선반에 두었다. 기차가 지나니 한 홉 남은 쌀이 가볍게 흔들렸다. 이제 마지막 한 끼를 지어먹고 나면 산 입에 거미줄 칠 판이었다. 사과 궤짝을 가져와 나무를 뜯어 전안상을 만들었고 양재기 세 그릇에 옥수를 올렸다. 그랬더니 누가 대문을 밀고 빼쭉이 머리를 내밀었다. 순간 자신도 모르게 "애가 아프구려" 하고 용한 말이 나갔다. 어김없었다. 쌀 석 되, 술 석 잔, 북어 세 마리 그리고 돈 3만 원을 준비하라 했고, 그 집에 가 빌자 병원에서도 포기한 피똥 싸던 아기가 나았다. 전안상을 만든 날, 쌀 석 되, 술 석 잔, 북어 세 마리, 돈 3만 원을 벌었다.

"거적문을 드나들어야 신을 모신다"는 구만신들 말처럼, 결국 기찻길 옆 오막살이를 드나들 때야 신을 모셨다. 제대로 모시려니 집이 필요했다. 향 피우는 무당을 반기는 집주인은 어디에도 없었기 때문이다. 그해 가을, 돈이 좀 모여 퇴계원에 집을 사 전안을 꾸몄다. 큰딸이 은하여서 '은하 엄마'로 불렸다. 누군가가 잘 불리려면 〈바리공주〉를 배워야 한다고 했다. 이왕 무당으로 나선 것, 제대로 된 '문서'를 배우고 싶었다.

바리공주를 찾아서

만신들이 말하는 '문서'는 무가사설과 그에 따른 의례절차를 총칭한다. '문서'라고 했음에도 성문화된 것보다 불문화된 것이 대부분이다. 만신들 말로 신은 못 배우고 가난한 자에게 내린다고 하는데,

실제로는 배울 만큼 배운 학자들이 몇 권을 받아적어도 고갈되지 않는 문서를 보관하고 있었다. 그 못 배운 자의 목젖 너머에 보관한 깊고 깊은 경전이 〈바리공주〉였다.

바리공주는 오구대왕의 일곱째 딸이다. 딸이라 내다버렸다고 '버리데기', 해서 '바리데기'로 불렸다. 훗날 오구대왕이 병들어 죽게 되자 죽은 혼백이나 간다는 길을 가, 약수를 구해와 오구대왕을 살린다. 그리고 나라를 주겠다는데도 거절하고, '쉴쇠방울에 쉰대부채'를 들고 망자 천도하겠다고 해, 무당의 조상인 무조신이 되었다.

바리데기처럼 버림받은 무녀들이 입에서 입으로 전해온 서사무가 〈바리공주〉. 이 슬픈 자화상 같은 〈바리공주〉를 잘 구송해야 〈진오귀굿〉이나 〈새남굿〉에 불릴 수 있었다. 굿이 가장 많이 나는 것이 사람이 죽어서 하는 〈진오귀굿〉이나 〈새남굿〉이었으니, 바리공주는 망자를 천도하고 만신을 먹여살리는 신이었다.

퇴계원에서 서울을 오가며 굿을 하다 영천의 '신박수'를 만나 〈바리공주〉를 배웠다. 바리공주가 약수를 지키는 무장승을 만나 나무 3년 해주고, 물 3년 길어주고, 불 3년 때주고 약수를 얻듯, 방 안 훔치고, 놋요강 닦고, 장독대 채우며 〈바리공주〉를 얻었다. 그리고 '옥순이'에게 다시 배웠다. 장안 명무 '갈월이'가 신딸 '으뜸이'에게 전한 〈바리공주〉를, 으뜸이가 신아들 신박수와 신딸 옥순이에게 전한 〈바리공주〉를, 신박수와 옥순이를 다 찾아 얻은 것이니, 구파발본 '갈월이제'인 셈이다.

다음엔 명륜동 '짱구박수'를 만났다. 본명은 이홍기로 '상산거리'

에 능한 박수였다. 굿이 나서 굿을 가면 아침마다 명륜동에 들러 인사를 하고 갔다. 정들라고. 굿이 끝나면 다시 와 전안에 번 돈을 십일조하듯 올렸다. 잘 봐달라고. 결국 그의 마음을 열어 굿을 배웠다.

1971년 청량리로 이사했다. 어느 날 누가 문을 미는데, "소가 죽는구먼" 하고 묻기 전에 말이 나갔다. 어김없었다. 굿을 하라 했더니 굿은 자신의 단골무당을 불러 하겠다며 구경오라 했다. 그 굿판에서 '오도바이'와 '유개미'를 만났다. 선녀처럼 굿하는 걸 보며 '저것이다' 생각했다. 유개미는 쌀쌀해 보여서, 후덕할 것 같은 오도바이를 신어머니로 삼기로 했다. 그러나 응해주지 않아서 없는 돈에 자신의 〈진적〉을 하면서 오도바이를 초청해 가까스로 신딸이 되었다. 마음을 연 오도바이는 신딸이 아닌 친딸로 대하며 가르쳐주었다.

'오도바이'의 본명은 박어진» 朴於珍, 1923~1995이었는데, 남편이 오토바이 상회를 하여 '오도바이'로 불리게 되었다. 당시는 무악의 명인 최석길과 재혼한 때였다. 최석길은 30년 전까지 굿판 최고의 악사로 '동에는 최석길, 남에는 동이, 서에는 박억만, 북에는 오첨지'로 불리던 4인방 중의 한 사람이었다. 오도바이의 신딸이 되어 자연 유개미와 굿할 기회도 많아졌다. 또 그의 남편 최석길을 통해 무악에 새로운 눈을 떴고 또다른 명무를 만날 수 있었다. '노들 순자'였다. 본명은 최순자» 崔順子, 1919~1980로 노량진에 살았기에 '노들 순자'로 불렸다. 흑석동 '입삐뚜리미'의 신딸로 굿을 배웠고 훗날 '정박수'에게 〈새남굿〉을 배워 최고의 '새남만신'으로 불렸다. 노들 순자의 굿판에서 제금을 치며 조무 노릇을 하며 〈새남굿〉을 배워갔다.

〈새남굿〉의 핵심은 '말미'와 '도령'이었다. '말미'는 바리공주의 일대기를 읊는 거리고, '도령'은 바리공주가 극락세계로 천도하는 과정을 회전과 통과를 통해 가시적으로 보여주는 거리다. '도령'은 '밖 도령'과 '안 도령'이 따로 있었고, 각 도령에서도 손도령, 한삼도령, 부채도령으로 또 돌기가 나뉘었다. 복잡다단한 단계를 일일이 적어 외웠고 쉬는 날이면 실제 굿처럼 복장을 차려입고 연습했다.

1980년 최석길의 〈진오귀굿〉을 하다 노들 순자가 쓰러졌다. 다시 '돼지엄마'를 만나 함께 굿을 하며 〈새남굿〉을 배웠다. 돼지 엄마의 본명은 박종복»朴鐘福, 1930~1999이었고 역시 '정박수'의 제자였다. 정박수의 본명은 정경옥»鄭京玉, 1896~1972으로 지금의 충신동 부근 느릿골에 살아서 '느릿골 정박수'로 불렸다. 그의 문서를 노들 순자와 돼지엄마를 통해 배운 것이다.

1986년 명륜동으로 이사해 '콩나물'을 찾았다. 콩나물의 본명은 최명남»崔明男, 1936~1988, 정박수의 제자로 노들 순자와 돼지엄마에게 없는 '중디박산'을 가지고 있었다. 그러나 당뇨 말기로 발가락이 짓물러 터졌는데, 입 다물고 죽을 심사였다. 진물을 닦아주며 맹세했다. 언제고 '중디박산'을 부를 때는 당신의 이름을 부르겠노라고. 엄포를 놓기도 했다. 당신이 입 다물면 조상의 보배를 삼키는 것이니 저승에서라도 책임지라고. 그는 결국 지극정성에 감복해 '중디박산'을 내놓았다.

서쪽으로 가는 새남만신

1994년 3월 국사당에서 진행된 〈새남굿〉에서 '중디박산'을 들었다. 〈새남굿〉의 초입에 부르는 처연한 서창"敍唱. 저승을 관장하는 열시왕의 영험을 노래해 자비를 구하는데, 그 앞에 선 망자의 흐느낌도 담겨 있었다. "서낭당 뻐꾸기새야. 너는 어이 슬피 우느냐/ 속 비신 고향 나무에 새잎 나라고 우짖느냐." 혼백의 울음이 만신의 목을 통해 흘러나왔다. 마침내 터지는 가족의 울음소리가 만신의 억양으로 옮겨가 선율이 되었다. '중디박산', 오랜 세월 통곡을 걸러 만든 악곡이었다.

노래하기 전 "들어는 보셨을 거유, 이게 중디박산이라우" 하면서 자만이라 할 만큼 자신만만하게 내놓았다. 훗날 알았지만, 영영 사라질 중한 곡을 홀로 배워 부르고 있었으니 그럴 만했다. 그날 돼지엄마, 꼬추가루, 병호 엄마 등 쟁쟁한 선배 만신이 참가했는데, 그가 도령을 돌았다. 이미 내로라하는 새남만신이 되어 있었던 것이다. 1996년 〈새남굿〉이 중요무형문화재가 되면서 김유감이 보유자가 되었고 자신은 전수교육 보조자가 되었다.

1997년 '공연도 보고 점도 치고'의 출연 섭외를 하기 위해 명륜동 그의 집을 갔었다. 집 앞에 '중요무형문화재 104호 〈서울새남굿〉 전수교육 보조자'란 간판이 걸렸고, 집 안엔 한국역술인협회 회원증이 걸려 있었다. 청량리에 살 때, 드나드는 사람이 많아 내걸지 않아도 무당집이란 걸 누구나 알았다. 아이들이 놀림을 받을까봐 육효, 당사주, 역리학을 배워 회원증을 따, 1980년에 무당집 대신 '동양철학관' 간판을 걸었다고 했다. '공연도 보고 점도 치고'에서 김유감의 장구를 쳤다. 그리고 일어서니 역시 큰 만신이었다. '불사거리'에 들어서서 "예수는 서양 만신, 부처는 인도 만신, 무당은 조선 만신, 매일반이라우" 넉살 좋게 놀며 좌중을 휘어잡았다. 그리고 줄을 서는 사람에게 신점과 팔괘, 육효를 다 동원해 점을 쳐줬다.

1999년에는 〈서울굿 말미거리 바리공주전〉을 시디 두 장에 박았다. 목에서 피가 넘어오도록 연습했다. 고지식하게 연습도 굿처럼 하느라 무거운 큰머리를 쓰고 해 무릎 연골이 부서지기까지 했다. 또 녹음 때는 상 위에 쌀을 수북이 붓고 한지를 덮고 박았다. 실제 굿판에서 긴 구송이 끝난 후 쌀에 새겨진 문양을 헤아렸기 때문이다. 옛적 거북등을 불로 쬐어 갈라지는 모양으로 산 자의 미래를 점쳤듯, 장구 소리라든가 목소리의 진동으로 쌀의 결이 미동한 것을 상형으로 읽어 죽은 자의 내세를 점쳤다. 꽃, 나비, 새, 사람, 모두 좋은데, 생전에 심통 사나운 이는 길쭉이 갈라진 뱀으로 나타난다고도 한다.

정말 굿처럼 녹음된 시디. 만약 들을 일이 있다면, 상 위에 쌀을 붓고 들어보면 어떨지. 5.1서라운드로 듣노라면 그 진동으로 먼저 간 사람의 내세 흔적이 나타날지도 모르기에. 혹 길쭉이 갈라진다면 뱀이 아니라 용으로 승천했다고 생각하면 된다. 내세에 관심 없어도 한번 들어볼 일이다. 현대예술의 각 장르에서 제각기 해석해 표현하는 그 〈바리공주〉의 원전이기에. 아울러 옛날 옛적부터 목에서 목으로 전송된 그 소리를 그 목소리로 듣는 감격도 되새길 일이다.

2006년 〈진적〉을 해 명륜동을 찾았다. 아들이 의사 시험에 합격해서 올리는 굿이었다. 굿이 익을 무렵 남편의 넋이 실려 넋두리를 하자, 인간적인 너무나 인간적인 고백을 했다. "미안하오. 당신 후두암으로 죽어갈 때 난 〈바리공주〉를 외웠소. 그래야 식구들이 먹고살지. 그래도 그 공주 덕에 당신 자손 왕자, 공주 만들었수." 무당이기 전에 어미였다. 서른셋에 남편을 여의고 홀로 삼 남매를 키운 억척 어미. 은평구 갈현동으로 이사한다기에 "이제 서쪽 만신이 되시는군요" 했더니, "새남만신 소리보다 더 듣기 좋구랴" 했다.

"서쪽 만신에 동쪽 악사"란 말이 있다. 예부터 서쪽 구파발 쪽에 유명한 '새남만신'이 많았기 때문이다. 갈월이, 양귀비 마나님, 신퉁네, 꽃방집, 신박수 그리고 노량진에 살았어도 구파발 문서를 지녔던 노들 순자 등 전설의 명무들이었다. 은하 엄마가 서쪽으로 가면 먼 훗날에도 "서쪽 만신 동쪽 악사"가 유효할 법했다. 장안을 휘어잡던 동쪽 악사 김여관, 그의 제자 강학수에게 배운 명인 허용업이 동쪽 휘경동에 있으니, 서에 은하 엄마와 동에 허용업으로, 21세기 서울굿의 무와 악의 좌장이 될 터였다. ●

—

2007년 7월 중요무형문화재 제104호 〈서울새남굿〉의 예능보유자로 지정되었다. 2011년 11월 신내림이 50년을 맞아 『서울 새남굿 신가집』을 내었다. 600쪽이나 되는 묵직한 책 받아들자 발소리가 났

다. 애걸복걸로 돌고 돌며 옛 만신들의 문서를 발품으로 집대성한 것
이다. 책을 열어보니 구절구절이 구른다. "울콩불콩 청대콩 푸르대콩
아르르 다르르 피마자콩 쥐눈이콩" 손으로 쓰인 말이 아니다. 아득
한 날부터 입에서 입으로 굴려온 말이다.

2013년 1월, 공연을 상의할 양으로 전화를 했다. 설 되면 '홍수맥
이'로 바쁘니 설 전에 보자고 했더니, 요새는 양력 정월도 바쁘니 음
력 대보름 지나고 보잔다. 어디 공연이 대순가, '잘 불리는 것'보다 더
한 경사는 없다. 세한의 새남만신 바쁘니 기쁘다.

명무 김금화 싸늘한 철길, 위태로운 너비 위에서 검으나 땅에 희나 백성의 노래를 부르며 살았다. 세상 사람을 위해서 작두 위에 서야 하는 만신이, 신과 인간을 잇는 예리한 길도 예술의 길임을 인지시켰다. ⓒ 김수남

작두 타는 비단 꽃 그 여자
김금화

좁은 길을 걸으라, 구원을 얻으리라. 성경 말씀이다. 좁은 길이
라! 그럼 세상에서 가장 좁은 길은? 아마 작두날 위일 것이다. 한 치
의 면적도 없지만 그 위에서 걷고 춤추는 여자가 있으니, 길이다. 너
비 또한 시퍼런 극한으로 줄였으니 분명 세상에서 제일 좁은 길이다.
신이 저버린 여자들이 신을 맞으러 예리한 길 위를 맨발로 나선다.

신내림은 곧 비극의 강림이었다. 그 이름을 영접하는 자, 다시는
여염집으로 돌아갈 수 없었다. 화들짝 뛰어나가 집집을 두드려 치마
폭에 놋쇠를 얻어야 했다. 수저나 그릇 같은 세간붙이 중에는 옛적
방울, 명두 등으로 울던 쇠들을 녹여 만든 게 있었다. 그 '죽은 쇠'를
불러 울리는 '산 쇠'로 만드는 의식이니, 청동기 적부터 돌고 도는 청
동의 윤회에 개입한 것이다.

얻은 쇠가 거푸집에 흘러들어 방울이 되고 명두가 되면 〈내림
굿〉을 받았다. 머리를 풀어 다시 올려 신의 사람으로 거듭나는 것이

다. 일생을 섬길 신들이 몸 흔들고 들어오면, 세상 누구도 따르지 말아야 할 외로운 발자국을 찍으며 작두에 다가선다. 썰자고 만들었지 서자고 만든 게 아니었다. 그러나 황해도의 슬픈 여인들, 더는 갈 곳이 없어서 생애의 막장에 올라섰다.

인류학자 레비스트로스는 『야생의 사고』에서 말했다. "모든 성스러운 것들은 다 제자리에 있어야 한다"고. 그러나 인간의 역사가 만만치 못해 그러지 못했다. 신들도 인간의 역사에 구애되는지라 남쪽으로 피란 나와야 했다. 그 남하한 황해도의 신들을 달래고, '검으나 따에 희나 백성' 위하는 사람, 작두 타는 비단 꽃 그 여자, 김금화다.

철의 여인이 되다

김금화 » 金錦花, 1931년생는 황해도 연백에서 태어났다. 외할머니 김천일은 그 인근을 쩡쩡 울리던 대만신이었다. 원래는 양갓집 규수였으나 자손이 없어 명산대찰로 공을 들이러 다니다가 덜컥 신이 내렸다. 어머니는 무당의 딸로 태어났으니 정상적인 결혼은 엄두도 낼 수 없었다. 아버지의 재취로 들어간 어머니는 첫째가 딸이었으니 둘째는 간절히 아들을 바라고 있었다.

그러나 여자로 태어났고 그것이 죄가 되었다. "죽게 엎어놔요." 어머니의 첫마디였다. 이름은 그냥 '넘세'로 불렸다. 어깨너머에서 사내애가 넘보고 있단 뜻이었다. 이름이라기보다 사내를 낳으라고 움직이는 것에 붙인 부적이었다. 이름 덕인지 네 살 때 남동생이 태어났고 뒤이어 계집애와 사내애가 둘 더 태어났다. 동생들 덕에 금화라는 이름을 얻었지만 여전히 넘세로 불렸다.

넘세의 등에는 늘 동생들이 업혀 있었다. 먹는 날보다 굶는 날이 많은 가난한 집이라 야윌 대로 야위었다. 등에 업힌 동생들은 숨막히게 목을 옭아매며 매달렸다. 그 발버둥에 무명베 속의 등가죽이 벗겨졌고, 그 위에 오줌을 싸 등골 깊이 아렸다. 매일 등에 진물이 맺히도록 매달려 있는 동생들은 뗄 수 없는 커다란 혹이었다.

그 혹을 매달고도 아이들과 잘 놀았다. 땅따먹기, 사방치기, 공기놀이 모두에 능통했다. 아이들이 서로 같은 편이 되려고 했다. 그런데 언제부턴지 허공에 눈길만 가면 누가 공중에서 끌어당겼다. 공깃돌을 던진 채로 '동작 그만'이 되고 놀이는 파하고 말았다. 점점 아이들끼리 수군거렸고, 무당! 미친년! 하며 치마를 들춰놓고 도망갔다. 붙잡아 혼내줄 만큼 건강치 못했다. 못 먹어 쓰러질 것 같았고 늘 헛것이 보였다. 열한 살 무렵에는 심하게 앓았다. 잠이 들지 못해 꿈인지 생신지 구별할 수 없었고 내내 말발굽 소리를 들었다. 별안간 호랑이가 튀어나와 옆구리를 물기도 했다. 그런 날은 깨어나서도 옆구리가 아팠고 감당 못할 정도로 어지러웠다.

열세 살, 아버지가 돌아가셔서 식구들은 군입을 줄여야 했다. 열네 살, 해주 오씨 집안으로 시집을 갔다. 어리고 약해서 제대로 일하지 못해 배곯고 얻어맞는 시집살이였다. 1년 만에 말미를 받아 친정에 왔더니 모두들 장티푸스에 걸려 있었고 자신도 그만 병을 얻었다. 가뜩이나 마뜩치 않아하던 시댁에 염병을 가져간 것이다. 매일매일 온몸에 매 자국이 찍혀 등 푸른 생선처럼 살았다.

열여섯 봄, 더는 견딜 수 없어 가혹한 집을 나와 무작정 친정을 향했다. 어쩐 일인지 족집게처럼 '아는 소리'를 해댔다. 누가 어깨만 부딪혀도 그 사람의 전생이 보였고 운명이 펼쳐졌다. 입 다물 수 없어서 중얼중얼거렸다. 그쯤이면 알 만한 사람들은 다 아는지라 혀를 끌끌 찼다. 그렇게 팔자를 그르치는 병이 다가왔다.

그해 어느 주린 날, 가족들을 위해 외할머니의 단골집에서 쌀을 보내왔다. 얼마 만의 곡기라 재빨리 밥을 안쳤고 동생들은 오랜만에 밥 익는 꼴을 구경했다. 뜸을 들일 때쯤 갑자기 벌떼가 날아왔다. 벌을 쫓으려고 손을 휘저었는데, 떼지어 밥솥 위로 날아갔다. 솥을 열면 뜨거운 김에 벌이 도망갈 거란 생각이 들어 뚜껑을 열었다. 그랬더니 밥 위로 까맣게 내려앉았다. 어디서 왔는지 난데없이 참새떼들까지 솥 안으로 쏟아져 들어갔다. 벌떼와 참새떼가 뒤덮어 밥이 보이지 않았다. 깜짝 놀라 숟가락으로 벌과 참새를 허겁지겁 퍼냈다. 근처 살던 당숙모가 와서 말렸을 땐 귀한 밥을 마당에 퍼 던지는 실성한 년이 되어 있었다.

열일곱 되던 해 정월, 소스라치게 뛰었다. 짚신은 벗겨지고 머리는 산발한 채 아무 집에나 가서 쇠를 내놓으라고 소리쳤다. '쇠걸립'을 시작한 것이다. 주인도 모르는 쇠가 어느 구석에 있는지 척척 알아맞혔다. 주인들은 놋주걱, 놋그릇, 놋수저 들을 내놓았고 그때마다 용한 말을 해주었다. 두 달간 쇠들을 모아 유기점에서 일월명도, 상쇠[»]방울 등의 무구를 만들었다.

그해 2월에 허튼 귀신을 쫓는 〈허주굿〉을 하였고, 여름에 외할머니 김천일로부터 〈내림굿〉을 받았다. 외할머니는 신기가 가득한 외손녀를 몹시 미워했다. 신을 막으려 그랬으나 구박만 되고 막지는 못해 울면서 굿을 했다. 그날 넘세는 "큰 무당이 되고 싶습니다"라고 말했다. 몸이 떨리고 머리가 쭈뼛쭈뼛해지며 신들이 들어왔다. "일월성신, 북두대성, 마을 산신, 임경업 장군……" 그 신들의 이름을 하나하나 고했다.

나라만신 금화가 되어

외할머니를 따라다니며 굿을 배웠다. 그러나 연로해서 '관[»]官 만신'이라 부르는 이와 방수덕에게 더 많이 배웠다. 이왕에 들어선 길, 굿을 잘해야 했고 남에게 잘 불려 그들을 축복하고 자신의 삶도 도모해야 했다. 열여덟에 널리 잘 불리라고 〈솟을굿〉을 했다. 그날 처음 작두를 탔다.

작두는 장군신 같은 큰 신이 내린 무녀가 신내림을 받고 〈솟을굿〉에서 타는 것이었다. 그리고 〈철무리굿〉이나 〈만수대탁굿〉 같은 개인이나 집안 굿의 '비수거리'에서 작두를 탔다. 산에서 넘어온 비물[»]허물을 벗겨주고 집안의 사나운 액운을 막아달라고 기원하는 것이다. 오늘날 작두 타기는 선무당들이 선보이는 차력 행사처럼 남용되는 바가 없지 않다. 법도에 맞춰야 하는데, 부정을 타면 발을 크게 베인다고 한다.

작두를 놓기 위해서 칠성단을 쌓았다. 맨 아래에 절구통, 상 두 개, 물동이, 쌀동이 순으로 올렸다. 작두는 정하고 깨끗한 사람이, 아무도 없는 곳에 가서 '하미'라는 한지를 물고 정성 들여 간 작두를 사용했다. 만신들이 가르쳐주는 대로 치마를 걷고 종아리에 눌러보고, 혀에 그어보고, 힘껏 맨손으로 매달려, 어른 다음 칠성단 위에 고정시켰다. 춤을 추다가 누군가 위에서 잡아당기는 힘이 느껴져 뛰어올라가 작두를 탔다. 작두 위에서 사방으로 돌면서 절하고 춤추다가 사람들에게 신의 말인 '공수'를 줬다. 작두 위에서의 '공수'는 용하다 하여 누구나 다가가서 받기를 원했다.

열아홉에 용호도에서 큰 〈대동굿〉을 주관했다. 〈대동굿〉은 마을 전체가 떠들썩하게 하는 큰 굿이었다. 여러 만신들이 함께해야 하는 일인데, 열아홉 어린 나이로 주무主巫인 '경관만신'이 되어 굿을 했다. 미운털이 박혀 자랐으나 어느덧 167센티미터의 훤칠한 키에 시원한 용모, 넘치는 재기로 해주 일대에서 점점 이름이 나기 시작했다.

그런데 6·25전쟁이 터졌다. 사람 목숨이 파리목숨만도 못한 혹독한 전시였고 무서운 것은 총칼보다 배고픔이었다. 살아남는 게 급선무인 전시에서 굿이 있을 리 없었다. 인민군은 "인민의 정신을 좀먹는 반동"으로 몰아세웠다. 밀고 밀리는 전장을 피해 배를 타고 남하해 닿은 게 인천이었다. 전쟁이 끝나고도 고향으로 올라가지 못한 황해도 사람들이 고향의 굿을 불렀다. 인천 속 황해도란 섬에서 언젠가 열릴 뱃길을 기다리며 굿을 지핀 것이다.

1965년 서울 상도동으로 이주해서 굿을 했다. 허나 시절은 그리 만만하지 않았다. 5·16군사정변 후, 곧바로 들어선 군사정권은 조국 근대화의 기치를 내세웠다. 특히 새마을운동은 오랜 관습을 순식간에 뒤엎었다. 해묵은 당산나무를 베고 누천년 민중과 같이하던 신앙은 일개 미신이 되어 천덕꾸러기로 뒹굴어야 했다. 굿판이 열리면 경찰차의 사이렌이 같이 울렸고 파출소에 끌려가 따귀를 맞았다. 어느 날은 경찰이 굿당에 들이닥쳐 제기들을 압수해가기도 했다. 그래도 어렵사리 굿을 열면 건달패가 들이닥쳐 담뱃값, 술값을 뜯어갔다. 경찰이건 건달이건 굿판을 먼저 본 사람이 임자였다.

이 무렵, 삶에서 밀려난 전통들은 공설운동장에서 민속예술경연대회를 치르고 있었다. 김금화도 거기에서 희망을 찾았다. 만인 앞에서 공개적으로 굿을 할 수 있는 유일한 기회였기 때문이다. 굿판에서 부르던 〈배치기〉 노래를 〈새연평 뱃노래〉라 하여 1967년 전주대회에 나갔다. 굿이란 말을 대놓고 쓸 수 없었기 때문이었다. 1969년에는 〈은율탈춤〉에 나오는 무당굿에 출연하였다. 1972년 부산대회에서는 〈해주장군굿놀이〉로 굿을 드러내 작두를 탔고 개인연기상을 탔다.

1981년에 KBS TV문학관 〈배따라기〉에서 여주인공 장미희가 죽어 굿을 하는 무녀로 출연했다. 그해 6월, 채희아의 〈내림굿〉을 했다. 경기여고와 서울대를 거쳐 미국에서 종족무용학으로 석사학위를 받은 엘리트였다. 곧바로 세간의 주목을 끌었고 그 과정이 TV에 방영되었다. 마침 워싱턴의 스미소니언 박물관장이 보게 되었고, 그의 주선으로 1982년 '한미수교 100주년 기념'으로 미국 순회공연에 참가했다. 녹스빌 박람회장에서 작두를 탔고 천대받는 무당에서 나라를 대표하는 예술가로 우뚝 섰다. 1985년에 〈서해안 배연신굿 및 대동굿〉으로 중요무형문화재 제82-나호에 지정되었다.

1995년에는 〈철무리굿〉〈배연신굿〉〈대동굿〉〈내림굿〉〈만수대탁굿〉〈진오귀굿〉 등을 소상히 적은 『김금화의 무가집』을 출간했다. 적게는 열두 거리, 많게는 스물네 거리나 되는 큰 굿들이라 4백 페이지가 훨씬 넘는 방대한 분량이었다. 어릴 적 부모는 "화간편지^{연애편지}나 쓰는 학교에 뭐하러 보내느냐"며 글을 가르치지 않았다. 마흔이 넘어서 이를 악물고 깨친 한글로 쓴 것이다. "글자를 그려야 하는 형편임에도 불구하고 소멸될까봐 그때그때 도적질하듯" 적었다. 여기엔 하효길, 김인회, 황루시 같은 학자들의 절대적인 도움이 뒷받침되었다. 또한 『복은 나누고 한은 푸시게』란 자전적 수필집을 냈다. 숨김없이 털어놓은 핏빛 인생담이 가득 담겨 있다. 필자는 그 책을 펼쳐 들고 삶을 되물어 여기 적는 것이다.

김금화는 굿 속의 예술을 알린 가장 큰 자 중 한 사람이 되었다. 지금은 옛적 나라굿을 하던 만신을 존칭하던 '나라만신'으로 불린다. 오늘도 국내외를 돌면서 숱한 굿을 한다. 누구나 말하듯 행사의 이치에 맞아떨어지게 굿을 잘하는 만신이다. 그러나 정녕 참맛은 삶의 현장에 있는 굿판에 있다. 춤과 소리 그리고 장중한 카리스마로 사람들을 휘어잡는 것이다.

아무래도 굿 이야기는 굿판에 가서 하는 게 좋을 성싶다. 서해의 만신이니 기왕이면 낭만 가득한 서해로 가자. 태안반도를 지나 연륙된 안면도로 내려가면 섬에서 또 한 점 뛴 섬을 만난다. 파도에 밀릴까봐 돌다리로 붙들어 매어 지금은 차가 드나든다. 봄보리 갈아 먹던 시절 보리가 익으면 섬 전체가 누래서 황도^{黃島}라 한다.

그 섬에 가고 싶다

바다, 듣기만 해도 낭만적인 곳이다. 그러나 그 위를 운항하는 뱃사람들에게는 '판자 한 장 밑이 지옥'이다. 부서지는 태양, 쪽빛 바다, 파라솔과 비키니는 지옥을 낙원인 양 은폐하는 요식이다. 뱃사람들은 닻을 올리는 순간부터 지옥의 문턱에서 바다를 건져먹는 것이다. 아침밥이 사잣밥일지 모르는 고로 대대로 신앙이 깊고 깊었다. 황도는 예부터 진대^{뱀신}를 섬겨왔다. 그래서 섬사람들은 돼지를 기르지도 않고 먹지도 않는다. 뱀과 돼지가 상극이기 때문이다. 뱀은 맹독이 있기에 돼지를 칭칭 감고 문다. 그러나 돼지는 비계가 두꺼워 독이 퍼지지 않는다. 벌떡 일어나 바위에 몸뚱이를 벅벅 비비면 감고 있던 뱀이 뚝뚝 끊어진다. 이런 타고난 앙숙지간이 상징의 세계에서도 상극이 되었다. 궁합 볼 때 뱀띠와 돼지띠는 상충살이고, 뱀에 발이 난 용도 돼지띠와 원진살이다. 살 중에서도 험한 살이라 서로들 지극히 기피한다. 그런즉, 황도의 굿은 돼지 대신 소를 제물로 바친다. 굿이나 보고 떡이나 먹는 구경꾼은 그래서 더욱 복된 날이 된다.

정월 초이튿날 정오 무렵, 제당 앞에서 소를 잡아 열두 각을 내어 '피고사'를 지내며 굿을 시작한다. 고기는 잘게 썰어 모닥불에 굽는데, 껍질 다루는 법이 특이하다. 마치 밍크이불 널듯 껍질을 통째로 모닥불 위에 넓게 펼친다. 소털이 다 타고 가죽이 돌돌 말리면 잘게 썰어 다시 대꼬챙이에 꿰서 굽는다. 이 맛이 어찌나 각별한지 누구나 오로지 소껍질만 찾는다.

오후 1시쯤 되면, 전수회관 앞마당에서 풍물을 울려 한판 놀고 당을 향해 가는 '당 오르기'를 한다. 맨 앞에 만선 때 올리는 '붕기'가 서고 뒤이어 임경업 장군기를 앞세운 만신 일행이 뒤따른다. 당에 도착해서 만신이 '부정풀이'를 하면, 배마다 한 사람씩 배기를 들고 멀찍이서 당을 향해 도열한다. '배기 경주'의 시작 구령이 나면 죽기 살기로 뛰어 당 앞에 있는 말뚝에 먼저 맨다. 당에 가까운 배일수록 풍어가 든다고 믿는 아비들의 운동회인 것이다.

김금화가 주제^{主祭}하는 대동굿은 3박 4일 걸리는 큰 굿인데, 1박 2일로 줄여서 한다. 그것도 마을의 형식과 맞추느라 제대로 할 수 없어 대부분 약식으로 진행된다. 굿을 고하는 '신청울림'부터 '상산맞이', '초부정', '초감응', '영점물림', 여러 거리를 치러도 마을사람들은 굿에 빠져들지 않는다. 원래 마을에서 해왔던 굿과 다르기 때문이다. 옛적에는 원산도에 사는 굿중패를 불러 했고, 후대에는 안면도의 무녀에 의해 진행되었다. 그런데 무녀가 자손이 부끄러워 자취를 감추자 1983년부터 김금화 만신을 초청한 것이다.

마을 사람이 기다리는 것은 굿의 막간에 벌어지는 〈배치기〉다. 틈만 나면 쏟아져 나와 둥둥! 둥둥! 북을 울리면서 "연평 바다 돈 실러 가잔다. 에헤헤헤" 하고 목을 빼고 부른다. 〈배치기〉는 연평 바다 조기를 실컷 잡아 돈 벌자는 내용이다. 곧 조기잡이 배에서 불러온 노래였다. 위로 연평 바다, 아래로 칠산 바다가 황금어장이었기에 서해 전역에 퍼져 있고, 연평도 북쪽부터 전남 진도 남쪽까지 서서히 스펙트럼처럼 변화하며 지역성을 드러낸다.

조기와 〈배치기〉를 뗄 수 없듯, 임경업 장군도 빠뜨릴 수 없다. 임경업 장군은, 명나라로 가는 도중 병사들이 굶주리자 엄나무 가시를 바다에 박았고 이에 조기가 걸려 나왔다는 설화를 중심으로 조기의 신이 되었다. 서해 전역에서 섬기고 있는데, 황도도 17세기 말엽 임경업 장군이 어로신으로 등장하면서 뱀신과 더불어 섬겨왔다. 그래서 김금화를 초청한 것이다. 김금화는 〈배치기〉를 알고 임경업 장군을 섬기는 서해 출신 만신이기 때문이다.

김금화 일행의 무녀들도 마을 사람들과 섞여 〈배치기〉를 부른다. 칙칙하던 마을 사람들의 옷에 현란한 색이 가미되면 흥은 더욱 타오른다. 뱃일하는 거친 손에 물집이 잡힐 정도로 북을 울린다. 무녀들은 황해도 식으로, 덩덩! 덩덩! 어르다 펄쩍 뛰어 땅에 엎드리며 춤춘다. 구경꾼들도 너나없이 뛰어든다. 소껍질 안주에 한잔 걸쭉하게 걸치고 북소리에 펄펄 뛰면 온몸이 끓는다. 다들 증류기처럼 도수

높은 트림을 토해낸다. 신들은 기화된 독한 알코올을 흠향하면서 취하는 모양이다. 모닥불에 비친 그림자까지 뛰어나오니 마당에 춤이 그득하다.

굿판은 그렇게 우리가 풀어내야 할 것을 풀어내게 한다. 몸속에서 피어오르는 신명 같은 것이 그것이다. 혈구의 앙금 앙금에 머물던 흥들을 풀어내지 못하면 멋대로 뭉쳐서 몸에 담석으로 남는다. 죽음에 이르는 병이 될지 모르는 그 응어리를 풀라고 굿판이 있는 것이다. 혈전이나 삶의 앙금이 다 빠지는 피부 호흡의 체험, 이쯤이면 굿은 굿^{»Good}이다.

천 년의 몸짓, 〈제석춤〉

다가올락 말락 하며 머뭇거리는 동네 사람들을 단 한 번에 확 휘어잡는 게 김금화의 '제석거리'다. 제석은 인간의 출생과 수명장수와 재복을 한데 거머쥔 신이다. 무녀는 흰 장삼을 입고 오른쪽 어깨에 홍가사, 왼쪽 어깨에 청가사를 입고 연꽃이 그려진 붉은 흉배를 한다. 목에 염주를 걸고 고깔을 쓰면 몹시 화려한 스님이 된다. 제석신이 불가에서 온 신이기 때문이다.

원래 제석의 이름은 인드라로 기원전 1500년경에 형성된『리그베다』에서 아수라를 이긴 전쟁의 신이다. 이 힌두교의 신이 불교로 개종해 호법신이 되었고, 한자문화권에 전파되며 제석^{»帝釋}으로 번

역되었다. 삼국시대에 이 땅에 도착했고 고려에서는 호국신으로 왕실과 귀족사회에서 성대히 모셔졌다. 물론 이때는 불교의 신이었다. 그런데 고려 후기 이규보^{李奎報, 1168~1241}가 쓴 『동국이상국집』의 '노무편'에는 무속의 신으로 변모해 있다. 내용인즉, "무녀의 입은 멋대로 제석님이라 하네. 제석님은 본래 육천에 계시는데 어찌 누추한 너의 집에 계실쏘냐" 하고 노무를 비웃지만, 오늘 진행되는 〈제석굿〉이 그때 그 자리에 있었음을 증명한다.

사실 이 땅에 남은 전통은 대부분 조선의 것이다. 그것도 근 백 년에서 2백 년 안짝의 것이다. 그런데 족히 천 년은 살아남은 신이 오늘 당당히 굿판에 오르는 것이다. 무녀의 몸짓 또한 구전심수^{口傳心授}로 가히 천 년을 대물림해왔으니 몸에 새긴 경전이요, 역사다. 김금화가 드넓은 소맷자락을 휘날리며 '제석거리'에 나서면, 춤은 만신과 만백성을 부르는 간절한 손짓이 된다.

처음에 갱정^{꽹과리}를 치며 동서사방 한 바퀴를 돌고 장구 앞에 서서 무가를 낭송한다. 이때 조무들은 '만수받이'라 하여 뒷소리를 받아 합창한다. 무가 속에는 제석신의 강림을 기원하고, 마을이 잃어버린 황금어장을 돌려달라는 기원도 들어 있다. 이어 방울을 흔들어 신의 내림을 받고 바라를 들고 춤을 춘다. 춤의 마지막에 바라를 땅에 던지는데, 모나 윷처럼 모두 같이 엎어져야 대길하다. 부정을 가시게 하는 '부정풀이'는 '경쇠'라는 아주 작은 종을 치며 한다. 다시 바라를 들어 그 위에 향을 받쳐올리고, 장엄한 〈제석춤〉에 들어간다.

장단은 느린 거상장단이 나온다. 무녀는 입에 '하미'를 무는데,

마음을 비우고 정하게 입을 봉하는 의미를 담고 있다. 이 깊은 침묵으로 네 번 혹은 일곱 번 절을 한다. 그 절 자체가 우아하고 경건한 춤이 된다. 긴 장삼 자락을 한 손 한 손 걸쳐 매고 무릎을 접고 이마가 땅에 닿게 깊이 숙인다. 사방으로 돌면서 배하는데 키가 훤칠하니 더욱 큰절이 된다. 거상장단에 진행되기에 이 대목만을 '거상춤'이라고 한다.

배가 끝나면 점차 장단이 빨라진다. 이때 장삼 자락을 휘저으며 서서히 일어서는데 징과 바라 소리가 "벅꾸! 벅꾸!" 하고 들리기에 '벅구춤'이라 한다. 그리고 입에 문 '하미'를 빼고 바르게 연풍대를 돈다. 오른발을 축으로 왼발을 두 번 정도 찍으며 돈다. 몸이 들었다 놓는 오금질을 하며 도는데, 손끝의 장삼이 깃발처럼 휘날린다. 채근대듯 빨라지는 장단에도 제법 길이로 쓸 법한 시간을 찾아 춤춘다. 빠르되 급하지 않는 내력이 역시 오랜 관록을 보여준다.

반주 음악이 더욱 격렬해지면 놋쇠로 만든 칠성검을 집어들고 도무^{踏舞}한다. 그리고 칼끝으로 쌀을 찍어 다시 돈다. 연풍대의 원심력으로 쌀알이 떨어지지 않고 칼끝에 붙어 있는데, 눈치 빠른 이는 치마를 벌리고 춤추는 이 앞에 다가선다. 치마폭에 쌀을 받아서 세는데, 짝수여야 대길하다. 이를 '쌀산'이라 하고 받은 생쌀은 삼켜야 좋다. 이쯤이면 멀찌감치 떨어져 관망하던 주민들이 바짝 다가온다. 일렬로 서서 쌀을 받고 눈을 부릅뜨고 센다.

〈제석춤〉의 절정은 '동이타기'에서 이뤄진다. 춤을 추다 물동이 위에 올라가는 것인데, 예서 물동이는 바다와 용궁을 뜻한다. 동이엔

물을 채우고 삼색과실, 밥 세 숟갈, 밤, 대추, 돈을 넣고 서해의 꿈과 욕망인 조기를 넣는다. 재수·재복과 바다에서 조기를 건질 것을 기원하는 것이다. 몇 차례 동이를 어르다 위에 올라가면 마을 사람들은 저마다 손을 삭삭 빌며 다가온다. 무녀의 입으로 나오는 신의 말씀 '공수'를 듣고자 하는 것이다. 풍어도 예고하지만 섬의 문제점도 경고한다. 요즘 섬 여기저기에 지어진 펜션에서 쏟아지는 폐수가 바다에 흘러들어 굴과 바지락에 지장을 준다는 민감한 사안까지도 짚어 낸다.

뒤이어 '성주굿', '소대감놀이', '성수거리' 등 여러 거리를 밤을 새우며 진행한다. 물론 군데군데서 〈배치기〉 판을 벌이며 논다. 그중 '타살굿'에서 '사슬'을 세울 때는 또다시 모두들 달려든다. 삼지창에 고기를 꿰서 저절로 설 때까지 세우는 것인데, '사슬'이 서면 신이 정히 받았다는 뜻이 된다. 초사흗날 새벽에 사람들은 그 제숙을 나누어 받아 잰걸음으로 배에 가 고사를 지낸다. 바다에 살면서 신과 자연에 깊숙이 머리 숙여온 오랜 관례다. 바로 그런 숙연한 정성을 바탕으로 만신의 몸에 새겨진 천 년 몸짓이 전해온 것이다.

어이 '넘세', 어여 넘세

2005년에 자신의 전 재산을 들이고 단골들의 시주를 받아 금화당을 만들었다. 무속이 미신이 아닌 무교로 자리하기를 기원해온 한 무녀의 평생 사업이었다. 뱃길로 고향 앞바다와 바로 통하는 강화도에 자리를 잡았다. 연평 근해를 바라보며 통일을 내다보는 것이다.

황해도 신을 모셔온 그의 굿은 주제가 명확했다. 1998년 5월 '베를린 한국문화축제'를 앞두고 독일문화원에서 연 기자회견 때, "통일된 이 나라 독일의 기를 받아와서 그 기운으로 이 땅의 통일을 기원하겠습니다" 하며 눈시울을 붉혔다. 그달 30일, 임진각 근처 휴전선 앞에서 '통일 기원굿'이 벌어졌을 때 신이 들려 철조망까지 뛰어갔다. 그리고 "조선아! 통일아!" 외마디를 외치며 날카로운 철망을 피가 나게 쥐고 흔들었다. 이제 남은 소원은 통일이 되어 옹진 바닷가에서 한판 굿을 벌이는 것이다.

북녘 고향에서는 미쳐 산발하고 뛰어가던 '넘세'가 나라만신 김금화가 된 줄 모를 터이다. 그때는 그 이름이 지겹고 지겨웠다. 이제는 그 이름 아는 이가 그립고 그립다. '넘세'를 아는 사람이 남아 있을 때 어서 가고 싶다. 어쩌면 신들도 "어이 '넘세', 어여 넘세, 넘어가세!" 하며 '넘세'를 귀향의 주문으로 부르고 있었는지 모른다. 그날이 오면, 정녕 그날이 오면, '넘세' 따라 남하한 황해도의 신들도 넘세를 따라 북상하리라. ●

———

2007년에 스페인 마드리드에서 열리는 '아르코 아트페어'에 초청되었다. 2008년에는 오스트리아와 독일에서 굿과 치유에 대한 공연과 강의를 했고, 10월에는 벨기에 '보자르 페스티벌'에 출연했다.

2010년에는 프랑스 파리의 케브랑리 박물관에서 〈대동굿〉을 벌였다. 2012년 12월에는 디스커버리 채널에서 〈배연신굿〉과 인생을 촬영하여 방영했고, 곧 전 세계에 방영될 예정이다. 열아홉 경관만신이 나라만신 되고 이제 글로벌 만신이 된 것이다.

2012년 봄 금화당에서 가수 장윤정의 〈초혼〉 뮤직비디오에 출연해주기도 했다. 이런 대중 노출에는 결정이 쉽지 않다. 그래도 굿에 대한 편견을 바로잡는 데 도움이 된다면 앞장선다. 1980년 공간 사랑에 처음 설 때도 그랬고, 이번에도 그때처럼 여러 날 기도하고 섰다.

그러나 중한 건 바다다. 태안의 황도마을이며, 김포의 대명포구, 인천 소래포구, 인천 연안시장의 굿에 정성을 바친다. 모두 바다를 바라보고 사는데, 쓰나미가 일고 기상이변이 생긴다. 바다에 오류를 흘려보낸 인간을 용서하고 그물 출렁이는 풍어를 달라고, 마침내 춤이 되는 절절한 기도를 한다. 푸른 바다가 배경이고 염원인 그 굿, 압도적 장엄이다.

6

풍류^{»風流}, '춤의 삼각지대' 사람들

1960년대 경남 고성의 탈춤판. 바리깡으로 밑돌리기하듯 산을 쳐 올린 다랑논과 돼기밭, 주인들 내려간 춤판을 건너다보고 있다. 춤이라니 우~ 하니 몰려든 사람들. 진주, 고성, 통영 남녘의 삼각지대는 지금도 여전하다. 흥이 흥해 발 디디면 다시 빠져나올 수 없는 수렁이다.

춤의 고을 사람들

경부고속도로를 타다 김천에서 3번 국도로 빠져 쌈박한 앵화촌 지나면 진주, 다시 33번 국도로 나와 삼삼한 행화촌 지나면 고성, 예서 꺾어 돌려 어장촌 곧장 지르면 통영이다. 이 땅에 국한한다면 바다를 마중 나가 만나는 고성반도요, 거시적 맥락에선 드디어 바다에 도달한 동아시아의 종점이기도 하다.

『신증동국여지승람』은 고성을 외로운 성이 바다에 임했다 했고, 본래 가야국이던 것을 신라가 빼앗아서 고자군을 설치하였고, 경덕왕이 지금의 명칭 고성으로 바꾼 것이라 기록했다. 또 해마다 5월에 술과 찬으로 제사하며 광대들이 모여 온갖 놀이를 베푸는 풍류를 기록하고 있다.

고성부사가 통영에서부터 거제까지 다스리던 백 년 전, 정확히 고종 30년»1893년 음력 12월 30일 제석»除夕, 오횡묵 부사는 관아 마당에서 벌어진 춤판을 『고성총쇄록』에 기록하였는데, 오늘날 중요무형문화재 제7호 〈고성오광대놀이〉와 흡사한 탈춤놀이다. 부사는 아전에게 연유를 물었다. 아전은 "오래된 관례입니다"라며 긴 역사를 짧게 답했다.

그 '오래된 관례'는 지금도 진행되니, 정녕 이 고을은 풍류로 휘감긴 듯하다. 내려다보면 거류산, 벽방산의 자욱한 운무 같은 전설이 떠돈다. 아직 역사라는 창백한 백짓장 위에 기록되지 않았지만, 촌로들의 입에서는 풍신 좋게 운신하는 아름다운 '춤의 전설'이다.

풍류열전

오뉴월, 보리 베고 모내기로 이어지는 지독히 바쁜 철을 이 지역에서는 '함방장'이라 한다. 얼마나 바쁜지 '공동묘지의 송장들도 일어나 꼼지락거린다'는 말이 있을 정도다. 이런 와중에도 아랑곳하지 않고 꿩털 꽂은 중절모에 풀먹인 두루마기 차림으로 길 떠나는 이가 있었다. 풍류소설에 나오듯 허리춤에 단소까지 꽂은 이 사람이 들녘을 가로지를 때 농부들은 "함방장에 조한량 간다" 했다. 고성 사람들은 군수 이름은 몰라도 '조한량'은 다 알았다.

고성군 거류면 당동 사람 금산[>]釜山 조용배[>]趙鏞培, 1929~1991였다. 부산의 동래고보를 중퇴하고 고성에 은거하던 석암[>]石菴 선생 문하에서 한학을 수학했다. 입산하여 남해 해관암에서 통영의 안정사까지 10년 승려생활을 하고 〈고성오광대놀이〉에 입문했다. 그리고 언제나 먼 풍류정에서 약속이 있는 듯 고을을 벗어나곤 했다.

진주에서 명망 높은 유림의 초상이 났다. 만장을 쓰는 내로라하는 명필들을 보고 흥이 동해 술잔을 놓고 "내 한번 쓰자" 반말로 나섰다. 움찔한 동행들이 취기에 실언이라 만류하려 할 때, 거머쥔 붓은 이미 명주 천을 빠르게 물들이고 있었다. 불손한 고성 촌놈이라 부아가 치밀었던 유림들은 거침없는 배짱과 필지에 그만 "허, 고성에 큰 인물 났네" 하고 말았다.

광주에서는 상다리가 휘어지게 온갖 요리를 시켜놓고 마셨다. 취흥이 나자 술상을 밀치고 춤을 추었고 추임새가 나자 커튼을 뜯어내 덮고 성행위를 모사하는 '요동춤'을 추었다. 계산서를 던지고 화선지에 매화 한 폭을 쳐 내밀며 경상도 단음으로 "존나?" 했다. 주인은 전라도 장음으로 "오져 죽겄소!" 하며 바짝 엎드렸고, 사군자 세트 맞추게 다시 왕림해주십소사 큰절을 했다.

가무악과 서화가 있는 곳이면 불원천리했고 진주, 광주를 거쳐 한량의 본향 동래 온천장에 들어섰다. 술잔 채우면 단소 불고, 지필묵 나오면 초서 쓰고, 장단 대면 춤을 꺼냈다. 춤추는 예기의 속치마에 뱀 같은 난초를 그렸고, 대금 독주회 실황공연에 뛰어올라가 만원짜리 꽂아주고 춤추었다. 결국 쟁쟁한 명인들도 한 걸음 물러서서 너나없이 "천하의 조금산"이라 불렀다.

어느 날, 온천장의 숙소에 새 방을 꾸며 시멘트를 발랐다. 고르게 잘 발라져 그야말로 미장이었고 물기도 적당해 손색없는 화폭이었다. 주저 없이 바지춤을 내려 '그것'으로 매화를 치고 시 한 수 적어

금산 조용배 〈문둥북춤〉의 명인이었고, 파계승을 연출하는 승무의 명인이었다. 파격적이고 즉흥적이어서 제자들이 이백에 비교했다. 달에 빠져 물에 빠진 시인처럼 춤에 빠져 풍류로 종신한 기인이었다. ⓒ 박옥수

고산 허종복 〈말뚝이춤〉의 명인이었다. 각고면려체처럼 갈고 닦은 춤을 추어 두보에 비유되었다. 달밤에 피를 뽑고, 종친회에서 쫓겨나면서도, 3만 명의 제자를 가르치며 춤에 종신한 명무였다. ⓒ 박옥수

내렸다. 결국 '그것'에 시멘트 독이 올라 퉁퉁 부어 허벅지가 셋이 되어 한 달을 살았다. 일생을 기행»紀行했고 사는 것 자체가 기행»奇行이었다.

말년에 돌아온 고성에서도 행적은 여전했고 환갑잔치에서 소란이 일었다. 각처의 한량들이 잔치라기에 동갑내기의 고희로 알고 왔다가 아차 싶어 물었다. "니 인자 환갑이가?" 그간 빼어난 실력과 당당한 기세에 눌려 제대로 호형호제를 따져볼 수 없어 벌어진 어처구니없는 상황이었다. 나이를 헤아리지 못할 정도의 조숙한 풍류를 지닌 때문인지 1991년 예순셋의 나이로 성급하게 이승을 떠났다.

쌍벽을 이루는 이가 있었다. 고성군 동해면 봉암리에 살던 고산»鼓山 허종복»許宗福, 1930~1995이었다. 해방 후 3년간 글방에서 한학을 배우고 마산상고를 다니다 운명 같은 춤바람이 불었다. 권번의 춤 선생이었던 김형도에게 〈굿거리춤〉〈지성승무〉〈양반춤〉을 배웠고, 황성주에게 〈학춤〉을 배웠다.

그리고 고성에 돌아와 스물일곱에 〈고성오광대놀이〉에 입문하였다. 당시 오광대는 고성읍 남산의 경로당 자리에서 고성권번과 함께 풍류를 이끌고 있었다. 30리나 되는 읍내 길을 단 하루도 거르지 않았다. 김창후에게 〈양반춤〉, 천세봉에게 〈말뚝이춤〉과 〈승무〉, 홍성락에게 가면 제작을 배웠다. 춤은 나날이 일취월장해 〈오광대〉에서 찬사를 받았고, '사천 기생은 골목기생, 고성 기생은 풍류기생'이란 말처럼 멋을 아는 예기들도 한 수 배우려 들었다.

하나 동네에서는 상황이 달랐다. 농사꾼들의 자랑은 피»잡초 한

포기 없이 깨끗한 논인데, 춤추러 다니느라 비워놓은 허종복의 논은
벼 반 피 반이었다. 결국 촌로들에게 "온 만신에 피"란 호된 핀잔을
들어야 했고 이내 별명이 되었다. 그후 동네에서는 이따금 귀신 소동
이 벌어졌다. 달 밝은 밤이면 밀짚모자 쓴 하얀 허수아비가 논에서
피를 뽑고 가끔은 춤도 춘다는 것이다.

고성 지방이 옛 소가야 땅이었음을 상기하지 않더라도 김해 허
씨는 자긍심 높은 양반 가문이었다. 그 드센 자긍심은 '오광대 패거
리'와 어울리는 종친을 멸시했고 한동안 문중회의에도 부르지 않았
다. 자신 또한 양반의 자제가 양반을 모욕하는 말뚝이 배역을 춤추어
야 하는가 심각하게 고민했다. 그러나 춤을 포기할 수 없었다. 밭일
하다 두루미만 보면 쟁기를 팽개치고 날갯짓을 흉내냈고, 어두운 마
당에서 막 나온 녹음기를 틀고 끊임없는 연습을 했다.

붓에도 일가견이 있었는데, 오로지 '춤출 무»舞' 자로 일관하였
다. 큰 붓으로 무 자를 흘려내리며 춤을 가다듬은 것이다. 스승들이
작고하자 보존회를 이끌었고 읍내의 엔간한 유지들과 큰 사교 없이,
좀 외롭다 싶은 고고함을 간직한 채 보존회에 일생을 바쳤다.

저절로 가는 삼각지대

고성은 김해, 고령 등과 맞먹는 대읍이었으나, 인근 도시에 땅을
갈라주고 젊은이를 내줘 단독 선거구가 안 되는 소읍이 되었다. 그리

나 부족한 젊은이들이 여름과 겨울에 파시처럼 몰려들어 대읍을 형성하기도 한다. 소읍의 한적함을 토대로 옛것을 그대로 간직한 〈고성오광대놀이〉가 있었기 때문이다.

한 주에 백여 명씩 일주일간 머무르며 눈만 뜨면 춤을 추어 춤 천지를 만든다. 1974년부터 시작되었으니, 이 또한 '오래된 관례'이고 지금껏 대략 3만 명의 대학생이 배웠으니, 유례없는 춤 역사다. 1988년 3만 분의 1로 섞이고자 그 고을에 첫발을 디뎠다.

전수를 시작하기 전, 춤판이 벌어졌다. 오랜 관례였는지 학생들은 연신 "회장님!"을 외쳤다. 허종복이 일어나자 환호가 드높았고, 이미 그럴 줄 알았다는 듯 옷을 갖춰 입고 있었다. 언제나 춤출 태세로 살고 있었다. 이어서 "이윤석 총무님!"을 외쳤다. 팔대장승 같은 키에 툭 불거진 골격, 춤보다는 도축업에 종사하면 좋을 듯한 사내가 나왔다. 오토바이를 타고 오느라 파카를 껴입어 실밥이 터질 것 같아 흡사 마징가 제트 같았다. 그런데 굿거리장단으로 뛰다가 급작스레 솟구쳐 방향을 전환해 땅에 엎드렸다. 지금 생각하니 '배김새' 동작인데, 춤추기에는 거북스러울 정도의 큰 신체가 장엄하게 이동해가고 있었다.

춤이 정녕 그렇기도 했다. 비닐하우스에서 고랑 치다 온 사내가 흙 묻은 채로 그냥 펼쳐들고 뛰는 것이었다. 화려한 조명 속에서 잠자리 날개 같은 옷으로 치장해 추는 춤이 줄 수 없는 흔듦이 있었다. 마치 국수를 삶아 찬물에 헹궈 한 가닥 입에 넣었을 때의 맛이었다. 허종복은 두루미처럼 훤칠하게 펼쳐 접고 엇박으로 돋음을 하였다.

큰 걸음 낼 때는 자로 잰 듯 정확했고, 살짝 왼편으로 숙일 때 절묘한 기울기가 나왔다. 탈바가지 속에 이런 일이 있었구나, 탈속^{脫俗}의 경지 같아 조용히 떨려왔다

그 무렵 조용배는 병상에 누워 전설로 옮겨가고 있는 중이었다. 묵향이 가득하였고, 차도 없는 중병 앞에서도 길 냄새를 풍기고 있었다. "단소를 살 부니까 졸 내려오는 기라. 달빛 교교하재, 고마 딱이라, 사알 옷고름을 푼 기라." 작업의 대상이 주지스님의 여동생이고 보면 침이 꿀꺽 넘어가는 판이었는데, 잠시 멈추고 여백에 간헐적인 기침을 토해놓았다. 얼마나 지났을까, "내 죽으면 좋은 데는 못 갈 기라", 뉘우침도 두려움도 없이, "세상을 꼬셨는데, 오입값은 줘야재" 했다. 세월을 건드렸기에 외상값은 갚겠다는 정도였다. 한량과 잡놈 사이에는 분명한 경계가 있었다.

거류산의 안개 밑에 너른 평야가 있었고 몇 걸음만 나가면 통째로 술상인 바다가 대기하고 있었다. 땅과 바다가 인접한 곳에서 도다리쑥국, 장어내장구이, 숭어밤, 식당에서 내다 팔지 않는 맛들을 익혀가며 고성에 빠져들었다. 해가 바뀌고 이윤석의 오토바이가 타이탄 트럭으로 바뀌었다. 그 옆자리에 앉아 들녘을 가로질렀고, 때론 "콧구멍에 바람 넣으러" 통영 앞바다에 나갔고, 진주의 촉석루를 오르기도 했다. 그곳 역시 기다리는 예인이 있고 피리 소리와 춤 가락이 있었다.

인접한 지역은 서로 경계가 있다. 먼 타향에서 만난다면 부둥켜 안고 아는 이름이 나올 때까지 통성명을 할지라도 지척에서는 으르

렁댄다. '어디 사람 앉은 자리는 풀도 안 난다', '어디 사람은 고춧가루 서 말을 먹고 물 아래 30리를 간다', '어디 모기가 섬 모기라도 (육지인) 어디 모기와 혼인을 하지 않는다', '어디 송장 하나가 어디 산 사람 둘을 이긴다.' 이쪽 사람들 입심 속에서는 그런 지역 간 심적 드잡이가 여실히 드러난다.

그러나 지도의 위쪽에서 내려와보면 서로 매일반이었다. 이 땅의 흥이 침전해 고인 각별한 고을이었고 춤에 빠진 사람들이었다. 진주, 고성, 통영, 지도상은 직선이지만, 실제로는 고성에서 직각으로 꺾어야 하는 삼각이다. 이 영역에 〈진주검무〉〈삼천포농악〉〈가산오광대〉〈고성오광대〉〈고성농요〉〈승전무〉〈통영오광대〉〈남해안별신굿〉 등 국가 지정 중요무형문화재가 가장 많이 몰려 있는 것이다. 정녕 가무악으로 첩첩이 둘러싸인 거대한 벨트였다.

고성 일대로 향하는 발걸음이 점차 잦아졌다. 진주, 고성, 통영, 거기에 통영 앞바다로 밀려온 망망한 섬들까지, 거대한 구획이 나를 불러들였다. 이 극심한 유혹의 땅을 '춤의 삼각지대'라 부르게 되었다. 가무악이 모두 성했지만, 그중 춤이라면 불문곡직하고 멍석 깔고 판을 조성하는 사람들이었기 때문이다. 언제든 기다리는 장단이 있고, 춤추는 멍석 위에 탁주 사발이 돌고 있었다. 하여 틈만 나면 저절로 가곤 했고, 춤의 삼각지대는 때때로 빨대처럼 심하게 빨아당기기도 했다.

결국 1995년 정월 보름 낙향하였다. 마을 초입에 무성한 갈대밭이 둘러 있고 지친 배가 몇 척 매여 드나드는 물에 부침을 반복하고 있었다. '손님이 와서 내게 흥망사를 묻는데, 웃으며 갈꽃을 가리키니 달빛만 빈 배에 가득하다 ^{客來問我興亡事, 笑之蘆花月一船}.' 옛 구절이 먼저 기다리고 있었다.

행정구역명으로는 경남 고성군 마암면 보전리였고 촌로들은 '게발골'이라는 자연부락 이름으로 불렀다. 뒷산이 게의 발 모양으로 마을을 품고 있는 형국이기 때문이라 했다. 그래서 열 가구 이상 살아서는 안 된다고 했다. 게 발이 열 개밖에 안 되기 때문이다. 물론 예전이라면 엄하게 텃세를 부렸을 금기였다. 그러나 지금은 열 가구도 못 채우고 비어 있었기에 철없는 귀거래 ^{歸去來}가 묵인되었다.

촌로들은 마을 어귀에서 장기판에 머리를 맞대고 있었다. 차 배달 온 다방 레지에게 "나이든 할매는 '궁할 궁 ^窮'자 궁뎅이, 풍성한 아지매는 '응할 응 ^應'자 응뎅이, 볼록한 처녀 니는 '꽃다울 방 ^芳'자 방뎅이라" 농을 던지며 마을에서 사라진 젊은 축을 아쉬워했다.

궁할 궁 자의 할매 한 분이 무릎이 아파 읍내 병원에 갔다. 의사말이 '칼슘'이 빠져나가 그렇다 했는데, 돌아오다 잊어버려 궁리 끝에 '카시미롱'이 빠져나갔다고 했다. 어쨌든 몸속에서 따듯한 것이 빠져나간 것이다. 마을도 빈 몸같이 모두 빠져나가 감꽃이 장독대에 가득 떨어졌어도 실에 꿰어 목에 걸 아이들이 없었다.

면 직원이 와서 군민축구대회에 선수가 없다며 마산서 직장 다니는 손자 부르라고 애원하였고, 낯선 사람도 드문지라 개도 간만에 밥값 한다고 컹컹 짖었다. 농촌지도소 직원은 직파법에 대한 설명회가 있다고 모두 나와 경청하라 간청했다. 결국 마을에 사람이 없기 때문이었다.

이앙법으로 옮긴 지 2백여 년 만에 다시 예전의 직파가 권장되고 있었다. 부족한 일손으로 못자리 만들어 모 심느니, 곧바로 뿌려 인건비 남기는 게 경제적이라는 산술에 도달한 것이다. 그렇게 부족한 일손으로 풍년을 이루어도 추곡수매량은 늘지 않았다. 결국 풍년이 국가의 짐이 된 세상이고, 비교우위를 앞세워 점차 벼농사를 포기시키는 중이었다. 결국 비닐하우스가 생계의 중심이 되었고, 빼먹을 수 없는 일로 가득 찬 거대한 터널이 되었다. 그렇게 들은 한시도 빠짐없이 농군을 부르고 있었다.

이것이 〈고성오광대놀이〉가 당면한 문제였다. 탈춤은 삼십여 명의 배역이 필요한 춤인데, 이 배역들이 바쁜 고성의 들판에 매여 있는 것이다. 또 여름과 겨울 16주간은 대학생들이 탈춤을 배우러 몰려와 일주일간 하루 온종일 춤을 추는 것이다. 그러니 춤꾼들은 거의 매일 들과 전수회관 사이를 정신없이 오가야 하는 것이다.

이렇게 일손이 절실할 때 한 남자가 떠나가고 있었다. 1995년 1월, 대학생 전수 기간 때, 허종복의 춤판이 열렸다. 예전 같으면 한참을 몰았을 텐데, 잠시 멈춰 허리끈을 졸라매고 추었다. 오랜 투병으

로 야윌 대로 야위어 허리끈이 미끄러져 내리기도 했겠지만, 사실
은 가쁜 숨을 가누고 싶었으리라. 허종복 또한 멈춘 것이 멋쩍었는지
"내는 기우는 달이고 회장"이윤석의 춤은 떠오르는 초승달이라", 이제
틀렸다는 듯이 말했다. 그리고 4월, 허종복이 타계한 것이다.

게발골에서

　허종복은 늘 명무전을 기다렸다. 꼭 부를 줄 알고 있었다. 드디
어 명무전이 열렸고 불렸다. 다만 춤꾼이 아닌 악사로 불렸다. 춤꾼
은 박홍도를 불렀다. 나이는 많으나 오광대에는 늦게 입문한 사람이
고 춤도 덜했다. 허나 중앙이 지방 일을 어찌 알까. 그 기막힌 판에서
허종복은 반주를 한 것이다. 일생을 기다려온 무대를 건너다보며, 춤
추고픔이 소름처럼 돋는데, 북만 둥둥 쳐야 했다. 달밤에 피를 뽑으
며, 종친회에서 쫓겨나면서, 3만 명의 대학생을 가르치면서, 지독한
불행의 날을 기다린 것이다. 1990년 10월 KBS홀 개관기념으로 열린
'한국명무전'이었다. 그날 이후에도 그는 명무전을 기다렸을 것이다.
죽음을 두 달 앞두고도, 허리끈을 핑계로 쉬었다 추면서, 탈에 가려
진 자신을 세상이 찾아주길, 간절히 기다렸을 것이다.
　고인은 춤추느라 가세가 기울었다. 누굴 만나도 밥 한 끼 하자
는 소릴 못했고, 늘 전수회관에서 라면을 끓여 먹으며 춤을 췄다. 그
렇게 20년을 먹어서 병이 났다는 것이 이윤석의 진단이었다. 허종복

의 장례 후, 삼거리슈퍼 평상에서, 불행을 목도한 증인끼리, 세상에서 가장 불행한 춤꾼을 추도하며 건배했다.

탈은 탈의 의미가 중하다. 하지만 그 탈이 탈 속에 있는 명무를 가린 것이다. 이것이 대대로 흥을 이끌어온 춤의 결사, 탈꾼의 숙명이었다. 우리는 약속했다. 훗날 탈 속의 명인들을 기리는 춤판을 만들자고, 탈을 벗고 추는 명무전을 올리자고 약속하였다. 이슬비보다 가늘게 무우》霧雨가 내렸다. 이쪽 말로는 '는개'라 하였다.

다음날, 술이 짰는지 자꾸만 물이 먹히고 속이 울렁거렸다. 그저 빨랫줄에 널려 알코올만 똑똑 떨어뜨리고 싶었다. 약 사 먹으러 골목을 나가다 할매와 마주쳤다. 씻나락 까먹다 들킨 귀신처럼 고개를 숙이는데, '안다 알어, 이 썩을 놈아!' 하는 표정으로 힐끗 쳐다보았다.

그러니까, '힐끗'이라는 순간, 할매 눈빛에서 낙향 6개월의 자화상이 포착되고 있었다. '명송의 이윤석이 부탁이라 빈집 내줬는데, 춤 연구한다고 장기판에서 헛소리나 받아적고, 읍내 오광대패랑 술 처묵고, 통영 가서 무당 만나고, 진주 가서 기생 만나고, 만날 늦게 옹께나 개들 짖고……' 거리는 좁혀오고, 돌아서기는 늦었고, 그냥 스치자니 어색하고, 몸이 부대낀 탓이었는지, 느닷없이 "할머니 몸이 뭐예요?" 엉뚱한 질문을 하고 말았다.

아차! 싶은 낙장불입의 순간, 할매는 태연히 "장독대지, 위장, 간장, 대장, '장' 자만 죄 모아놨으니 장독대"라 했다. 순간 번개가 머리를 통과해가고 있었다. '가죽부대에 뼈다귀 담은 것'인 줄 알았던 몸을 '장독대'라 했다. 아이 낳고 금줄을 걸었고, 장 담그고 금줄을 걸었던 어미였다. 그런 어미이기에 완성할 수 있는 정갈한 말이었다.

멀리서 물소리가 났다. 정한 물을 헤쳐 더 정한 물을 길어올리는, 우리네 대보름 풍속인 '용알뜨기'처럼, 달빛에 출렁여 부싯돌처럼 빛나는 물소리였다. 지금은 수도 파이프를 묻고 덮어버린 저 깊은 우물에서 정중히 퍼올린 말, 그 말이 내 몸을 헹궈내고 있었다. 서서히 술기운이 걷혀가고 있었다.

삼거리슈퍼 평상에서의 약속은 4년 후에 지켜졌다. 제목을 '춤의 고을, 고성 사람들'이라 합의했고, 고성의 농사꾼들로만 명무전이 꾸며졌다. 논둑에 서던 농군이 무대에 설 때, 그것은 이 땅의 평균 신명이었다. 어디 이 고을만 그럴까. 온 국토에 춤이 흥했을 터이다. 다만 이곳은 유독한 자들이 있어 여전히 살아 움직이고 있었다.

2005년 그 작은 마을을 다시 찾았다. 게발골이 개발되어 갈대밭은 매립되고 바닷물은 멀어졌다. 몸이 장독대임을 일러준 달천할매의 본명은 하갑순"河甲順이었다. 정묘생"丁卯生, 1927년으로 안태본은 진주. 열일곱에 시집와 팔 남매를 낳았고 그중 사 남매를 먼저 묻었다. 자신도 게발골에 묻힐 요량이다. 삼거리슈퍼의 평상에 앉으니 과속 차량이 분주하다. 몸의 의미를 일깨운 촌부들과 춤의 풍문이 떠도는 고성. 작은 고을에 스승들이 꽉 차 있었다. 10년이 지난 지금, 볼펜 똥을 닦아가며 쓰던 첫사랑의 편지처럼, 촌부들의 그 말씀과 그 춤 사연을 정중히 눌러쓴다. ●

이윤석의 〈덧배기춤〉 사내들이 마당에서 추는 헌걸찬 춤. 사내들이 다듬어 사내들의 몸으로 전해지는 춤. 굵은 신체의 볼품을 그대로 이용하니, 몸을 춤으로 곧바로 옮기는 것이다. ⓒ 최영모

춤을 일구는 농사꾼
이윤석

훈장님 말씀이 아니고 농사꾼 말이기에 삼가 가려들으소서. 농사꾼 가로되, 씻나락이 모가 되고, 모가 벼가 되고, 벼가 나락이 되고, 나락이 쌀이 되는 과정, 도합 팔십팔 번의 공정이 들기에, '쌀미[»]米'자는 '팔십팔[»]八十八' 석 자를 줄여 만든 글자라 한다.

그 공정 하나하나에 못 돼도 백 번은 무릎을 접는다. 가령 김매기라면 하루에도 골백번 고쳐 꿇으며 호미질을 해야 한다. 우수리 떼고 한 공정에 백 번씩만 쳐도, 저 흙을 향해 겸손히 팔천팔백배를 행함이다. 읍하는 농부의 등골에 흥건히 고인 땀에서, 염전꾼들이 짠물에서 "소금 온다" 하듯, 백옥 같은 한 톨의 결정이 내리는 것이다.

한 알의 나락이 죽어 쌀이 되는 데는 단 하루도 빠짐없이 1년 365일, 꼬박 걸린다. 그 하루하루 새벽별을 보고 나가 저녁별을 보고 돌아와야 한다. 나날이 별의 노래를 듣기에, 농사 농[»]農은 별[辰]과 노래[曲]를 섞어 만들었다 한다. 유선형으로 날렵하면서도 토실토실한 쌀. 경상도 농사꾼이 "쌀"을 "살"로 발음하는 것은 바로 '쌀'이 '살'이고 '삶'임을 말함이다. 그런즉 밥풀 하나 떨어뜨리면 벼락 맞는다는 옛말이 예삿말이 아닌 것이다.

그 농사꾼이 훈장님 말씀이라며 전언하길, 농사꾼 눈에는 '초승달도 숫돌에 간 낫"新月似磨鎌'처럼 보인다 했다. 순간 달이 '날캄하게' 번득였다. 경남 고성의 이윤석, 한량 스승들이 떠난 후 흙에서 춤을 일구고 있었다. 논두렁을 넘던 큰 걸음으로 판에 나설 때 춤은 숨길 수 없는 삶의 족적이었다. 써레질한 논의 수평 위에 뙤기밭의 곡선이 춤으로 흘러든 것이다.

금자동아 옥자동아

이윤석"李潤石, 1949년생은 경남 고성군 마암면 도전리 명송부락에서 태어났다. 울음을 터트리자 기다리던 다섯 부모가 함박웃음을 터트렸다. 태기가 있을 때부터 큰아버지의 양자로 가게끔 정해져 있었다. 큰아버지는 둘째부인까지 얻어 아이를 보고자 했으나 소식이 없어, 동생의 아들을 양자 들이기로 한 것이다. 한 지붕 아래서 아버지 둘, 어머니 셋, 다섯 부모의 등에서 등으로 업혀 다니느라 발 디딜 새가 없었다.

논 스무 마지기에 밭 천 평, 소 네 마리를 먹이는 중농이었기에 부러울 것 없는 유년이었다. 그러나 한몸에 쏟아지는 다섯 부모의 넘치는 사랑이 문제였다. 아직 태생의 비밀을 몰랐고 과한 사랑이 주는 과부하로 울적했다. 매일 다툼이 일어났고 자신이 누구의 품에 안기느냐에 따라 그날의 승자가 결정되었다. 밤이면 그 밤의 패자를 위해 홀로 눈물 흘려야 했다.

친모라고 생각한 양부의 둘째부인은 강신무였다. 어머니가 굿하러 간 날은 머슴과 함께 밤길을 걸어 마중 나갔다. 굿이 늦어지면 굿판까지 가기도 했다. 무가를 낭송하는 어머니를 보았고 묵직한 징 소리가 예사롭지 않았다. 정월이면 매일 굿이기에 밤마다 징 소리를 따라다녔다.

봄날 풀이 돋아나면 집집이 쌀 반 되에 현금 2백 원 정도를 걷어 '해치'를 놀았다. 생멸치를 잡고 훑어 회를 만들고 살찐 봄 미나리를 숭숭 썰어서 한데 버무려 냈다. 밀주를 걸렀고 봄볕이 부서지는 마을 언덕에서 종일 풍물을 울리며 놀았다. 못 먹던 시절이라 간만의 포식을 감당치 못하는 경우도 있었다. 어른들은 기어코 언덕 아래 집에서 일을 봤다. 집에 오다 괄약근이 풀어져도 구석을 찾지 않았다. 선 채로 해결하고 집에 와 대님을 풀어 털어냈다. 피보다 귀한 거름이기에 그 한 덩이도 아까워했다. 거름이 없으면 나락이 쪼그라들어 "메추리도 쪼아댈 게 없어 울고 간다" 했다. 어른들은 그렇게 흙을 향해 다짐하며 봄을 보냈다. 풍물소리 지척인 봄이었다.

기억에는 그때도 부모 등에서 내린 적이 없는 듯했다. 초등학교에 들어갈 무렵 마을에 매구패가 만들어졌다. 마을 상쇠 허판세^{許板世, 1920~1999}의 꽹과리 가락이 좋았고, 마을 앞 배둔에는 5일장을 도는 장돌뱅이들의 장구며 소고가 좋아 패를 합했다. 이 연합패는 직업패가 되다시피 해 정월이면 고성 인근을 돌며 지신밟기를 했다. 그럴 리야 없지만 그제야 부모 등에서 잠시 내려온 것 같았다. 매구패를 뒤따르면서 소고를 치기 위해서였다.

초등학교 내내 꽹과리 소리를 따라다니며 놀았다. 화전놀이에 울려났고, 모심기, 김매기, 김매기를 마친 백중날 '호미씻기'에서 울려났다. 단풍놀이에 울렸고 이듬해 대보름의 지신밟기에 울려났다. 부모들은 너무 귀한 자식이기 때문에 감히 공부를 권하지도 않았다. 그저 무병장수만을 기원했고 어서 커서 장가보내는 게 소원이었다.

중학교 2학년 어느 날, 성미가 급한 무당 엄마가 발끈했다. "배 아파 난 새끼여야지, 아니면 맨날 허사라!" 그렇게 태생의 비밀이 밝혀졌다. 삼촌, 숙모라 알던 분들이 친부, 친모였던 것이다. 그것은 믿기지 않는 일이었고 믿자니 세상의 알고 있는 것들을 일일이 재확인해야 할 것 같았다. 다섯 부모가 한꺼번에 떠나버린 듯 텅 비어버렸다.

춤꾼의 농사꾼 스승

어떻게 시간이 지났는지는 기억나지 않는다. 고등학교를 진학하지 않았고 몇 개월 한문 서당에 다녔다. 그리고 친부를 따라 들에 나갔다. 전날 삼촌이던 시절에는 격 없이 속닥거렸던 사이였다. 비밀

을 알고 난 뒤는 서로 묵묵했다. 필요한 최소한의 말만 침묵 속에서
오갔다.

아비가 된 삼촌은 농사의 기본은 써레질이라 했다. 묽은 흙을
위로 쌓아 물을 댔을 때 바닥으로 빠지지 않게 하는 것이었고 논바
닥의 수평을 잡는 것이었다. 수평이라야 물이 일제히 들었다 일제히
빠질 수 있었다. 바닥이 높아 물이 차지 않는 곳은 벼가 말랐고 바닥
이 낮아 물이 빠지지 않는 곳은 벼가 썩었다. 물을 기준으로 한 흙의
평평함, 논은 해마다 수평을 조율해 너른 들의 일부가 되는 것이었
다. 아들이 된 조카에게 아비는 그렇게 흙을 가르치기 시작했다.

모내기가 시작되면 나이든 목청 좋은 노인들이 〈등지소리〉^{고성}
^{지방의 일노래}를 했고 젊은 사람들은 후렴을 받았다. 땅속 깊이 숨을 불
어넣는 노래, 장차 자라날 곡식을 향한 태교의 노래였다. 그리고 그
노래와 함께 피와 땀을 바쳐야 했다. 농약 없는 때라 거머리가 천지
여서 장딴지엔 붉은 물이 흘렀다. 때때로 논 게들도 꽉 깨물고 갔다.
얼마나 아픈지, 어른들 말로 그놈들은 사람을 물어놓고 잽싸게 물꼬
로 뛴다고 했다. 물린 사람이 자빠져 떠내려오면 뜯어먹기 위해서라
했다. 지금이라면 반겨 게장을 담글 텐데, 당시에는 따끔한 아픔을
주는 놈이었다. 흔적 없이 사라진, 농약 없던 시절의 그리운 아픔이
고 입맛이었다.

피땀으로 세운 벼논엔 피, 갈, 가죽잽이, 개꿀대, 올미 등 헤아릴
수 없는 잡초들이 비집고 올라왔다. 뿌리를 발본색원하지 못하면 외
려 기하급수에 제곱을 해서 번졌다. 제초제 없던 때라 얼마나 무성하

던지 뿌리 뽑다가 사람이 딸려들어갈 정도였다. 나락이 패면 주인은 한 상 걸게 차려 농신제를 지냈고, 나락은 병충해와 태풍, 부정확한 일기예보의 스트레스를 인내하며 자랐다. 탈곡하면 알곡은 곳간으로 갔고 짚은 초가지붕이나 쇠여물이 되어 남김없이 헌신했다. 농사꾼의 한 해는 작물의 한평생을 들여다보는 일이었다. 그 생로병사를 돌볼 때, 아비는 "농사꾼은 몸이 달력이 되고 시계가 되어야 한다"고 했다.

그 무렵 밭농사의 스승도 만나게 된다. 큰길 옆에서 수박농사를 지었던 동네 노인이었다. 노인은 해만 넘어가면 결코 수박밭에 들어가지 않았다. 밤에만 나돌아다니는 큰 구렁이 때문이었다. 지나는 행락객이 한두 통 사가면 쏠쏠한데, 밤에는 곱을 줘도 안 팔았다. 온 동네가 구렁이 사연을 다 알아 밤만 되면 얼씬도 안 했다. 그 무렵 노인은 힘이 부쳐 수박밭을 그만두며 그에게 수박 한 통을 들고 왔다.

구렁이를 핑계로 아이들의 수박 서리를 면했다는 것이다. 한두 통이야 아깝지 않지만, 밤에 서리한다고 이리저리 뒹굴면 수박 순을 다 망치기에 꾸민 계략이었다. 그래서 맛을 못 보고 자라버린 개구쟁이들에게 마지막 지은 수박을 한 통씩 돌렸다. "밤에 수박 몇 통 파느냐, 수박 전체를 살리느냐" 고민하듯 농사는 선택이라 했다. 구릉의 곡선을 그대로 유지하며 자연을 자연스럽게 다루는 것이 밭이었다. 노인은 그렇게 자연스레 수박을 지키고 인정도 지켰다. 어릴 적 유독 무성하던 수박밭의 비밀이 흉중에 수박씨처럼 박혔다.

안테나를 쑥 뽑듯이 키가 훌쩍 커버렸다. 들과 산을 오르내렸고 밀주단속반이라도 올라치면 한달음에 뛰어 마을에 기별을 했다. 이제 동네에 초상이 나면 당연히 상여를 메러 가야 했다. 상여 소리의 후렴을 받을 때 어느덧 실한 장정으로 취급되었다. 1968년 스무 살에 노환중인 양부의 간곡한 청에 중매로 조혼을 하였다. 1972년 둘째를 보고 입대했고, 1975년 전역하자 네 아이의 아비가 되어 있었다.

춤꾼과 화투

1975년, 허판세의 권유로 오광대 모임에 들어갔다. 당시 〈고성오광대놀이〉에 젊은이가 없어 진작부터 오라오라 하던 차였다. 그저 오라니 가본 걸음이었다. 평소 말없던 아내는 울면서 결사반대했다. 아내의 사촌 오빠가 고성 사람이면 다 아는 조한량이었기 때문이다. 동네도 사람 버린다고 발을 벗고 막았다.

고성읍 남산공원의 경로당 자리에 있던 전수회관에 여름방학과 겨울방학에 전국의 대학생들이 밀려들었다. 거기에서 잔일을 보면서 하나둘 춤을 배워갔다. 조용배에게 〈문둥북춤〉과 〈승무〉를, 허종복에게 〈기본춤〉과 〈말뚝이춤〉을 배웠다. 1976년 조용배가 풍류의 길을 나선 이후에는 허종복이 중심이 되어 전수를 하였다. 때로 허종복이 자리를 비우면 직접 학생들을 가르치기도 했다.

그 무렵 〈고성오광대놀이〉에는 모두 여덟 명의 예능 보유자가 있었다. 모두들 개성이 강해 팔인팔색이었고 변덕 심한 팔색조들이었다. 언제나 패가 나뉘어 다툼이 일었고, 총무인 그의 의견으로 다툼의 승패가 갈렸다. 그저 묵묵부답으로 답해야 했다. 다섯 부모가 다툴 때 쓴 침묵, 그것은 자신도 모르게 숙련된 위협적인 무기였다. 여덟 스승을 설득하려면 더 많은 침묵이 필요했다. 사람들은 입에서 냄새 날 거라 했다.

판이 벌어지면 팔인팔색은 팔방미인이 되었다. 악이면 악, 춤이면 춤, 소리면 소리, 그저 틈만 나면 몰려 나가 춤을 추어 1980년대 〈고성오광대놀이〉는 절정에 이르러 있었다. 그러나 기행을 마치고 돌아온 조용배가 1991년에 타계했고, 이를 신호로 한 사람 한 사람 떠나갔다. 결국 1995년 허종복이 모든 짐을 그에게 남기고 떠났다.

〈고성오광대놀이〉는 '문둥북춤' '양반과장' '비비과장' '승무과장' '제밀주과장' 총 5과장으로 구성된 탈놀이다. 모두 삼십여 배역이 있고 십여 명의 악사가 필요하다. 보통 서른 명이 겹치기 출연하며 진행하는데, 마지막 '제밀주과장' 끝에 상여가 나갈 때는 초상집보다 더 바쁘다. 문제는 그 서른 명도 다 갖추지 못하는 것이다. 젊은이들이 떠나버린 농촌이었고 남은 자들이 감당해야 하는 들이 넓었다.

어렵게 설득하여 회원을 만들면 상부에서는 전수활동을 보고하라 했다. 무형문화재로 지정된 단체라 때에 맞추어 이수자를 배출해야 했다. 그저 명단만 회원이고 들에 사는지라, '운아'와 '공포'라는 배역으로 이수자를 올렸다. '운아'와 '공포'는 마지막 상여가 나갈 때 앞서 들고 가는 깃발이다. 그저 양손 있고 직립보행 가능하면 연습 없이도 되는데, 그것을 배역으로 친 것이다. 같은 시기에 서울의 문화재 종목은 이수자를 두고 각축을 벌이고 때때로 선정에 부정이 있다고 의혹이 불거지는데, 농촌의 문화재 종목은 사람이 없기에 진풍경이 벌어지는 것이다.

그는 또다른 진풍경을 벌였다. 전수회관 사무실에서 화투판을 벌인 것이다. 몇몇의 심심풀이 판이 아니라 전 회원이 돈독이 올라 모여든 죽기살기 판이다. 춤판을 벌이려면 회의를 해야 하는데 정족수도 채워지지 않는다. 그러니 화투를 미끼로 바쁜 농군들을 유인하는 것이다. "못 먹어도 고!" 화톳불 피운 춤판을 벌이기 위해 화투장을 더 힘껏 내리쳐야 했다. 1995년, 그의 춤 경영은 농촌 현실을 감안하고 있었다.

흙으로 빚은 〈덧배기춤〉

고성에 홍원장이란 통달한 수의사가 있어, 고성 소의 반이 그의 손에 나고 자랐다. 그런데 건강이 좋지 않아 병원을 그만두고 수박을 심었다. 첫 농사인데 놀랍게 한 가지에 꼬박꼬박 두 개씩 열렸다. 얼마나 오졌겠는가. 혼자 보긴 너무 아까워 이윤석을 오라오라 했다. 그는 가자마자 홍원장의 자랑스러운 수박을 한 가지에 한 개씩 모조리 밟아버렸다. 못 익고 터진 수박 속처럼 허옇게 질린 홍원장에게 "농사는 선택"이라 했다. 한 가지에 둘이 크면 영양부족으로 둘 다 상품이 되지 못한다는 것이었다.

심는 대로 거둔다던 시절은 호시절이었다. 이제는 새로운 영농법, 작물 선택, 작황 예상, 수출물량 예상, 이 모두에 주목해야 했고 하나만 빗나가도 한 해를 그르쳤다. 이 서슬 푸른 현실에서 그는 춤판까지 들여다보고 있었다. 겨우내 전수회관에는 대학생들이 가득 찼고, 비닐하우스의 작물은 주인의 발소리를 듣고 자랐다. 결국 멀고 먼 전수회관과 비닐하우스 사이에서 춤출 시간을 솎아내다 늘 과속 딱지를 얻었다.

하루는 농사와 춤으로 쫓기는 걸 아는 동네 지기가 슬깃하게 수경재배를 권했다. 밑천은 좀 들지만 토마토를 물속에서 기르니 일손 적고 수확이 좋다는 것이다. 그는 일언지하에 거절했다. 땅에서 양분을 뽑아 먹는 것이라야 토마토인데, 영양제 먹고 자란 토마토를 먹일 바에는 "차라리 양분을 곧바로 아구지^입에 털어 멕이는 게" 훨씬 낫다는 것이다. 그런 땅에 대한 신념 때문인지 그의 춤에서는 확실히 흙냄새가 풍겼다.

1998년 '명무초청공연'에서 그는 〈덧배기춤〉으로 나섰다. '덧배기'란 경상도식 자진모리장단인데, 장단 이름을 넘어 '사내들이 마당에서 추는 춤'으로 통용되고 있다. 그의 〈덧배기춤〉은 〈고성오광대놀이〉에 나오는 춤사위를 즉흥적으로 엮어 춘 것인데, 커다란 몸집을 충분히 활용하여 굵게 매듭지어냈다.

춤을 보법, 수법, 신법의 결합으로 본다면, 보법은 허종복의 영향이 컸다. 허종복은 훤칠했고 흔쾌히 뛰쳐나가는 도약이 있었다. 그리고 평소 즐기던 장기판에서의 마나 상처럼, 직선으로 가다가 45도로 꺾어 뛰었다. 예기치 못한 엇박을 탄 도발적인 보법이었다. 수법은 마치 붓이 처음은 정확히 찍고 다음은 흘려버리듯, 첫 박은 의식이 강하게 들어가 있지만 다음은 무의식처럼 흘러내렸다. 힘의 농담이 정확히 드러나 원근과 여백을 주는 것으로, 묵객이기도 했던 조용배의 영향이었다. 묵도 장기판도 공간에 대한 구사였으니, 일상이 그들의 춤에 흘러들었고 그의 몸에 전해진 것이다.

그의 신법은 온몸을 먼저 움직이고 사지가 따라 움직였다. 그래서 통째로 움직여내는 굵은 춤이 만들어졌다. 미동이라도, 고르게 발달한 그의 척추 마디마디가 모두 다 쓰였다. 흐름과 끊음이 조화를 이루었고 뛸 때는 둥둥 뜨듯 동^動에서 동^動을 구사했고 급정거처럼 땅에 박히는 '배김새' 동작에는 체중 전체를 실어냈다. 흙냄새가 물씬했고, 그 흙을 쟁기로 갈아엎는 소처럼 우직하게 밀어붙였다. 무대를 떠미는 품이 이중섭의 입김 서린 '소' 같았다.

예상치 못한 움직임이었다. 그간 '탁주와 멍석판'으로만 운운되던 탈춤에 이윤석이 등장해, 큼직한 발로 딛고 선 균형 속에서 조형적인 동작을 쏟아낸 것이다. 이리저리 재어도 반듯할 성싶은 몸짓은 탈춤 역시 도제적인 춤 수업이 전제되었음을 증명했다. 대대로 명무의 전설을 탈 속에 간직해오고 있었던 것이다. 그의 춤은 그간 탈에 가려 잊혀진 이름들을 다시 부르게 하는 춤이기도 했다.

춤의 고을, 고성 사람들

1999년, 그는 군용 모포를 깔고 패를 섞으면서 춤 경영의 두번째 묘수를 꺼냈다. 전 보존회원이 탈을 벗고 춤추는 명무전을 만들자는 것이었다. 탈 벗고 혼자 춘다니 두말없이 효과가 있었다. 탈 속에서도 자신들의 존재는 꿈꿔진 것이다. 얼굴을 낸다 했더니 등한하던 회원들도 새벽 2시까지 연습했다.

그해 6월 서울 예술의 전당에서 '춤의 고을, 고성 사람들'을 공연하였다. 삼십여 명의 순수 농사꾼만 출연한 춤판이라고 언론이 대서특필했다. 고향을 떠난 서울의 향인들이 극장을 메웠고 국회의원, 군수, 지역 유지들도 차를 전세 내어 올라왔다. 그들은 일생에서 처음으로 〈고성오광대놀이〉의 전 막을 다 보았다. 그간 읍내 마당에서 공연할 땐 금일봉 내고 인사말하고 빠져나간 그들이, 극장에서 추임새를 넣었다.

그 밤은 극장 로비의 리셉션도 대성황이었다. "옛날 남산 도서관 옆에서 시끄럽게 굴던 할배들 놀이가 그리 유명한 놀이였냐?"며 향인들이 손을 잡았다. 군수는 "앞으로 공무원 연찬회에 오광대 춤 실습을 넣겠다"고 이야기했다. 그간 '오광대 짓거리'가 고성의 참된 축제로 인정받는 순간이었다. 회원들 간에 우스갯소리가 떠돌았다. "벗으면 뜬다." 각처의 향우들이 손짓했고, 부산, 울산, 창원 등을 순회하며 공연하였다.

2002년 11월에는 코리아 소사이어티의 초청으로 미국 6개 도시

순회공연을 했다. 첫 목적지 하와이에 도착하자마자 모조리 와이키키 해변으로 뛰어들어 목욕재개했다. 그리고 공연에 앞서 오광대를 이끌어온 선사에 대한 제례로 탈고사를 지냈다. 총 5과장을 원형대로 탈을 쓰고 추었고 중간에 이윤석의 〈덧배기춤〉을 넣었다. 푸른 눈의 관객은 농사꾼의 춤에 매료되었고, 다음날 이윤석을 하와이 대학 민족무용연구소에 초청해 특별 전수를 받았다.

로스엔젤레스에서부터는 미국에서 〈고성오광대놀이〉를 배운 젊은이들과 학생들이 공연장에 몰려들었다. 그간 고성춤을 배워간 이가 3만 명, 그 수치가 실제로 움직였다. 몸에서 몸으로 전해진 춤이 이미 미국에 건너와 '아메리카 오광대'가 되어 있었다. 그들은 본바닥 춤꾼에게 지도받고 싶어 호텔방, 대학 강당, 공원, 곳곳에서 춤을 배우고 교정했다. 샌디에이고, 뉴욕, 워싱턴, 필라델피아에서 소식을 들은 모든 학생들이 몰려와 대륙 횡단 열풍이 이어졌다. 이 땅의 작은 고을 고성이 아메리카에서 춤의 메카가 되어 언젠가 밟아야 할 순례지로 자리잡은 것이다.

2005년, 그는 일주일에 하루 시간을 내어 서울을 오르내리고 있다. 1999년에 한국종합예술학교 전통예술원 겸임교수로 임명되어 올해로 7년째다. 고성읍에 다시 동물병원을 개업한 홍원장은 "고성의 종자소니 코뚜레 해서 잘 매어두어야 한다"고 농을 던진다. 다인회 사람들이 모여드는 화장품집에서 차라도 한잔 마실라치면 "잘나간다"고 부럽다 한다.

생각해보면 잘나간다. 이 바쁜 때 서울로 공연 간다, 강의 간다

하는 것이, 옛날 함방장에 춤추러 가는 조한량과 다를 바 없다. 늘 일이 밀리니 한밤중에 홀로 비닐하우스에서 접지를 해야 한다. 아내 홀로 치열한 전투를 한 비닐하우스에 서면, 사촌도 혈연인데 아내 조용순은 도무지 조한량과 닮은 데라곤 없다. 오광대 입회를 반대한 때를 빼곤 지금껏 단 한 번도 큰소리 내지 않은 사람이다. 아내 덕에 춤추고 사는 것이다. 늦도록 토마토 순을 손보다보면 문득 달밤에 피를 뽑던 허종복이 생각나고 춤 때문에 외로웠을 모습에 울컥해진다.

그간 다섯 부모와 스무 명의 오광대 스승을 장사지냈다. 그러다보니 어느덧 손녀를 둘 둔 '젊은 할배'가 되었다. 서울 학생들은 '젊은 오빠'라 한다. 만약 이들이 조용배, 허종복의 춤을 보았으면 어떠했을까 생각한다. 때때로 선생들이 공연에 몰래 출연해주었으면 했다. 탈 쓰니 누가 귀신이고 누가 사람인지 구별할 턱이 있는가. 그만큼 춤 일손이 절실하고 때로 그립기도 하다. 일과 춤에 쫓기니 뒤통수에 아무거나 닿으면 어디서나 잠들어버린다. 서울 고성 간의 우등고속 안은 쉼터다. 그런데 과욕은 쉼 없이 꼼지락거리며 토마토 순처럼 자란다.

그는 세번째 묘수를 내는 중이다. 그간 군용 모포가 원탁으로 바뀌어 손에 쥔 것은 포커 패다. 아메리카 오광대들이 순례 올 때 아이도 데리고 와 고성의 또래 아이들과 춤과 고향을 배우는 캠프를 만들 생각이다. 고성의 아이들에게는 고향의 춤과 함께 미국 친구와 노는 영어 캠프이고, 미국 아이들에겐 춤과 함께 한국어 캠프가 되는 것이다. 이미 〈고성오광대놀이〉 대본을 영어로 번역해놓았다. 그의 패가 어떤 성과를 낼지는 미지수다. 그러나 도회지 사람들이 기백 씩 주고 어학연수를 간다는 말은 농촌을 더욱 휑하게 만든다. 그는 농촌 현실 중 교육의 소외를 들여다보고 있다. 춤이 춤에서 벗어나 삶에 일조했으면 하는 것이다.

기하학적 기울기의 비밀

오늘도 고성엔 춤에 발 들여놓고픈 사람들이 쇄도한다. 대학 탈패와 마당극패가 주류를 이루다 지금은 무예를 하는 무인들, 전문 무용인들이 와서 춤사위를 배워간다. 2004년 8월 한 달간, 하와이 대학 민족무용연구소에서는 이윤석을 초청하여 춤을 배웠고, 2005년에는 그 대학의 주디 반자일 교수가 고성에 와서 비닐하우스에서 일하며 고성춤의 동작을 연구해갔다. 마치 문명사회가 마사이족의 걸음에서 배우겠노라 고개 숙이듯, 고성이라는 한적한 농촌에 이런 정교한 몸짓이 전해짐에 감탄하는 중이고 그 춤을 배워 연구하는 중이다.

고성에 오는 사람이면 너나없이 시선을 모으는 동작이 있다. 수평에서 왼발을 축으로 45도 기울기로 동작을 맺는 모습이다. 또 기운 대로 360도 회전을 하기도 해 절묘한 모양을 갖춘다. 눈썰미를 자극하는 핵심 중의 하나가 기울기인데, 춤을 벗어나버릴 듯한 기울기다. 이렇듯 춤의 가장 먼 쪽에서 만들어진 춤이라 세상 어디에도 없는 독특한 동작이 되었다.

기울기의 근원은 오랜 춤 역사다. 그 옛날의 탈춤은 귀신을 쫓는 '벽사의식무'였다. 그러니 양반을 질타하는 말뚝이의 채찍은 악귀를 후려치던 상징이 변한 것이리라. 이 채찍질하는 말뚝이의 춤이 고성 춤의 근간이 되면서 기울기가 더욱 발전한 것이다. 가령 누구라도 오른손에 채찍을 들고 휘휘 저어보시라. 저도 모르게 채찍의 반경을 피해 왼편으로 숙이게 될 것이다. 그 불안정한 상태에서 몸을 운용하며 오늘의 절묘한 기하학적 기울기를 형성한 것이다.

이 점에서 고성 춤은 움직이는 고문헌이다. 『고성총쇄록』이나 『신증동국여지승람』의 영성한 기록을 대신해 춤이 스스로를 기록하고 있는 것이다. 그 오랜 춤이 일제시대의 명인 김창후"金昌後, 1887~1970, 홍성락"洪成落, 1887~1970, 천세봉"千世鳳, 1872~1967의 몸짓으로 전승되었고, "춤에 환장한 영감들"인 조용배와 허종복에게 전해졌고, 이윤석으로 모아졌다.

박자를 꽉 채워 돌아가는 이윤석의 기울기, 써레질한 논 위의 수평에서 불안정한 대칭으로 기울여 정"靜마저 동"動으로 변환해내는 듯했다. 흙에서 난 춤을 흙에서 전수받아 흙을 일구며 이룬 춤이다. 기실 흙이라는 말, 그 정교한 수공을 모르는 이 많기에, 오히려 들꽃이라고 말하는 게 나을 성싶었다. 들꽃, '흙이 쏘아올린 축포'라지 않던가. 키 큰 그 들꽃이 풍물 바람에 살짝 기운다. 그것은 춤 일과 농사일 사이를 시계추처럼 오가며 어디에도 치우치지 않았기에 얻을 수 있는 최선의 기울기였다. ●

2006년 추석 무렵에 선영의 산소 벌초를 하다가 제초기에 오른손 검지를 잘렸다. "조상들이 사람들 손가락질하지 말라고 가져갔다"고 웃는다. 문제는 고성춤이 양반들을 조롱하면서 발전한지라 손가락질이 중요한 거다. 잘린 오른손 검지가 기하학적 기울기의 최종 꼭짓점인 것이다. 결국 고무 검지를 만들어 끼고 춘다.

춤판이 늘어 몽골, 중국, 동남아며 유럽까지 가서 춤을 춘다. 전에는 고성오광대놀이만 초청하였는데, 지금은 막간에 그의 〈덧배기춤〉까지 원한다. 무명옷 한 벌로 세상을 여행하는 것이다. 공연 후 몰려온 사람들이 큼직한 농사꾼의 손에 눈길이 멈춘다. 그러면 공연이 끝나 분장을 지우듯 검지를 쑥 뽑아 주머니에 넣으며 씩 웃는다.

피리의 대물림 어려서는 '새끼 무당' 커서는 '무당 새끼'였던 사내 정영만. 조상의 소리를 좇아 굿에 돌아와 대롱 굵은 통영피리를 깎는다. 아들 석진과 함께하니, 11대 무당이 12대에 대물림하는 장면도 겸한다. ⓒ 이창수

한려수도의 마지막 대사산이
정영만

통영은 수군통제영의 준말이 땅이름이 된 옛 군사도시이다. 그런즉 말발굽, 구령, 악다구니, 배 부딪치는 소리가 합수쳐 늘 시끌벅적한 곳이었다. 이 요란함을 통솔하기 위해서 통영 피리는 소리가 커야 했다. 그래서 대롱이 굵고 단단한 대나무를 선택했다.

예부터 잽이들은 갈도의 신우대를 최고로 쳤다. 갈도는 통영에서 제일 먼 섬으로 더이상 떠내려가지 않기 위해 닻처럼 돌만 고여 둔 섬이다. 이 척박한 곳에서 솟아 뙤약볕에 누르죽죽하게 그을린 신우대, 드센 바람에 항시 흔들려 살은 간 데 없고 오로지 근육만 남은 신우대라야 원하는 통 큰 소리를 내었다.

늦가을부터 풀 나기 전까지 물기 없을 때 베어다가 통영 앞바다 뻘에 한 1년 묻어야 한다. 뻘에 엎드려 사계절 온갖 물때에 진을 빼고 난 후라야 관대와 써가 되어 소리를 내는 것이다. 죽순이 솟아 10년 걸리는 일이니 통영에서 피리는 만들어지는 게 아니라 점지받아 태어나는 것이다.

통영 피리는 삼현육각 편성에서 굵고 위엄 있는 소리를 낸다. 군영의 위엄과 사기 진작을 위한 '군점'이나 교방청 무용의 반주음악으로 쓰일 때는 허리를 세우게 하고, 충무공 제례에서 고른 소리 빠져나올 때 공복처럼 더 깊이 읍하게 한다. 〈별신굿〉에서 부는 시나위에서는 심금을 타고 들려오는 가늘고 긴 소리이다. 삼관청의 고음에 취해 아득해지고 이내 머리가 젖혀진다. 코감기로 맹맹해 창을 연 것처럼, 찬바람이 비강 속으로 서서히 파고들어 마침내 뻥 뚫리게 하는 것이다. 오늘 이 통영 피리에 입김을 넣을 수 있는 이는 단 한 사람 남았다.

피리 부는 새끼무당

정영만^{鄭英晩, 1956년생}은 경남 통영시 산양면 풍화리에서 태어났다. 집안 내력에 따라 세 살 때 강보에 싸여 신청으로 건네졌다. 신청^{神廳}은 무당에게 법도와 예술을 가르치는 곳이었다. 드나드는 명인들은 촘촘히 혈연으로 연결되어 누구나 할매, 할배였다. 그 틈에서 예술은 굳이 배우지 않아도 우러나오는 것이었다.

여덟 살 때 이미 굿판에 앉았고, 뛰어난 예능인과 재력 있는 유지들의 풍류모임인 산수회에서 피리를 불었다. 봄에는 용화사 뒤 잔디밭, 가을에는 한산도 제승당에서 판이 벌어졌고 알 만한 사람은 한마디씩 들먹이는 피리가 되었다. 열 살 무렵에는 할아버지 정봉호를 따라 배편으로 부산 충무동 요정집을 드나들었다. 지금도 국악인 사이에서 유명한 '유박사'^{본명 유종익}는 증조모 유선이 씨의 조카여서 더욱 발걸음이 잦았다. 그 집에서 김소희, 이매방, 조상현 등의 명인을 만났고 말석에서 피리를 불었다. 열 살짜리의 피리였지만 이미 그렇게 이름 있는 피리가 되어가고 있었다.

그러나 그것은 소년의 안이었을 뿐, 소년의 밖은 판이했다. 여덟 살에 국민학교에 입학하였으나, 굿 때문에 결석이 잦아 이듬해 1학년을 다시 다녔고, 6학년 때는 시험에 떨어져 1년을 더 다녀야 했다.

어머니는 "무당밥은 이빨이 아파 못 씹는다"고 무업을 잇지 않았다. 그리고 무당집 소리가 듣기 싫어 전화기를 제일 먼저 놓았다. 온 동네 전화를 바꿔주면서 제발 '전화 있는 집'으로 불리기를 바랐다. 이 집 저 집도 놓자 이번엔 두부장사를 했다. '두부집'으로 불리는 게 속이 편했기 때문이다. 그러나 동네에 교회가 들어서고 새마을운동과 미신타파란 말이 돌자 주먹만한 돌들이 수없이 날아들어 슬레이트 지붕을 부쉈다. '두부집'이 아니라 '무당집'이었기 때문이다.

그때 교회 다니는 아이들에게 불려나가 수없이 맞았다. 크리스마스에 사탕 얻어먹자고 같이 드나들던 동네 친구들과 '믿는 아이'와 '사탄'으로 갈라선 것이다. "인자 욕이 반빼끼 안 들링께나 좋데." 그때 고막이 터져 한쪽 귀가 멀어버렸다. 한번은 두부를 배달하러 가다가 동네 초입에서 아이들에게 몰매를 맞았다. 다 맞고 일어서서 두부를 쓸어담는데 배고픈 개가 달려들었고 저지하자 손을 물어버렸다.

맞은 몸에 물린 손, 그래도 옷 갈아입고 굿하러 재를 넘어야 했다. 점차 굿에서 멀어지는 마을 사람들에게 "피리 부는 새끼무당"은 요긴한 볼거리였기에 스스로도 가야 하는 줄 알았다.

중학교에 입학하고 사춘기가 다가왔고 기타를 퉁기면 수줍게 다가오는 여학생도 있었다. 그러나 이내 무당집이라는 걸 알고 화들짝 돌아섰다. 손가락질이 따라올 수 없이 먼 곳, 라스팔마스나 저 남미의 어느 항구, 선글라스 그늘 아래 피어오르는 파이프 담배 연기 속에서 생의 미래를 다시 조각하고 싶었다.

1971년 열여섯 무렵, 새 길이 나면서 신청 건물이 사라졌다. 할아버지와 박경삼, 노덕찬 등의 명인들이 타계하고 고모뻘인 고농주, 국선이 등이 마산과 부산으로 옮겨가면서 자연 '산수회' 모임도 사라졌다. 열일곱 되던 해 겨울, 텅 빈 통영을 빠져나와 진주 중앙시장 근처를 서성였고 단소로 시조 반주를 하였다. 구둣방, 양복점 점원, 식당 종업원, 택시 조수 등을 전전하다 열여덟에 마산에 있던 고농주씨 밑으로 갔다. 오동동 불종거리에서 식당 간판을 내건 요정을 하고 있었다. 오동추야 달이 밝아 오동동이었다. 늦도록 판이 벌어졌고 밤이 새도록 피리를 불어야 했다.

홀로 산이, 대사산이

낮에는 해상 기계를 제작하는 진일공업주식회사의 훈련생으로 들어가 기계를 배웠다. 그는 엔진에 몰두하였다. 그 엔진이 그의 삶을 무가에서 양가로 이끌어갈 유일한 동력이었다. 1977년까지 낮에는 공장의 직공, 밤에는 요정의 악사로 반복되는 생활을 하다 통영에 돌아와 배 기관장으로 일했다. 이후 어선, 중선배를 몰다 낙도 통학선으로 옮겼다.

병역을 마치고 운전면허를 따 1980년에 택시 운전을 하였다. 소도시에서 꽤나 번듯한 직업이 되었다. 일찍부터 길러진 맷집에 격투기를 배워 '새터 점보'라는 별명으로 뒷골목에서도 번듯해졌다. 1982년 김평숙씨와 결혼했고 1985년에는 개인택시 면허를 취득하여 한층 살림이 수월해졌다. 그렇게 살아가면 되는 것이었다.

그러나 그것은 사내의 바깥이었다. 사내의 안쪽, 심연에서는 때때로 피리 소리가 들려왔다. 1985년에 박복개, 1986년에는 배중렬, 1987년엔 박복률, 이렇게 남해안 굿의 기능자들이 하나둘 타계하기 시작했다. 1987년 6월 말부터 왕고모 정모련^{鄭模連, 1913~1989}이 간곡히 졸랐다. "내가 무당질한 년이라 카믄 나라에서 돈 준단다." 굿판이 하나둘 사라져 최고의 무녀가 생활보호대상자로 월 6만 원을 타고 있었다. 인간문화재가 되면 30만 원이 나온다며 굿하자고 조르는 것이었다. 7월 1일, 해보자 결정한 지 10분 만에 삼촌이자 유일한 악사인 박복률이 죽었다. 그리고 그날 〈남해안별신굿〉이란 이름으로 중요무형문화재 제82-라호로 지정되었다. 우연과 필연이 운명적으로 겹치는 1987년 7월 1일, 결국 다시 피리를 잡아야 했다.

1989년 정모련은 통영 적십자병원에서 "내 저승 가면 몇을 보내줄 것이니 믿고 굿을 이어라"란 말을 남기고 세상을 떠났다. 1990년 할머니 고주옥이 보유자로 지정되었으나 역시 8개월 만에 세상을 떠났다. 마지막 남은 무녀였던 '딸기 할매'는 자손들 눈치 때문에 부산으로 잠적하였다. 어린 시절 굿판에서 같이 자랐던 고모는 멀리 떠나기 위해 대구에서 목사와 결혼하였다. 딱 한 번 마주친 다방에서 다시 굿하자고 조르다 '집사'와 '사탄'으로 갈라섰다. 모두들 그렇게 떠나갔다.

통영에서는 무녀를 '승방'이라 하고 큰 자를 '대모'라 한다. 악사는 '산이'이라 하고 큰 자는 '대사산이'라 한다. 굿이란 서로 손발이 맞아야 하는데, 아무도 없이 '산이' 홀로 남아 저절로 '대사산이'였다. 1991년 정옥이, 김현숙이 승방을 자청하고 나타났다. 수중에 돈 한푼 없어 결국 개인택시를 팔았다. 택시로 새끼무당을 면했고 결혼을 했고 아이들 길렀으니, 높은 곳에서 점지해준 하늘 같은 택시였다. 남의 손에 시동이 걸리는 순간 그만 고개를 돌리고 말았다. 장날 팔려 가는 소처럼 흰 입김을 내었고 몇 달을 엔진 소리가 따라와 밤마다 울었다.

혼신의 힘을 기울여 두 사람을 교육하였다. 서너 달 만에 거제 수산마을에 〈별신굿〉이 났다. 이장에게 새로운 승방이 못하는 거리는 옛 선생의 녹음기를 틀고 하겠다고 간청하였다. 악사가 없어 한 손으로 피리 불고 한 손으로 징을 치며 무사히 마치는 순간, 그는 다시 굿판에 돌아와 있었다.

낮에는 버스 운전을 하고 밤에는 무당 선생을 하였다. 학습하는 무녀도 낮에는 보험회사 외판원, 과외 선생을 하다 밤이 되면 남망산에서 라면을 먹으며 굿을 연습했다. 1993년 대전 엑스포 놀이마당의 '열림굿'에 출연하였고 TV에 방영되면서 남해안 굿이 살아 있다는 것을 알게 했다. 1996년 5월 1일 선조들을 이어 〈남해안 별신굿〉 보유자가 되었다.

바다를 풀어 먹이던 사람들

세상에서 제일 용감한 사람은? 정답은 "해삼에 맨 처음 입 댄 놈"이었다. 이유를 물었더니 "딜다봐라, 처묵게 생겼는가" 하며 해삼을 꿀꺽 삼켰다. 맞는 말이었다. 지금이야 꼬득꼬득한 육질에 금세 침 고이지만, 참 흉측하게 생겨먹었다. 맨 처음 입에 넣은 자 기분 얼마나 살벌했겠는가. 1993년, 통영 바다에 걸터앉아 잔을 기울이며 정영만의 바다 이야기를 듣고 있었다.

바다라는 게 그렇다. 해삼을 입에 넣기까지도 숱한 망설임이 있었던 것이다. 해장으론 얼큰한 쫄복국이 좋았는데, 조그만 복어에서 골라낸 내장이나 알을 유자밭에 뿌리면 병충해가 다 달아난다 했다.

이 독한 것을 국그릇 바깥으로 도려내버려야 된다는 것을 알기까지 얼마나 많은 이가 세상을 버렸을까. 주렸다고 아무거에나 입 댈 수 없는 것, 그것이 바다였다. 정영만은 그런 바다를 알려주는 일이 세습무가의 역할 중 하나라 했다.

그들은 어촌과 인근 섬의 굿판을 통해서 이 마을과 저 마을의 경험을 유통하는 지식의 운반자였다. 육신을 위한 정보와 더불어 영혼의 정보까지 쥐고 있었고 귓전에 영원히 못 잊을 음악을 선사하였다. 유가의 도덕률과는 문맥을 달리했지만, 비린내 나는 선창을 이해하는 실사구시의 지식 집단이요, 경건한 사제 집단, 대를 물린 음악 집단이었던 것이다.

1997년 6월 통영 남망산에서 열린 〈오구굿〉을 보고 이를 실감하였다. 다시 살아난 통영굿에 각처의 관심자들이 운집하였다. 그 누구보다 반겨하던 이들은 갯마을의 원로들이었다. 거제도, 한산도, 남해도, 사량, 욕지, 갈도, 한려수도에 잠긴 섬에서 남망산으로 올라왔다. 예전 〈별신굿〉이 성행하던 마을의 원로들이었다.

〈별신굿〉은 한자로는 풍어제^{豊漁祭}라 하고 마을에서는 '바다를 먹인다'고 말한다. 바다를 모시는 마을의 공동 굿인데, 시절도 바뀌고 할 수 있는 무당도 타계해 사라져가는 중이었던 것이다. 원로들은 '개도 만 원짜리를 물고 다닌다'던 통영 바다가 썰렁해진 이유를 "바다는 안 멕이고 지만 처묵은 때문"이라 생각했다. 젊은 이장은 한일어업협정의 불리한 결론, '고대고리'나 치어 남획으로 인한 어장의 황폐로 생각하지만, 철만 되면 〈별신굿〉을 들먹이는 어른들 성화에 경로잔치를 겸해 벌일 양으로 굿을 찾았던 차였다.

이날 〈오구굿〉은 그간 통영굿을 이끌어왔던 명인을 합동으로 천도하기 위해서 벌였다. 굿의 핵심 거리는 죽은 망자의 육신을 상징적으로 만들어 씻는 '영뚝굿'이었다. 돗자리 펴고 거기에 망자를 위한 의상 일체를 펼치고 잘 말아 말뚝을 박아 세우고, 그 위에 누룩과 솥뚜껑을 덮었다. 마치 삿갓 쓴 사람 같은 이 영뚝을 향물, 쑥물, 청계수로 잘 씻어 극락으로 가기를 바라는 것이다. 그리고 씻김의 대상이 된 정모연, 고주옥 등의 대모와 정봉호, 김성호 등의 대사산이가 하나씩 거명되며 정갈히 씻겨졌다.

구경온 갯마을 사람들은 "맞다! '예쁜 할매' 소리제다", "봉호 영감 피리는 고마 좀 높지" 알아듣고 반갑게 소리쳤다. 어린 시절부터 칭칭 감긴 기억이 풀려나오는 것이었다. 할배들은 잔을 올리며 정중한 문상객이 되었고, 할매들은 양말 속에 끼워둔 지폐를 펼쳐 들고 '보릿대춤'을 추며 나아갔다. 대대로 뱃속에서부터 들어온지라, 몇 가락만 들어도 저절로 굿판으로 빨려들어가는 것이다.

이날 〈오구굿〉의 음악과 의례는 이곳 갯마을만의 추억거리가 아니었다. '영뚝굿'은 같은 경상도라도 동해안 지방의 〈오구굿〉에는 없다. 물론 다른 지역에도 없다. 오직 전라도와 통영에만 있는 것이다. 굿은 역사의 흔적을 고스란히 기억하고 있었던 것이다.

피리가 기억하는 사람의 역사

통영은 원래 고성군 두룡포라는 작은 포구에 여수에 있던 통제영이 점차 옮겨와 만들어진 도시이다. 그때 군영에 매인 악공들도 함께 이동해왔다. 그들은 낮에는 군영에 출근하여 삼현육각이나 취타를 불었고, 밤에는 퇴근하여 굿판에서 시나위를 불었다. 이런 연유로 30년 전까지 고흥, 여수 사람들과 굿을 하였다 한다. 이 영호남의 교섭사항이 이날 〈오구굿〉에 그대로 드러나고 있었던 것이다.

이런 교류로 이루어진 통영의 음악은 고스란히 무가^{巫家}에 고이게 되었다. 일제강점기에 송만갑, 이동백 등의 대명창들이 순회공연을 왔다가 선창가에서 울리는 무녀의 노랫소리를 듣고 "공력이 크니 이곳에서 소리 조심하자"고 박녹주 명창에게 말했다고 한다. 이 지역 출신 작곡가 윤이상은 루이제 린저와의 대담에서 어린 시절 늘 들려오던 무녀의 노래가 자기 음악의 밑바닥을 채웠다고 말했다. 구체적인 작품으로는 〈나모〉, 〈무녀의 노래〉 등이 있다.

또한 주목할 것은, 해방 후 굿이 줄자 인근 지역 신청이 통영에 합쳐진 점이다. 이로써 거제와 부산을 단골판으로 하던 정영만씨 집안, 통영과 욕지도 및 인근 섬을 출입하던 외가 이씨 집안, 한산도와 남해도의 진외가 김씨 집안 등, 각 지역의 무가와 사설 무관^舞 등이 통일되었다. 마치 겨울 되어 물이 줄면 조그만 웅덩이에 큰 고기들이 몰려 최후를 맞이할 때의 이치와 같은 것이다.

정리해보면, 여수에 집결했던 호남의 음악이 통영으로 건너와 교섭하였고, 이후 신청이 합병되어 경상도 남해안의 음악이 모두 통영에 흡수된 것이다. 그런즉 통영의 음악은 남해안 전체의 음악을 집적한 것이다. 그리고 그 통영 음악이 11대를 이어온 무가의 장손 정영만의 피리 속에 남아 있는 것이다. 이 점에서 피리 부는 새끼무당의 귀향은 개인사를 넘어 잃어버린 음악사의 열쇠가 되는 것이다.

이날 정영만은 "그 양반들이 굿 받아먹으려고 나한테 굿 갈쳤재"라며 자신에게 따뜻했던 선조들의 손길을 추억했다. 살아오는 동안 그 온도를 다른 곳에서 느낄 수 없었던 것이다. 11대를 이어온 무당집에서 태어나는 것은 태어나는 것이 아닌, 태어남을 당한 것이었다. 돌팔매를 붙이고 살던 소년이 다시 돌아와 피리를 잡은 자리였다.

오장육부 끝에 피리 관을 바로 묶은 듯 애간장이 그대로 흘러나오고 있었다. 흰옷 입은 조상들이 하나둘 대금, 해금, 아쟁을 들고 모여들었는지, 그의 피리는 그렇게 여태 없던 소리로 옮겨가고 있었다. 그는 3백 리 한려수도의 마지막 대사산이요, 제사장이었다. ●

———

근무력증에 걸렸다. 제 몸을 제대로 가눌 수 없는 병이다. 독한 약으로 몸에 혹도 나고 한동안은 지팡이를 짚고 다녔다. 지금은 좀 나아 운신은 하지만 그 힘든 피리를 잡을 수 없다. 전날의 나이든 대사산이처럼 징을 치면서 구음을 한다.

2008년 〈팔무전〉에서 그의 묵직한 남 저음의 목청이 춤을 감쌌다. 울대를 흔들어 공급하는 음의 두께, 장단이 춤꾼의 발걸음에 놓는 징검다리라면 구음은 몸의 곡선을 종용하는 각본이었다. "군데군데 슬픔이 박혀 있어서 더 좋다"는 춤꾼의 말에, 붉은 살결에 퍼진 흰 선처럼, 누선을 빠져나가지 못한 슬픔이 희게 번져 마블링된 음의 육질을 생각했다. 어려서는 '새끼 무당'으로 불렸고, 커서는 '무당 새끼'로 불렸던 남자의 소리, 남다른 소리라 이내 굿판을 넘어 춤판을 휘어잡는 것이다.

피리는 장남 정석진이 맡는다. 어릴 때부터 명랑소년인데, 피리만 잡으면 자폐소년처럼 밤새 불어댔다. 요즘은 윤이상의 〈오보에를 위한 피리〉에서 조상의 선율을 헤아린다. 굿의 청신악과 "억수로" 비슷하다는 것이다. "농음을 표현한 부분은 난해하지만 대금으로 불어보면 청신악의 음 구조로 나가요." 유전자에 점지된 선율감과 굿판이라는 음표 바깥의 경험으로 윤이상의 난해함을 해독해가는 것이다.

•••

진주라 천리에 제일무
김수악

세상에서 가장 긴 전쟁은? 아마 항우와 유방의 전쟁일 것이다. 지금도 촌로들은 장기판에서 초와 한으로 종군하고 있기 때문이다. 춤에 맛이 들리면 장이야! 멍이야! 혈전이 벌어지는 장기판을 예사로 지날 수 없다. 마주 보는 초의 항우와 한의 유방이 홍문에서 벌인 잔치는 우리 춤 역사와 무관하지 않기 때문이다.

홍문지회»鴻門之會로 일컬어지는 이 서슬 푸른 잔치는, 항우 진영이 부풀어오르는 유방의 세력을 일거에 꺾을 계략이었다. 항우의 군사 범증은 항장에게 〈검무〉를 추다 유방을 베라 일렀다. 잔치가 무르익을 무렵, 항장의 장검이 번득였다. 이때 항백이 알아채고 칼을 뽑아 대무하며 유방을 구한다. 기원전 207년의 일이었다.

영웅들의 회동, 그 안에 펼쳐지는 칼춤, 홍문연은 잔치의 고전이 되었다. 그래서 옛사람들은 잔치라면 홍문연을 들먹였고 칼춤을 내세웠다. 영남지방의 탈춤 대사에 '술 걸이고 떡치고 홍문연 높은 잔

김수악의 〈교방굿거리춤〉 걷는 것은 두렵지만, 춤추는 것은 두렵지 않다. 오장육부의 감각이 음악으로 움직이는지라, '춤 들린 시간'이 된다. 혹은 춤이 사람을 빙의하는 시간이기도 하다. ⓒ 최영모치 항장의 칼춤출 제'가 나오는 것도 이러한 연유에서다. 물론 우리의 〈검무〉는 항장의 것이 아니고 장검을 번득이는 사내의 춤도 아니다. 문헌상으로는 신라의 〈황창랑무〉를 들고 있는데, 호사스럽게 꾸민 예기들이 대무하는 형식으로 전승되었다. 대대로 연향의 꽃이었고, 춤꾼의 수는 잔치의 크기를 말해주었다.

오늘날 잔치는 〈검무〉 대신 노래방 기계를 내세운다. 밀려난 〈검무〉는 무대에 올라가 레퍼토리가 되어 여덟도 추고 열둘도 춘다. 그래도 〈검무〉의 존재는 흥이 흥한 고을이었음을 알리는 표지석이다. 현재 몇 곳에 남아 있지만, 중요무형문화재 제12호 〈진주검무〉가 법도와 볼품에서 으뜸이다. '북 평양 남 진주'란 말처럼 진주는 풍류가 그득한 곳이었다. 〈검무〉를 추는 춤꾼이 올라서던 촉석루, 세월이 흘러 단청은 흐리고 춤추던 대청에는 김수악 홀로 남았다.

촉석루의 마지막 풍류 주인

큰 나무를 벨 때는, "어명이요" 하고 외친 다음 도끼질을 한다. 오래 살아 신령해진 나무에 대한 예의인 것이다. 경복궁 중건 시, 인제, 정선의 아름드리나무가 어명을 받고 쓰러졌다. 1200리 물길을 '떼'로 흘러내려 경복궁의 기둥과 들보가 된 것이다. 1950년대 말, 인제, 정선의 아름드리나무가 또 어명을 받았다. 6·25전쟁중 무너져내린 촉석루 복원 때문이었다.

촉석루. 임진왜란 때 열 배가 넘는 왜적을 대파했고, 이듬해 재침 때 중과부적으로 군관민 7만 명 모두 장렬히 전사한 진주성의 남쪽 망루다. 전시에는 지휘본부 역할을 하는 남장대였고, 평화로운 때에는 향시를 치르는 장소가 되어 장원루로 불렸다. 그리고 진주 사람들의 추억과 자존이 될 때는 촉석루가 된다. 그 앞 의암에서 논개가 청사에 뛰어들었으니, 어디 진주 사람만의 일인가. 어명보다 더한 만백성의 엄명이 촉석루를 복원케 한 것이다. 1960년 5월에 중건했는데, 이 또한 옛일이 되어 나무 기둥에 시간의 지문이 비집어들어 결결이 잔금이다.

1998년 여름, 김수악의 단장은 길고 길었다. 칠순을 넘기면서 허리가 심하게 굽고 키가 줄었고 세월을 못 이겨 넝쿨 같은 주름이 잡혔기 때문이다. 완벽해야만 나서는 결벽이기에, 머리 한 시간, 얼굴 두 시간, "우짜까? 치마 기장을 자를까?" 치마 고르는 데 한 시간, 지척의 거리를 나간다 만다 하여 한 시간, 물경 다섯 시간을 소요하고 촉석루 대청에 올라섰다.

1780년, 경상우도 병마절도사 홍화보는 진주에 온 젊은 사위를 위해 촉석루에서 연회를 베풀었고, 사위는 교방의 기녀들이 추는 〈검무〉를 보고 장편시 〈검무편증미인〉을 썼다. 홍화보의 열아홉 젊은 사위가 다산 정약용이다. 1867년, 진주목에는 교방청이 설치되었고, 당시의 진주목사 정현석^{》鄭顯奭, 1817~1899}은 교방을 통해 전해오는 예능에 깊은 관심을 가져 『교방가요』를 지었고 〈검무〉를 기록했다.

한일합방 후 교방청의 가무악은 예기조합으로 넘어가게 된다.

이때 〈검무〉를 전승하고 이름을 떨친 이가 최완자[崔完子, 1884~1969]이다. 진주교방에서 가무를 배우다 한양의 진연도감에 뽑혀 올라가 궁중무희로 활동하다 한일합방 후 낙향하였는데, 이인자, 박국엽, 임한산과 함께 촉석루에 〈검무〉로 들어서면 영남제일무라 칭송받았다. 1966년 〈검무〉를 복원하여 촉석루 중건에 화룡점정을 찍은 춤꾼들이 바로 최완자의 후예들이다. 그러나 이 또한 옛일이 되어 이제 김수악 홀로 남았고 대무하던 벗들이 떠나 더는 〈검무〉를 출 수 없다.

"남좌여우, 남자는 왼발이 먼저 여자는 오른발이 먼저" 마루 가운데로 발 내디디며 팔을 들었다. 공연에 초대하려는 〈교방굿거리춤〉이었다. 〈검무〉가 정확한 무법을 중심으로 전승된 법무라면 〈굿거리춤〉은 그 법이 춤꾼의 몸속에서 자유를 얻은 허튼춤이다. 음악 또한 전아한 〈영산회상〉 대신 능청스런 굿거리장단을 쓰기에 더욱 제멋에 겨운 춤이다. 그러나 자유로움 속에 옛 법이 오롯하다. 돋음은 〈검무〉처럼 단정하고 검을 놓은 손은 현란하다. 법고창신, 〈검무〉의 법도가 자연스레 풀리며 자신의 멋이 가미되어 새로운 춤이 된 것이다.

어느새 구경꾼들이 운집했다. 춤추는 할매가 촉석루의 마지막 풍류 주인인 줄도, 발꿈치를 들어올리는 무법이 교방의 옛 법도인 줄도 알지 못한다. 다만 춤이란 헤아리지 못해도 가능한 무언의 대화이기에 모두들 멈춰 서서 바라본다. 보도자료를 위한 스틸 카메라가 철커덕철커덕 소리낸다. 영사막에 흑백 풍경을 투사하는 슬라이드의 소음으로, 찍는 순간 과거가 되어버릴 경이로운 현재를 칸칸에 담았다.

세월을 삭혀 꾸민 영남제일무

숨쉬는 이치에 따라 조화로운 몸놀림으로 허공과 세월에 새기는 문자가 춤이다. 춤도 결국 사람의 일이라 달이 차면 기우는 이치와 같다. 그러나 아주 가끔은 세월의 위력을 완벽하게 거스르기도 한다. 1998년 가을, '명무초청공연'에서 김수악의 〈교방굿거리춤〉이 그랬다. 최완자에게 배운 〈굿거리춤〉에 김해의 김녹주류의 〈소고춤〉을 엮어서 추는 김수악만의 춤이었다. 주최측은 소고를 드는 자진모리 대목에 김경란씨를 대령해두고 있었다. 춤은 고사하고 거동조차 걱정스러울 정도였으니 말이다.

그런데, 걷는 건 두려워도 춤은 두렵지 않았다. 디딜 곳을 고르는 듯 어르다 붙이는 엇박, 장단마디에 착 대어올리는 돋음, 객석 여기저기에서 추임새가 터져나왔다. 어느새 자진모리장단으로 넘어가 김경란씨는 구경만 해야 했다. 성음의 이치를 알아 장단의 골짜기를 타고 미끄러져내리는 춤. 관록이니 연륜이니 하는 흔한 말이 빛을 발하는, 살면서 몇 번이나 더 볼까 싶은 주옥같은 시간이었다. 달려들어 선생을 등에 업었다. 참을 수 없는 존재의 가벼움, 야윌 대로 야윈 그 몸에 춤을 꾹꾹 눌러 간직하고 있었던 것이다.

김수악^{\"}金壽岳, 1926년생은 함양군 안의읍에서 태어났다. 본명은 순녀"^{順女}였다. 아버지 김종옥은 보수적인 만석꾼 집안에서 일찌감치 천석꾼으로 떨어져나와 살았다. 조선사람에겐 공기총 한 자루 허가하지 않던 일제강점기에 엽총을 두 자루나 허가받았을 정도의 유력자였다. 집 안 가득 들여놓은 유성기 판을 틀고 손장단을 들이대는 한량이었고 거문고며 피리에도 능했다. 작은아버지 김종기는 가야금산조의 명인이었고 진주권번의 사범이었다.

이렇게 멋을 아는 집이라 율객들이 문턱이 닳도록 넘나들었다. 그 마당 안에서 자연 귀가 뜨이고 소질이 보이기 시작했다. 어느 날 〈줄풍류〉를 하던 율객들이 장난삼아 양금을 안겨줬는데, 한 박도 안 빠지고 따라갔다. 운명은 그렇게 제 갈 길을 속삭였다. 결국 여섯 살에 독선생을 두고 예술의 길에 접어들었다.

일곱 살 무렵 진주로 이사를 하였고 열 살에 진주권번에 입적하여 본격적으로 예능을 연마하였다. 판소리는 유성준, 정정렬, 이선유, 김준섭 등의 쟁쟁한 명인들에게 다섯 바탕을 모두 떼었고, 김종기, 강태홍, 이순근, 박상근에게 가야금과 아쟁을 배웠다. 춤은 김옥민을 통하여 발걸음을 뗀 후 한성준에게 〈승무〉, 구한말 관기 출신인 최완자에게 〈굿거리춤〉, 〈입춤〉, 〈검무〉를 배웠으니 아마 고금의 국악사를 통해 김수악처럼 완벽한 스승을 모신 이도 없을 것이다.

순녀는 여란"^{麗蘭}이 되었다. 그러나 사람들은 '애란이'로 발음했다. 그런즉, 대략 이 근동에서 알 만한 사람은 다 아는 "남강 물이 말라도 '애란이'의 주머니는 마르지 않는다"는 말의 주인공이 순녀였던 것이다. 결혼을 하면서 잠시 예술을 놓았다가 1946년 의기 논개의 비를 세우기 위한 모금공연을 꾸몄다. 경남 일대를 순회한 〈대춘향전〉이었는데, 공전의 히트를 기록하여 다시 판에 들어섰다. 1949년 진주에서 우리나라 최초의 종합예술제인 개천예술제가 열리기 시작했다. 전후의 어수선한 형편에서도 매해 성대히 치러져 전국의 문화예술인이 걸음하였다. 이때부터 가무악 모두를 갖춘 '애란이'를 국악, 무용, 그리고 기악, 성악에서 다투어 찾았다. "진주의 애란이"는 그대로 한 구절이 되어버렸다. 그러나 전쟁통에 아버지와 남편을 잃고 경제적으로도 낭패한 일이 있어 적극적인 활동을 할 수 없었다.

1964년에 문화재보호법이 제정되었고 국가적인 차원에서 이 땅의 묻힌 전통을 찾았다. 무용가 김천흥이 개천예술제 무대에서 본 〈검무〉를 중앙에 알렸고, 〈검무〉의 복원이 요청되었다. 그러나 〈검무〉는 교방에서 권번으로 전해진 춤이기에 가족 때문에 나설 수 없었다. 개천예술제를 만든 설창수, 진주 출신으로 국립국악원 원장이었던 박헌봉 등이 끈질기게 설득하였고, 결국 이윤례, 이음전, 최예분, 강귀례 등과 함께 〈검무〉의 복원에 참여하게 된다. 이 일로 이듬해인 1967년 1월에 중요무형문화재 제12호 〈진주검무〉의 예능 보유자로 지정받게 된다.

이제 '애란이'로 불리던 여란은 수악이 되었다. 김수악이 가무악을 잡으니 도처에서 초청하였다. 1969년부터 목포 유달국악원, 1971년에는 광주의 호남국악원에서 무용을 가르쳤고, 1973년에 다시 진주로 돌아와 진주민속예술원을 세웠다. 남녘에 고루 미치던 김수악의 명성이 고스란히 중앙으로 옮겨진 것은 1980년대 명무전 공연에서 춘 〈교방굿거리춤〉을 통해서였다. 86아시안게임이나 88올림픽 같은 행사에서 마련한 전통춤판을 통해 더욱 널리 알려졌고, 춤을 찾는 숱한 이들을 진주로 불러들였다. 1997년 1월, 경남무형문화재 제21호 〈진주교방굿거리춤〉의 예능 보유자로 지정되었다. 1967년 〈진주검무〉의 예능 보유자로 지정된 후 30년 만에, 두 종의 춤 보유자가 된 것이다. 이제 김수악은 '춘당'春堂'이란 당호를 붙여 '춘당 선생'으로 불린다.

봉황을 보았더니

　1995년, '춤의 삼각지대'에 머무르던 시절, 평거동에 있던 선생의 자택을 들르곤 했다. 우편함에 쌓인 초청장이 왕림을 간청하는데 단출한 방에서 은둔자로 계셨다. 미래보다 옛일에 기대어 살며 전날 어울리던 명인들을 추억했다. 이윤석과 함께 가면 조용배의 기행을 이야기했고 정영만과 함께 가면 통영 예인의 재주를 이야기했다.

　한번은 정영만이 휘파람으로 피리가락을 내자 무릎장단을 치면서 구음으로 화답했다. 여느 판소리꾼의 구음과 달리 가곡이나 시조의 서슬 푸른 청음이 섞여 있었다. 화려하고 밝아서 이면의 그늘이 깊어보이는 곡이었다. 마치 예술과 인생을 한 곡으로 축약한 듯 싶었다.

　원래는 전두영이라는 전라도 소리꾼에게 배웠는데, 자신이 만든 자신의 춤곡이 되었다. 1960년대에서 1970년대의 형편에서는 피리, 대금, 해금 등을 갖출 수 없었다. 그렇다고 녹음한 곡으로 춤을 하자니 너무 열악해 다양한 레퍼토리를 감당할 수 없었다. 결국 강습도 공연도 구음으로 하고 단조롭지 않게 온갖 선율을 얹어야 했다. 판소리 다섯 바탕과 가야금, 아쟁 등 자신의 모든 가락이 장구 위에 올라선 것이다. 이 숱한 나날이 다시없는 구음을 만들었다.

그러나 구음과 장구 소리는 대접받지 못했다. "장구 치고 춤 가르치면 기생, 테이프 틀고 춤 가르치면 무용가"라는 말이 돌던 시절이었기 때문이다. 탁월한 구음을 두고 여기저기서 '출신'을 운운하였다. 가족 때문에 그 말 앞에는 나서지 못하고 웅크리고 고립되어야 했다. 결국 호남으로 가게 된 것이다.

호남은 예술에 대해 개방적인 곳이어서 김수악의 가무악은 곳곳에서 추임새를 받았다. 당시 광주국악원에서 소리 선생으로 있던 정광수 명창은 "춤 선생이지만 소리로도 안 빠지는 분"이라고 김수악을 평했다. 이 무렵 본바닥의 쟁쟁한 소리꾼들과 어울리며 구음이 더욱 익었다. 훗날 김수악의 구음이면 "헛간의 도리깨도 춤을 춘다"는 말이 생겼고, 국창으로 불리던 만정 김소희도 "구음만큼은 김수악이 강산의 제일"이라 했었다.

김수악의 구음으로 큰 제자들이 한국무용계의 기둥이 되었다. 무용계에서는 이들을 두고 '개천의 용'이라 부른다. 김수악의 제자로 개천예술제에서 수상하고 무용계에 등용했다는 뜻의 입담이다. 춤은 그 용들의 품에 담겼지만, 그 용을 운무 박차고 날아오르게 한 구음은 아직도 후계가 없다.

1998년 '명무초청공연'에서는 김수악의 구음도 들을 수 있었다. 행장이 유별났기 때문이다. 공연을 약속했지만, 나가자니 거동이 답답하고 가만있자니 명성이 울었다. 결국 진주로 모시러 간 제자 강미선씨가 눈물바람까지 해서 올라온 무대였다. 무대에 올라서는 순간 모든 과정은 박수에 묻혔다. 박수에 둥둥 들려서 나온 김수악은 한판을 더 얹었다. 강미선, 김경란 두 제자에게 미안하다며 1부와 2부의 휴식에 예정에 없던 구음을 공연한 것이다.

"나니나 니르딧 힛디르 디르리."

무대에 드라이아이스를 뿜어내듯 서서히 빈 무대를 채워가기 시작했다. 장단의 길이가 빨라지다 느려지기도 했다. 독주곡으로서의 연주가 아니라, 무대의 춤을 그려가면서 그 춤에 발 디딜 자리를 골라주는 음악이었다. 마치 춤추는 젊은 날의 자신에게 반주하는 듯했다. 비어 있는 무대에 춤꾼이 있는 듯, 관객들은 미동이 없었다. 어느덧 '눈대목'이 흘러나왔다.

"오동나무 가지 위에/ 봉황이 앉아 춤을 추고."

예서 오동^{梧桐}이라면 속이 빈 오동이 아니라 푸른 벽오동^{碧梧桐}이다. 한문으로는 벽오동을 오동이라 쓰고, 우리가 말하는 오동은 오^梧라고만 쓴다. 두 나무 모두 잎이 넓어 대충 오동으로 혼용하지만 아예 종이 다른 나무다. 벽오동은 봉황이 앉는 나무로 여겨 관상수로 애호한 나무다. 이 벽오동에 70년에 한 번 피는 대꽃을 물러 온 봉황이 깃든 것이다.

"젓대 소리는 딛 띠리디 디리딧/ 가야금 소리는 소리는 둥두 둥 둥기당 둥……"

그래서 피리, 젓대^{대금}, 가야금 등의 악기 소리를 흉내내며 봉황의 날갯짓에 반주하는 것이다. 저 모든 음악이 한데 어우러지고 그 위에 춤을 추는 완전함을 꿈꾼 것이다. 옛 시 "벽오동을 심은 뜻은 봉황을 보았더니"처럼, 김수악이 꿈꾸는 이상세계였다. 그러나 "다 가부렀어. 인자는 '저승 프로'가 재밌재", 속 알던 명인들은 떠나고 덩그러니 홀로 남은 것이다. 순간 '저승 프로'에 출연하러 이대로 이승의 담장을 훌쩍 넘어버리는 게 아닌가 싶기도 했다.

춤이 들여다보이는 더할 나위 없는 음악에 관객들의 박수가 쏟아지고 있었다. 그러나 그 순간은 측은했다. 제일의 춤과 제일의 반주를 가졌지만 제 장단에 춤출 수 없었기에. 꽃과 잎이 등지어 만나지 못하는 상사화처럼 고독해 보였다.

춘당춘색고금동^{春堂春色古今同}

아부는 몸을 일으켜 춤추게 하는 장단이다. 그것을 아첨이라 해도 좋고 허언이라 해도 좋다. 그러나 일어서는 순간 또다른 역사가 창조되기에 장히 중하다.

2004년 1월, 〈춘향가〉에 나오는 이몽룡의 시제 '춘당춘색고금동^{春塘春色古今同: 춘당의 봄기운은 예나 다름이 없다}'을 표절했다. 춘당^{春塘}은

창덕궁 영화당 앞뜰로 과거장인데, '연못 당»塘'을 '집 당»堂'으로 바꾸면 선생의 호 '춘당»春堂'이 된다. 몇 시간 동안 쉼 없이 방바닥을 훔치고 손끝으로 머리카락을 찍어내는 결벽 앞에서, 춘당춘색고금동, 춘당의 '춤기운'은 예나 다름이 없노라 속삭였다. 정녕 지금도 '봄기운' 여전하기에 춤판을 벌이자고 그 밤에 매화가 눈 뜰 거라고 속삭였다.

'여무, 허공에 그린 세월'은 팔순에 올라선 춤판이었다. 나가는 그 걸음이 불안했는데, 이내 장단이 마중 나와 부축했다. 물 가운데로 나아가는 배가 파도를 건듯건듯 올라서듯 우조»羽調 가락에 돋음을 했다.

어느덧 중앙에 도달했고 김수악 춤의 백미인 '휘영청'이 나왔다. 두 손을 잔손질하듯 어르다 오른손을 머리 위로 올려 포물선을 그리며 휘청 늘어뜨렸다. 만월의 무게에 휘영청 늘어지는 버들의 탄력이 있다. '휘영청'은 김수악이 만들어 쓰는 동작의 이름인데, 춤을 보면 '휘영청'이란 한마디 외에는 어떤 말도 들여놓을 수 없다. 그 말의 적확함처럼, 그 순간, 그 장단, 그 동작으로 한 치 오차 없는 일치를 구현하며, 여타의 자태가 필요 없는 절대의 동작들로 춤의 공간을 채워 갔다.

공연은 대개 둘째 날 공연이 최고다. 공연 준비 기간 내내 "바쁜 분이니까 관심거리 만들지 말라"는 당부의 전화를 받았었다. 당시 법무부장관이었던 강금실씨가 "검사 포기하고 나하고 춤추자" 했던 애제자였기 때문이다. 언론이 장관의 춤 이야기에 관심 갖던 차라

기획자로선 절호의 찬스였다. 하지만 이틀 걸러 한 통꼴로 오는 전화에 일언반구도 할 수 없었다. 너무 간곡하여 자작의 헛소문이 아닐까 싶을 정도였다. 둘째 날, 강장관이 분장실에 왔고 김수악은 강장관을 위해 한가락 더 얹겠다고 나가 일대장관을 이룬 것이다.

‘춘당춘색고금동’은 정녕 허언이었다. 내용을 제대로 담지 못한 속 빈 말이었다. 사실인즉, 사람이 아니라 춤이었다. 장단이 자진모리로 넘어가자 소고를 들었고, 점차 몸이 풀리자 악사석으로 춤추며 나아갔다. 소고를 놓고 꽹과리를 들고 울려대기 시작했고, 장구를 잡은 김청만에게 다가가 꽹과리채로 장구를 쿡쿡 찔렀다. 꽉 찬 장단 사이사이 간발의 틈에 툭툭 던져지는 박, 고수가 둘이 되었다. 짧으나마 춤과 악이 포개지는 순간이었다. 춤만 고여두려고 몸을 비웠고, 그 몸에 담을 수 없는 분량을 담았기에 춤이 흘러넘치고 있었다. 사람이 춤을 추는 것이 아니라 춤이 사람을 빙의하고 있었던 것이다. 2004년 2월 13일, 국립국악원 예악당에서 진주 사람 김수악의 춤이 그랬다.

두려워지기 시작했다. 절대의 시간을 들여다본 순간 그것이 기준이 되기 때문이었다. 남은 생애 동안 이 순간을 저울의 이쪽에 두고 새로 본 것을 저쪽으로 올릴 것이다. 주변 사람들은 오늘의 명편을 한마디로 일축하는 내 주변머리를 탓하며, 그들이 보지 못한 명편은 과장이라며 고개 저을 것이다. 그래서 볼 수 없는 것을 들여다본 것은 죄가 된다. 누가 다스리지 않아도 스스로 고독에 웅크리게 하는 형벌이다.

더 두려운 것은 그럼에도 또다시 꿈꾸는 것이다. 그러니까, 또 골방으로 들어가 비늘 반짝이는 손들과 악수할 것이다. 밖에서는 짧은 봄이 지난다고 벚꽃이 떨어지고, 방 안엔 침 자국을 함봉한 비늘이 떨어지고, 나는 곤″鯤이라는 어마어마한 물고기를 이야기한다. 그 곤이 비늘을 털고 붕″鵬이라는 새가 되어 솟아오를 때가 되었다 한다. 무대는 붕이 날아가야 하는 통로이니 이제 그곳에 오르자 할 것이다. 붕정만리″鵬程萬里를 꿈꾸는 나의 미래를 들여다보며, 또다시 헐떡거릴 내 숨소리를 미리 당겨 듣고 있었다. ●

—

2009년 3월 1일 새벽 별세했다. 빈소에서 남해안 별신굿의 〈문넘기굿〉을 했다. 봄비가 무섭게 퍼부었다. 1995년 고성, 통영, 진주를 오가며 살 때, 정영만의 휘파람과 합주하던 구음 소리를 생각했었다. "오동나무 가지 위에 봉황이 앉아 춤을 추네……"

1998년 〈명무초청공연〉에서 김수악을 본 독일의 안무가 수전 링케와 프랑스 태양극단의 아리안 므누슈킨이 입을 모아 "육신은 날아가고 영혼이 춤추는 것 같다" 했었다. 그렇게 육신을 벗어두고 영혼이 날아들어 춤추는 양 싶었다. 달 없는 밤 전무후무한 '휘영청' 동작으로 추억을 점등하고 있었다.

스크롤바를 올리며

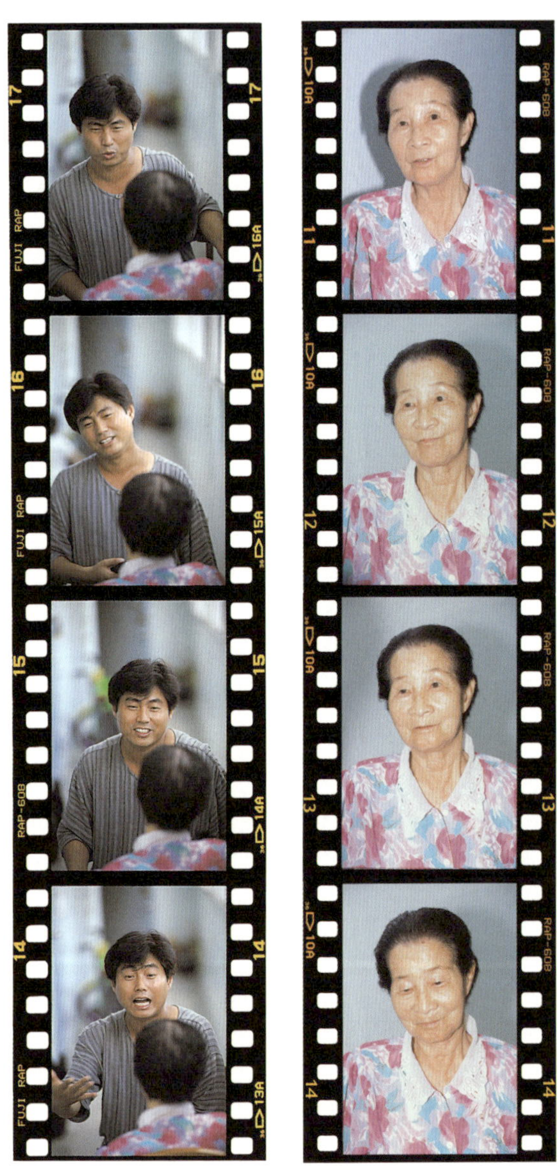

1998년 여름 어느 오후의 재구성. 춤꾼 안채봉, 출연을 간청하는 필자 앞에서 멀리 저승을 건너다봤다. 그리고 이듬해 이 세상을 떠났다. 온몸이 바짝 닳아 안달했던 나날들, 무대라는 공간에 쓴 허망한 '무용담 舞踊談', 오지랖 넓어 글이 넘쳤다. 다음을 기약하고 예서 맺는다.
ⓒ 박상윤

여기 적힌 먹빛이 희미해지더라도

옛 분들은 최고의 예술을 두고, "옥당"^{玉堂}!"이라며 무릎을 쳤다. 구슬의 둥긂을 통해 예술의 완전함을 표현한 것이다. 완전한 춤을 이를 문자를 고르다 '완전할 전'^全 자와 '옥 이름 후'^珝 자를 만났다. 전^全은 구슬^{王←玉}에 입^入을 씌웠다. 입^入은 모든 것을 덮기에 '가장 빼어난 구슬'을 뜻하는 '완전할 전'^全 자가 되었다. 후^珝는 구슬 옥^{王←玉}변에 깃 우^羽를 썼다. 춤을 상징하는 깃과 구슬의 완전함이 조화된 '옥 이름 후'^珝 자다.

고금의 문자에서 두 자를 신중히 골라, 가장 완전한 춤을 전무후무^{全舞珝舞}라 표기한 것이다. 이 공연을 위하여 지어낸 말이고, 후엔 이 공연을 기리는 기념물처럼 남을 말이다. 또한 평균 나이 여든이 넘으니 전무후무^{前無後無}한 판도 된다. 지금껏 인류는 이런 완벽한 판을 만들지 못했고 이후에도 다시 꿈꿀 수 없는 판이기 때문이다. 하여 다시 올 수 없는 시간을 마중 나가며 전무후무^{全舞珝舞}

넉 자를 지어 전무후무^{前無後無}한 분들께 올린다.

(2005년 '전무후무' 팸플릿에서)

영화가 끝나면 막엔 성급히 일어선 관객의 그림자 위로 깨알같이 역할과 이름이 오른다. 춤판도 그렇다. 그저 하룻밤이지만, 무수한 손길들이 만든 잔치다. 그래서 팸플릿 뒷면에 수고하고 무거운 짐져 준 자의 이름을 적었고, 다시 책의 스크롤바에 올린다. '여기 적힌 먹빛이 희미해지더라도' 결코 잊지 않겠다는 심경으로.

끝으로 2005년 10월에 올린 〈전무후무〉의 공연에 대한 자초지종의 이야기를 썼다. 그리고 남원의 조갑녀 명인의 이야기를 붙인다. 음악이 있으면 몰래 문 걸고 춘다던 춤, 봉창을 뚫어 들여다보고픔이 엄습했던 춤이었다. 곡절 끝에 몇 차례 화문석을 펼쳤고, 그 신성비례의 공간에 고인 한줌을 수습하여 여기 적는다.

면벽승^{面壁僧}의 오체투지

먼저 이 글의 원안이 되었던 보도자료를 업신여기지 않고 꼼꼼히 살펴 실어주신 문화부 기자께 감사드린다. 그대들이 황세기 새끼 같은 조잡한 글을 굴비두름으로 엮어 실어주었기에 비로소 공연이 되었다. 그러나 대개의 인사치레처럼 건성으로 들릴까봐 걱정이다. 그럭저럭 마지막 장에 도달했으니 아니리풍으로 뱃속 깊은 감사의 뜻을 전한다.

기획을 한마디로 줄이면 '손님 넣는 일'이다. 인터넷이 없던 시절, 신문기사와 길바닥의 벽보 외엔 방도가 없었다. 그러니 기획은 곧 홍보였고, 홍보는 곧 벽 보고 벽보 붙이는 일이었다. 스카치테이프로 붙이면 '스카팅', 풀로 붙이면 '풀팅'. 단속반에 걸리면 따귀, 재수 없으면 즉결재판소행. 그래도 빈 벽에 달라붙어 손톱 밑에 땟국 끼도록 붙였다. 텅 빈 객석처럼 끔찍한 곳은 없기 때문이다.

그러나 누구나 간수할 낯짝이 있는 법. 혹여 아는 이라도 만날라치면 금이 간 벽 속으로 스며들어버리고 싶었다. 그런저런 수치심을 잊으려면 도 닦듯 텅 비우고 벽만 봐야 했다. 벽이 있어 벽을 치장한다는 마음으로 단순반복 작업을 멍하니 하다보면 도가 튼다. 서서히 사람들은 보이지 않고 스웨터, 바지, 가방 들만 둥둥 떠다닌다. 그러다 포스터 붙인 흔적 없는 깨끗하고 순정한 빈 벽을 보는 순간, "아!" 하고 황홀경에 빠진다. 그렇게 벽보 붙이며 벽만 보는 길 위의 면벽승이 되어가는 것이다.

그러나 벽보로 관객을 채울 수 있는가. 턱없는 일이다. 게다가 "석 달 후면 저승에 있을랑가도 모른디", 원로 출연자들은 선뜻 대답 없다. 그저 앓는 소리로 간신히 약속하면 공연 한 달 전이다. 한 달 남은 공연을 대관 담당자와 출연자밖에 모른다는 사실, 실로 무시무시하다. 페터 한트케의 소설 제목처럼 『페널티킥 앞에 선 골키퍼의 불안』이다. 그날이 다가오는 두려움, 시간이 새어나가는 아픔, 불면으로 서성인다. 이때 신문은 생사여탈을 둘둘 말아쥔다. 곤히 잠든 전 국민을 새벽같이 깨워 공연한다고 고함쳐주는 것이다. 정녕 구원해줄 하늘이기에 죽도록 매달린다. 보도자료는 바로 그런 기도문이다.

한때는 전화가 와야 했고, 한때는 삐삐가 흔들려야 했고, 요즘은 핸드폰이 울어야 한다. 연락 없으면 토막기사고, 물어오면 대서특필의 희망에 부푼다. 혹 질문을 놓칠세라 핸드폰을 땀나게 쥐고 다닌다. 덜된 땀을 털러 간 사우나에서도 결코 놓지 않는다. 한증막엔 핸드폰 쥔 손을 흰 수건으로 둘둘 말아 간다. 이때 몸뚱이에 용이나 호랑이를 그려넣은 '덩어리'들을 조심해야 했다. '연장'으로 착각하고 조건반사 반응을 보인 '깍두기'도 있었기 때문이다.

문화면에 공연란 뜨는 날 신새벽, 골목골목 신문을 찾아 헤맨다. 남의 집 문전에 쭈그려 앉아 문화면을 향해 한 장 한 장 넘길 때, 소름이 그득해 으슬으슬 몸 떤다. 마침내 큼지막한 기사 나면 튀어일어나 신문사 늘어선 광화문 쪽을 향해 기자의 이름을 애절히 외친다. 그리고 펼쳐진 신문 앞에 한몸 내던지며 "고맙습니다! 고맙습니다!" 오체투지로 조아렸다. 언젠가 한번은 그런 내 모습을 보며 청소부들끼리 그랬다. "오늘 사법고시 발표 난 모양이네."

객쩍은 넋두리가 된 듯하지만 참으로 고맙다. '표' 아니면 '피'를 팔아야 하는 게 공연이다. 게다가 어쩌면 이승에서 받는 마지막 출연료인데, 그분들 몸값을 한푼이라도 높여드리고 싶었다. 다행히 그대들의 기사로 난관을 극복하며 지금껏 공연해왔다. 엎디어 말하길, 고맙다.

강기헌, 강성만, 강수진, 고명섭, 김대성, 김성규, 김성호, 김성회, 김성희, 김수정, 김수혜, 김순덕, 김승현, 김영번, 김윤덕, 김은진, 김정선, 김종락, 김준엽, 김재창, 김지원, 김태수, 김현정, 김효은, 김혜경, 김희연, 김희원, 노재현, 노현, 노형석, 문학수, 박근주, 박돈규, 박선이, 박성희, 박신연, 박용재, 박유리, 박은주, 박주연, 백성호, 서동삼, 서화숙, 손병호, 신복례, 신세미, 신정선, 신준봉, 안혜리, 오미환, 유인화, 이경원, 이경희, 이미경, 이미옥, 이보연, 이순녀, 이윤미, 이은경, 이재성, 이화순, 이향휘, 이희정, 임인택, 임정식, 장병욱, 장지영, 전승훈, 정명진, 정상영, 정재숙, 정재왈, 정재연, 정철진, 정한영, 조명식, 조우석, 조운찬, 조일준, 조정진, 주현진, 최민우, 최여경, 최홍열, 한혜진, 허엽, 허윤희, 현윤경. 아! 그대들이여.

2005년 가을, 머리가 희끗한 아들이 미심쩍게 물었다. "정말 저희 어머니가 춤출 줄 압니까?" 이 땅에 마지막 전승되고 있는 춤의 마지막 기능자다, 아직 모르고 있지만 당신 어머니의 관절염은 이 나라의 우환이다, 라고 신문이 대답해주기를 바랐다. 하여 다시 무릎 접고 오체투지로 엎디어 다시 말하길, 고맙다. 그대들의 기사가 그분들의 삶의 의미를 역설해주었다. 남루한 발길의 유일한 공신력이었던 그대들의 기사, 분명 달리 남용한 적 없다.

길 위의 스승들

공자님 말씀에 세 사람이 길을 가도 스승이 한 명 있다고 했다. 이 땅엔 홀로 길을 가도 스승이 있었다. 길 위의 스승들이 찍어놓은 발자국. 고산자 김정호처럼 길 없는 길을 걸어 박은 세월 앞의 교두보였다.

정범태^{»풍류방 대표}, 공갈통^{»카메라}을 들고 현대사를 누빈 사진기자, 1990년 천안문 사태까지 역사의 현장을 박았다. 4·19혁명 하루 전, 천일백화점 앞에서 고려대 학생을 내리찍는 깡패들을 찍어 4·19혁명 의거의 실질적 도화선을 만들었다. 5·16군사정변 직후, 강화도에서 행패 부리는 군인을 찍다 군사정권에 찍혀 1년을 징역 살았다. 그때, 국정교과서 제본소에서 노역하다 맛본 설탕 탄 풀 한 사발이 이 세상 제일의 맛이라 했다. 이 산전수전의 경력 뒤에 화려한 풍류가 있다. 카메라를 들면서부터 명인명무를 찍어 명무전의 기반이 되게 했고 『한국의 명무』로 출판해 옛 춤판을 소상히 알렸다. 현재 여든여섯, 고령임에도 여전히 종횡무진 현장을 누빈다. 한눈 감고 마련한 황금비 속에 미래를 위해 과거로 간직할 현재가 박힌다.

천승요^{»아카이브 천 대표}, 나기도 왕십리 살기도 왕십리다. 하루 10리를 돌아야 하는 팔자로 이 땅 골골의 예술을 영상에 담는다. 1979년 비디오 역사상 가장 수명이 짧았던 '소니 1/2인치 릴 녹화기'로 전통예술을 찍기 시작했다. 1980년 초반 '무속발굴기록보존

사업'은 굿에 부여한 새로운 시각이었다. 촬영된 굿은 대부분 무형문화재로 지정되었고, 나머지는 그 영상이 마지막 현장이 되었다. 1996년에 문예진흥원에서 퇴사해 '아카이브 천'을 운영한다. 경영은 어렵지만 기록 중단은 없다. 디지털에 내장한 타임캡슐, 훗날 꺼낼 '있었던 그대로의 과거'다.

길이란 변하는 법인데, 실시간 데이터를 감득하고 있는 길라잡이들이 있다. 이명준"전통문화연구소장, 늘 현장에 있으나 늘 손 하나 까딱하지 않는다. 오로지 다이어리에 차곡차곡 적어넣을 뿐이다. 그 다이어리를 빼앗아 영인"影印하면 이것이 곧 국악사다. 주류와 비주류가 공히 공감할 공정한 국악사. 이자균"민속연구가, 한잔 술이면 무너지는 모래성, 장안의 '주가'를 높이니 백거이가 꺼이꺼이 울고 간다. 그러나 붓을 들면 일필휘지고 발을 떼면 춤추는 광대사전이다. 동네방네의 '또랑광대'도 다 뀐다. 변영호"전통연구가, 문득 길을 걷다가 발자국을 찍으며 동해안 무속장단 중 청보장단이 9박이 아니라 8박이라 말했다. 군악대 출신이라 걸으며 사유하는 길 위의 포의한사. 악을 약이라 생각하다 마침내 만학으로 한약사가 되었다. 박흥주"굿 연구소장, 농요꾼을 찍는 사진가, 그 둘을 넣어 찍는 다른 사진가, 까지를 넣어 2층에서 내리 찍는, 메타에 메타를 가하는 연구가이자 실천가. 자칭 타칭 '굿 전도사'다. 네 분 모두 재야민속학자며 재야국악학자다. 일본 격언에 들에 있는 호랑이가 더 무섭다 하듯, 흉중에 길을 내장한 무시무시한 고수들이다.

사숙"私淑이란 말이 있다. 안전에서 한무릎공부를 한 건 아니나 그 학습을 본받아 지침으로 삼는 걸 말한다. 잃어버린 시간을 찾아선 고음반연구회의 발걸음을 사숙했었다. 이보형"한국고음반연구회장, 일산 김명환에게 북을 배웠으니 나서지 않는 명고수다. SP음반에 담긴 가공할 시간을 찾아 복각했으니 역사 속의 명창을 이 시대로 섭외한 멀티미디어형 기획자고, 우리 시대 최고의 소리를 '뿌리 깊은 나무'의 음반에 깊이 박았으니 미래지향적인 연출자다. 또한 문화재 전문위원 시절, 삼천리 방방곡곡을 무른 메주 밟듯 밟아 묻힌 예술을 들춰 기록했으니 발품의 음악학자다. 이미 그 보고서는 필드워크의 영원한 경전이 되었다. 스스로 '공릉동 할아버지'를 자처하지만 아직도 소리 나는 곳을 향하고 있는 '네비게이터 청년'이다.

고음반연구회는 1988년, 악"樂을 업이 아닌 낙"樂으로 삼아 실천하는 요"樂주의 인물 양정환"탑 예술기획 대표, 소리에 빠진 문학"文學도가 문학"聞學에 이른 귀명창 배연형"한국예술종합학교 전통예술원 강사, 딸의 만류로 〈살풀이춤〉을 배우지 못한 잠재적 춤꾼 정창관"헤임코리아 사장, 3인의 발의로 이보형을 회장으로 추대해 시작되었다. 그간 발굴한 SP음반이 스핀을 먹어 국악의 고정관념을 무너뜨렸으니 최고의 사숙이다. 이 연구회의 내공을 누설해주는 길라잡이 노재명"국악음반박물관 관장, 재수 때 단과학원비로 청계천에서 레이블 없는 유성기판 두 장을 샀다. 이후로 다시 나타나지 않는 중고제 명창 심정순의 판이었으니 "심"沈봤다!" 자료에 신내린 수집가요, 소리 골을 판독하는 연구가다. 아울러 박찬호"대중가요연구가, 일본 땅에서 태어난 재일교포 2세. 고음반, 옛 신문을 다 뒤지며 어려운 모국어를 판독해 명저 『한국대중가요사』를 썼다. 나고야에 있는 불고깃집 장수원에서 〈귀국선〉을 불러주는 명가수이기도 하다. 선생이 녹음해준 〈술은 눈물일까 한숨일까〉 등 일본의 흘러간 엔카는 옛 명인의 묻어버린 과거를 얻는 비장의 무기였다.

모든 분야가 그렇겠지만, 드디어 한 편을 만나기까지 얼마나 많은 헛짓을 해야 하는지 모른다. 길 위의 스승들, 제일 맛있는 부위를 서슴없이 알려주었다. 이분들의 발길이 공연의 원작이 된 셈이다.

합종과 연횡으로

기획을 '사람 넣는 일'로 폄하했지만, 일인즉 예삿일이 아니다. 사람과 사람 사이를 보행하는 버거운 일이다. 사람과 사람 사이에는 사＂絲가 있어 한 편의 공연이면 '사사건건＂絲絲件件'이 일이다. 일일이 조율하려면 혈구의 앙금까지 퍼올려야 한다. 그런즉 기획, 줄타기보다 더 어려운 간 떨어지는 일이다.

장승헌＂공연기획MCT 대표, 충무로 인쇄 골목에서 마르지 않은 활자를 들여다보고 있는 춤 기획자다. 그래서 그에게 그 거리는 '춤무＂舞로'다. 팸플릿 한 귀퉁이에 걸려버린 이름 때문에, 덫에서 하나쯤 자르지 못해 결국 온몸이 종말을 향하는 야생동물처럼, 뛰고 헐떡이며 그 거리 '춤무로'에 산다. 한용운의 한시처럼, "가여워라 이름병에 청춘 다 잃었구나^{可憐聲病失靑春}" 한숨으로 중년을 맞았다. 그럼에도 불구하고, 세계무대를 향해 도화선을 묻는 'MCT'를 운영하며, 그 도시의 늦은 밤무대에서 〈59년 왕십리〉를 목놓아 부르는 낭만기획자다.

이종호^{»서울세계무용축제 조직위원장}, 샹송, 오페라 등등에 빠져 학창을 탕진한 원조 마니아. 박용구의 강제로 무용평을 쓴다. 자판을 두드리지만 읽노라면 펜글씨다. 가령 펜촉처럼 좌뇌와 우뇌 사이의 골로 일정량의 씁쓸한 먹물을 흘려 쓴 조율이고, 마치 펜촉처럼 날카롭게 끝만 건드려 여드름만 톡 튀게 하는 촉한 미문이다. 통신사 문화부장으로 패션기사를 쓰는데, 베스트 드레서라 모델도 선다. 그 차림으로 부르는 아카펠라 〈미워도 다시 한번〉이 인기다. 유네스코 춤 본부를 유치했고 해마다 서울세계무용축제를 벌여 지구상의 몸짓을 픽업해 올린다.

김예숙^{»래이기획 대표}, 메일이 엽서처럼 온다. 금방 재단되어 날이 바짝 선 엽서. 손을 벨 것같이 예리한 언어로 뉴욕 사정을 전하며, 이 땅의 예술이 당도할 날을 준비한다. 장인주^{»무용학 박사}, 한국에서 한국무용을 하다 발레로 바꿨고, 프랑스에서 댄서로 활동하다 무용학으로 전향했다. 10년간 루이14세 당시의 고문헌을 해독하여 프랑스 궁정무용과 한국의 궁중무용을 비교 연구한 석학이다. 기획자는 아니지만 유럽에 이미 교두보를 깊이 박은 기획자의 길잡이다.

그간 '축제의 땅'이란 비지정 사설 임의의 단체를 만들어 판을 벌였다. 혈혈단신이었기에 이 단체 저 단체와 연대했다. 공연기획 MCT의 전홍기, 백광선, 계윤미, 이지연, 김정민, 천상명, 김세련. 서울세계무용축제조직위원회의 송애경, 우연, 김신아, 오혜진, 황병철, 김유나, 정인혜, 신유선, 이윤수련, 정지수, 곽아람, 윤혜영. 이진복, 남유정, 손소영, 송윤정. 공연기획 이일공의 윤성진 대표와 이정선, 이재용. 파임커뮤니케인션스의 김의숙 대표와 김미선, 윤지영. 액투비의 황윤숙 대표. 이오공감의 공동대표 김서령, 김동민. 크림스커뮤니케이션의 한덕희, 윤정훈, 이경란, 최진주, 이유정. 지금 자리를 옮긴 사람도 있지만 그 자리에서 받은 도움이 절절한 것이기에 그 자리에 기록한다. 모두에게 감사한다. 솔직히 표현하면 여기저기 구걸에 가까운 빌붙음으로 보고픔을 실현한 것이다. 그래도 체면상 운치 있게, 위에 밝힌 근사한 조직들과 합종과 연횡을 했노라 말하고 싶다.

그리고 옛 직원이었던 홍윤정»골프두 CS부, 강민석»엔터버드 실장. 대학로에서 인파를 향해 전단을 나눠주며, '축제의 땅'이란 말도 안 되는 이름으로 '맨땅에 헤딩'하며 고생했었다. 박봉으로 버겁게 버티다가 가시버시가 되어 새로운 길을 찾아갔다. 부부가 됨보다 기획자에서 빠져나감을 축하했다. 다음 사람을 뽑으면 두 사람의 공로와 비교할까봐 여태 누구도 들이지 않았다. 마음속의 영원한 동지 두 사람에게 감사한다.

전통공연에서 연출은 팸플릿의 내용이다. 거기에 박힐 사진,

두 말이 필요 없는 한 장이 필요하다. 한 컷의 사진이 벌어질 공연의 모든 내용을 미리 귀띔해야 하기 때문이다.

박상윤》크림스커뮤니케이션스 대표, 그간 불원천리로 필자를 뒤쫓아 변하는 현장을 담았다. 행간과 이면을 담은 앵글 덕분에 자판을 두드렸다. 125분의 1초로 건져낸 흐르는 시간, 잊혀지지 않는 포착이었다. 최영모》무용전문작가, 전광석화 같은 움직임 속에서 원하는 장면만 골라 번짐 없이 도려내는 면도칼, 그 섬뜩한 선명함이 좋다. 정수미》전통예술전문사진가, 사라지는 풍경을 담다 풍찬노숙에 쓰러졌다. 고인의 명복을 빈다. 다시없는 유작들을 '아카이브 천'에서 데이터화하는 중이다. 그리고 책으로 엮는 지금 몇 분에게 신세를 졌다. 옥고를 선뜻 내준 박옥수, 김성남, 김영훈, 김기, 김윤배, 김상수 작가에게 고맙다. 고 김수남 선생, 일찌감치 앞서서 다 보고 기록하신 분이다. 그분의 발품을 존경했던지라 오마주로 그 분의 세 컷을 임차해 썼다. 그럼에도 없는 장면을 위해 두 분과 동행했다. 이진환》엔진스튜디오 실장, 눈이 곧 감동을 여닫는 조리개, 피사체 앞에서 고양이 눈처럼 빛나며 세월의 주름을 포착했다. 이창수》다큐사진가, 낙향하여 하동 악양에서 차를 짓는데, 길손을 '끽다거'로 맞는 풍류인이고, 단 한 컷으로 쓰러뜨리는 '따거[大兄]'였다.

개정판을 준비하며 탐나는 몇 컷을 발견했다. 인물사진작가 박정훈이 찍은 김운태의 자반뒤집기, 이한구》류가헌 대표가 에베레스트 등정 전 금정산에 올라 찍은 문장원, 그리고 조갑녀의 90인생을 한 컷으로 인화한 김녕만》월간 사진예술 대표의 사진을 얻어 싣는다. 한 컷으로 책 반 권 정도를 요약하는 고수들이다.

퇴고란 말이 글에만 있는 줄 알았다. 그런데 디자인도 한 획에 몸부림쳤다. 왕유의 수레 앞까지 가던 가도[»]賈島의 번뇌 못지않았다. 김정규[»]디자인 필 대표, 술잔 속에서 방황하는 젊음을 지내다 장승헌의 조언으로 디자인을 공부해 공연 디자인의 '때깔'을 바꿨다. 남산 기슭의 사무실을 오르내릴 때, 꽃피면 과메기는 물 간다고, 잎 지면 전어 맛 떨어진다고, 서둘러 잔 권하는 풍류인이다. 성해경[»]전 디자인 필 수석디자이너, 빈 메일함에 오지 않는 카피를 기다리며 신혼 초야를 앞두고도 철야했었다. 전지에서 16절까지, 현기증 나는 사각의 링에서 문자와 선, 빛과 어둠을 담판하는 침착하고 과감한 디자이너다. 아울러 최지형, 박해언, 정숙, 김성민, 이지영, 강혜진, 감 좋은 디자이너들과 발 빠른 조춘구 과장에게 감사한다.

무대, 가공할 만남을 기다리는 공간이다. 과학이 골격화된 공간임에도 오로지 육신의 버거운 노력으로 굴러간다. 무대의 불을 밝히는 일은 어둠에 서식하는 스태프에 의해서다.

전홍기[»]공연기획 MCT 차장, 연극에 입문하여 무용에 정착했다. 기획서에서 무대 위 공연까지의 공정에 두루 능통한 기획 겸 무대감독으로, 빛이 사라진 어둠에선 더듬이가 돋는 초감각 스태프이다. 황종욱[»]고성오광대 총무, 마당판 최고의 무대감독이니 '멍석 감독'이라 해야 할 터이다. 멍석이 치밀하게 엮은 자리듯, 춤의 자리를 잘 엮어 어울리게 만드는 삼남 일대의 최고의 입담꾼이요 수작의 달인이다. 최웅집[»]스탭서울 대표, 노트북과 커피가 있으면 어디나 일터고 낙원이다. 조명감독과 음향감독을 겸했는지라 무대 뒷사정에 온통 밝아 스탭서울을 만들었다. 또한 춘천아트페스티벌도 꾸미는데, 함께하는 김혁, 조왕현, 안경모, 정영희, 모두들 축제정신의 소유자들이다. 심우인»센스 대표, 건조한 직업임에도 습기를 머금고 있는 무대 뒤의 검은 잠바다. 나무에 박히는 스테이플러처럼 어둠 속에 박힌 스태프들을 통솔하는 리더다. 더불어 함께하는 원탁의 기사 최정원, 박기남, 여훈, 박경석, 김미연에게 감사한다.

'그래도 막은 올라간다'지만, 한 공정이라도 어긋나면 톱니에 살점 물리는 게 공연이다. 출연자는 '팬'이, 기획 연출은 '편'이 필요했다. 구구한 사연 같지만, 절절했던 손길들이라 일일이 책에 새긴다. 어디 필자뿐일까. 이 땅이 괄목해야 할 '보이지 않는 손'들이다.

전무후무한 이야기

2005년 4월, 군산의 장금도 명무와 월명공원을 올랐다. 기억을 잃어가는 춤꾼을 지키는 그림자 군단과 함께였다. 전은정»러시아 문학 번역가, 추운 나라에서 체호프를 연구하다 러시아 발레의 백색에 취했고 귀국 후 〈민살풀이춤〉의 백색에 반해 선생의 좀 길다 싶은 지팡이가 되었다. 박정경»국립국악원 학예연구사, 무한을 흠모한 수학도였으나 거문고에 빠져 국악으로 발길을 돌렸고 민간의 연향과 가무에 관심을 가져 동산에 올랐다.

벚꽃이 번진 '벚꽃동산'에서 나란히 서니 '세 자매'가 되었고 뒤편 바다 위로 '갈매기'가 날아올랐다. 세 홉 맥주에 취해 셔터를 눌러주는 '바냐 아저씨'도 있었다. 임준철》택견 이수자, 이소룡의 발차기에 빠져 발가락에 빗을 꼽아 머리를 빗는 등 갖가지 발질을 수련했다. 춤은 아직도 숨은 명인이 있음을 부러워하며 무》舞에서 무》武를 찾고 있었다.

젊은 그들을 보며 젊은 날의 자신을 들여다보는 여든의 노명인. 어깨너머는 '깨어진 꿈이고 무엇이고 탁류째 얼러 좌르르 쏟아'버린 황해였다. 1998년, 채만식이 쓴 『탁류』의 시간을 인력거로 지난 춤꾼이 있다는 말을 듣고 지평선을 넘었다. 군산이라는 항구에서 춤판의 실마리가 풀려 '명무초청공연'을 올렸던 것이다. 박수가 쏟아져 들어오던 춤꾼들 옆자리는 벼슬보다 나은 자리였다. 결국 2002년 '남무, 춤추는 처용아비들', 2004년 '여무, 허공에 그린 세월'을 위해 떠돌았다.

또다시 춤판의 실마리가 되었던 군산에서 춤을 헤아렸다. 군산의 장금도, 목포의 이매방, 진주의 김수악, 동래의 문장원, 양산의 김덕명, 안성의 강선영, 여섯 분의 나이를 합하니 한 왕조의 길이였다. 불현듯 전무후무란 말이 떠올랐다. 이전도 이후도 없을 일, 결국 스스로의 상상에 또 걸려들었다. 멀리 대륙에서 막막한 황사가 황해를 건너왔다. 그분들의 시야가 더 흐릿해지기 전에, 청각이 더 아득해지기 전에, 무릎이 더 시려지기 전에, 지상에서 가장 완전한 춤판을 만들어야 했다.

　5월 예술의 전당 앞 생맥줏집에서 이종호 위원장과 우연 실장이 흔쾌히 동의했다. '전무후무'를 제8회 서울세계무용축제의 공식 프로그램으로 선정하기로 한 것이다. 우선 우연"국제무용협회 기획실장을 '공연 경영'으로 삼았다. 연출과 제작의 중간에서 둘을 아우르는 역할이었다. 신조어였지만, 그 사이는 늘 틈새가 벌어져 아물지 않는 상처로 아우성이었기 때문이다. 그녀는 전 세계와 소통하는 북새통의 사무실에서도 소소한 웃음과 자잘한 다툼을 가미한 시트콤을 연출해 정나미를 붙여놓는 아교 같은 존재였기에, 곧바로 아물게 다물게 했다.

　세 명의 특별한 스태프도 섭외했다. 권형수"운동재활 트레이너, 태권도에서 활법으로 전환한 운동치료사. 발레리나의 뭉친 근육을 풀어내는 손길로 노명인들의 시린 관절에 지문이 박히도록 깊은 호흡을 불어넣었다. 신근철"신의상실 대표, 키가 줄어 기장을 잘라야 하는 잡다한 일부터 거들며 끝없이 노명인의 춤 맵시를 살려낸다. 예전엔 장구 매고 뛰던 풍물인이었고, 지금은 오토바이를 타고 도는 풍류인이다. 김영교"프리랜서 음향감독, 음은 파장이 아니라 질량. 손끝의 천칭에서 오차 없이 분배한다. 하여 그의 손을 거친 음에 소름처럼 춤이 서리는 것이다.

　10월 8, 9일, 예술의 전당 토월극장, 춤이 올라서는 반열의 자리라 무대"舞臺였다. 저울처럼 올라선 무게를 곧바로 비워내기에 무대"無臺이기도 했다. 온몸을 통틀어 허공에 그리는 춤, 이내 자취 없이 과거가 될 하룻밤의 꿈을 꾸몄다. 저 티베트고원의 승려들이

정하게 닦은 땅에 엎드려 쌀이나 돌가루로 그리는 그림. 이내 다시 쓸어버릴 단 한 번을 위한 치장, '만다라'와 같았다.

만다라는 산스크리트어로 원»圓이란 뜻이다. 원은 속을 비워야 원이 되는 법, 그러지 못하면 단지 점»點일 뿐이다. 스스로 가운데를 비우며 원을 그려내는 것, 무대라는 종교에 올라선 전무후무한 분들의 일생이었다. 승려들이 숨을 뱉으며 더 멀리 문양을 새기듯, 공복으로 세월에 더 깊이 엎디어 시간을 그렸다. 그분들께 춤은 이끼 낀 영혼을 닦는 몸공양이었다.

동래의 문장원 명무, 텅 비어 깃털처럼 가벼웠고 자진모리 대목부터는 솟구치며 뛰었다. 여든아홉의 나이로 인류의 역사에 유례없는 족적을 찍은 것이다. "아!" 단 한 번만이라도 저리 걸어볼 수 있다면 어서 늙고 병들고 싶었다. "그간 잘 놀았소!" 공연이 끝나고 건넨 한마디는 한 생애를 압축한 말 같았다. 생애를 통틀어 잊을 수 없을 한마디, 누선이 붉어질까봐 고개를 돌렸다. 노한량의 발길에 발품을 보탠 이성훈»부산민속보존협회 사무국장, 한때 무용수 생활을 해서 무용판과 전통판 양 판에 두루 능통하다. 이형의 통화 목소리는 노명인의 체온계다. 높낮이가 화면을 고저로 지나는 주파수와 같다. 2002년 춤판부터 지금껏 준비해 멋진 외출을 완성하였다.

양산의 김덕명 명무, 아직 정정하여 무대에서 〈학춤〉만 춘 것이 서운한 모양이었다. "니 한 번 추고 내 한 번 추고!" 여럿 부를 것 없이 딱 둘만 불러서 교대로 옷 갈아입으며 추는 춤판을 만들라 했다. 홀로 가방을 들고 뚜벅뚜벅 걸어와 다시 홀로 총총히 내려간 여든두 살의 명인. 경상도 할배의 실팍한 물팍을 보니 춤은 후손들의 건강을 위해 조상들이 지은 보약이었다.

진주의 김수악 명무, 마음은 원이로되 육신이 문제였다. 그래서 서울 행차는 늘 고통스런 행사였다. 이번에도 가니 마니 반나절에 서너 번씩 변덕이 죽 끓었다. 그러나 역시 판에 들어서면 언제나처럼 모든 걸 잊게 해주었다. 무대는 그에게 육신의 고통을 멎게 하였고 관객에게는 일상의 시간을 멎게 하였다. 공연은 예전처럼 애제자 강미선씨의 애원과 김경란씨의 부축 덕분에 이루어졌다. 김경란^{»전통춤 연구가}, 침묵으로 의사를 전달하는 사람이라 춤도 묵직이 밀어젖혀 심금을 당긴다. 강미선^{»한국체육대학 무용과 교수}, 미소로 휘어잡는지라 버들 같은 몸으로 버들치처럼 날렵히 춘다. 생각하니 두 사람, 〈교방굿거리춤〉의 양면이다.

군산의 장금도 명무, 장단이 들어가자 기억에서 떠나간 춤이 저절로 풀렸다. 몸이란 실패에 감긴 연분홍 비단실. 가늘디가늘어 표현이라는 언어의 오라를 조용히 빠져나갔다. 마지막 공연에선 아들에게 꽃다발을 받았다. 이영철^{»2급 상이용사, 2008년 사망}, 월남전에서 고엽제를 품고 왔기에 다리를 절며 무대에 올랐고, 부인과 두 아들, 며느리와 손녀, 일가족 모두가 지켜봤다. 춤 때문에 다투었던 어머니와 아들은 이미 증조할머니와 할아버지가 되어 있었다. 2005년 10월의 신문기사가 50년 만의 화해를 만든 셈이다.

객석에는 특별한 관객이 있었다. 1998년, 사위 온다고 어서 가라던 조씨 할머니, 딸들과 공연을 관람하고 내 손을 잡았다. 부여잡는 손이 따스해서 눈물이 났다. 이제 조씨 할머니의 성함을 밝혀도 될 것 같다. 본명은 조갑녀*趙甲女로 기해생*1923년생, 활동할 때는 영숙*英淑이란 예명을 썼다. 구한말 고종 앞에서 춤을 추어 옥관자를 받았던 명무 이장선*李長善, 1866~1939의 마지막 제자였다. 열세 살 무렵 남원에 승사교가 놓였을 때 강 이편에서 출발하여 저편까지 거닐며 승무를 추었고 다리 가운데서 법고를 쳤다 한다. 혼인 후 판에서 물러났고, 흥은 있으나 가족들 때문에 다시 들어서지 않은 숨은 명무였다.

그날 밤 빈방에 홀로 섰다. 가족의 품으로 돌아간 장금도 선생이 비운 호텔 방이었다. 그간 그분들의 처지를 내 약진의 발판으로 삼지 않았나, 늘 근심했었다. 혐의점을 다 일소할 순 없어도, 그분들이 이룬 가족과의 화해는 힘이 되었다. 행복한 고적감. 세상 모든 것이 고마워 또다시 오체투지로 엎드렸고, 이마가 물렁물렁해질 때까지 방바닥에 머릴 박았다.

길 속의 길, 남원 조갑녀

세상에서 가장 먼길은 한 길 사람 속이었다. 길이 아니라 벼랑으로만 구성된 간격이었다. 남원의 조갑녀, 기억을 어금니로 깨물고 있었다. 1998년 〈명무초청공연〉을 꾸미러 남도를 돌때 정범태

2011년 6월 19일 〈춤〉 조갑녀의 〈민살풀이춤〉, 고수 중의 고수가 꺼내 놓은 춤의 동편이었다. 선율의 급소를 밟고 서니 말없는 춤에서 대갈일성이 났다. 춤이 끝나고 딸 정명희가 무대로 모시러 나오는데, 장사익이 호적을 불어 춤 속의 춤을 열었다. 사진가 김녕만이 두 컷으로 요약한 그 밤의 춤 사연. ⓒ 김녕만의 흑백사진에 담긴 춤추는 당신을 누군지 모른다 했다. 그로부터 9년, 말줄임표로 요약할 긴 사연 끝에 굳은 약조를 하였다. "묻지 말고 춤만 추기로."

2007년 10월 18일 예술의 전당 토월극장에 올린 〈어머니의 춤〉. 춤은 몸속에 고인 시간이 흘러나오는 과정이었다. 선율의 급소를 밟고 요지부동으로 서버리는 순간, 말없는 춤에서 대갈일성이 났다. 고수 중의 고수, 곧바로 "조갑녀류 민살풀이춤"이란 말이 돌았다. 객석에도 고수가 있었다. 홍어 할머니, 시아버지의 입맛에 시달리다 맛의 달인이 되어버린 유명한 홍어집 주인이었다. "젊은 양반들 춤은 밥솥에 한 밥이고, 그 양반 춤은 가마솥에 한 밥입디다!" 잘 삭아 입천장 벗겨지게 톡 쏘는 한 말씀이었다.

수건을 들지 않는 빈 손, 분명 어머니의 손이었다. 한 시절 당신들의 손맛은 '비위생적'이었고, 손대중 또한 '비과학적'이었다. 그러니 전통 음식은 전승 자체가 '비교육적'이었다. 폴리글러브를 끼고 계량컵의 눈금을 맹신하는 '체계적인 교육'은 얼마나 오만했던가. 춤 또한 그러할 진데, 손맛이 나타난 것이다. 마치 고을 잔치처럼 가마솥을 걸어 국을 끓였다. 솥에 소금 두세 주먹 털어넣고 손을 솥 안에서 털지 바깥에서 털지를 판단한다. 손바닥 주름에 박혔을 소금 몇 톨에 맛은 천지차이기 때문이다. 손대중이 치밀함을 넘어 영험하기까지 한 고유의 춤. 고독하게 지켜온 동편제 민살풀이춤이었다. 내 등의 '오만한 뼈'가 기승을 부려 예고편을 미리 쓰고 있었다. '와보라! 흉곽을 드르륵 열고 심장을 덥석 쥐는 그 5분!'

2009년 7월 26일. 당신 생애 내내 맴돌았을 한 글자 '춤', 그리고 수만 자를 대신할 느낌표 하나를 넣어 〈춤! 조갑녀〉라 지어 헌정공연을 올렸다. '강호제현이시어 장차를 장담 못할 춤이기에 부디 왕림하시어 시간의 증인이 되어 주소서.' 간절히 호소해 입추의 여지없는 관객이 몰렸다. 선생은 "망구십에 무엇을 알겠습니까만, 춤! 참 맹랑한 것이지요"하며 나섰다.

만좌의 시선이 화문석에 모이는데 뽀드득 눈길을 밟듯 선율을 밟았다. 춤의 축이 뒤축이었다. 앞발에 중심을 두면 상하좌우 거침없는데, 뒤꿈치에 두면 둔해진다. 게서 움직임을 만들어야 하니 간신히 얻은 미동으로 춘다. 스스로 활로를 포기한 배수진의 기법으로 팔에 '무검'을 달았다. '무거움'을 줄인 '무검'이란 말이, 외려 침묵과 정적을 보탠 더 무거운 팔이 되게 했다. 공기를 떠미는 맨손에 장풍이라도 일 듯했다.

"흉금을 들키지 말라"고 했었다. 시간이 다 가도록 옆모습만 보인 체 'ㅡ'자로 화문석을 가로지르고 있었다. 예측 지점을 지났고 이렇게 끝나나 싶을 때 'ㄱ'자처럼 꺾었다. '무검'을 단 팔의 중량이 더해진 뒤축을 축으로 90도 각도를 90년 돌듯 서서히 "애가 터지게" 돌았다. 순간 피복이 벗겨진 것일까. 맨살에 닿는 찌릿함, 선율이 전율이 되어 전신을 통과했다.

공연이 끝나고 선생의 버선을 만져보았다. 앞은 솜버선, 뒤꿈치 부분은 홑버선이었다. 순간 또 찌릿했다. 아! 이것이 고수의 비결이구나. 뒤꿈치로 딛고 설 때 살갗이 닿는지, 살이 닿는지, 뼈까지 닿는지 극히 예민해야 한다. 그러면서도 앞발은 솜버선을 신고 그 위에 겉버선을 꽉 끼게 신어 유선형의 외씨를 만들어야 한다. 치마 끝에 살짝 보여 보는 이의 마음을 흔들어야 하기 때문이다. 결국 앞은 솜버선, 뒤는 홑버선이라는 자신만의 버선을 고안해 '유혹'과 '절제'를 한 켤레로 감당한 것이다.

2011년 6월 19일. 국립국악원 예악당에서 〈춤〉을 올렸다. 2005년 〈전무후무〉의 관객 중 전무후무한 춤꾼이 있었던 거다. 다시 그분들을 함께 모실 수는 없었다. 그러나 춤의 노름마치에 대한 예의를 지켜야 했고 진정한 전무후무를 완성해야 했다. 신음처럼 터져나온 문구를 적어 자하문 넘어 홍지문 언덕을 올랐다. 가수 장사익, 언제 그분 다시 서느냐고 춤에 푹 빠진 그가 낙화유수처럼 화선지를 적셨다.

'춤! 일거수일투족으로 이룬 시간의 탁발. 뼈만 남은 그 앙상한 고독을 탐하네.' ●

노름마치
ⓒ 진옥섭 2013

1쇄 발행 » 2013년 6월 15일
3쇄 발행 » 2020년 10월 5일

지은이 » 진옥섭
펴낸이 » 염현숙
책임편집 » 김민정
편집 » 김필균 강윤정 김형균 유성원
디자인 » 이기준
표지 글씨 » 장사익
마케팅 » 정민호 박보람 우상욱 안남영 홍보 » 김희숙 김상만 지문희 김현지
제작 » 강신은 김동욱 임현식 제작처 » 영신사

펴낸곳 » (주)문학동네
출판등록 » 1993년 10월 22일 제406-2003-000045호
주소 » 10881 경기도 파주시 회동길 210
전자우편 » editor@munhak.com
대표전화 » 031-955-8888
팩스 » 031-955-8855
문의전화 » 031-955-3576(마케팅), 031-955-2678(편집)
문학동네카페 » http:/cafe.naver.com/mhdn 트위터 » @munhakdongne
북클럽문학동네 » http://bookclubmunhak.com

ISBN 978-89-546-2148-9 03810

잘못된 책은 구입하신 서점에서 교환해드립니다.
기타 교환 문의: 031-955-2661, 3580

www.munhak.com